ナディア・ムラド
ジェナ・クラジェスキ

アマル・クルーニー 序文
吉井 智津 訳

THE LAST GIRL

My Story of Captivity,
and My Fight against the Islamic State

イスラム国に囚われ、闘い続ける女性の物語

TOYOKAN BOOKS

左から　姉アドキー、兄ジャロ、姉ディーマール

父バシー・ムラド・ターハ

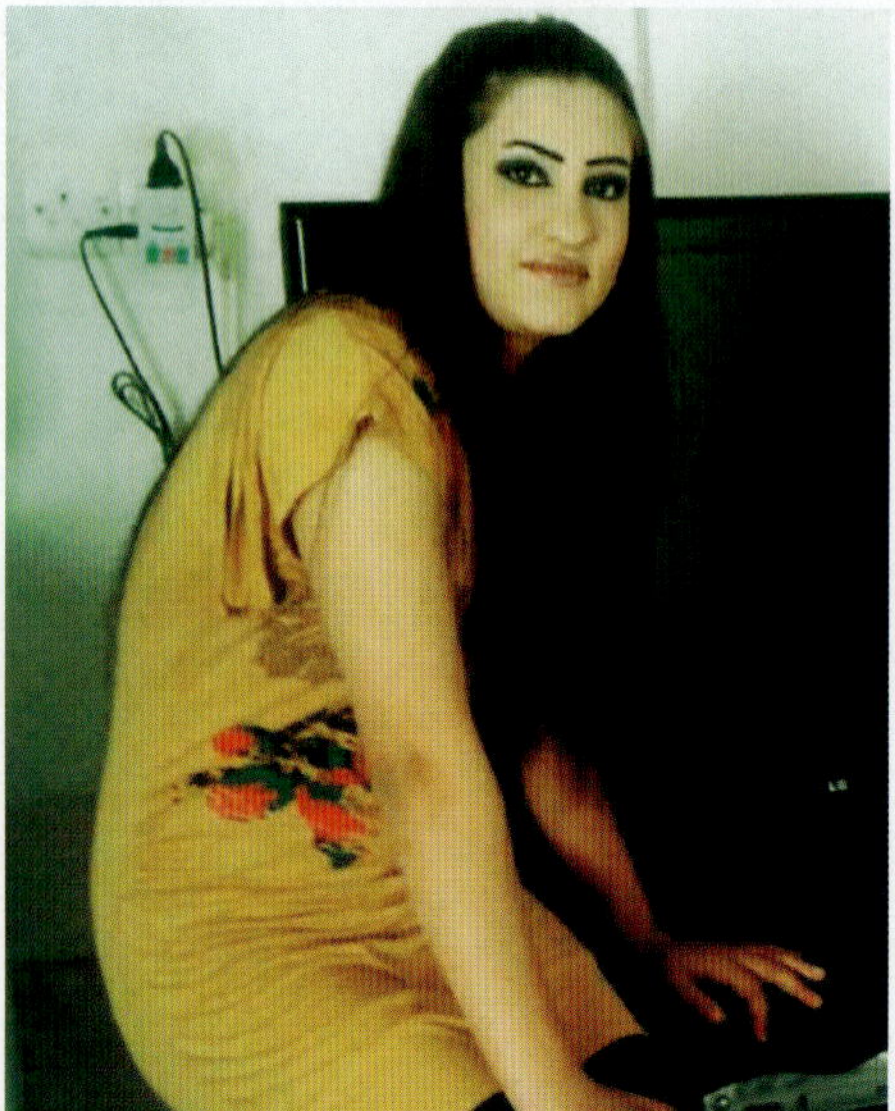
姪のカスリーン　2013年、結婚式にて

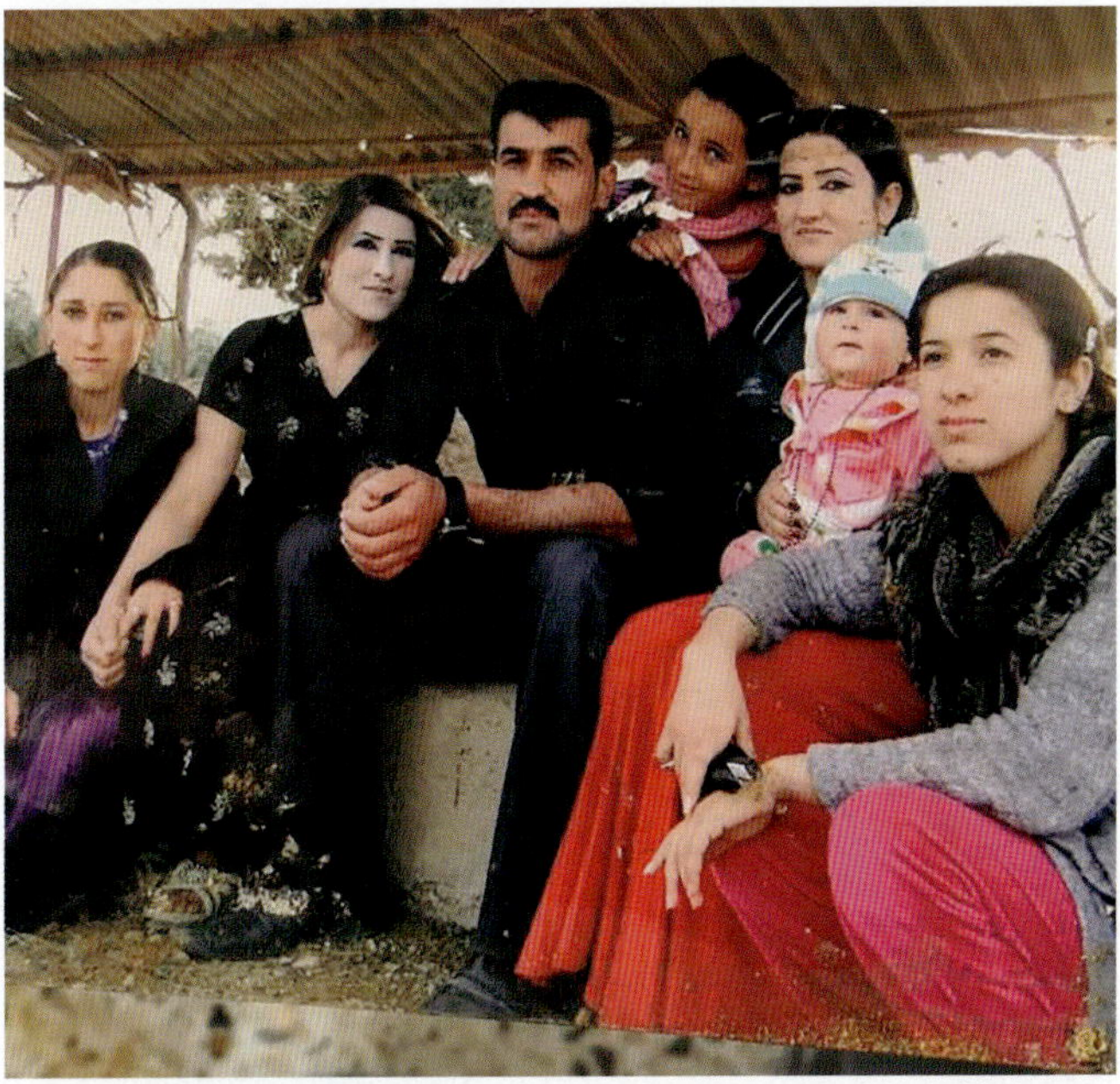

左から　義理の姉セスター、姉アドキー、兄ハイリー、姪バスー、姉ディーマール、姪メイサ、私　2011年

後方左から時計回りに　義理の姉ジーラーンとムナー、母シャーミー、姪バスー、姉アドキー、姪ナゾ、カスリーン、メイサ、私　2014年、コーチョにて

トラクターを運転する兄ヘズニ、後ろに姪カスリーン（左）と私

後列左から　兄ヘズニ、隣人、腹違いの兄ハーリド、兄サイード　前列左から　腹違いの兄ワリード、兄サウード、私　2014年

結婚式を迎えた義理の姉ジーラーンと兄ヘズニ　2014年

母シャーミー、孫サミーの結婚式にて

左から　兄マスウード、サウード、ヘズニ

腹違いの兄ハッジ

学校でクラスメイトと　2011年

母シャーミー

THE LAST GIRL

イスラム国に囚われ、

闘い続ける女性の物語

本書をすべてのヤズィディの人々に捧げる

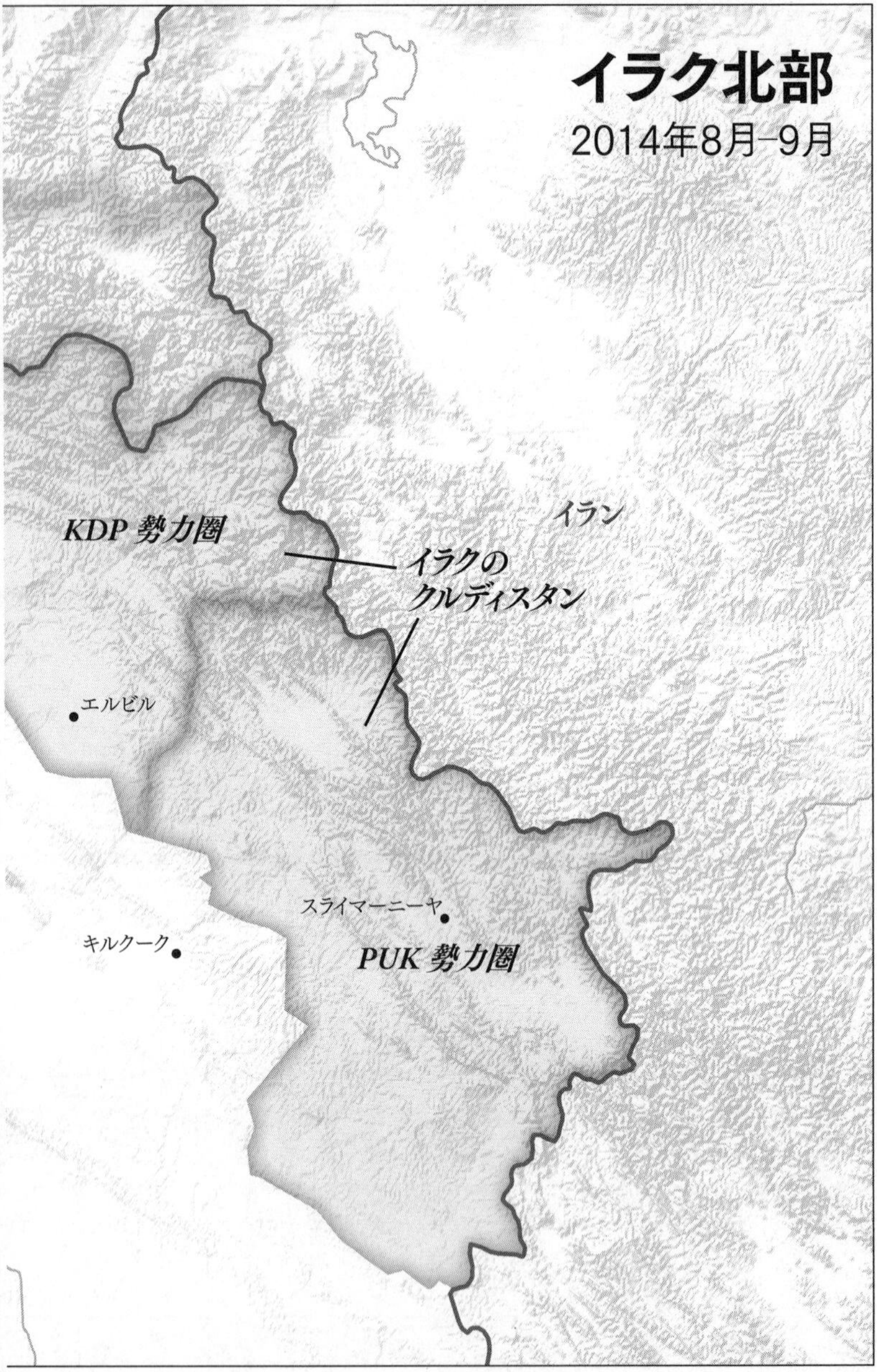

イラク北部
2014年8月–9月
イラン
KDP 勢力圏
イラクの
クルディスタン
エルビル
スライマーニーヤ
キルクーク
PUK 勢力圏

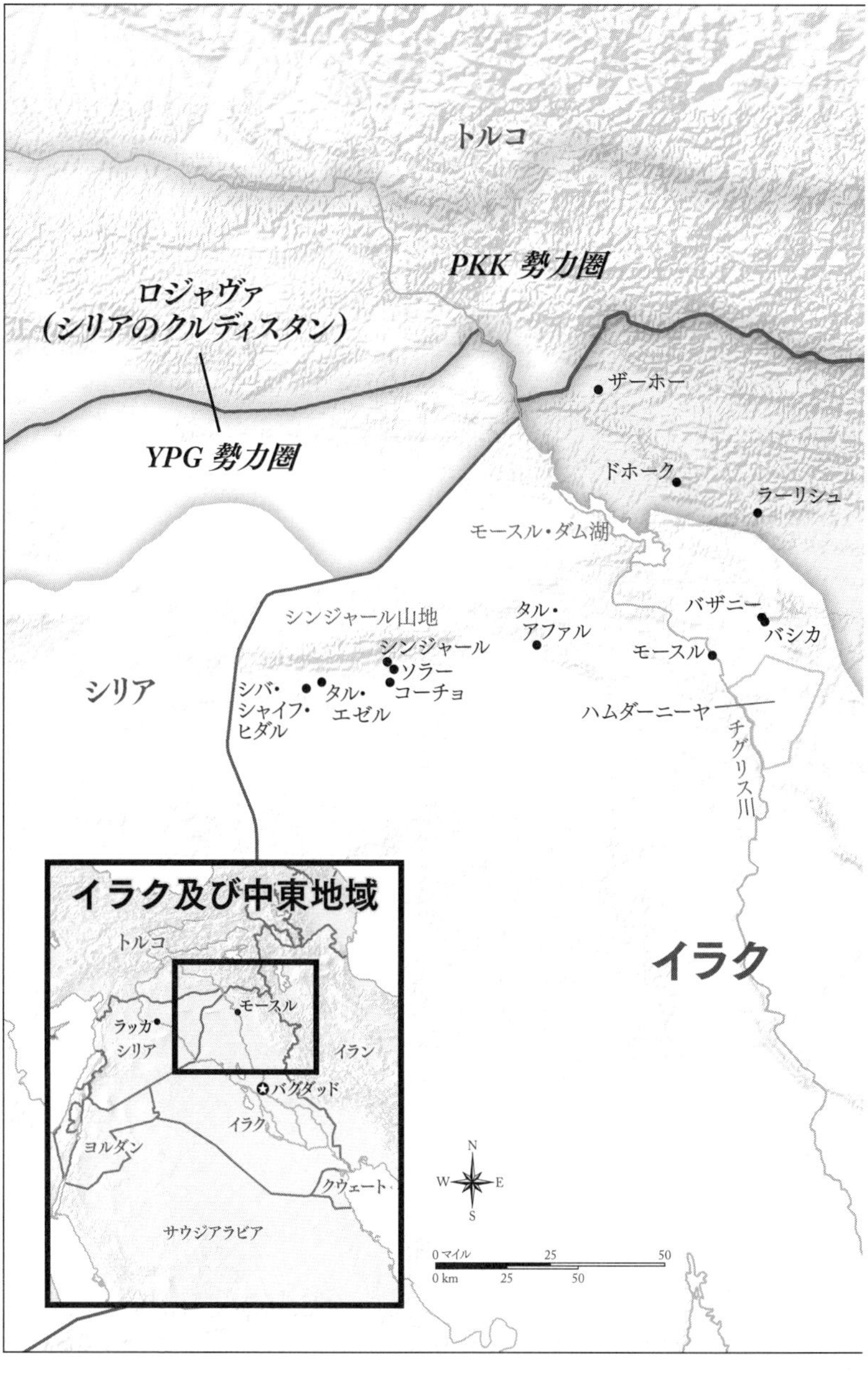
トルコ
PKK 勢力圏
ロジャヴァ
（シリアのクルディスタン）
YPG 勢力圏
ザーホー
ドホーク
ラーリシュ
モースル・ダム湖
シンジャール山地
タル・
アファル
バザニー
バシカ
シンジャール
ソラー
コーチョ
モースル
シリア
シバ・
シャイフ・
ヒダル
タル・
エゼル
ハムダーニーヤ
チグリス川
イラク及び中東地域
トルコ
モースル
ラッカ
シリア
イラン
バグダッド
イラク
ヨルダン
クウェート
サウジアラビア
イラク
N
W
E
S
0 マイル
25
50
0 km
25
50

【凡例】

本書の人名・地名表記については、原則として『岩波イスラーム辞典』（岩波書店）に準拠したが、一般に広く用いられている表記・仮名遣いを優先した場合がある。またＩＳＩＳ構成員の人名表記に関しては、著者の認識・体験についての証言を損なわないため、変更は最小限にとどめた。

序文

私にとってナディア・ムラドは、たんなる依頼人ではなく、友人だ。紹介者を通じてロンドンではじめて会ったとき、彼女の弁護を引き受けてもらえないかと、本人から尋ねられた。お金を用意できそうにないこと、そして解決までに時間がかかるかもしれないうえに、うまくいかないかもしれないと彼女は説明した。でも、そのうえで、決断を下す前に、「私の話を聞いてください」と、彼女は言った。

二〇一四年、ナディアが住んでいたイラクの村をイスラム過激派組織ＩＳＩＳが襲い、二十一歳の学生だった彼女の生活は、ばらばらに壊れてしまった。母親と兄たちが死に追いやられていくのを目のあたりにしながら、彼女自身は、ＩＳＩＳの戦闘員の手から手へと売り渡されていった。無理やりに祈らされ、レイプされるために着飾り、化粧をすることを強要され、そして、ある晩、男たちのグループから意識を失うまで暴行を受けた。彼女は体に残る、煙草の火を押しつけられた痕や、殴られてできた傷を私に見せた。

そして、そのような苦難のあいだ、ＩＳＩＳの戦闘員たちは彼女のことを〝汚れた不信心者〟

と呼び、自分たちはヤズィディ教徒の女性たちを征服し、彼女たちの宗教を地球上から消し去るのだと偉そうに言い続けたという。

ナディアは、ＩＳＩＳによって連れ去られ、フェイスブック上に開設された市場で、ときにはたったの二十ドル程度で売買された数千人のヤズィディ教徒のひとりだった。ナディアの母親は、八十人の高齢女性たちとともに処刑され、目印ひとつない墓穴に埋められた。彼女の兄たちのうち六人は、数百人の男性たちと一緒に、一日のうちに殺された。

ナディアが私に話したことは、大量虐殺《ジェノサイド》だ。そして、ジェノサイドは、何かの間違いでは起こらない。誰かが計画しなければ起こることではないのだ。そのジェノサイドが始まる前、ＩＳＩＳの調査およびファトワー局は、ヤズィディ教徒について調べ、聖典を持たないクルド語話者の一集団であるヤズィディ教徒は――キリスト教徒やシーア派イスラム教徒やそのほかの宗教グループとはちがって――徹底的にレイプしてもかまわないと結論づけたのだった。実際、これが彼らを破滅に追いこむもっとも効果的な方法のひとつだった。

そのあとに続いたのは、産業規模での悪の官僚組織の成立だった。ＩＳＩＳは、より詳細なガイドラインを示すための〈人質と奴隷に関するＱ＆Ａ〉と題したパンフレットの発行さえおこなった。

「Ｑ：思春期に達していない女の奴隷との性交は許されることですか？

Ａ：相手が性交に適しているなら、思春期に達していない女の奴隷と性交渉を持つことは許されます。

Q：女の人質を売ることは許されますか？

A：女の人質と奴隷は、たんなる所有物であるから、売る、買う、または贈り物にすることも許されます」

私がロンドンで、ナディアからこの話を聞いたとき、ヤズィディ教徒に対するＩＳＩＳのジェノサイドが始まってからすでに二年が経とうとしていた。数千人のヤズィディ教徒の女性と子供が、いまもＩＳＩＳに連れ去られたままだが、世界のどこを見てもこれらの犯罪で訴追されたＩＳＩＳのメンバーはまだひとりもいなかった。証拠は失われたり破壊されたりしていた。そして、正義への見通しは暗かった。

私はもちろん、弁護を引き受けた。そして、ナディアと私はすでに一年以上にわたり、共に正義を求める働きかけを続けている。イラク政府、国連代表部、国連安全保障理事会メンバー、そしてＩＳＩＳの犠牲者たちとの面会も繰り返しおこなってきた。私は報告書を準備し、ドラフトに法的分析を加え、そして、国連に行動を起こすよう求めるためのスピーチをおこなった。しかし、対話をした相手のほとんどは、それは不可能だろうと言った。安全保障理事会はもう何年も、国際司法に関する行動を起こしていなかったのだ。

しかし、この序文を書いているまさにいま、国連安全保障理事会は、イラクのＩＳＩＳによる犯罪の証拠集めをおこなう調査チームをつくるという重大な決断をした。これはナディアとＩＳＩＳの犠牲者にとっては大きな勝利である。なぜならそれは、今後証拠が保存され、ＩＳＩＳメンバーを個別に裁くことができることを意味するからだ。その決議が安全保障理事会で採択されたとき、私はナディアと共にその場にいた。そして、十五本の手があがるのを見たとき、私たちは顔を見合わせ、ほほ笑み合った。

人権問題を扱う弁護士という仕事柄、私はこれまで幾度となく、沈黙を強いられた人々の声になってきた――投獄されたジャーナリストや法廷で日々戦っている戦争犯罪の被害者といった人々だ。ＩＳＩＳがナディアを連れ去り、奴隷にし、レイプし、虐待し、そして一日のうちに彼女の家族七人を殺したとき、それをおこなったものたちも彼女を黙らせておけると思ったはずだ。

だが、ナディアは沈黙を拒んだ。孤児、性暴力の被害者、奴隷、難民――人生がラベルを貼るように彼女に与えてきたこれらの呼び名でばかり呼ばれることに、抵抗を続けてきた。それだけでなく、別のあたらしい呼ばれ方を自ら示してきたのだ――生還者《サバイバー》、ヤズィディ教徒たちのリーダー、女性の権利擁護者、ノーベル平和賞候補者、国連親善大使。そしていま、著者という呼び名がここに加わった。

私と知り合ってから今日までのあいだに、ナディアは自分の声を見つけただけでなく、ジェノサイドの犠牲となったすべてのヤズィディ教徒、虐待を受けてきたすべての女性たち、いまだ故郷に帰れずにいるすべての避難民の声になった。

自分たちの残虐性によって彼女を黙らせることができると考えたものは間違っていた。ナディア・ムラドの精神は壊れない。そして彼女の声が消えることはない。それどころか、この本をとおして、彼女の声は一層大きくなっていくのだ。

二〇一七年九月

弁護士　アマル・クルーニー

C O N T E N T S

第1部

— 1 —

二〇一四年の夏のはじめ、私が高校最後の年の始まりに向けて慌ただしく準備をしていたころ、コーチョの村はずれで、畑に出ていた農家の男性ふたりが姿を消した。

コーチョはイラク北部の、ヤズィディ教徒が住む小さな村で、私が生まれ育った場所であり、そして残りの人生も住み続けると最近まで思っていた場所だ。その場所で、たったいま畑で、継ぎあてをした手製のシートを日よけにくつろいでいたふたりの村人が、つぎの瞬間には、スンニ派アラブ人が多く住む近くの村の小さな部屋に閉じこめられたのだ。人さらいたちは、ふたりを連れ去ると同時に雌鶏一羽と雛鳥数羽を奪っていった。私たちは混乱した。「お腹が空いていただけなのかも」と、そんなふうに話しつつも、みんなの気持ちは落ち着かなくなっていた。

コーチョは、少なくとも私が生まれたときも、それからも、ずっとヤズィディ教徒の村だった。かつて何もなかった時代に、遊牧をして暮らす人々がやってきて、男たちが羊の放牧に出ているあいだ、妻や子供たちを砂漠の熱から守る家を建てようと住みついたのが始まりだ。彼らが選んだその土地は、農耕には適していたけれど、イラクのヤズィディ教徒の多くが暮らすシンジャール地方の南端にあり、ヤズィディ教徒のいないほかの地域とも距離が近くて危険が多かった。

最初のヤズィディ教徒の家族がやってきた一九五〇年代当時、コーチョにはイラク北部の都市モースルに住む地主に仕えるスンニ派アラブ人の農民が暮らしていたが、あたらしくやってきたヤズィディ教徒たちが弁護士を雇ってコーチョの土地を買い取り、私が生まれるころには、約二百家族が暮らす村になっていた（その弁護士はいまも英雄視されている）。住民は全員ヤズィディ教徒で、みんながひとつの大きな家族のように暮らし、実際、村人はみんな家族みたいなものだった。

私たちを特別なものにした土地は、そこに住む人々を危険にもさらし続けた。ヤズィディ教徒は、その信仰のために何世紀にもわたり迫害を受けてきた。ヤズィディ教徒が暮らすほかの町や村の多くは、高く、細く、長いシンジャール山地に近く、いつも山に守られてきたが、コーチョは地理的に遠く離れていた。

そのためコーチョの住民は、長きにわたり、イラクのスンニ派アラブ人とスンニ派クルド人というふたつの勢力のあいだで引き裂かれそうになりながら、どちらからもヤズィディ教の遺産を否定され、クルド人かアラブ人、どちらかのアイデンティティを選ぶことを求められてきた。コーチョとシンジャール山を結ぶ道路が二〇一三年にようやく舗装されるまでは、未舗装の道を白いダットサンのピックアップ・トラックを走らせ、シンジャール市内を通って山のふもとに着くまでには一時間ほどもかかった。私が育った場所は、聖なる寺院よりもシリアに近く、安全な場所よりも見知らぬ人々に近かった。

山へのドライブは楽しかった。シンジャールの街では、キャンディやコーチョでは買えない特別な子羊の肉のサンドイッチが売られていて、父は店のそばに来るといつも車を停めて、ほしいものを買わせてくれた。トラックが動くと土埃が舞い上がったが、それでも屋根のない荷台に乗っているのが好きだった。村を出て、詮索好きな隣人たちが見えなくなるまでは寝転がり、そのあとは起き上がって髪に吹きつける風を感じながら、道沿いで草を食む牛や羊がぼんやりと見える景色を眺めるのだ。私はまわりの景色に気を取られて、うっかり荷台の上で立ってしまうことがよくあり、そんなときは父や長兄のエリアスに、「気をつけないと落ちてしまうぞ」と、大声で注意されるのだった。

子羊の肉のサンドイッチとやすらぎを与えてくれるシンジャール山の向かい側には、イラクのほかの地域が広がっていた。平和な時代で、かつ急いでいないときなら、ヤズィディ教徒の商人たちはしばしば車を十五分ほど走らせて、コーチョの村からいちばん近いスンニ派の村へ穀物やミルクを売りにいった。そうした近くの村には、私たちの友達も住んでいた。結婚式で知り合った女の子たちや、学期中コーチョに滞在していた教師たち、割礼の儀式のあいだに村の男の子の赤ちゃんを抱くために招かれ、その子の名づけ親のような役割をする〝キリフ〟として、その後ヤズィディ教徒の家族とつながりを持ち続ける男の人たちだ。村人が病気になると、ムスリムの医者たちが、コーチョかシンジャールの街まで来て診てくれたし、コーチョには店が二、三軒しかなくて、しかも日用品以外はあまり置いていなかったので、そうした店で買えないものをムスリムの商人たちが車で売りに来ていた。大きくなった兄たちは、ヤズィディ教徒以外の村へ出かけていって、こまごました仕事の手伝いをしては小銭を稼いでいた。

じつは村の内と外のあいだには、積年の不信感にもとづく、重苦しい関係があった。たとえば、結婚式に呼んだムスリムの客人に、出した料理を食べてもらえないときなどは、たとえそのほかのふるまいがどんなに礼儀正しくても、嫌な気がしないはずがない。だが、それでも友情は本物だった。こうしたつながりは、オスマン帝国の支配下にあった時代から、英国の植民地時代、サダム・フセイン時代、そしてアメリカ占領後と何世紀も続いてきたものだ。

けれど、イラクで戦いが起こると——そしてイラクでは戦いはしょっちゅう起きていて——それらの村は小さな隣人である私たちの前に不気味に存在感を増して迫り、古くからの偏見は簡単に憎しみに変わった。その憎しみから、しばしば暴力が起きた。少なくともこれまでの十年のあいだ、二〇〇三年に始まったアメリカとの戦いにイラクが追いこまれ、その後、より激しい局地的な戦いとやがて大規模なテロリズムに巻きこまれていってからは、近隣の村との距離はさらに大きく開いていった。近隣の村では、キリスト教徒やスンニ派以外のムスリムを悪く言い、さらに悪いことに、ヤズィディ教徒を〝カーフィル〟、すなわち殺してもかまわない不信心者と考える、過激派をかくまうものが現れはじめていた。

二〇〇七年、そうした過激派のメンバーが、燃料トラック一台と車三台で、コーチョから約十六キロ離れたヤズィディ教徒が住むふたつの町に乗りこみ、それらの車を爆発させた。市場で売る品物を積んだ車がやってきたと思い、たくさんの人が集まってきたときに爆発が起こったため、何百人もの人々が亡くなった。

ヤズィディ教は、古代からある一神教で、私たちの物語を託された聖人によって、口承で伝えられてきた宗教だ。ミトラ教やゾロアスター教からイスラム教やユダヤ教まで、中東に伝わる多くの宗教と共通点はあるものの、ほかには見られない要素が多く、たとえ物語を全部記憶している聖人であっても全部を説明するのは難しい。私の頭の中にあるイメージでは、この宗教は、ひとつひとつがヤズィディ教の長い歴史の中の物語を語る、何千もの年齢を重ねた一本の古い木のようなものだ。そして、それらの物語の多くは、悲劇だ。

現在ヤズィディ教徒は、世界全体でも百万人ほどしかいない。私が生まれてからずっと――そして、もちろん私が生まれるずっとまえから――この宗教が私たちを何者であるかを決め、私たちをコミュニティとしてひとつにまとめる役割をしてきた。だが、この宗教ゆえに、オスマン帝国からサダム・フセインのバアス党まで、より大きな集団による迫害の的となり、攻撃され、彼らへの忠誠を強要されてきた。彼らは私たちが悪魔を崇拝しているとか、私たちは汚れているとかいっては、私たちの宗教を貶め、信仰を捨てるように要求してきた。何世代もまえから、ヤズィディ教徒は、私たちを殺すか、改宗させるか、あるいは住んでいる土地から追い出し、すべてを奪い取った末に消し去ろう、という意図でおこなわれる攻撃をくぐり抜けて生きのびてきた。二〇一四年までに、外部勢力は七十三回にわたって私たちを破壊しようとした。私たちはヤズィディ教徒に対する攻撃を〝ファルマン〟と呼んでいる。〝ジェノサイド〟という言葉を私たちが知るまえから使われていた、オスマン帝国の言葉だ。

ふたりの農民に対する身代金の話が聞こえてきたとき、村じゅうがパニックになった。「四千ドル用意しろ」。誘拐犯は、人質の男たちの妻に電話でそう言ったという。「それができないなら、子供を連れてここへ来て、家族全員でイスラム教に改宗すればいい」と。それもできなければ男たちは殺すと、犯人たちは言ったという。ムフタールの前で妻たちが力なく泣き崩れたのは、要求された金のせいだけではなかった。ムフタールとは村の指導者のことで、アフマド・ジャッソという男性がその役を務めていた。四千ドルとは法外な金額だったが、金は金にすぎない。ふたりの農民が、改宗するくらいなら死を選ぶだろうことは、村人みんながわかっていたことだ。だから、ある晩遅く、ふたりが割れた窓から抜け出して、大麦畑を走り抜けて、膝まで土にまみれた脚の汚れを恐怖のなかで払い落としながら、生きて家に帰ってきたときには、村人たちは安堵の涙を流した。だが、誘拐はそのあとも続いた。

ほどなくして、私たちの家族、ターハ家に働きにきていたディシャンが誘拐された。シンジャール山の近くの草原で、うちの羊の世話をしていたときに連れ去られたのだ。その羊たちは、母と兄たちが何年もかけて買い集め、育ててきたもので、一匹一匹が勝利のしるしだった。飼っている動物たちは私たちの誇りでもあり、村の外を歩きまわらせていないときには家の中庭に囲って、ペットのようにかわいがっていた。年に一度の羊毛の刈り取りは祝いごとだった。私はその儀式が大好きだった。やわらかな羊毛が下に落ち、雲のように積み重なっていく様子も、家じゅうに広がる麝香《じゃこう》のようなにおいも、受け身の羊たちが弱々しく出す声も。母のシャーミーがその羊毛をカラフルな布に詰めてつくる、厚い上掛けの下で眠るのはとても気持ちがよかった。たまに、子羊に愛着がわいてしまうときがあり、その子羊が屠《ほふ》られるときには家にいられないこともあった。ディシャンが誘拐されたときまでには、うちで飼っている羊の数は百を超えていた。それは、私たちにとってはちょっとした財産だった。

以前、農家の男たちと一緒に雌鶏と雛鳥が連れ去られたのを思い出した兄のサイードは、うちのピックアップ・トラックを大急ぎで走らせ、シンジャール山のふもとへ向かった。道路が舗装されて二十分ほどで行けるようになってはいたが、どうしてもうちの羊たちのことが気になったのだ。「もちろん、連れていかれたんだろう」。そう思って私たちは嘆いた。「うちにはあの羊たちしかいないのに」

ところが、そのあと母にかけてきた電話で、サイードは混乱気味にこう言った。「二匹だけいなくなっている」。年のいった動きの鈍い雄羊と、若い雌の子羊が一匹ずついなくなったというのだ。残りの羊たちは、みんな満足げに茶色がかった緑の草を食んでいて、帰ろうとする兄のあとをついてきたという。私たちは笑い、ほっとした。だが、長兄のエリアスは、心配してこう言った。「わからないな。あそこは貧しい村だ。どうして羊を残していったんだろうか？」これには何か理由があると考えていたようだった。

ディシャンが連れ去られた翌日、コーチョは混乱に包まれていた。村の男たちは玄関の前に出てきて、村の外壁のすぐ向こうの検問所に交代で詰めている男たちと共に、見慣れない車がコーチョを通ろうとしないか見張りを始めていた。兄のひとりへズニは、警察の仕事で赴任先のシンジャールの街から帰ってきたところで、対応についての村人たちの激しい議論に加わった。ディシャンのおじは仕返しを望んでいて、コーチョのすぐ東にある保守的なスンニ派の部族が治める村へ、率先して向かう決心を固めていた。「あいつらの羊飼いをふたりつかまえてくるぞ」。怒りにまかせて、彼は宣言した。「そうすれば、ディシャンを返さんわけにいかんだろう！」

それは危険な計画であり、誰もがディシャンのおじに賛成したわけではなかった。父から勇敢さと喧嘩っ早さをそっくりそのまま受け継いだ私の兄たちのあいだでさえ、意見が分かれた。私といくつも年の変わらないサイードは、自分の勇敢さをついに証明する日を夢見て、長いあいだ過ごしてきていた。だから仕返しには賛成だった。一方、十歳以上年長のヘズニは、兄弟のなかでも熱くなりやすい方だが、それはあまりに危険だと反対した。

それでも、ディシャンのおじは、集められるだけの仲間を集めて、スンニ派アラブ人の村の羊飼いをふたりつかまえにいき、コーチョへ連れてくると、彼らを自分の家に閉じこめて待った。

＊　＊　＊

村で起こるもめごとのほとんどは、アフマド・ジャッソによって解決された。彼は、現実主義的で外交術に長けた私たちの村の指導者、ムフタールで、このときは、ヘズニの肩を持ってこう言った。「我々とスンニ派の隣人との関係は、すでに緊張したものになっている。もし争いが起きたら、何をしてくるかわかったものではない」。さらに、警告の意味を込めて、村の外では我々が想像している以上に状況は悪く、複雑だと説明した。〈イスラム国〉もしくは〈ＩＳＩＳ〉と自称する集団がいて、その大部分はもともとイラクで生まれ、ここ数年のあいだにシリアで大きくなったものだが、その集団がコーチョからも遠くない、いくつもの村をすでに占拠しているというのだ。黒ずくめの服で車に乗ってやってくるので、近くを通るのを見ればすぐにそれとわかるらしい。ディシャンを連れ去ったのはその集団だと、私たちのムフタールは言った。そして、「そんなことをすれば事態を悪化させるだけだ」と、ディシャンのおじをとがめたので、さらわれてきたスンニ派の村の羊飼いは、半日もしないうちに解放された。だが、ディシャンは戻らないままだった。

アフマド・ジャッソは賢い人だったし、ジャッソ家には、何十年にもわたってスンニ派アラブ人の部族と交渉をしてきた経験があった。村で問題が起きればいつも頼られ、村の外では外交の腕で知られていた。それでも、今度ばかりは相手に協力的になりすぎて、ヤズィディ教徒は自分たちを守れそうにないというメッセージを、テロリストたちに送ってしまうのではないかと心配するものもいた。

このころ、私たちとISISのあいだには、ペシュメルガと呼ばれるイラクのクルディスタンの民兵がいて、村の警備にあたっていた。その約二カ月前にモースルが占拠されたときに、クルド自治政府からコーチョの警備に派遣されてきたのだ。コーチョの人々は、ペシュメルガを大切なお客様のように扱った。村の学校に簡易ベッドを入れて彼らの宿舎にし、貧しい村人にとって大きな負担ではあったが、毎週どこかの家族が彼らのために子羊を一匹絞めて提供した。私も彼らを尊敬していた。それに、シリアやトルコには、武器を持ってテロリストと戦うクルド人の女性たちがいると聞いていたから、それを思うと勇気がわいてくる気がしていた。

何人かの兄もそうだが、村人の中には、私たちは自衛を許されるべきだと考えるものもいた。彼らは、検問所に人を配置したいと考え、アフマド・ジャッソの弟のナーイフにクルド自治政府にかけあってもらい、ヤズィディ教徒のペシュメルガ部隊の設立を求めようとしたが、相手にされなかった。ヤズィディ教徒の男たちに訓練を施すものや、テロリストとの戦いに彼らを加えようとするものはいなかった。ペシュメルガは、自分たちがそこにいるかぎり私たちは何も心配しなくていいし、イラクのクルディスタンの首都を守るのと同様に、ヤズィディの人々を守ると約束してくれた。「エルビルより先にシンジャールを明け渡すことはない」と、彼らは言った。彼らを信頼するようにと言われ、私たちは彼らを信じた。

それでも、コーチョに住む人々の多くは、家に武器を持っていた――重いカラシニコフ銃や大きなナイフを一本か二本。通常は祝祭のときに動物を屠るために使うものだ。ヤズィディ教徒の男たちのなかには、すでに大人になった私の兄たちを含めて、二〇〇三年以降に国境警備隊や警察の仕事についたものが多くいた。その年、それらの仕事の機会が彼らにも開かれたのだ。そして私たちはもちろん、プロがコーチョの境界線を監視してくれているかぎり、村の男たちは家族を守ることができるだろうと感じていた。二〇〇七年の攻撃のあと、村のまわりに土の防壁を築いたのは、ペシュメルガではなく村の男たちで、そして一年中、昼夜を問わずその防壁を見張り、急ごしらえの検問所で車を止めては見慣れないものを警戒し、私たちが安心していつもの暮らしができると感じられるまでそれを続けたのだった。

ディシャンが誘拐されて、村人たちはパニックに陥った。だが、ペシュメルガが何かをして助けてくれるわけではなかった。もしかしたら、彼らにはこれがたんなる村同士の小競り合いにしか見えず、クルド自治政府の議長マスード・バルザニが、ペシュメルガを安全なクルディスタンから、イラクの無防備な地域へ派遣する理由にはならなかったのかもしれない。もしかしたら、彼らも私たちと同じように怖かったのかもしれない。ペシュメルガの戦士たちのなかには、末の兄のサイードとほとんど年が変わらないように見えるものもいたのだ。

だが、戦争は人々を変えた。とくに男たちを。サイードが、男の子はそのような遊びをしないと知らずに、私やカスリーンと一緒に中庭で人形遊びをしていたのは、それほど昔のことではないというのに。だが、このころサイードは、イラクとシリアで吹き荒れる暴力に取りつかれたようになっていた。あるとき、イスラム国による斬首の映像を携帯電話で見た彼が、それを持った手を震わせながら、見てみろとさしだしてきて、私は驚いた。ちょうど部屋に入ってきた別の兄のマスウードがそれを見て怒った。「どうしてそんなものをナディアに見せて平気なんだ！」そう言われて、サイードは申し訳なさそうにしていた。でも、私には理解できた。あまりにも近いところで日々明らかにされていくおぞましい光景から、目をそらすことは難しかったのだ。

かわいそうな私たちの羊飼いが連れ去られたとき、携帯電話で見たその映像が頭に浮かんだ。**もしもペシュメルガがディシャンを連れ戻す力になってくれないのなら、私が何かをしないといけない。**そう思って、私は家に駆けこんだ。私は十一人のきょうだいの中でいちばん年少で、うちではいつまでも子供だと思われていたし、しかも女だ。それでも、遠慮なく自分の意見を言うほうではあったし、みんなも聞いてくれたので、私は怒りを感じながら、自分が大きくなっていく気がしていた。

村の北端に近いところにあった私たちの住まいは、日干しレンガの部屋をつらねた一階建ての家で、数珠つなぎの部屋にはドアがなく、全部の部屋から広い中庭に出られるようになっていた。中庭には、菜園と、タンドールと呼ばれるパン焼き窯があり、そこには羊と鶏がいることもよくあった。その家で、私は母と、八人いる兄のうち六人と、ふたりの姉、義姉ふたりとその子供たちと暮らし、残りのふたりの兄と、腹違いのきょうだいに、それからおば、おじ、いとこが、だいたいみんな歩いて行き来できるところに住んでいた。うちの屋根は、冬のあいだは雨が降ると雨漏りがして、暑いイラクの夏には家のなかがオーブンみたいになるので、夜は屋根の上にあがって寝た。屋根の一部が重みで沈んでしまったときは、マスウードが職場の修理工場から持ち帰ってきた金属板で継ぎあてをして、スペースが足りなくなったときには、屋根を継ぎたした。私たちは、あたらしい家を建てるためにお金を貯めていた。セメントのブロックでできた、もっと長持ちする家がほしくて、日々その目標に向けてがんばっていた。

玄関から家に駆けこんだ私は、女同士で共有している部屋に飛びこみ、鏡を見た。野菜畑でかがんでうつむくときに、髪の毛が目に入らないようにいつも使っている淡い色のスカーフを頭に巻いて、戦士が戦いにそなえてすることを頭に思い描いた。農場の仕事を長年続けていた私は、見た目よりも力があった。でも、人さらいや、その村から来た車がコーチョの村を通っていくのを見てしまったときに、どうしたらいいのかはわからなかった。その人たちに出くわしたら、なんて言ったらいいのだろう?

「テロリストが私たちの羊飼いを連れて、あなたたちの村へ行きました」。鏡を見て、顔をしかめながら口に出してみた。「あなたたちには止めることができたのに。それに少なくとも、彼がどこへ連れていかれたか私たちに教えることはできますよね」。私は、羊飼いが使うような棒きれを中庭の隅から持ってくると、また玄関へ戻った。そこには兄たちの何人かと母がいたが、何か話しこんでいて、私が通ったことには気づいていなかった。

数分後、村の外からやってきた一台の白いピックアップ・トラックが、村の大通りを走ってきた。前にふたり、後ろにふたり乗っている。ディシャンを連れ去ったスンニ派アラブ人の村の男たちだということは、なんとなくわかった。私たちは、そのトラックが、村をくねくねと通る未舗装の広い道を、怖いものなど何もないみたいに、ゆっくりと走り抜けていくのを見ていた。村のまわりには、シンジャールやモースルのような都市を結ぶ道路がほかにあるのだから、その人たちがコーチョの村を通らなければならない理由はなかったはずだし、そうやってわざわざやってくる様子は挑発しているようにも見えた。私は家族のそばを離れて走り出すと、トラックの行く道をふさぐように道の真ん中へ飛び出した。「止まって!」私は叫んだ。手に持った棒きれを振りまわした。そうすれば大きく見えると思ったのだ。「ディシャンの居場所を教えなさい!」

家族の半分がやってきて、私を引き戻した。「おまえは何をしようと思ったんだ?」エリアスが叱りつけた。「あいつらを襲おうとでも思ったのか? フロントガラスを割ってか?」エリアスとほかのきょうだいの何人かは、畑から疲れて帰ってきたところで、収穫していたタマネギのにおいをさせていた。彼らにしてみれば、ディシャンのことに対する仕返しのつもりだった私の行動など、子供が癇癪《かんしゃく》を起こしたみたいなものにしか見えていなかったのだ。母も、私が道路に飛び出したことを怒っていた。普通の状況なら、私が癇癪を起こしても寛容で、むしろ楽しんでいるような母だったが、このころはみんな神経が立っていた。注目を集めるのは危険なことに思われ、とくにそれが若い未婚の女性であるならなおさらのことだった。「ここへ来てすわりなさい」。母は険しい声で言った。「あんなことをするのは恥ずかしいことですよ、ナディア。あなたには関係のないことでしょう。男の人たちに任せておけばいいの」

こうして日々の暮らしは続いていった。イラクの人々、なかでもヤズィディ教徒やほかの少数派集団の人々は、あらたな脅威が現れてもそれに順応することには長けていた。いまにもばらばらになりそうな国で、普通に近い暮らしをしようと思うなら、そうある必要があるからだ。順応の度合いはさまざまだが、求められる調整の幅が比較的小さく、少し変えればすむこともある。たとえば、持っている夢の規模を小さくする、つまり学校を出るのをあきらめるとか、農場の仕事をあきらめて、もっと骨の折れる仕事に変えるとか、時間通りに始まる結婚式をあきらめるとかだ。それに、そもそもそうした夢は私たちの手に届くものではなかったのだ、と自分に言い聞かせることは、難しくなかった。

ときにそうした変化は、誰も気づかないまま少しずつ起きていた。学校でムスリムの生徒と話すことがなくなっていたとか、見慣れない人が村にやってきたときには、怖くて外へ出なくなったとかいうふうに。襲撃のニュースをテレビで見ていて、政治のことも気になりはじめていた。あるいは、何も言わずにいるのが安全だと感じて、私たちは政治を完全に締め出した。攻撃があるごとに、男たちはコーチョの村の外側に土の防壁を増やしていった。シリアに面した西側から始めて、ある朝目が覚めると村全体を完全に囲むまでになっていた。それでも安心はできなかったので、男たちは村のまわりにぐるりと溝も掘った。

私たちは何世代もかけて、小さな痛みや不正に慣らされ、やがてそれが無視してもいいくらいに普通のことになっていた。だから、たとえば結婚式で出した食事を拒否されるとかいった、ちょっとした侮辱なら、受け入れてしまうようになっていたのだと思う。けれど、たとえあらたな大虐殺《ファルマン》の脅威にさらされることすら、ヤズィディ教徒にとっては慣れっこであったとしても、そこに合わせていくには、何かをゆがめていかねばならない。痛みはかならずある。

ディシャンは戻っていなかったが、私はまた兄や姉たちとタマネギ畑へ出るようになった。そこは何も変わっていなかった。数カ月前に私たちが苗を植えたタマネギは、大きく育っていた。もし私たちが収穫しなければ、誰もする人がいない。もし私たちが売らなければ、うちにはお金が入ってこない。だから私たちは、もつれ合ってのびる緑の芽のそばに一列にならんで、土に植わったタマネギを一度に何個かずつ引っこ抜き、プラスチックの網に入れた。その状態で、充分熟すまで待ってから市場に売りにいくのだ。**今年はムスリムの村へ売りにいくのだろうか？**どうなのだろうと誰もが思っていたが、答えを出すことはできなかった。黒く色が変わってどろどろになり、毒々しいにおいを放つ腐ったタマネギを誰かが引き抜いてしまったときには、みんな鼻をつまんでまた収穫を続けた。

人のうわさ話をしたり、たがいにからかったりしながら、何百万回でも同じ話を繰り返して、おしゃべりを続けるのが私たちのいつものやり方だから、この日も同じようにした。家族のなかでも冗談好きな姉のアドキーは、その日の私のことを思い出しては口にした。その何カ月か前に、誰がいちばんたくさん苗を植えたかを競争して見にいったときと同じように、やせっぽっちの農家の娘が、ずり落ちたスカーフで目が隠れたまま、手に持った棒を頭の上に振りかざし、車を追いかけていくのがおかしかったのだと。日が沈みはじめたころ、私たちはうちの中庭で母と一緒に夕食をとり、そして屋根の上に敷いたマットレスに、肩をならべて横になり、月を見ながらささやき合い、やがて疲れに誘われるようにして、完全な静けさのなかへと落ちていくのだった。

なぜ村人を誘拐した犯人たちが動物を盗んだのかは、そのときの私たちにはわかりようもなかった。その理由が明らかになるのは、それから二週間後、ＩＳＩＳがコーチョの村とシンジャール地方のほとんどを制圧したあとのことだった。村人をひとり残らずかき集め、村の中学校へ向かわせるのを手伝っていた戦闘員のひとりが、村の女たちにこんなふうに説明していたのだ。「おまえたちは我々がどこからともなく現れたというが、我々はメッセージを送っていた」と、肩からさげたライフルを揺らしながら、その男は言ったという。「我々は、雌鶏と雛鳥をもらっていった。そうやって、おまえたちの村の女と子供を連れていくと知らせたのだ。我々が雄羊をもらっていくときは、おまえたちの族長を連れていく。雄羊を殺すのは、我々には族長を殺す計画があるという意味になる。それからもらっていくのが子羊なら、それは若い女だ」

― 2 ―

母にはかわいがられていたけれど、私は母に望まれて生まれた子ではなかった。私を身ごもる前の数カ月、母はできるかぎり節約してお金を貯めていた。あちこちであまった小銭、市場へ出かけたときのおつりや、こっそり売ったトマトの代金などをできるかぎりかき集め、そして、父にはあえて言わずに避妊のために使っていた。ヤズィディ教徒は、異教徒とは結婚しないし、異教徒がヤズィディ教に改宗することも認めていないので、大家族を保つことが信徒を絶やさないためのいちばん確実な方法だった。加えて、子供の数が多ければ多いほど農作業の人手に困らずにすんだ。私の母は、三カ月はなんとかピルを買えたが、お金がなくなり買えなくなると、すぐに彼女の十一人目、最後の子供となる私を身ごもった。

母は、父の二番目の妻だった。一人目の妻は若くして亡くなり、残された四人の子供の面倒を見るために女手が必要だった。母は、貧しく敬虔なコーチョの家に生まれた美しい娘で、父親は喜んで私の父に娘を嫁にやった。父はそのころすでにいくらかの土地と家畜を持っていて、村の中では暮らし向きがよかったのだ。それで母は二十歳の誕生日を迎える前、料理の仕方さえ覚える前に妻となり、四人の子供の継母となって、そしてすぐに妊娠した。

母は学校へ行ったことがなく、読み書きができなかった。多くのヤズィディ教徒と同じように、母語はクルド語で、アラビア語はあまり話せないので、結婚式や商売のために近くの村からやってくるアラブ人たちとはほとんど話ができなかった。自分たちの宗教の物語さえ、母にとっては謎だった。けれど、母は働き者で、農家の嫁にはつきもののたくさんの仕事を引き受けていた。その役目は子供を十一人産むだけでは充分ではなく（双子の兄、サウードとマスウードのときは危険だったので例外だったが、それ以外は自宅で出産した）、ヤズィディ教徒の女性に期待されるように、妊娠中も陣痛が始まるまで薪を運び、作物を植え、トラクターを運転し、出産後は子供を連れて仕事をした。

父は、伝統を重んじる敬虔なヤズィディ教徒として、コーチョとその周辺では知られていた。髪は長くのばして編んで、頭を白い布で覆っていた。笛や太鼓を鳴らし、聖歌を歌いながら説教の旅をする楽団《カッワール》がコーチョへやってくるときには、父も彼らを迎えるメンバーに数えられていた。村の男たちが集まって村の諸問題を村のムフタールと話し合う、〝ジャバット〟と呼ばれる村の集会でも発言権を持っていた。父にとって、不正はどんな肉体的な傷よりもつらいものであり、プライドが彼の強さを支えていた。父と仲の良い村人たちは、父を英雄のように称える話をよくしていた。たとえば、近隣部族に命をねらわれたムフタールのアフマド・ジャッソを父が助けたときの話だとか、スンニ派アラブ人の族長が飼っていた、高価なアラブ種の馬が厩《うまや》から逃げて、近くの草原でカラフというコーチョの貧しい農民が、その馬に乗っているのが見つかったとき、父が拳銃を手に彼を守ったとかいう話だ。

「きみたちのお父さんは正しいことをしようとする人だった」。父の死後、父の友人たちはそんなふうに言っていた。「あるときなど、反逆者とみなされ、イラク軍から逃げてきたクルド人を、警察が玄関まで来ているのに家に入れて寝かせてやったことがあった」。話はこんなふうに続く。そのクルド人が見つかったとき、警察はふたりとも逮捕しようとしたが、父はこう言って逃げ切ったのだそうだ。「私はこの男を政治のために助けたのではない。私が助けたのは、彼が人間であり、私も人間だからだ」。そうして、警察は男を自由にしたという。「そのあとわかったんだが、その男はなんと、マスード・バルザニ議長の友達だったんだ！」と、父の友達は何年たっても驚きを隠せない様子で思い出を語っていた。

父は弱い者いじめはしなかったが、必要なときには戦った。農作業中の事故で片目を失っていたので、眼球のあったところに、私が小さいころおもちゃにして遊んだような、大理石に似た乳白色の玉を入れていたのだが、そのせいで、見た目は怖かった。そのころから私は、コーチョにISISが来たとき、もし父が生きていたなら、テロリストに対抗して武装蜂起を指揮していただろうと思っていた。

私が生まれた一九九三年になるころには、両親の関係は壊れかけていて、母は苦しんでいた。その数年前に、父と前妻のあいだに生まれた長男がイラン・イラク戦争で亡くなり、母が言うには、それからあとは何もかもうまくいかなくなったのだそうだ。父は、サーラというあたらしい女の人を家に連れてきた。その人は父と結婚し、長いあいだ母が自分のものだと思っていた家の一角に、子供たちと住むようになった。ヤズィディ教では、一夫多妻制は禁じられてはいないものの、村では誰もが歓迎する考え方ではなかった。けれど父の行動を疑問視する人はいなかった。サーラと結婚するころには、父はかなりの土地と羊を持っていて、経済制裁とイランとの戦争のために、誰もが生きるために苦労していた当時のイラクで、自分を助けてくれる大家族が必要だったし、それは母ひとりでは足りないことだった。

サーラと結婚したからといって、父を批判するのは難しいことだったと、私はいまでも思っている。その年に生産できるトマトの数や、羊によい草を食べさせるために放牧にどれだけの時間を使えるかが、自分の生き死にに直結している人なら、なぜ父があたらしい妻とたくさんの子供をほしがったのかは理解できる。それは個人の問題ではないのだ。だが、のちに、父が正式に母と離婚し、母と私たち子供を、自分の住む家の裏にある小さな小屋に追いやり、お金も土地もほとんど分け与えなかったときには、父が彼女を連れてきたのは、実利的な理由からだけではなかったのだと理解した。

父は母よりもサーラを愛していたのだ。私はその事実を、母の心は父があたらしい妻をはじめて連れてきたときに壊れてしまったにちがいない、ということと同様に受け入れた。父が去ったあと、母は、私の姉のディーマールとアドキーによくこう言っていた。「神の思し召しがあるならば、私に起こったことはあなたたちには起こらない」と。私はほかのどこをとっても母のようになりたかったが、捨てられるのだけは嫌だった。

兄たちは、みんながみんな物分かりがよいわけではなかった。「こんなこと、神様がただでおくものか！」マスウードは怒りにまかせて、父に向かって大声でこう言ったことがあった。だが、そんな兄たちでさえ、数年が過ぎたころには、母とサーラが同じ家で父を取り合いながら暮らすよりもましだと認め、共存の方法を学んでいった。コーチョは小さな村なので、父がサーラと一緒にいるところをしょっちゅう目にするのは仕方なかった。小学校へ行くときには、毎朝、私が生まれた家でもある彼らの家のそばを通っていった。通学路で出会う犬のなかで、私のことをよく知っていて吠えないのは、その家で飼われている犬一匹だけだった。休暇は私も彼らと一緒に過ごし、父は私たちをシンジャールの街や山まで車で連れていってくれることもあった。

二〇〇三年に父は心臓発作を起こし、あれだけ強かったというのに、あっという間に病気の老人に変わり、病院で車いすの生活になってしまった。その数日後に父が死んだときには、まるで悪くなった心臓よりも、弱くなったことを恥じる気持ちのせいで死んでしまったかのように見えた。マスウードは、父に怒鳴ったことを後悔していた。父は強い人だからどんなことでも受け止められると思いこんでいたのだそうだ。

　母は信仰に篤い人で、ヤズィディ教徒のあいだで占いによく使われるサインや夢を信じていた。三日月がはじめて出た夜には、中庭に火をともしたろうそくを手にした母の姿があった。「いまは子供たちがいちばん弱くて病気や事故に遭いやすいときなの」と、母は説明してくれた。「だから、おまえたちの誰にも、何も起こらないように祈っているんだよ」と。

　私は胃が弱く、よく具合が悪くなったのだが、そんなとき母は私をヤズィディ教徒の治療家《ヒーラー》のもとへ連れていき、薬草とお茶を出してもらった。私はその味が苦手だったけれども、強く勧められて飲むのだった。また、誰かが亡くなったときには、母はヤズィディの霊能者《コチェック》のもとを訪れ、故人があの世に行ったことをたしかめる手伝いをしてもらっていた。イラク北部には、ラーリシュという、ヤズィディ教の聖地とされる谷があり、巡礼者たちの多くはそこを離れるときには土を少し持って帰る。その土を三角に折った小さな布に入れ、お守りとしてポケットや財布に入れておくのだ。母は、その聖なる土をいつも身に着けていて、とくに兄たちが家を離れて軍の仕事をするようになってからは、片ときも肌身離さず持っていた。「あの子たちを守ってくれるものなら何だって持っておきたいんだよ、ナディア」。母はよくこんなふうに言った。「危険だからね。あの子たちのしていることは」

母は現実主義的な働き者で、どんな大変な状況でも、少しでも暮らしを楽にしようとがんばっていた。ヤズィディ教徒のコミュニティはイラクのなかでもとくに貧しく、さらにうちは、とくに両親が別れてからはコーチョの基準で考えても貧しかった。兄たちは何年もかけて自力で井戸を掘った。硫黄性の土を少しずつ、怪我をしないように気をつけて水が出てくるところまで下りながら掘ったのだ。兄たちはまた、母や姉たちと一緒によその人の土地も耕し、トマトやタマネギの収穫から得られる利益のほんの一部を受け取っていた。私が生まれてからの最初の十年間は、うちの夕食に肉料理が出ることはまれで、茹でた野菜ばかり食べていた。それに兄たちによれば、穿いているズボンが擦り切れて脚が透けて見えるようになるまで、あたらしいズボンを買ってもらえることはなかったという。

母のがんばりと、二〇〇三年以降のイラク北部の経済成長のおかげで、少しずつではあるものの、私たちの状況は（そして多くのヤズィディ教徒の状況は）よくなっていった。クルド自治政府によって国境警備隊や警察の仕事への門戸がヤズィディ教徒にも開かれたので、兄たちもそうした仕事についた。危険な仕事だが――兄のひとりジャロが警察に入り、警備のためにタル・アファルの空港に配置された年には、戦闘で多くの警察官が亡くなった――給料はよかった。それでようやく、私たちは父の土地から出て、自分たちの家を持つことができた。

母の信心深さや勤勉さだけを知っている人は、どんな苦労も笑い話にしてしまう、彼女の別の一面を知るととても驚いた。実際、この先もう再婚はないだろうといった現実までも、母は話のたねにして笑った。両親が別れてから数年後、コーチョへやってきたひとりの男が母の気を引こうと近づいてきたことがあった。その男が玄関先に来たのを音で知った母は、棒きれを手に、もう二度と結婚なんてしないのだから来るな、と言って、男を追いかけていった。家に戻ってきた母は、笑って「あの男の怖がってる顔をおまえたちに見せてやりたかったよ！」と言いながら、男の顔まねをして、私たちを笑わせた。「もしまた結婚するとしても、年のいった女に棒を振りまわされて逃げる男なんてごめんだね！」

母はあらゆることを冗談に変えた。父に捨てられたことも、髪のおしゃれやメイクに夢中な私のことも、母自身の失敗のことも。母は私が生まれる前から、大人のための識字教室に通っていて、私が大きくなってからは、私が母に教えた。母は覚えが速かったのだが、それはひとつには、自分の間違いを笑いとばしてしまえる人だったからではないかと、私は思っている。

私が生まれる前に試みた避妊の顛末も、昔どこかで聞いた笑い話のように、母は話した。私を妊娠してがっかりしたと言いながら、いまとなっては私がいない人生は考えられないというのだからおもしろい。母は、私が生まれた瞬間、どれほど愛おしく思ったかと言っては笑い、パンを焼いている母に、幼い私がいつも話しかけ、どんなふうに窯《タンドール》で体を温めていたかと言っては笑った。そして、姉やいとこたちをかわいがる母を見て、私がどれほどやきもちを焼いていたかと言っては、私と一緒に笑った。

私は絶対に家を離れないつもりでいたし、母とは、起きているときも、寝るときもいつも一緒だった。あの日、ＩＳＩＳがコーチョにやってきて、私たちを引き離してしまうまでは。彼女は私たちの母親であり、ときには父親でもあった。そして、私も母の苦労が理解できる年齢になってからは、母のことがいっそう愛おしく思えた。

＊　＊　＊

私は自分の家が大好きで、よそで暮らすことなど考えたこともなかった。外から見れば、コーチョは貧しすぎてとても幸せに暮らせる場所には見えなかっただろう。それに、あまりに辺鄙で不毛な土地にあるので、どうしようもなく貧しくなる以外の何にもなりようがないように見えていたのかもしれない。村へやってきたアメリカ兵たちも、ペンやキャンディをほしがって群がってくる子供たちの様子を見て、きっとそんな印象を持ったにちがいない。私もそんなふうにものをねだる子供のひとりだった。

クルドの政治家たちが村を訪れることもあったが、それはわりと最近になってからのことで、しかもだいたいは選挙前に限られていた。クルド人の政党のひとつ、バルザニのクルド民主党（ＫＤＰ）は、二〇〇三年以降、コーチョに小さな事務所を構えていたが、そこは党に属する村の男たちのクラブハウスとして存在しているだけに見えた。大っぴらには言わないまでも、ＫＤＰが村人たちにしつこく支持を求めることや、ヤズィディ教徒はクルド人でシンジャール地方はクルディスタンの一部だと言わせようとすることに、陰で不満を洩らす村人はたくさんいた。イラクの政治家たちは私たちを無視していたし、サダム・フセインは、無理やりにでも私たちはアラブ人だと言わせようとしていた。まるで私たちは、脅せばアイデンティティを捨てることができ、それに一度したがわせてしまえば、二度と反発しないとでも思われているみたいだった。コーチョに住んでいるということだけでも、それはある意味挑戦だった。一九七〇年代の中ごろ、サダム・フセインは少数派集団を強制的に移住させはじめた。そのなかにはクルド人とヤズィディ教徒も含まれていて、それらの人々はもと住んでいた村や町から、より支配の目が届きやすく計画的につくられた居住地区に用意された、コンクリート・ブロック造りの家に住まわされた。イラク北部における〝アラブ化〟と呼ばれた政策の一環だ。

だが、コーチョは、ヤズィディ教徒が多く住むシンジャール山から遠く離れていたため、移住を免れることになった。そして、多くが移住したあたらしい居住区では時代遅れとなったヤズィディの伝統が、コーチョではすたれることなく続いていた。女たちは、ガーゼのような白いワンピースを着て、祖母から譲り受けたスカーフを頭に巻いた。手の込んだ結婚式が開かれ、昔ながらのヤズィディの音楽と踊りで祝った。そして、多くのヤズィディ教徒のあいだではもう失われた慣習だが、私たちは贖罪のために断食をした。村は安全であると同時に閉鎖的で、土地や結婚をめぐるいざこざが起こるときでさえ、最後には自分たちがマイノリティであると感じるのだった。

だが少なくともそうしたことが、村人同士がたがいを大事に思う気持ちに影響を及ぼすことはなかった。村人たちは夜の遅い時間までたがいの家を行き来し、外を歩くときも怖くなかった。よそから来た人が、遠くから見ると、暗闇のなかにコーチョは明るく輝いている、と話していたこともあった。姉のアドキーによれば、コーチョは〝シンジャールのパリ〟だと、言った人もいたそうだ。

コーチョは子供がたくさんいる若い村だった。過去の大虐殺《ファルマン》を実際に見たことがあるほどの高齢者は、村のなかにも数えるほどしかいなかった。だから私たちは、それはもう昔の話で、宗教だけを理由にひとつの集団がまるごと殺されてしまうような場所は、近代化と文明化がここまで進んだ世界にはもうないと思っていた。たしかに私はそう感じていた。私たちは過去の大虐殺の話を、人々の結束を促す昔話のように聞きながら育った。

母の友達のひとりは、トルコでの圧政から逃れてきたヤズィディ教徒の話をしてくれた。かつてトルコにはたくさんのヤズィディ教徒が住んでいて、その人も母親や姉妹と一緒に住んでいたそうだ。そして、身動きがとれなくなった洞窟の中で、食料が尽きたとき、母親はしかたなく革を茹でて飢えをしのいだという。私はこの話を何度も聞かされたが、聞くたびに胃がむかついた。どんなにお腹がすいたとしても、革なんて食べられそうにない。でも、ただの昔話だと思っていた。

コーチョでの暮らしは、たしかに大変だった。あれだけたくさんの子供がいては、みんなどれだけ愛されていたとしても、養っていかねばならない親の負担は大きく、昼も夜も働かねばならなかった。誰かが病気になり、それが薬草では治らない病気だとわかれば、医者に診てもらうためにシンジャールかモースルまで連れていってもらわなければならなかった。着るものも、少し余裕ができてからは年に一度、町の市場で買ってもらえるようになったが、それまでは全部母が手縫いしていた。サダム・フセインの退陣をねらって、イラクに国連による制裁が課せられていた時期には、砂糖が手に入らなくなってとても困った。

村には最初、小学校がひとつでき、そのあと何年もしてから中学校がひとつできたのだが、ようやくそれらができたところで、親たちは子供に教育を受けさせるのと、家にとどめて仕事をさせるのと、どちらが得になるかをはかりにかけねばならなかった。平均的なヤズィディ教徒は、長いあいだ教育を受けることを否定されてきた。イラク中央政府によってだけでなく、ヤズィディ教の指導者たちによっても。国による教育は、異なる宗教間の結婚を促進し、それがヤズィディのアイデンティティの喪失につながることを危惧したからだ。しかし、親たちにとっては、無償の労働力を失うことが単純に大きな犠牲だった。それに、教育を受けたところで、どんな未来があるというのか、どんな仕事を、どこでするのか、というのが親たちの疑問でもあった。コーチョには仕事がなかったし、ほかのヤズィディ教徒たちと離れて、永遠に村の外での暮らしをしようとするのは、希望を失ってしまった人か、極端な野心を持った人のどちらかだけだった。

親の愛は、痛みのもとにもなりやすかった。農場の生活は危険で、事故はつきものだった。母は少女から大人になるころに、自分の姉が、スピードの出ていたトラクターから振り落とされ、畑の真ん中で家族が見ている目の前で轢かれて死んだときのことを事細かに話してくれた。病気も、お金がかかりすぎて治せないこともあった。兄のジャロと妻のジナーンは、ジナーンの家系に多い遺伝性の病気で、赤ちゃんを続けて亡くした。ふたりは薬を買ったり赤ちゃんを医者に診せたりするお金がなかったので、八人生まれた子供のうち、四人を亡くしてしまったのだ。

姉のディーマールは離婚したときに子供たちと引き離されてしまった。イラクではどこでもそうではあるが、ヤズィディ教徒の社会でも、理由が何であれ離婚時に女性に与えられる権利はほとんどない。戦争で亡くなる子供もたくさんいた。私が生まれたのは、湾岸戦争からまだ二年、イラン・イラク戦争が終わってから五年後のことだった。イラン・イラク戦争は、八年にも及ぶ意味のない紛争であり、それは何よりも自国民を苦しめたいというサダム・フセインの願望を満たすためのものでしかなかった。私たちの家には、二度と姿を見せることのない、そうした子供たちの記憶が、幽霊のように棲みついていた。父は、いちばん上の兄が死んだとき、長くのばしていた髪を切った。その後に生まれた息子のひとりには、その兄からとった名前をつけたけれども、その息子のことを父はニックネームのヘズニとしか呼ばなかった。〝悲しみ〟という意味だ。

私たちの暮らしの評価は、収穫とヤズィディ教の祝日で決まった。季節は残酷にもなった。コーチョの狭い通りには、冬のあいだセメントのようなべとつく泥がたまり、靴がはまって脱げてしまうし、夏はひどく暑いので、日中日に当たって倒れてしまう危険を冒すよりも、日が暮れてから農場へ出かけるほうを選ばなければならない。ときには収穫に落胆させられることもあり、そういうときは、うつうつとした空気が何カ月も流れ、少なくともつぎの季節のために種まきをするころまでそれは続いた。また別のときには、収穫はたくさんあるのに、まったくお金にならないこともあった。私たちは、採れた野菜の袋を引きずって市場まで運び、そこでお客さんが品物を手に取っては戻して、歩き去ってしまうという苦労を繰り返して、何が売れて何が売れないかを学んでいった。小麦と大麦はいちばん実入りが大きかった。タマネギは売れるけれども、あまりお金にならなかった。トマトはあまってしまうので、うちの家畜には熟れすぎたトマトばかり食べさせていた。

けれど、そんな苦労があったとしても、私はコーチョ以外の場所に住みたいと思ったことはなかった。冬になると狭い通りは泥だらけになったけれど、大切な人に会いにいくのに遠くまで行く必要はなかった。夏の暑さは息苦しいほどだったけれど、だからこそ、夜になれば屋根にあがり、みんなで肩をならべて寝ることができた。同じように屋根で寝ているおとなりさんとも、しゃべったり笑ったりできるのだ。農作業はきつい仕事だったが、それをこなせばつつましく、楽しく暮らせるだけのお金は入ってきた。私はコーチョの村が大好きで、子供のころの好きな遊びのひとつが、いらなくなった箱やゴミのなかから使えるものを探して、ミニチュア版のコーチョの模型をつくることだった。カスリーンと私は、その模型の家に、木でつくった人形を入れ、別の人形と結婚させたりして遊んだ。もちろん、結婚式の前には、プラスチックのトマトのケースでつくった私のヘアサロンへ、女の子の人形をかならず訪問させた。

そして何よりも、私が絶対にコーチョを離れたくないと思っていたのは、家族がそこにいたからだ。私たち家族は小さな村だった。私には八人の兄がいた。父親みたいな長兄のエリアス。みんなの食い扶持を稼ぐために、兄たちの中で最初に命の危険を冒して国境警備隊の仕事についたハイリー、ピセは頑固で義理堅く、何があっても私たちを守ってくれそうだった。マスウードは村いちばんの機械工になった（村いちばんのサッカー選手でもあった）。マスウードと双子のサウードは、村で小さな雑貨店を経営していた。ジャロはオープンな性格で、初対面の人にも心を開いて接することのできる人だった。サイードは、エネルギーに満ちあふれていて、いたずら好きで、ヒーローになりたがっていた。そして、夢想家のヘズニ。私たちはみんなで競い合って彼の気を引こうとしたものだった。姉のディーマールは、アドキーと一緒に、女である自分がピックアップ・トラックを運転するかどうかで兄たちと喧嘩をしていたかと思うと、別のときには、中庭で死んで動かなくなった羊の上につっぷして泣いていたりした。このふたりの姉も同じ家に住んでいた。腹違いの兄弟にあたるハーリド、ワリード、ハッジ、ナワーフと、腹違いの姉妹ハラムとハイアムもみんな近くに住んでいた。

　コーチョは、母のシャーミーが、どこの良き母親とも同じように、一生を捧げ、私たちがきちんと食べて希望を持てるように尽くした場所だ。母を最後に見たのはそこではなかったけれど、私が母を思うとき、いつも母がいる場所だ。そして私は、毎日母を思っている。経済制裁のいちばんひどかったころでさえ、母は私たちに必要なものが足りているようにしてくれていた。おやつを買うお金がないときは、近所の店へ大麦を持っていき、ガムと交換してもらっていた。いつもは手を出せない、高価な衣料品を売りにくる商人が村へやってきたときには、ツケで売ってほしいと母はしつこく頼んでいた。そして、借金をつくることに兄たちが文句を言うと、「少なくともいまじゃ、コーチョへ来るときには最初にうちに寄るようになったんだからね！」と、冗談交じりに切り返すのだった。

　貧しい家庭で育った母は、私たちがみすぼらしく見えるのを嫌っていたのだが、村には私たちの暮らしを助けようとしてくれる人たちもいて、できるときには少しずつ小麦粉やクスクスをわけてくれた。一度、私がとても小さかったころ、母が粉ひき小屋からわずかな小麦粉の袋を手にして帰ろうとしていたとき、母のおじのスライマーンに呼びとめられたことがあったそうだ。「助けがいるのは知っているよ。うちに寄っていかないか？」とおじは尋ねた。

最初、母は首を振り、「私たちは大丈夫です、おじさん」と答えた。「必要なものは全部そろっています」と。だがスライマーンは引かなかった。「小麦がたくさんあまってしまってね。ちょっともっていってもらいたいんだ」と言って。その次に私たちが知っていることといえば、大きな油の缶四つに詰めた小麦がうちに届けられたことだ。それだけあれば二カ月分のパンを焼くのに充分足りた。母は助けてもらわなければならなかったことをとても恥ずかしく思ったらしく、そのことを私たちに話したときは、目に涙を浮かべ、もっといい生活ができるようにするからと誓っていた。実際、日を追うごとに母は暮らしをよくしてくれた。母がいてくれるだけで、たとえテロリストが近くにいても心強かった。「神様がヤズィディ教徒を守ってくださる」と、母は口癖のように言っていた。

母を思い出させるものが私にはたくさんある。たとえば、白い色。こんなときに、というようなときに言うジョーク。クジャク——ヤズィディ教徒にとっての神聖なシンボルだ——と、鳥の絵を目にするたび頭のなかで唱える短いお祈り。二十一年のあいだ、私の母はいつも毎日の中心にいた。毎朝早く起きては、中庭の窯《タンドール》のまえで低い椅子に腰を下ろし、パンを焼いていた。丸めた生地を平らにして、窯の内側にたたきつけ、気泡ができるまで焼き上げ、黄金色に溶けた羊のバターをつけて食べられるよう準備をするのだ。

二十一年間、毎朝私はペタン、ペタンとパン生地を窯にたたきつける音と、草の香りのするバターのにおいで目を覚ました。それらは母が近くにいることを知らせるものだ。私は眠い目をこすりながら、窯の前の母のそばにすわり、冬には窯の火で手を温めながら、何でも母に話した――学校のこと、結婚式のこと、兄弟喧嘩のこと。何年ものあいだ、私は家の外にあるシャワー用の小屋のトタン屋根の上で、蛇が子供を育てていると信じていた。「だって聞いたもの!」私は蛇が這うような音を立てながらそう主張した。でも、母はただ微笑んで、末っ子の私にこう言った。「ナディアはひとりでシャワーを浴びるのも怖いのねえ」。兄や姉たちは私をからかい、ほんとうに赤ちゃん蛇が私の頭に落ちてきて、シャワールームを建て直すことになったときでさえ、たしかに彼らの言うとおりだと認めなくてはならなかった。私はひとりになるのが嫌だった。

私は焼けたばかりのパンの、端っこの焦げたところをつまみながら、将来の計画について最新の情報を母に伝えるのだった。そのころ私は、サロンで髪結いの仕事をするだけでなく、自分たちの家にサロンをオープンさせようと考えていた。もうアイメイクに使うコールという黒い粉や町で人気のアイシャドウを買えるくらいのお金は貯まっていたので、教師になって中学校で歴史を教えたあと、家に帰ってから、メイクアップの仕事もしようと考えたのだ。母は、いいようなずいてくれた。「どこへも行かないでいてくれるんならね、ナディア」。焼きたてのパンを布に包みながら、母はこんなふうに言ったものだった。「もちろんよ」。私はいつもこう答えた。「絶対に母さんを置いてなんていかない」

3

ヤズィディ教では、神は人間を造る前に、七つの聖なる存在——それらはしばしば天使と呼ばれる——を、神の化身として創造したとされている。割れた真珠のような欠片から宇宙を創造したあと、神は大天使タウセ・メレク（マラク・ターウース）を地上に遣わした。地上に降りたタウセ・メレクは、クジャクの姿になって、自分の羽と同じ鮮やかな色彩で世界を色づけた。

その物語が伝えるところによると、タウセ・メレクは地上でアダムと出会う。アダムは神が決断して最初に造った、不死身でかつ完璧な人間とされる。天使はその決断に異議を唱えた。タウセ・メレクはこう提案した。もしもアダムが子孫を残すなら、不死身であってはいけないし、完璧であってもいけない。それに、神がアダムに食べることを禁じた小麦を食べねばならないと。神は自分の天使に判断はまかせると言い、世界の運命をタウセ・メレクの手にゆだねた。アダムは小麦を食べて楽園から追放され、そして、次の世代となるヤズィディ教徒がこの世界に誕生した。

こうして神に対して自分の価値を証明したこのクジャクの天使は、神と地上をつなぐもの、そして人々と天をつなぐものになった。私たちの祈りは、しばしばタウセ・メレクに捧げられ、また新年の祝いは、タウセ・メレクが降臨した日として祝う。多くのヤズィディ教徒が、カラフルなクジャクの絵を家に飾り、その光景が、彼の聖なる知恵のおかげで私たちが存在するということを思い出させてくれるのだ。

ヤズィディ教徒にタウセ・メレクが愛されているのは、神に対するかぎりない献身と、私たちにとって唯一の神と私たちを結びつけてくれることが理由だ。だが、イラクのムスリムたちは、私たちの物語はルーツがはっきりしないとの理由で、クジャク天使を蔑み、そのクジャク天使に祈りを捧げる私たちを非難する。

ヤズィディ教徒が口にすべきことではないし、言葉にするだけでもつらいことだが、多くのイラク人は、このクジャク天使の物語を聞いて、私たちを悪魔崇拝者と呼ぶ。タウセ・メレクは神の使いであるが、コーランに出てくるイブリースという悪魔に姿が似ているというのだ。彼らによれば、私たちの天使が、アダムに挑んだということは、すなわち神にたてついたということになるらしい。なかには、書物からの引用を示して――たいていは二十世紀初頭に、ヤズィディ教徒の口承の伝統に馴染みのない外部の学者によって書かれたものだ――タウセ・メレクはアダムにしたがうことを拒んだために地獄へ送られたというものもいるが、それは本当ではない。これは間違った解釈であり、そこからひどい結果がもたらされた。私たちが自分たちの信仰の核となる部分と、ヤズィディ教の素晴らしさを説明するための物語が、ほかの人たちが私たちへのジェノサイドを正当化するのに利用されているのだ。

これはヤズィディ教徒について語られる最悪の嘘だが、嘘はほかにもある。人々は、ヤズィディ教徒には聖書やコーランのような聖典がないから、〝本物の〟宗教ではないという。水曜日はタウセ・メレクがはじめて降臨した日で、私たちにとっては休息と祈りの日だから、ヤズィディ教徒のなかにはその日はシャワーを浴びない人がいる。それを理由に、私たちを汚いという人もいる。太陽に向かってお祈りをするという理由で、私たちは偶像崇拝者《パガン》と呼ばれた。輪廻転生を信じる私たちの考えは、死と向き合ううえで助けとなり、コミュニティをひとつにつなぐものだが、そのようなことを信じるアブラハムの宗教はひとつもないとして、ムスリムから拒否された。一部のヤズィディ教徒のあいだでは、たとえばレタスを食べないなど特定の食べ物を避ける習慣があり、それが変だとからかわれることもあった。ほかにも、タウセ・メレクの色だからという理由で青い服を着ないヤズィディ教徒もおり、そんなことですら蔑みの理由にされた。

コーチョで育った私は、自分たちの宗教について多くのことは知らない。ヤズィディ教にはカーストがあり、ヤズィディ教徒のなかでもごく少数が〝シャイフ〟のカーストに生まれ、彼らと年配者が、ほかのすべてのヤズィディ教徒に自分たちの宗教のことを教える役割を担っている。私が小さいとき、うちにはお金がなかったので、洗礼のためにはじめて聖地ラーリシュを訪れたときは、もう十代になっていたし、そこに住むシャイフたちの教えを求めて、定期的に訪問することも無理だったのだ。攻撃と迫害により、ヤズィディ教徒は散り散りになって数も減り、それによって後代に伝えられるべき物語が口承で伝えられていくこともいっそう難しくなっていった。それでも私たちは、指導者たちがヤズィディ教を守ってくれていることに満足していた。なぜなら、間違った人の手に委ねられてしまえば、簡単に弾圧に利用されてしまうことは明らかだったからだ。

ヤズィディ教徒なら子供のころにかならず教わることがある。たとえば、ヤズィディ教の祝日のことがそうだ。私の場合、教わったのはおもに、その祝日の背景よりも祝い方のほうではあったけれど。私の知っている新年のお祝いは、卵に色を塗り、ご先祖の墓に参り、そして寺院にろうそくの火をともすというものだ。それから、ラーリシュへ行くなら十月がいちばんいいとも教わった。ラーリシュは、シャイハーン地区にある聖なる谷で、ヤズィディ教のいちばん重要な精神的指導者であるバッバ・シャイフと、寺院の守り人であり、巡礼者を迎えるバッバ・チャウィシュが住んでいる。十二月には贖罪のために三日間の断食をする。ヤズィディ教徒以外との結婚は許されておらず、また他教からヤズィディ教への改宗も認められていない。私たちは、ヤズィディ教徒が過去に経験した七十三回の大虐殺《ファルマン》について教えられた。それらの迫害の物語は、私たちが誰であるかにあまりに深く関係しているため、ほとんど神話のようなものと言えた。私が知ったのは、宗教とは、生まれながらにしてそれを守ってきた男たちと女たちの中に息づいているものだということであり、私もそのひとりだということだ。

母は祈り方を教えてくれた。朝は太陽に向かい、昼はラーリシュの方角に向かって、そして夜は月に向かって祈るのだ。決まりごとはあったが、だいたいのところは柔軟だった。祈りは自己表現であり、たんなる日課や空虚な儀式ではなかった。声を出しても出さなくてもよかったし、ひとりで祈っても、グループで祈ってもどちらでもよかった。ただし、グループ全員がヤズィディ教徒でなくてはならない。お祈りに伴うジェスチャーもいくつかある。多くのヤズィディ教徒の男女が手首につけている紅白のブレスレットにキスをするとか、男性であれば、彼らが着ている伝統的な白い肌着の襟にキスをするといったことだ。

私が一緒に育ったヤズィディ教徒は、ほとんどみんな一日三回お祈りをしていて、また、お祈りをする場所もとくに決まってはいなかった。私は寺院で祈るよりも、畑や屋根の上で祈ったり、母の手伝いの途中、台所で祈ることが多かった。神とタウセ・メレクをたたえる短い祈りの言葉を唱えたあとは、どんなことを祈ってもかまわなかった。「悩みがあればそれをタウセ・メレクにお話しなさい」と、母は身振りで手本を示しながら言った。「もし大切な人のことで心配ごとがあるならそう言いなさい。あるいは恐れていることがあるのなら。タウセ・メレクはそういうときにおまえたちを助けてくださるんだよ」と。だから以前の私は、自分の将来のことについて祈り――学校を出て、サロンを開けますようにと――それから兄弟姉妹や母の将来について祈っていた。いまは、私の宗教とヤズィディの人々が生きのびられるようにと祈っている。

ヤズィディ教徒は、長いあいだこんなふうにして生きてきた。自分たちの宗教に誇りを持ち、ほかのコミュニティから排除されることにも甘んじてきた。そもそも私たちには、もっとたくさんの土地や権力を手に入れようなどという野心はなく、ヤズィディ教には、ヤズィディ教徒以外の人々を征服したり、信仰を広めたりすることを促す教えはどこにもなかった。どちらにしろ、ヤズィディ教徒でない人は誰であれ、ヤズィディ教に改宗することはできないのだが。

けれど、私が子供のころ、そのコミュニティにも変化が起きていた。村人たちがテレビを買い、最初はイラクの国営放送だけしか見ることができなかったのが、やがてアンテナの設置で衛星放送の視聴が可能になって、トルコのメロドラマやクルドのニュースが見られるようになった。うちではじめて電気洗濯機を買ったときは、まるで魔法みたいに思えた。でも、母はそれまでと変わらず、伝統的な白いスカーフとワンピースは手洗いをしていた。アメリカやドイツ、カナダに移住したヤズィディ教徒もたくさんいて、西側世界とのつながりをつくっている。そしてもちろん、私たちの世代は、親の世代が夢見ることさえしなかったことができるようになった。学校へ行くことだ。

コーチョの村に最初の学校が建てられたのは、一九七〇年代、サダム・フセイン政権下でのことだ。学年は五年生までしかなく、授業はクルド語ではなくアラビア語でおこなわれ、そしてとても国家主義的な内容だった。国がつくったカリキュラムで、イラクでは誰が重要で、どの宗教にしたがうのかが明確にされていた。ヤズィディ教徒は、私が学校で読んだイラクの歴史の本の中には存在せず、クルド人は国家に対する脅威として描かれていた。それらの本に描かれる歴史は、戦いの歴史であり、そこではアラブ系のイラク人が、彼らの国を奪い取ろうとする人々と戦っていた。それは私たちの国と、植民地支配をしていたイギリス人たちを蹴り出した強い指導者たちを誇りに思わせるように描かれた血みどろの歴史ではあったが、私には逆の効果をもたらした。

のちに思ったのは、こうした本を使った教育が、近隣の人々がＩＳＩＳに加わったり、あるいはテロリストがヤズィディ教徒の村を攻撃したりしているあいだ、何もせずにいた理由のひとつにちがいないということだ。イラクの学校教育を受けた人なら誰でも、私たちの宗教が保護されるに値するとは思わないだろうし、終わりのない戦争が続いていることについても、それが悪いことだとも、何かおかしいとも思うことはないだろう。はじめて教室に入ったその日から、私たちは暴力について教えられてきたのだ。

子供のころ、私の国は私を悩ませるものだった。それ自体が、いくつもの異なる国からなるひとつの惑星のようでもあり、そこでは何十年も続く、経済制裁、戦争、悪政、そして汚職によって隣人同士が引き裂かれていく。イラクの北の端には、クルド人がいて、彼らは独立を望んでいた。南部にはイラクの宗教多数派であり、いまでは政治的にも多数派であるシーア派ムスリムが多く住んでいる。そして、その中間にはスンニ派アラブ人がいる。サダム・フセイン政権下で国を支配していたのは彼らスンニ派だが、現在は反政府勢力を形成している。

国土をほぼ水平に三つのストライプに色分けし、簡略化して描かれたイラクの地図には、ヤズィディ教徒のことは書かれていないか、〝その他〟とひとまとめにくくられているかのどちらかだった。イラクの現実を説明するのはほんとうはもっと難しく、たとえそこで生まれたものでも大変なことだ。私がまだ子供のころ、コーチョの村には政治のことを話す人はあまりいなかった。村人の関心事といえば、作物の周期や、誰が結婚するか、羊の乳が絞れるかなど、小さな田舎の村で暮らす人なら誰でも理解できるようなことが中心だった。イラクの中央政権は、ヤズィディ教徒を勧誘して彼らの戦争で戦わせ、バアス党に入党させるキャンペーン以外は、同様に私たちには関心がないように思えた。でも、私たち自身は、イラクにおける少数派集団《マイノリティ》であるとはどういうことかをよく考えていて、ヤズィディ教徒もそこに含まれる〝その他〟でくくられている少数派集団を全部地図に加えたら、単純なストライプは渦を巻いて、マーブル模様になるだろうと思っていた。

コーチョの北東、イラクのクルディスタンの南端近くに点線で示されるのは、トルクメン人の居住地区で、シーア派、スンニ派ムスリムの両方が住んでいた。キリスト教徒――アッシリア人、カルデア人、アルメニア人が含まれる――のコミュニティは国中に散らばっているが、とくにニネヴェ平原には多い。加えて、アフリカ系やマーシュアラブの人々、それにカカイ教徒、シャバク人、ロマ、マンダ教徒など、その他の少数派集団が、斑点を描くように居住している。バグダッド近郊には、いまもユダヤ人の小さなコミュニティがあるとも聞いたことがある。宗教は民族と混ざりあっている。たとえば、クルド人の多くはスンニ派のムスリムだが、彼らにとってはクルド人としてのアイデンティティが優先される。ヤズィディの人々の多くは、ヤズィディ教徒であることを民族的アイデンティティであり、宗教的アイデンティティであると考えている。イラクのアラブ人のほとんどは、シーア派ムスリムかスンニ派ムスリムのどちらかで、そのちがいが多くの争いごとを引き起こしてきた。こうしたこまごまとした事情は、私たちが学んだイラクの歴史の教科書には書かれてはいなかった。

家から学校へ行くためには、私は村の端をぐるりと囲む埃っぽい道を歩いて、父親がアルカーイダに殺されたバシールの家の前を通っていかなければならなかった。私が生まれ、父とサーラがまだ住んでいる家を通り過ぎて、そして、最後に友達のワラーの家の前も通り過ぎていくのだ。ワラーは色白で丸顔のきれいな子で、物静かな性格が口数の多い私とは対照的でちょうどバランスがよかった。毎朝、家の前を通ると、彼女が飛び出してきて一緒に学校まで行った。ひとりで歩くのはよくなかった。大きな牧羊犬を庭で飼っている家が多く、人が通るたび吠えたりうなったりするのだ。門が開いていたりすると、犬は顎を鳴らしてついてきて、大きな声を出した。それらはかわいらしいペットではなく、大きくて危険なので、ワラーと私はよく走って逃げて、学校へ着いたときには息を切らし汗だくになっていた。父の犬だけは、私のことを知っているので、吠えずにいてくれた。

校舎は砂色のコンクリートでできた退屈な建物だった。壁には色あせたポスターが貼られ、まわりには低い塀に囲まれた、小さな乾いた校庭があった。たとえ見た目がどんなふうであっても、学校へ通い、勉強し、友達と会うことができるのは奇跡のように思えた。ワラーとカスリーンと私は、ほかの女の子たちと一緒によく校庭で〝ビン・アヒイ〟をした。クルド語で〝土のなか〟という意味の遊びだ。みんなで一斉に何か——大理石の欠片やコインやソーダびんのキャップなど何でも——を地面の土の中に隠し、それから、先生が大声で呼びにくるまで校庭じゅうをみんなできゃっきゃ言いながら駆け回り、地面のあちこちに穴を掘って捜すのだ。爪に土が入るので、母親たちが怒るのは仕方なかったが、地面を掘って見つけたものは自分のものにできるので、途中でやめるのは涙が出るほどつらかった。それは昔からある遊びで、母が子供のころも同じようにして遊んだのだそうだ。

学校で習う歴史は、情報の不足や偏りがひどくはあったけれども、それでも私は歴史が大好きで、得意科目でもあった。それに自分が勉強しているあいだ、兄や姉たちがみんな農場へ出て働いているのを知っていたから、よい生徒になろうとがんばった。母にお金がなくて、ほかの生徒たちがだいたいみんな持っているようなリュックを買ってもらえなくても、文句を言う気にはならなかった。私は母にものをねだるのは好きではなかった。村の中学校がまだ建設途中で、二つ三つ向こうの村の学校まで行くためのタクシー代を出してもらえなかったときは、私も農場の仕事に戻り、早く学校に戻って卒業できますようにと祈りながら待った。不満を洩らしてもお金が出てくるわけではないのはわかっていたし、親に経済的な余裕がなく、送り出してもらえない子供は、コーチョでは当然私ひとりではなく、たくさんいたのだった。

一九九一年の、サダム・フセインによるクウェート侵攻の後、国連は大統領の力を抑えこむことを目的に、イラクに経済制裁を課した。子供のころ私は、経済制裁というものが存在する理由がわからなかった。うちでは、サダム・フセインについて何か言うことがあるのは、マスウードとヘズニだけで、しかもそれはテレビで演説が流れているときに、誰かが文句を言ったり、国営テレビが流しているプロパガンダをあきれた目で見たりしたときに、それをたしなめるときだけだった。サダムはヤズィディ教徒を味方に引き入れてクルド人との自分の戦いに参加させようと、ヤズィディ教徒の忠誠を勝ち取る努力をしてはいたが、その努力は、私たちをバアス党に入党させ、自分たちのことをヤズィディ教徒ではなくアラブ人と呼ぶことを要求することによって進められていた。

ときどき、テレビにサダム・フセインの姿が映し出され、執務机にすわって、煙草を吸いながら、イランについての話をしていることがあった。口ひげを生やした護衛をしたがえて、戦いと彼自身の素晴らしさを語るのだった。「あの人、何を言ってるの?」私たちはたがいに尋ね合い、みんなで肩をすくめていた。憲法には、ヤズィディ教徒に関する記述はなかったし、反乱の兆候があるとされればすぐに罰せられた。テレビに映っているもの――へんてこな帽子をかぶった独裁者――を見ていると、私は笑いたくなるときがあったが、それはいけないと兄たちにとがめられた。「どこで見られているかわからないのだから、発言には気をつけなさい」と、マスウードは言った。サダム・フセインの強大な情報機関は、どこにでも目と耳を持っていた。

当時のことで私が知っていることといえば、とにかく経済制裁の下で苦しんでいたのは政治エリートでも、当然ながらサダム・フセイン本人でもなく、普通のイラク国民だったということだ。病院や店がつぶれてしまい、薬の値段はあがり、小麦粉は不足して石膏が混ぜられるようになった。セメントに使われるような材料だ。

さまざまなことが悪くなったが、私の目から見て、いちばんひどい変化をしたのが学校教育だった。かつて、イラクの教育制度は、中東じゅうの学生の注目を集めたが、経済制裁によってそれはぼろぼろに崩れてしまった。教師の給料は無いも同然に減らされてしまい、当時、イラク男性の五十パーセント近くが失業していたというのに、教師を見つけることが困難になった。私が学校に行きはじめたころ、コーチョへ来ていた数少ない教師たち――ムスリムのアラブ人教師たちが学校に寝泊まりして、ヤズィディ教徒の教師たちと一緒に教えていた――は、私にとってはヒーローだった。だから、私は彼らに良い印象を持ってもらおうと一所懸命に勉強した。

サダム・フセインが権力の座にいたころ、学校にはあるひとつの明らかな目的があった。それは、国家教育を与えることにより、ヤズィディ教徒としての私たちのアイデンティティを奪うことだった。これは、一言も私たちのこと、私たちの家族のこと、あるいは私たちに対する迫害の歴史について触れない授業と教科書のどこを見ても明らかだった。ほとんどのヤズィディ教徒はクルド語を母語として育つが、授業はアラビア語でおこなわれた。クルド語は反逆者の言語であり、ヤズィディ教徒によって話されるクルド語は、国にとっていっそうの脅威とみなされる場合があった。それでも、私は毎日熱心に学校へ通ったので、アラビア語をすぐに覚えることができた。アラビア語を習ったり、不完全なイラクの歴史を学んだりしたからといって、私はサダム・フセインに服従しているとか、ヤズィディの人々を裏切っているとかいう気にはならなかった。むしろ、私は力を得て賢くなっていく気がしていた。いまも家にいたならクルド語を話すと思うし、祈るときはクルド語で祈る。いちばん仲良しのワラーとカスリーンに手紙を書くときもクルド語で書いていたし、それに私は自分のことをヤズィディ教徒以外のどんなものとも呼ぶ気はなかった。

私はたとえ何を学ぶにしても、学校へ行くことは重要だということができた。コーチョのすべての子供たちが教育を受けるようになり、私たちの国と外の世界とのつながりは、すでに変化しはじめていたし、そして私たちの社会も開かれはじめていた。若いヤズィディ教徒たちは、自分たちの宗教への愛を感じてはいるものの、同時に世界の一部でありたいという気持ちもあり、私たちが大人になるころには、私たち自身が教師となり、ヤズィディ教徒のことを歴史の時間に教えたり、あるいは選挙に出て、バグダッドでヤズィディ教徒の権利を求めて戦ったりさえしているだろうという確信が私にはあった。私たちを消してしまおうというサダム・フセインの計画は、きっと裏目に出るはずだと思っていた。

―4―

二〇〇三年、父の死から数カ月後、アメリカ軍がバグダッドに侵攻した。テレビの衛星放送も見られず携帯電話も持っていなかった私たちには、戦闘が展開していく様子も見えなければ、国内のほかの地域とのつながりもなかった。だから、あっという間にサダム・フセインが倒れてしまったことも、かなり遅れて知ることになった。首都へ向かう有志連合の航空機がやかましい音を立てながら村の上空を飛び、よく眠れない夜が続いた。私が生まれてはじめて飛行機を見たのもこのときだった。まだ、あとどのくらい戦争が続くのかも、それによってイラクにどの程度の影響があるのかもわからず、考えていたことといえば、フセイン政権が倒れたあとには、調理用のガスがもっと手に入りやすくなればいいという程度のことだった。

アメリカのイラク侵攻から間もないころを振り返ってみても、父が亡くなったこと以外に憶えていることはあまりない。ヤズィディの文化では、誰かが亡くなったとき、急死の場合などはとくに喪の期間が長く続き、村全体を包みこんでしまう。故人の親族や友人だけでなく、近所の人たちも通常の暮らしをやめて、喪に服すのだ。家々や商店を覆う悲しみが通りにも広がり、まるでそこに住む全員が同じ傷んだ牛乳を飲んで気分が悪くなったみたいになるのだ。結婚式は中止となり、祝いの行事は屋内にとどめ、女たちは白い服をやめて黒を着る。いいことがあると、愛する故人の思い出も、簡単にかき消されてしまうものであり、悲しむべきときに喜びに触れるのはよくないとの考え方から、幸せは、警戒すべき盗人のように扱われ、気晴らしは制限される。だから、テレビもラジオも消したままで、バグダッドで何が起こっていようがそれは変わらなかった。

父は、亡くなる何年か前、ヤズィディ教の新年を祝うために、カスリーンと私をシンジャール山へ連れていってくれたことがあった。父と山へ行ったのはそれが最後になった。ヤズィディの暦では一年は四月から始まる。イラク北部ではちょうどそのころ新緑が芽吹き、冷たい風が心地よい涼しさを運んでくれるが、まもなくすると夏の暑さがスピードを出して走るバスのように迫ってくる。四月は、豊作への期待が高まる季節であり、寒くて狭い家の中ではなく、屋根の上で眠ることのできる数カ月の始まりでもあった。ヤズィディの人々は自然とつながっている。自然は私たちに食物を与え、雨風から守り、死んだときには私たちの体は土に返る。私たちの新年はこのことを思い出させてくれる。

新年には、前年に山で羊飼いの役目を引き受けてくれた家族のもとを訪れた。毎年持ち回りで誰かが、うちの羊を山のほうへ移動させながら草を食べさせてくれるのだ。羊飼いの仕事には楽しみがある。手織りの毛布をかけて戸外で寝起きする羊飼いの暮らしは簡素で、考える時間がたくさんあっても、心配ごとは多くない。だが厳しい仕事でもあり、彼らがホームシックにかかっているあいだ、私たちは遠くコーチョの村で彼らの帰りを待ちわびていた。以前私の母が当番で羊の世話に出ていた年、中学生だった私は勉強に身が入らず、全部の教科で落第してしまった。「お母さんがいないと私の世界は真っ暗だ」と、帰ってきた母に私は言った。

父がいた最後の新年、カスリーンと私はトラックの荷台に乗り、父とエリアスは前の席で、私たちが危ないことをしないかをバックミラー越しに見ていた。流れるように去っていく景色には、みずみずしい春の草原の緑と小麦の黄色がぼんやりと混ざり合っていた。私たちは手をつないで、おしゃべりに夢中になっていた。その日の出来事を大げさにふくらませ、村で待っている小さい子供たちに何と言おうかと相談していたのだ。子供たちにとって、畑と学校と仕事から離れることのできるこの機会は、まだ味わったことのない楽しいことにちがいないからだ。スピードを出して走るトラックの振動で、ときどき荷台から振り落とされそうになっているカスリーンと私のそばには、子羊が一匹つながれ、一緒に運ばれていた。それまで見たなかでいちばん大きな子羊だ。「ものすごくたくさんキャンディを食べたんだよ」。こんなふうに言おうかと話していると、うらやましそうにしている子供たちの顔が目に浮かんだ。「一晩じゅう踊り続けて、寝床につくころには外が明るくなってってね。みんなも見るべきだよって」

実際はどんなふうだったかというと、そこまでの興奮はなかったものの、それなりに楽しい経験ではあった。父は私たちがキャンディをほしがっても、だめとは言わなかったし、山のふもとで羊飼いたちと再会できるのは、毎回楽しいものだった。私たちと一緒にトラックで運ばれ、父が解体し、女たちが料理した、柔らかくておいしい子羊の肉がふるまわれ、みんなで手をつなぎ、くるくると回りながら、輪になってヤズィディのダンスを踊った。子羊の肉を堪能したあとは、音楽を止めて、低い葦《あし》のフェンスで囲ったテントで眠りについた。風があまりないときには、そのフェンスを取り去り、野外で眠った。つつましく、ひそやかな暮らしだ。心配ごとは身のまわりのものごとと、まわりにいる人たちのことだけでいい。そして、その人たちはみんな手の届くところにいるのだ。

アメリカ軍がイラクに侵攻し、サダム・フセインを失脚させたことについて、父がどう感じていたかは私は知らない。でも、できることならもっと長生きして、イラクが変わっていくのを見ていてほしかったと思う。クルドの人々はアメリカ軍を歓迎し、彼らのイラク入りを助け、サダム・フセインを退却させるという考えに狂喜していた。独裁者は何十年にもわたりクルド人を攻撃の的にしてきた。そして、一九八〇年代後半、彼の空軍は、〝アンファール作戦〟と呼ばれる作戦で、化学兵器を使い、クルド人を殲滅《せんめつ》しようと試みた。

このジェノサイドをきっかけに、バグダッドの政府から自分たちの身を守るためなら、手段を選ばないクルド人の姿がかたちづくられた。アンファール作戦を受けて、米・英・仏は、クルド人の多いイラク北部と、それ以前からクルドと友好的な関係にあった南部のシーア派居住地区の上空に飛行禁止区域を設けた。そのため、今日までクルドの人々は、二〇〇三年のアメリカ軍のイラク侵攻を、〝解放〟と呼び、小さく無防備な村から、ホテルや石油会社のオフィスが建ちならぶ、近代的な大都市に姿を変えていく始まりの年だったと考えている。

全体として見れば、ヤズィディの人々はアメリカを歓迎していたが、サダム・フセインがいなくなったあと、自分たちの生活がどうなるのかについては、クルドの人々ほどには確信が持てなかった。経済制裁によって、イラクに住むほかの人々と同様、暮らしは苦しくなっていたし、私たちは貧しく、教育から切り離され、いちばん苦労が多く危険で賃金の低い仕事をするしかなかった。だが、イラク・バアス党が政権の座にいることで、コーチョに住む私たちは、自分たちの宗教を信仰し、自分たちの土地を耕し、家族で暮らすことができた。スンニ派アラブ人や、家族同士が絆で結ばれていると考えられているキリフの家族とは親しい関係にあり、私たちは孤立しているがゆえに、このつながりをもっと大切にせねばと思い、また一方で貧困には、何事も現実的であれと教えられているようだった。バグダッドもクルディスタンの首都エルビルも、コーチョからは遠い世界に思えた。裕福で、外の世界とのつながりもあるクルド人とアラブ人が下した決断の中で、唯一私たちに関係があったものといえば、私たちを放っておくということだけだった。

それでも、アメリカの約束は——仕事と自由と安全保障についての約束は——ヤズィディの人々が完全にアメリカ側につくようにうながした。アメリカが敵とみなす誰にもしたがう理由を私たちが持たないために、アメリカは私たちを信頼し、そしてヤズィディの男たちの多くは、通訳者になるか、イラクまたはアメリカ軍の仕事に就いた。追われるサダム・フセインは身を隠したが、見つけられ絞首刑に処せられた。そして彼が率いたイラク・バアス党体制は崩壊した。スンニ派アラブ人は、コーチョと近い関係にあった人々も含めて、国内での権威を失い、シンジャール地方のヤズィディ教徒居住区では、スンニ派アラブ人の警官と政治家がクルド人に置き換えられた。

シンジャールはバグダッドのイラク中央政府とクルド自治政府のふたつの勢力が領有権を主張している係争地だ。戦略的にモースルとシリアに近く、天然ガスが豊富に埋蔵されている可能性がある。キルクークなど、イラク東部にもある別の係争地と同じように、クルドの政党は、シンジャールはもともとクルドの土地だと考えている。彼らによると、シンジャールなしでは、クルド人の国家は——もしそうしたものがあるならば——生まれるとしても完全なかたちにはならないというのだ。二〇〇三年以降、アメリカのサポートを得て、またスンニ派アラブ人勢力が着実に富と権力を失っていくにつれ、KDPと近い関係にあったクルド人は、シンジャールの空白を満たすように喜んでやってきた。彼らは政党の事務所をつくり、党員をそこへ配置した。スンニ派の反乱が激化してくると、コーチョの道路沿いにつくった検問所にも人を配置していった。彼らはサダム・フセインが、私たちをアラブ人と呼ぶのは間違っていると言った。私たちはいつもクルド人なのだと。

コーチョでは、二〇〇三年以降、とても大きな変化があった。数年のあいだに、クルド人は、携帯電話の電波塔を建てはじめたのだ。私も放課後になると、友達と一緒に村の外れまで出かけていって、うちの畑から、摩天楼のようにそびえたつその巨大な金属の建造物を眺めていた。「ついにコーチョも外の世界とつながるんだ」。兄たちが嬉しそうにそう話していた。そしてまもなく、男たちの多くと、女たちの一部が携帯電話を手にした。民家の屋根に取り付けられたパラボラアンテナが意味するのは、もう私たちがテレビで見られるのは、シリアの映画とイラク国営放送だけではないということであり、サダム・フセインの行進や演説は私たちのリビングルームから姿を消した。私のおじは、コーチョで衛星アンテナを最初に手に入れたひとりで、取り付けが終わるとすぐに私たちはおじの家の居間に集まり、何が見られるのかをたしかめた。兄たちはニュースに興味があり、とくにクルドのチャンネルを見たがったが、私はトルコのメロドラマに夢中になった。その世界では、登場人物たちがつねに恋に落ちたり、醒めたりしているのだ。

私たちは自分たちのことをアラブ人と呼ぶには抵抗があったが、クルド人と呼ばれるのならば、いくらかは楽に感じて受け入れるものもいた。ヤズィディの人々の多くは、クルドのアイデンティティに近いものを感じている——同じ言語を使い、共通の民族的遺産もある——そして、クルド自治政府のバルザニ議長よりもアメリカとの関係が深かったとしても、クルド人が入ってきてからのシンジャールの発展を無視することは不可能だった。軍隊と治安部隊の仕事が、ヤズィディの人々に突然開かれ、また兄といとこの何人かは、わざわざエルビルに出て、毎日のようにあたらしく建ちはじめたホテルやレストランで働くようになった。そうした施設はすぐに、より涼しい気候や、安定した電力を求めてイラクのほかの地域からやってきた石油会社の労働者や、人々を苦しめていた暴力から逃げてきた人々でいっぱいになった。兄のサウードは、クルドの西、ドホーク近くの建設現場で、セメントミキサーを動かす仕事をしていた。帰ってくるたび、私たちを見下すアラブ人と同じように、ヤズィディ教徒を見下すクルド人の話をした。それでも、私たちにはお金が必要だった。

ハイリーは国境警備隊の仕事につき、まもなくして、ヘズニは警察官になって、シンジャール市内に赴任した。このふたりの給料が、私たち家族を支える安定した収入源になり、そのおかげでようやく次の日のことだけでなく将来のことを考えることができる、生活らしい生活ができるようになった。私たちは自分たちの土地を耕し、自分たちの羊を育てることができるようになり、それまでのように地主のために働く必要がなくなったのだ。コーチョの周辺の道路は舗装され、そこを通れば、山までずいぶん早く行けるようになった。私たちは村の近くの草原でピクニックをし、肉と野菜を食べたり、男たちはトルコのビールを飲んだりして、それから思わず口をすぼめてしまうほど甘いお茶を飲んだ。

結婚式はいっそう手の込んだものになっていった。女たちは、ときには二度もシンジャールの街まで出かけて衣装をそろえ、男たちが屠る子羊の数も増えた——そして、余裕がある場合には、牛を一頭解体することもあった——それを客人と分け合った。

ヤズィディの人々のなかには、イラクに統治され続けるのではなく、強力な地方政府がシンジャールにできる未来を思い描くものもいたが、いずれ独立したクルド人国家が成立すれば、自分たちもその一部になるのだろうと思っているものもいた。ＫＤＰの事務所がコーチョにでき、シンジャールにペシュメルガがいることを思うと、それが私たちの運命なのかもしれないと私には思えてきた。私たちは隣人であるスンニ派アラブ人と、どんどん距離ができていた。クルディスタンまでの移動はかなり容易になったものの、反乱が起こり、過激派の理論が人々を導き、勢いを増しているスンニ派アラブ人の村へは近づきにくくなっていた。

一方で、スンニ派アラブ人はシンジャールにクルド人がいることをよく思っていなかった。それは彼らに自分たちが失った力を思い出させ、そして彼らが言うには、クルド人が支配権を握っているかぎりは、シンジャールで自分たちが歓迎されておらず、たとえ自分たちの名付け親の役割をするキリフが住んでいても、ヤズィディ教徒の村へはもう行くことができないと思うということだった。検問所ではクルドのペシュメルガが彼らを止めて尋問するのだが、そこはかつてイラク・バアス党の党員らが詰めていたところで、アメリカがやってきて、サダム・フセイン政権が崩壊したときに仕事と収入源を失っていた。ほんの少し前までは、彼らスンニ派アラブ人は、国でいちばん裕福で恵まれた人々だったというのに、アメリカの支援を得たシーア派勢力が権力の座についたとたんに力を失ってしまったのだ。権力とのつながりをなくした彼らは、やがて反撃を始めることになる。そして彼らの戦いは宗教的な不寛容さによって激しさを増し、ヤズィディの人々が攻撃の的になった。イラク国内で、私たちはどんな権力も持っていなかったというのに。

ヤズィディの人々とアラブの隣人たちとの距離が広がっていくのを、クルド自治政府がかまわずにいたのは、それがシンジャールを支配するという彼らの計画の役に立つからだったのか、それともアメリカによる占領が、普通のスンニ派の人々にとってそれほどまでに破壊的だったからなのかは、そのころの私にはわからなかった。私は学校へ行っているあいだに、名もないひとつの反乱が、やがてやってくるアルカーイダが、そしてのちにやってくるＩＳＩＳが、私たちの隣人の村で大きくなっていくための道を整えることになっていたことに気づいていなかった。イラクじゅうに住むスンニ派の部族は、シーア派の強いバグダッドの政府とアメリカに反旗を翻そうと試み、そして多くは失敗に終わった。彼らは暴力と過酷な支配にも慣れていき、それがあまりにも長く続いたために、私と同世代や下の世代のスンニ派の人々は、戦争と、戦争の一部になったイスラム教の原理主義的な解釈のほかは何も知らずに大きくなっていった。

ＩＳＩＳは、私たちの村の境界線からほんの少し先のそうした村でゆっくりと大きくなりはじめていたが、その始まりの火花が散っていたことを私は知らず、気がついたときにはたいまつの火になっていた。ひとりのヤズィディの少女にとって、アメリカとクルド人が占領したあとの暮らしには良い変化しかなかった。コーチョは拡大していた。私は学校へ通うことができたし、それに私たちは少しずつ貧困から抜け出せそうになっていた。あたらしい憲法は、クルドの人々により大きな力を与え、少数派集団の人々も政府の一部になることを求めていた。自分の国が戦争をしていることは知っていたけれど、それが自分たちの戦いだとは思っていなかった。

＊　＊　＊

最初のころは、だいたい週に一度のペースで、アメリカ兵がコーチョにやってきては、食料と支援物資を人々に手渡し、村の指導者たちと話していった。私たちは学校を必要としているか？　舗装された道路はいるか？　給水車からタンクの水を買わないでよくなるように水道はいらないか？　それらの問いのすべてへの答えは、もちろんイエスだった。

アフマド・ジャッソは、アメリカ兵たちを招き、大がかりで手の込んだ食事をふるまった。そしてアメリカ兵らがここではとても安心できるので、武器を壁に立てかけてリラックスできると言ったとき、村の男たちの顔はプライドで輝いた。「彼らはヤズィディ教徒の我々が彼らを守ると知っているんだよ」と、アフマド・ジャッソは言った。

アメリカ兵の乗った装甲車が土埃を巻きあげ、大きなモーター音でほかの音をかき消しながらコーチョに入ってくると、子供たちは駆け寄っていった。彼らはガムやキャンディを私たちに手渡し、そうしたプレゼントを持って嬉しそうな顔をしている私たちの写真を撮った。私たちは彼らのぱりっとした軍服と、以前来ていたイラク兵とはまったくちがう、近づいてくるときの親しみやすさに驚いた。親たちには、コーチョの歓迎ぶりは素晴らしいと褒め、私たちの村がどれほど居心地がよくて清潔か、そしてアメリカがサダム・フセインから私たちを解放したことを、私たちがどれほどよく理解しているかと称賛した。「アメリカ人はヤズィディの人々が好きです」と彼らは言った。「そして、コーチョがとくに。ここに来ると落ち着きます」と。やがて、彼らの訪問の頻度が減り、そしてついには途絶えても、私たちはアメリカ人から聞いた褒め言葉を、勲章をもらったみたいに手放すことはなかった。

二〇〇六年、私が十三歳のとき、ひとりのアメリカ兵がプレゼントに指輪をひとつくれた。小さな赤い石がひとつついたシンプルな指輪で、私が生まれて初めて手にしたジュエリーだった。それはたちまち私のいちばん大切な持ち物になった。私はどこへ行くときもそれをつけていった。学校へ行くときも、畑を耕すときも、家で母がパンを焼くのを見ているときも、夜眠るときさえもそれをつけていた。一年もすると、薬指がきつくなってきたので、つける指を小指に変えて、家に置いていかないでいいようにした。けれど、小指だと今度はゆるすぎて、かろうじて関節のところで引っかかるだけになり、なくしてしまわないかと心配になった。しょっちゅう小指に目をやっては、手をぎゅっと握り、指輪が指に押しつけられる感覚をたしかめた。

そしてある日、兄たちと畑に出てタマネギの植えつけをしていたとき、ふと目をやると指輪がなくなっていた。タマネギの植えつけは前から嫌いだった（土は冷たいし、苗をさわるだけでも指ににおいがついてしまうから）のだが、このときはその小さな苗に腹さえ立てながら、苗のあいだの土を必死でかきわけ、私の小さなプレゼントを捜した。パニックに陥った私を見て、兄や姉たちが何があったのかと訊いてきた。「指輪をなくしたの！」そう言うと、みんな作業の手を止めて、一緒に捜してくれた。それが私にとってどれほど大事なものかを、わかってくれていたのだ。

私たちは畑じゅうを歩きまわり、黒い土のなかに金色と赤がちらりと見えはしないかと真剣に捜したが、どんなに捜しても、どんなに泣いても、指輪は見つからなかった。日が暮れはじめ、もうあきらめて食事に帰らなくてはならない時間になった。「ナディア、たいしたことじゃないさ」。帰り道、歩きながらエリアスが言った。「ちっぽけなものじゃないか。おまえはそのうちにもっとたくさん持てるようになるよ」。それでも私は、何日も泣いていた。あれと同じくらいいいものを手にすることはもうないと思っていたし、それに、あのときのアメリカ兵がもし戻ってくることがあったら、プレゼントをなくしたことを怒られるのではないかと思ったのだ。

一年後、奇跡が起きた。大きくなったタマネギを収穫していたとき、ハイリーが土のなかから小さな金の指輪が飛び出しているのを見つけたのだ。「ナディア、おまえの指輪だ！」兄がにっこりと笑ってその指輪をさしだしたので、私は駆け寄ってそれを兄の手からつかみとり、私のヒーローになった兄に抱きついた。

ところが、いざその指輪をはめてみようとすると、指輪が小さくて、どんなにがんばっても小指にすら入らない。仕方なく持ち帰り、ドレッサーの上に置いておいたのだが、それを見た母が、売ってしまいなさいと言いにきた。「もう入らないんでしょう、ナディア。入らないなら、持っている意味がないじゃないの」と。どんな小さな行動でも、ひとつ誤れば、貧困がすぐそこにあることを母はよく知っていたのだ。私は母の言うことをよく聞く子だったので、シンジャールのバザールへ出かけ、宝石商のところへ行って、その指輪を買い取ってもらった。

大きな罪悪感があとから襲ってきた。あの指輪は贈りものだったのだから、売るのはまずかったのではないかという気がしたのだ。もし、あの兵士が戻ってきて、このことを知ったらなんと言うだろう？　裏切ったと思われるだろうか？　あの指輪が気に入らなかったのだと思われるだろうか？

このころ、イラクのほかの地域で戦闘が激しくなり、アメリカ軍も広い地域をカバーしなくてはならなくなったため、装甲車がコーチョへやってくる頻度はかなり減っていて、指輪をくれた兵士の姿ももう何カ月も見ていなかった。アメリカ兵はもう私たちのことを忘れてしまったのだ、とこぼす村人もいた。彼らの心配は、アメリカ兵が来てくれなくなったら、ヤズィディの村は無防備なまま取り残されてしまうということだった。

でも、私は、それなら指輪のことはもう説明しなくてよくなると、胸をなでおろしていた。指輪をくれたあの兵士は、親切な人だったとは思うけれど、それでも自分がプレゼントした指輪がシンジャールの宝石商に売られてしまったと知れば怒るだろう。アメリカからやってきた彼には、ほんの少しのお金が、私たちにとっては大きな意味を持つなんてことが理解できないかもしれないのだから。

—5—

イラクのほかの地域でほんとうにひどいことが起こっていたとき、コーチョに住むヤズィディの人々は、その暴力の余波を余震のように感じていた。いちばんひどいことが起こっている場所から——アンバールで起きている戦闘や、バグダッドにおけるシーア派権威主義の高まりからも、アルカーイダが勢力を強めているところからも——遠く離れた場所に私たちはいた。その情勢をテレビで見て、警察や軍の仕事をしている村の男たちのことを心配はしていたが、コーチョは、イラクのほかの場所では毎日のように起こっている自爆テロや道端に仕掛けられたＩＥＤ（即製爆弾）とは無縁だった。今日のイラクはもうばらばらに崩れたあとで、修復は不可能なのかもしれない、と思いながら、ただ国が崩壊していく様子を遠くから見ているだけだった。

ハイリー、ヘズニ、ジャロの三人は、長期にわたり守りについていたポストから帰ってきては、外部での戦闘の様子を話してくれた。彼らはときどきクルディスタンへ行くことがあり、そこではテロ行為はほとんど聞かれないということだった。またときによってはペシュメルガに守られた地域から出て、イラクのよく知らない地域へ派遣されることもあるとのことで、それは村に残された私たちにとっては恐ろしいことだった。そうした仕事には大きな危険がついてまわった。たとえ戦闘やテロに遭遇しなかったとしても、通訳者としてアメリカ軍と仕事をしているだけでも標的になってしまうからだ。多くのヤズィディの男性が、アメリカで難民申請をしたのは、アメリカのために仕事をしたことが知られると、反政府勢力によって命をねらわれる危険があったからだ。

戦争は、誰もが予想していたよりもはるかに長引いた。サダム・フセイン政権が崩壊した直後、バグダッドのフィルダウス広場でフセイン像が引き倒され、アメリカ兵が国内の各地を訪れては村人たちと握手をし、ここに学校をつくり、政治犯とされる人たちを解放し、イラクの人々の暮らしを楽にしますと約束してまわった。だが、そんな気分の浮き立つような数カ月のことなど、人々はすぐに忘れてしまった。二〇〇七年になるころには、まだフセイン政権崩壊からほんの数年しか経っていないにもかかわらず、イラクは暴力に苦しめられ、そしてアメリカは二万人以上の増派《サージ》を実施した。多くはアンバールとバグダッドで激化した暴力への対応だった。増派の効果は、しばらくはあったように思われた。攻撃は減り、海兵隊が都市を占拠し、反政府勢力への協力者を捜して、一軒一軒家を訪ねてまわった。

二〇〇七年八月、イラク戦争中、最悪のテロが起きた。それは史上二番目に多くの死者を出したテロでもあった。それは、コーチョからほんの少し西にある、ヤズィディのふたつの村、シバ・シャイフ・ヒダルとタル・エゼルで起きた。八月十四日の夕食どき、それぞれ町の中心部に停められていた燃料を積んだタンクローリーと車三台が爆発炎上した。伝え聞いたところでは、ふたつの町に住むヤズィディの人々に届けるための物資と食料が積まれていたという。八百人が亡くなった。多くは爆発で体がバラバラになるか、崩れた建物の下敷きになって。そして負傷者の数は数千人にのぼった。あまりにも大きな爆発だったので、立ちのぼる炎はコーチョからも見えたし、煙も流れてきた。私たちは村へ入る道沿いに見慣れない車が停められていないかと怯えながら、周辺の道路を点検してまわった。

テロはもちろん恐ろしかったが、じつはそれが起こるのは時間の問題ではあった。数年前から、ヤズィディ教徒とスンニ派アラブ人のあいだでは緊張が高まっており、いちばん最近では、シンジャールでのクルドの影響とスンニ派の居住地域で進む急進的な動きが原因と考えられた。そんななか、その年の早い時期、アメリカの増派が始まって数カ月のころ、ムスリムの男性と結婚するためにイスラム教への改宗を望んだとの疑いをかけられて、親類から石を投げられて殺されたヤズィディの若い女性、デュア・ハリール・アズワドの死に対して、スンニ派が報復を誓うという事態が起きていた。デュアの死に対して、ヤズィディの人々も同じようにショックを受けていたことは問題とされず、私たちは、外部の人々から、野蛮で反イスラム的だと言われることになった。

実際、名誉殺人は、イラクのどこでもあるように、ヤズィディ教徒の社会にも存在し、他宗教への改宗は、家族とコミュニティに対する裏切りだとみなされる。それは一部には、何世紀にもわたってヤズィディの人々には、ただ自分たちの命を守るために他宗教への改宗を強要されてきた歴史があるからだ。それでも、女であれ男であれ、ヤズィディ教を離れたからといって私たちは人を殺しはしないし、デュアの家族が彼女にしたことは恥ずかしいことだと考えていた。恐怖を感じていたとしても、止めることができない、あるいは止めようと思わない人々の視線にさらされながら、彼女は死ぬまで石を投げつけられたばかりか、そのときの映像がネットに流れ、さらにニュースにも取り上げられた。それが、実際にはその行為を強く非難していた私たちへの攻撃の理由として利用されてしまったのだ。

デュアの話が広まりはじめてすぐ、私たちが不信心者で、死に値するとするプロパガンダ――ＩＳＩＳが今日使うのに似た言葉――がモースル周辺に伝わりはじめた。クルドの人々は、その多くがスンニ派で、彼らもまた私たちに背を向けた。私たちは恥辱と恐れのなかで暮らしていた。クルディスタンやモースルの大学に通うヤズィディの学生は学校をやめ、国外に住んでいるヤズィディの人々は、それまでヤズィディ教のことなど聞いたこともなく、人殺しの宗教だと思いこんでしまった人々から、突然身を守らなくてはならなくなってしまった。

ヤズィディ教徒はメディアの世界にほとんどおらず、真実を説明できる強い声が政界にもなかったため、スンニ派のコミュニティのなかで私たちへの反感が高まった。たぶんそうした感情は、表面的には見えていないだけで前からそこにあったのだろう。いまそれが全部外へ出て、すぐに広がった。デュアの死から二週間後、銃で武装したスンニ派の男たちが、ヤズィディの人々を乗せたバスを止め、デュアの死への報復だと言って、乗客二十三人を殺害した。これからも攻撃は続くのだろうと身構えてはいたが、それでもシバ・シャイフ・ヒダルとタル・エゼルのような規模で何かが起こるとは想像もできなかった。

兄たちは、爆発を見るとすぐに車に乗りこみ、食料やマットレス、薬を届けようと動いた何百人ものヤズィディの人々に加わり、現地へ駆けつけた。その晩家に帰ってきた彼らは、悲しみと疲労で頭をうなだれていた。「想像もできないようなひどさだ」。エリアスが言った。「町は破壊されて、いたるところで人が死んでいるんだ」

母が兄たちをすわらせ、お茶を淹れているあいだ、兄たちは手についた汚れを落としていた。「まっぷたつにちぎれた遺体を見たよ」。ヘズニが震えながら言った。「町全体が血を塗られたみたいだった」。あまりにも強い爆発の力によって、犠牲者たちは体を引き裂かれるように吹き飛ばされ、通りの上の電線には、髪の毛や衣服の切れ端が引っかかっていたという。病院や診療所は、すぐにスペースと薬が足りなくなった。兄の友人のシャウカトは、遺体が引きずられていくのを見て、いてもたってもいられなくなり、救急隊員の手からその遺体を奪い取るようにして、自分の手で遺体安置所まで運んでいったという。「その人も誰かの父親や息子なんだ。あんなふうに、埃のなかを引きずっていくなんて」と言いながら。

現場に駆けつけた被害者の家族らはただ茫然として、濃い煙と埃のなかを沈黙のまま歩いていたという。あるいは、行方を捜しているあいだにも死んでしまうかもしれない、愛する家族のために叫び声をあげていたそうだ。ようやく町の通りが片付けられ、できるだけ多くの犠牲者の身元が確認されたあと、遺族は集団墓地で悲しみに暮れた。「残されるほうがつらいのかもしれない」。ヘズニが言った。

その事件をきっかけに、私たちはいくつかの予防策をとった。コーチョの村の東側にふたり、西側にふたり、村の男たちがカラシニコフ銃と拳銃を持って交替で警備にあたった。見慣れない車を見かけると、全部止めて質問をした。たいていは、私たちと面識のないスンニ派アラブ人とクルド人だった。そして、不審者が現れないかとつねに警戒していた。ほかの町にすむヤズィディの人々は、自爆車両が入れないように、町のまわりにバリケードを築き、塹壕《ざんごう》を掘った。コーチョに住む私たちはスンニ派アラブ人の村から近いところにいたけれど、それから数年先まで土塁を築いたり、塹壕を掘ったりすることはなかった。どうしてなのかはわからない。もしかすると、隣人たちとの関係は、私たちを守ってくれる程度には強いものだと、そのころの私たちはまだ信じていたのかもしれない。もしかすると、自分たちが、そこから出られず、孤立していると思いたくなかったのかもしれない。その後の攻撃がないまま一年が過ぎたころ、男たちが見張りに立つのもやめた。

＊　＊　＊

ヘズニはうちの家族ではただひとり、イラクを出ていこうと試みたことがあった。それは二〇〇九年、あの大きなテロから二年後のことだった。ヘズニはとなりの娘のジーラーンと恋仲になったが、ジーラーンの両親がふたりの結婚を認めなかった。兄にお金がないのが理由だった。だからといって、ヘズニがあきらめるわけではなかった。ジーラーンの両親が彼女に会わせないようヘズニを家に入れなくなると、ふたりは屋根にのぼり、ふたつの家を隔てる狭い路地をはさんで語り合った。ジーラーンの両親が、今度は屋根に壁をつくって、娘が見えないように隠してしまうと、ヘズニはその壁の向こうが覗ける高さまで、自分の屋根にレンガを積んでその上に立った。「何ものもぼくを止められはしない」とヘズニは言った。もともとはシャイな性格だが、あまりにも深く恋に落ちていたために、ジーラーンと一緒にいるためならどんなことでもしそうに思えた。

ヘズニは、いとこやほかの兄弟をジーラーンの家に行かせた。そうすると、伝統にしたがって、家族は客人にお茶とお菓子を出さなければならないので、彼らがお茶の用意に気を取られているあいだに、ジーラーンは家を抜け出し、ヘズニに会いにいった。彼女の気持ちもヘズニと同じくらい強く、ヘズニと結婚したいと両親に伝えていたが、それでもやはり反対された。ヘズニが受け入れられないことに私はいらだった——あんなに愛情深いヘズニと結婚できたらジーラーンは幸せになれるのに、と。でも母は、「少なくとも、おとなりに好いてもらえない理由のひとつは、うちが貧乏だからだものね」と、いつもの調子で笑いとばした。「それに、貧乏は悪くないんだよ」

いくらかでもお金を貯めないことには、ジーラーンの両親が結婚を許さないことはヘズニにもわかっていた。そして、当時、イラクで仕事にありつけるような幸運は彼にはなかった。ヘズニは次第に落ちこんでいった。彼にとってはジーラーン以外に村にいることの意味があるとは思えず、そして彼女と結婚できないのだから、とどまっていることに意味を見出せずにいた。村の男たちの何人かが、ヤズィディ教徒がいくらかすでに住んでいるドイツへ行こうと決めたとき、ヘズニも一緒に行くことにした。荷造りを始めたとき、私たちはみんな泣いた。彼が行ってしまうのはとても嫌だった。兄たちのひとりでもいないわが家など想像することもできなかったのだ。

出発前、ヘズニは、村人たちの噂にならないよう、ふたりだけの結婚式を挙げようと、ジーラーンを村の外に誘い出した。白い服を着て人ごみのなかから現れたジーラーンの姿を、ヘズニはいまでもよく憶えているという。「二年か三年したらきっと戻ってくる」。ヘズニは彼女にそう告げた。「あたらしい暮らしができるだけのお金を用意するよ」と。そして、年に二回の断食が始まる数日前、ヘズニと男たちは、コーチョを出ていった。

最初、彼らは徒歩でイラクの北側の国境を越えてトルコに入り、そこからゆっくりとイスタンブールへ向かった。イスタンブールに着くと、密航業者にお金を払い、トラクターが引くトレーラーに乗ってギリシャまで運んでもらった。密航業者からは、国境警備隊に訊かれたら、パレスチナ人だと答えるように言われていた。「イラク人だと知られたら、逮捕される」からだとその業者は言い、トラックの扉を閉めて、国境を越えた。

ヘズニからはじめて電話がかかってきたのはその数日後で、留置所からだった。私たちがちょうど断食を終えてすわったとき、母の携帯電話が鳴ったのだった。仲間のひとりが怖気づいて、イラクから来たと言ってしまったために、全員の嘘がばれたのだという。留置所はひどいところだった。ヘズニが言うには、狭苦しく、コンクリート板の上に薄いマットレスを敷いただけのところで寝なくてはならなかった。いつ出られるかや、何かの罪で起訴されるのかどうかなどを教えてくれるものはいなかった。一度、看守の注意を引くために、監房のなかにいた誰かがマットレスに火をつけたことがあり、そのときは、煙で全員窒息してしまうと思ったそうだ。ヘズニは、こちらの断食の様子はどうかと訊いてきた。「ぼくもお腹が減ってるよ」と言い、それから彼が電話をかけてくるたび、母が激しく泣くようになってしまったので、電話が鳴ると、母が出るまえに兄たちが競って先に出ようとするようになった。

三カ月半後、ヘズニはコーチョへ帰ってきた。すっかり痩せて、何かに戸惑った様子の兄を見て、私はドイツへ行きたいなんて少しも思わなくてよかったと思ったのだった。私は、恐怖から逃れるために故郷を離れることを強いられるのは、人間が向き合う可能性のあるなかでいちばん不当なことだといまでも思っている。愛するものをすべて奪い取られ、自分にとって何の意味も持たない場所で生活を危険にさらしながら生きる。しかも戦争とテロリズムで知られる国から来たのだから、ほんとうは歓迎されていない。だから、残りの年月は、強制送還されないように祈りながら、故郷に残してきたものを求めながら過ごすだけだ。ヘズニの話を聞いていると、イラク難民は、監獄を逃れたつもりでも、結局は、もとの監獄へ戻るしかないのだと思えてきた。

ヘズニの失敗には、いいこともついてきた。帰ってきたとき、ジーラーンと結婚したい気持ちは前以上に固まっていた。そして、会えなかった期間に、彼女のほうも決意を固めていた。彼女の両親はまだ承諾していなかったものの、ふたりはヤズィディの慣習を味方につけていた。私たちの文化の伝統では、もしふたりが愛し合い、結婚を望むなら、家族がどう思おうが、駆け落ちしてもよいとされていた。これは、ふたりがたがいをほかの何よりも尊重していることの証明となり、事後にあきらめてその結婚を認めるかどうかは家族次第ということになる。女が〝走って逃げる〟わけだから、それは古臭くて、時代に逆行しているようにも聞こえるのだが、実際のところそれは親から力を奪い、その力を、若いふたり、とくに計画に同意した女に与えることによって〝解放〟するものだ。

そこで、ある晩、誰にも何も言わず、ジーラーンは裏口から家を抜け出して、ジャロの車で待っていたヘズニに会いにいった。ふたりはジーラーンの父親と鉢合わせしないように、主要道路を避けて、アルカーイダが支配する道路を通って近くの村まで行った（冗談まじりにヘズニが言うには、ジーラーンのお父さんはテロリストより怖いそうだ）。数日後、ふたりは結婚し、それからさらに数カ月後、家族間の話し合いを経て――だいたいはお金のことで、和やかに進むこともあれば、緊張が走ることもあった――ふたりはコーチョでほんとうの結婚式を挙げた。それ以来、ヘズニはドイツ行きの失敗のことに触れては、笑いながら「ギリシャでつかまったおかげだよ！」と言って、妻を抱き寄せるのだった。

それ以降、村の外では脅威が拡大する一方ではあったけれど、私たちはおとなしくコーチョにとどまっていた。二〇一〇年の議会選挙から数カ月後にアメリカ軍が去ったあと、国内のグループが権力争いを始めた。毎日のようにイラクの至るところで爆弾が爆発し、シーア派の巡礼者やバグダッドでは子供たちも命を落とし、私たちがアメリカ侵攻後のイラクの平和に対して抱いていたどんな希望も引き裂かれてしまった。バグダッドで酒店を営んでいたヤズィディ教徒は、過激派のターゲットにされ、私たちは比較的安全なヤズィディ教徒の町や村にいっそう引きこもるようにして暮らした。

それからほどなくして、チュニジアで始まった反政府運動がシリアにまで広がると、バッシャール・アサド大統領が手厳しいやり方でシリアを制圧した。二〇一二年までに、シリアは内戦状態に陥っていた。そして、二〇一三年、かつて戦後イラクで力を得た、〈イラクとシャームのイスラム国〉と称する新興の過激派集団が混乱状態のシリアで力を持ちはじめていた。その集団はいくらもたたないうちにシリアの大部分を手中に収め、さらには、国境を越えて、スンニ派居住地域に大勢のシンパが待っているイラクへも勢力を拡大しようと目論んでいた。その二年後、イラク北部では、イラク軍は完全にＩＳＩＳに圧倒され、実際よりもずっと力を低く見積もっていたこの敵に駐屯所を明け渡すことになる。二〇一四年六月、私たちが気づかないうちに、ＩＳＩＳは、コーチョから約百三十キロ東のイラク第二の都市モースルを制圧した。

＊　＊　＊

モースルが制圧されると、クルド自治政府はヤズィディの町を守るために、シンジャールにペシュメルガを追加派遣した。ペシュメルガの兵士たちは、トラックの荷台に乗ってやってくると、彼らが私たちを守ると約束してくれた。ＩＳＩＳを恐れ、イラクのクルディスタンのほうがずっと安全だと思っていた私たちのなかには、シンジャールを出てクルドのキャンプに移りたいと思っているものもいたが、そこは住む場所を追われたキリスト教徒やシーア派、スンニ派ムスリムのほか、シリアからの難民も流れこみ、すでに人があふれていた。しかも、クルド自治政府は、私たちがそこへ行かないよう仕向けてきた。シンジャールを出てイラクのクルディスタンへ行こうとするヤズィディ教徒は、村のまわりに置かれた検問所で止められ、心配いらないと言って戻された。

なかにはコーチョにとどまるのは自殺行為だというものもあった。「三方がダーイシュに囲まれているんですよ」と、ダーイシュというアラビア語の呼び方でＩＳＩＳを呼び、彼らは抵抗したが、それは正しかった。私たちと敵を直接結ぶ道はひとつではない。だが、コーチョは誇り高い村だった。私たちはがんばって手に入れたすべてのものを捨てていきたくはなかった——家族がずっと働いて貯めたお金で建てたコンクリート造りの家、学校、羊の群れ、そして村の子供たちが生まれた家。イラク国内には、ヤズィディの人々がシンジャールを自分たちの土地だと主張することを疑問視する声もあった。だから、もし私たちが出ていけばその人たちを正当化してしまうことになる。もし、私たちがシンジャールにとどまりたいと思わないなら、それは私たちが口で言うほどはこの土地を大事に思っていないということだと。アフマド・ジャッソは、ジャバットに人を集め、決定を下した。「我々は村としてとどまる」と、彼は言った。スンニ派アラブ人の村々と私たちとの関係は、私たちが安全でいるに充分なほどに強力なものだと最後まで信じて。そして私たちはとどまった。

母は家での暮らしはできるかぎりいつもどおりに保とうとがんばっていたが、それでも見知らぬ来訪者や、日常を脅かすような音には警戒していた。七月のある晩、十一時ごろ、アドキー、カスリーン、ハイリー、ヘズニ、そして私は、動物たちのために干し草を細かくする作業に出かけた。夏のあいだは、日中暑すぎて農場に出ていることができないため、たいていは夕食が終わったあと、月が私たちの手元を明るく照らし、外気が少し涼しくなってきたころに外へ出た。私たちはゆっくりと歩いていた。干し草をグラインダーにかける作業は力がいるし、汚れるので、誰も楽しみにはしていない。どんなに注意していても、干し草のくずが髪の毛や服についてくるのので、かゆくてチクチクするし、それに干し草を持ち上げるだけでも腕が痛くなってしまうのだ。

でも、しばらくはそうして作業を続けた。カスリーンと私はトレーラーのなかで、ほかのみんなが地面からすくいあげて放り投げてくる干し草を積み上げていった。体を動かしながらおしゃべりをし、冗談を言い合っていたが、いつもとはちがって会話はどこかぎこちないものになっていた。目の前の開けた草原に目をやると、コーチョの村のずっと向こうまでが見渡せた。そしてこの向こうの暗闇の中では何が起こっているのだろうと考え、心配せずにはいられなかった。突然、村から南へと続く道路が車のライトで明るくなり、私たちは手を止めた。そして見ているうちにいくつものヘッドライトはさらに明るくなり、村へ向かってくる何台もの車のシルエットがくっきりと浮かんできた。それは軍隊が使うような、大きな装甲車の隊列だった。

「逃げなきゃ」。カスリーンがつぶやいた。彼女と私がいちばん怖がっていた。でも、アドキーは、逃げるのを拒んだ。「仕事を続けないと」。そう言って腕いっぱいに抱えた干し草を束ねる機械に入れた。「そういつもいつも怖がってばかりいられないでしょう」と。

ハイリーは、国境警備隊の仕事が非番で家に帰っていた。その仕事を始めてもう九年になり、コーチョの村の外で何が起こっているかについては、私たちの誰よりもこの兄がよく知っていた。そしてこういったことに関しては、事実をたしかめようとする目を持っていた。腕に抱えていた干し草を下に置くと、光から目を守るように手をかざし、ヘッドライトのほうを見渡した。「イスラム国だ」。ハイリーが言った。「シリア国境へ向かっているみたいだ」。これほど近くまで来るのは変だ、と兄は私たちに言った。

―6―

ＩＳＩＳがコーチョの村のはずれにやってきたのは、二〇一四年八月三日、夜明け前のことだった。最初のトラックがやってきたとき、私はうちの屋根の上に敷いたマットレスの上で、アドキーとディーマールのあいだで横になっていた。イラクの夏の空気は熱くて埃っぽいのだけれど、どんなときでも私は外で寝るのが好きだった。トラックに乗るときも、狭い車内に閉じこめられるよりは、荷台に乗るほうが好きなのと同じだ。屋根の上では、子供のいる家族や夫婦がプライバシーを守れるように仕切りをして寝るのだが、屋根の上のどこからでも仕切り越しに小声で誰かが話す声が聞こえていた。いつもなら、近くにいる誰かがその日の出来事を話したり、静かにお祈りをしている声を聞きながらすぐに寝てしまうことが多かったが、イラクじゅうが暴力の渦に巻きこまれていたこのころでは、誰かが来たときによく見える、屋根の上にいたほうが心強く思えるのだった。

その晩は誰も眠っていなかった。数時間前、ＩＳＩＳは近くのいくつかの村に奇襲攻撃をかけた。追い立てられるように家を出て、シンジャール山へ向かった数千人のヤズィディ教徒は、最初はパニック状態のまま進む大勢の人の群れだったのが、次第にまばらになっていった。彼らの後ろでは、ＩＳＩＳの戦闘員が、イスラム教への改宗を拒むものや、言うことを聞かずとどまろうとするもの、それに混乱して逃げ遅れたものたちを誰かれかまわず殺し、そして逃げ足の遅いものをつかまえては、銃で撃つか、喉を掻き切るかして殺した。トラックが、静かな田舎の空気のなかで、手榴弾が爆発するような音をさせながら村へ近づいてきた。私たちは恐怖にすくみ、身を寄せ合っていた。

ＩＳＩＳは、簡単にシンジャールを征服した。数百人のヤズィディ教徒の男たちが、村を守ろうと武器を手に抵抗したが、すぐに弾薬が切れてしまった。じきに明らかになったのは、近隣のスンニ派アラブ人たちは、ＩＳＩＳを歓迎したばかりか、一緒になって、ヤズィディ教徒が通れないように道路をふさぎ、テロリストが逃げ遅れたスンニ派ムスリム以外の人々をつかまえるのを手伝い、そして人のいなくなったヤズィディ教徒の村々で略奪を働いていたということだった。だが、それ以上にショックだったのは、私たちを守ると誓ったはずのクルド人たちの行動だった。最後まで私たちのために戦うと約束してから数カ月後のある晩遅く、ペシュメルガの兵士たちは、何の前触れもなしに、イスラム国の戦闘員がやってくるまえにシンジャールを離れ、安全な場所に逃げていたのだ。

クルド自治政府は、のちにこれを〝戦術的撤退〟と呼んだ。この地域で持ちこたえるには兵力が充分でなく、とどまるのは自殺行為だと、彼らの司令官が判断したということだった。どうせ戦力を使うなら、勝ち目のあるイラクのほかの地域で有効に使ったほうがよいということだ。悪いのは決断を下したクルドの指導者たちなのだと、私たちはひとりひとりの兵士に怒りの矛先を向けないように努力した。それでも理解できなかったのは、彼らがどうして何も言わずに行ってしまったのか、あるいは、私たちも一緒に連れていってくれるか、安全な場所に行けるよう手助けするだけでもできなかったのか、ということだった。もしも、彼らが逃げると知っていたら、私たちもきっとクルディスタンに行っていた。もしそうしていたら、ＩＳＩＳがやってきたとき、コーチョの村は空っぽになっていたはずだ、と私は確信に近い気持ちを抱いていた。

村人たちはそれを裏切りだと言った。ペシュメルガの兵士が詰めていた駐屯所の近くに住む人たちは、彼らが逃げようとするのを見て、あとで自分たちが使えるようにせめて武器だけでも置いていってもらえないかと頼んだが、聞き入れてはもらえなかったという。そのニュースはすぐに村じゅうに広まったが、現実として受け入れられるまでには少し時間がかかった。ペシュメルガはとても尊敬されていたし、それに私たちの多くは、彼らはきっと戻ってきて義務をまっとうしてくれると信じていたから。だからコーチョではじめてイスラム国による銃撃の音が聞こえたときには、女たちのあいだでは、「もしかしたら、ペシュメルガが私たちを助けにきてくれたのかも」などという声も聞こえていた。

ペシュメルガがいなくなると、すぐにイスラム国の戦闘員らが、空になった駐屯所と検問所に配置され、私たちは村から出られなくなってしまった。避難計画ができていたわけでもなかったし、それにＩＳＩＳは、コーチョを含むシンジャール南部の村々とすでに多くの人々が隠れ場所を求めて向かった山を結ぶ道路をすぐにふさいでしまっていた。逃げようとした人々もいたが、つかまれば殺されるか、連れ去られるかのどちらかだった。母の甥のひとりは、家族で逃げようとしたが、ＩＳＩＳに車を止められてしまい、同乗していた男たちはその場で殺されてしまったという。「女の人たちがどうなったかはわからないんだよ」。その電話を受けたあと、母は私たちにそう言った。だから最悪のことを想像するしかなかった。こうした話が、村じゅうの家を恐怖で満たしはじめていた。

ＩＳＩＳがやってきたとき、ヘズニとサウードは仕事でコーチョを離れていた。ヘズニはシンジャールに、サウードはクルディスタンにそれぞれいたのだが、自分たちが遠くに離れ、安全な場所にいることに息苦しさを感じ、一晩じゅうひっきりなしに電話をかけてきた。そして、シンジャールで起きていることについて、わかるかぎりのことを教えてくれた。逃げ出したヤズィディ教徒たちが、何千、何万と、家畜を引き連れて一車線の道路を山へ向かって歩いている。運がよければ車に乗るか、トラックの横にぶら下がって人混みを縫って、できるだけ先を急いでいる。高齢者を荷車に乗せて押したり、重みで腰を曲げながら背負って歩く人もいる。真昼の太陽の下は危険なほどに暑く、高齢者や病人は道の途中で死んでしまうこともあり、路傍に倒れた彼らの痩せた体は、落ちた枝のように砂のなかに崩れていくのだという。そして、そばを通る人々は、なんとかして山にたどり着かねばという思いと、テロリストにつかまるかもしれない恐怖にとらわれ、多くは彼らに気づかない。

山へ向かう道の途中、ヤズィディの人々は家から持ち出したものの多くを捨てていった。ベビーカーに、冬物のコート、それに鍋――家を出なければならなくなったときは、そうしたものを置いていくことはできないと思ったはずだ。だって鍋がなくて、どうやって食事をすればいいのか？　それに赤ちゃんを抱いている腕が痛くなったらどうしたらいいというのか？　冬までに家に帰れるというのだろうか？　徒歩での道のりはいっそう厳しくなり、一歩進むごとに山は遠くにあるように思え、持ってきた家財道具の重さは、大きな負担となってのしかかるばかりで、結局は不用品を捨てるように、道ばたに置いていくしかなかったのだ。

子供たちも重い足を引きずりながら、靴がぱっかり口をあけてしまうまで歩いた。山へ着くと、岩肌をよじのぼっていくものもいれば、洞穴や寺院や山の村に身を隠すものもいた。曲がりくねった道路を急ぐ車は、スピードを出しすぎてハンドルをとられ、道路わきでひっくり返ってしまうこともあった。山の台地は避難してきた人々でいっぱいになった。

山の上に着いたところで、安堵できるわけではなかった。すぐに食べ物や水を探しにいく人や、はぐれてしまった親類を見つけるために、山の村に住む人々に助けを求めてまわる人もいた。また、たどり着いたとたんすわりこんで、凍りついたように動かなくなってしまった人もいた。疲れのせいかもしれない。あるいは、もしかしたら、ＩＳＩＳがシンジャールへ来てから落ち着けることがなかったのが、比較的安全な場所に来てはじめて、自分たちに何が起こっているのかを冷静に考えはじめたからかもしれなかった。彼らの村は占領され、持っていたものはいまや全部誰かのものになってしまった。

ＩＳＩＳはシンジャールで勢力を急速に拡大すると同時に、その戦闘員らは山のふもと近くの小さな寺院を破壊していった。山に近い墓地のひとつは、それまでは子供用とされていたところだったが、あらゆる年齢の人々の遺体でいっぱいになってしまっていた。多くはＩＳＩＳに殺された人々や、逃げようとして、山までたどり着くまえに亡くなった人々だ。何百人もの大人の男が殺された。子供たちと若い女たちは拉致され、のちにモースルかシリアへ連れていかれた。私の母くらいから上の若くない女たちは、集められて処刑され、集団墓地に埋められた。

山へ逃げたヤズィディ教徒たちは、逃げながら自分たちのしてきた判断について考えたという。もしかしたら、早く山へ着きたいがためにほかの車の邪魔をしてしまったかもしれないし、車を停めて、歩いている人をひとりでも同乗させてくることだって、ほんとうはできたのかもしれない。がんばれば動物たちを連れてくることもできたのではないか、あるいは、あと少しだけ待って、誰かを助けることもできたのではないかと。私の母の甥は、生まれつき障害があって、うまく歩けない。だから、ＩＳＩＳが来たとき、自分は山まで歩いてはいけないのがわかっているから、みんな先に逃げてくれと家族に言ったという。かといって、彼はひとりで行けるのか？生きて山へ逃れた人々も、山の過酷な暑さのなかで動けなくなったままでいるが、山を下りればＩＳＩＳがいるし、救助が来る気配はない。

私たちはこのニュースを、自分たちの将来のことが語られているような気持ちでそれを聞き、そして祈った。私たちはスンニ派アラブ人の村とクルド人の村に住む知り合いに手当たり次第に電話をしたが、希望の持てることを言う人はいなかった。その晩、ＩＳＩＳがコーチョの村を襲撃してくることはなかったが、もし逃げようとすれば殺されるということは私たちもわからされていた。

村の端のほうに住む人々は、彼らの外見がどんなふうかを教えてくれた。彼らの一部は目の下までスカーフを巻いて、顔の下半分を隠している。ほぼ全員があごひげを生やしている。持っている武器はアメリカ製で、アメリカ軍が撤退したときにイラク軍に残していったものを、さらにイラク軍が放棄していった駐屯所から持ってきたものだ。その戦闘員たちの姿は、テレビやネットで流れているプロパガンダ動画で見るのと同じだった。私には彼らを人間として見ることはできなかった。彼らが手にしている銃や乗っている戦車と同じように、彼ら自身もまた武器にしか見えず、そしてそれが自分の村に向けられているのだ。

＊　＊　＊

彼らがやってきた一日目の八月三日、イスラム国の司令官が村へ入ってきて、アフマド・ジャッソが男たちをジャバットに集めた。うちからはいちばん年上の兄のエリアスが状況を知るために出かけていった。私たちは、安全のためにうちへ連れてきていた羊たちと一緒に、中庭の小さな日陰で待っていた。

私の隣にはカスリーンがすわっていた。幼い子供のように、怯えているように見えた。姪にあたる彼女とは、歳はいくつか違うけれど、学校では同じ学年にいて、いつも一緒だった。ティーンエイジャーの私たちは、メイクとヘアスタイルのことに夢中で、おたがいに練習台になってメイクをし合ったり、あたらしいヘアスタイルをためしては、参列する結婚式でみんなに見せたりしていた。花嫁たちはインスピレーションの源だった。その日のために、ここぞとばかりお金と時間を費やして、念入りに身支度を整える。まるで雑誌のグラビアから出てきたみたいに着飾るのだ。**あのヘアスタイルはいったいどうやったんだろう？　あの口紅の色はなんというのかな？**

などと言い合い、それから花嫁たちにお願いして写真を撮らせてもらう。

そうして集めた写真を、私は緑色の表紙がついた分厚いアルバムに貼ってためていた。いつか自分のサロンを開いて、やってきた女の子たちがそのアルバムのページをめくり、いちばん似合うヘアスタイルを探すところを思い浮かべながら。ＩＳＩＳが村へやってきたときには、アルバムの写真は二百枚を超えていた。私のお気に入りの一枚は、若いブルネットの女の子を写したもので、ゆるく巻いた髪をてっぺんにもってきて、小さな白い花をいくつもあしらったものだ。

いつもなら、ふたりで髪を梳かし合い、オリーブオイルで髪を整え、ヘナで色付けをするのだが、この日は櫛を通す気すらしなかった。カスリーンは顔色をなくし、黙りこんでいたので、私は自分がずっと年上のように感じられた。なんとか元気づけてやりたくて、彼女の手をとり、「心配いらないからね」と声をかけた。「全部うまくいくから」。それは母の言葉だった。そう言われて心配がなくなるわけではなかったけれど、子供たちに希望を失わせないことが母の仕事だったのだ。カスリーンに希望を失わせないことが、このときの私の仕事だったように。

エリアスが中庭に入ってくると、みんな彼のほうを見た。ジャバットから大急ぎで帰ってきたようで、息を切らしていたが、話しはじめるまえに気持ちを落ち着けようとしているようだった。「ダーイシュが村を包囲している」。エリアスは言った。「ここから出るのは無理だ」

エリアスの話によれば、イスラム国の司令官はジャバットに集まった男たちに、逃げようとしたものは罰せられると警告したという。「その司令官が言うには、すでに四家族が逃げようとしたそうだ。それで止められて、男たちは改宗を求められたが拒否した。彼らはその男たちを殺した。女たちは子供と一緒にいたが、引き離された。彼らは車と娘たちを奪っていった」

「ペシュメルガが戻ってきてくれるよね」。すわっていた母が小声で言った。「祈りましょう。神様は私たちを救ってくださる」

「誰かが助けにくるだろうよ」。マスウードが言った。怒っていた。「ただ放っておくなんて、できるわけないさ」

「司令官はこうも言った。もしシンジャール山に行った近親者がいるなら、電話をして下りてくるように言えと。それでそのものたちをさしだせと」。エリアスは続けた。「それから、山を離れるなら命は助けてやると言えと」

私たちは黙ったまま、いま聞いたことを理解しようとした。山の上にも困難はたくさんあるにしても、少なくともISISはそこにはいない。山は私たちを守ってくれると、私たちは信じていた。何世代も前から、ヤズィディ教徒は安全な山の洞穴に逃げこみ、山に流れる川の水を飲んで、木の枝になるイチジクやザクロを食べて命をつないだ。山の周辺には寺院がいくつもあり、シャイフもいる。そこにいればとても近くで神様が見ていてくださるように思っていた。ヘズニはシンジャールの街からなんとか山に移動し、電話してきたときには、自分のことは心配するなと強く言った。「おまえたちはぼくたちのために泣いているが、ぼくたちはおまえたちのために泣いている」。ヘズニはこう言っていた。「ぼくたちはもう救われているんだ」

私たちは戦闘員にしたがうことになった。彼らが一軒一軒家をまわり武器を集めにきたとき、私たちは銃を全部さしだしたが、一挺だけは渡さず、ある晩遅くに農場へ行って、彼らが見ていない隙に土に埋めた。私たちは逃げようとはしなかった。毎日、エリアスかほかの兄のひとりがジャバットに出かけ、イスラム国の司令官の命令を聞いてきた。そして帰ってきてはその日指示された内容を私たちに知らせた。私たちは家にとどまり、静かにしていた。

土に埋めたあの銃は、埋めたままになってしまうのだろう。だが、ＩＳＩＳがどんな約束をすると言ってきたとしても、私たちには、ヘズニやほかの誰かに山を下りてこいと言うくらいなら死んだほうがましなのだ。もしもヤズィディ教徒が山から下りてきたら、彼らの身に何が起こるかは、誰にでもわかることだったからだ。

―7―

コーチョの包囲は、二週間近く続いた。ぼんやりと靄《もや》に包まれたまま、何日もの時間がただ次へと過ぎていくだけのこともあったが、一秒ごとの時間が刺さるように感じられるときもあった。朝になると、イスラム国の検問所から祈りの呼び声が聞こえてきた。それはコーチョでは普段は聞かれるものではないが、イスラム教については学校で習っていたし、シンジャールに行ったこともあるので、それが何かは知っていた。

年配の村人たちはその呼び声を聞いては不満を洩らし、「シンジャールはもうヤズィディ教徒の土地ではなくなってしまった」と言ってはため息をついた。じきに私たちはいまいる小さな村や町から出られなくなり、その一方で、ヤズィディ教徒が多く住んでいた地域でも、もっと条件のいい場所は、もっと裕福でよい縁故のあるアラブ人やクルド人のものになるのだと、思い知らされるのだった。とはいえ、私自身は、イスラムの祈りの呼び声を聞くのをそれほど気にはしていなかった。ISISがシンジャールにやってくるまでは。ISISがやってきて、村が包囲されてからは、その呼び声は脅威を感じさせるものになった。

家族や親類が、ひとり、またひとりとわが家に集まってきた。ヘズニの妻のジーラーンは、村はずれに建てていた、完成間近の新居を放り出して、いとこたちや腹違いの兄弟たちも、小さなスーツケースや赤ちゃんの粉ミルクを持って、うちへ移ってきた。サウードの妻のシーリーンは、出産したばかりで、生まれたばかりの赤ちゃんを連れて彼女がやってくると、家にいた女性たちがみんな集まってきた。それは希望を描いた一枚の絵のようだった。

部屋がいくつもないうちのなかは、すぐに衣類や毛布、それに写真や貴重品などみんなの持ち物でいっぱいになった。昼間はみんなでテレビの前に集まり、シンジャールで起ったヤズィディ教徒の大虐殺に関するニュースを待った。それは悪夢を見ているようだった。支援物資を運ぶ飛行機がやってきても充分に高度を下げることができず、空からこぼれ落ちる食料や水を巨大な山が飲みこんでいくだけのように見えた。

山頂近くを通る道路にイラク軍のヘリコプターが着陸すると、ヤズィディ教徒たちは必死になって、小さい子供や老人を押しこむようにして乗りこもうとし、それを兵士たちが、こんなに乗せられないと押し返すのだ。「こんなに人がいてはヘリが離陸できない！」兵士たちは叫び声をあげるが、必死の人々にそんな理屈が通じるわけもない。どうしても置いていかれまいと決めこんだ女性がいて、離陸するヘリコプターの降着装置につかまって、しばらくはぶら下がっていたけれど、やがて力尽きて下へ落ちたという話も誰かが教えてくれた。下へ落ちたその女性は岩にぶつかり、スイカが割れるみたいに体が破裂したのだそうだ。

ヘズニはＩＳＩＳがシンジャールの街を制圧するまえに、なんとか山へ逃げていた。勤務地の警察署が立ち退きになったあと、同僚の警察官と徒歩で山へ向かったのだ。街に向かってくるテロリストたちに、自分たちの武器をひとつたりとも渡してはなるまいと、署の警官たちはライフルを抱え、拳銃をズボンに押しこみ立ち去ったのだという。暑くて埃っぽい山への道を、戦闘員がどこに隠れているか、あるいはどこから現れるかと怯えながら、彼らは歩いたのだそうだ。ザイナブから一キロ近く離れたところまで来たとき、イスラム国のトラックが街にあるシーア派のモスクのほうへ向かっていくのが見え、見ているうちにそのモスクが爆発とともに崩れ落ちた。それで進路を変えたのだが、そのわずか数分後には、ヘズニたちのあとを歩いていた何人かが、すぐ近くにまで三台も来ていたイスラム国の戦闘員を乗せたトラックに見つけられ、処刑されてしまったのだという。「助かったのは奇跡だ」と、のちに兄は話してくれた。

山の上は、日中は残酷なほどに暑く、夜は凍りつくほど冷えこんだ。食べるものがなく、脱水症状で人々は死んでいった。一日目、逃げてきたヤズィディの人々は、山のふもとで育てた羊を屠り、少しずつの肉を分け合って食べた。二日目、ヘズニは何人かと連れだって、山の東側を歩いて下り、まだＩＳＩＳが到達していない小さな村へ行った。そこでトラクター一杯分の小麦をわけてもらい、山頂へ戻ってそれを茹で、みんなにカップ一杯分ずつ配って、ただ空腹を満たした。ある日、ＹＰＧ（トルコを拠点とするクルド人ゲリラ部隊であるＰＫＫ：クルディスタン労働者党のシリア支部）の戦闘員が数名、シリアからパンと食べ物を持ってやってきた。

最終的に、ＹＰＧは、アメリカ軍の空爆にも助けられ、シンジャールからシリアのクルディスタンへ行ける道をヤズィディの人々のために開いてくれた。そのあたりはシリアで内戦が始まって以降も、比較的安全に保たれてきた地域で、ＰＫＫと協力関係にあるクルド人たちが自治区を設立しようと活動を続けていた。逃げていくヤズィディの人々を、ＩＳＩＳは銃撃しながら追ってきたが、数万人にのぼる人々が無事山を下り、比較的安全な場所まで逃げのびることができた。ヘズニも山を下り、ザーホー近郊にあるおばの家に身を寄せた。シリアのクルディスタンを通り、イラクのクルディスタンへ入っていく途中、その地域に多く住むスンニ派の人々は、食料や水、衣類を車に積んで、逃げてきた人々を出迎えてくれたという。なかには、自宅や店や学校を、避難民となったヤズィディ教徒たちのためにあけて受け入れてくれた人々もいたそうだ。いまも心揺さぶられる、人々の思いやりを示す出来事だ。

この大虐殺が起こるまでは、私はＰＫＫについてあまり考えたことがなかった。シンジャールではそれほどの存在感はなかったし、それにクルドのテレビ番組で彼らの姿――イラン国境のカンディール山地のどこかで、男も女もだぶだぶのグレーのユニフォームを着て、カラシニコフ銃をそばに置いてひざまずいている姿――を見たことはあっても、彼らも、彼らのトルコ政府との戦いも、自分の人生となんらかのつながりがあると意識したことがなかった。でも、山頂で身動きがとれなくなっていたヤズィディ教徒たちを彼らが助けて以来、シンジャールではＰＫＫはヒドローとなり、自分たちを守ってくれる人々として、多くのヤズィディ教徒の頭のなかで、ペシュメルガに置き換わった。

結果的に彼らが関与したことが、PKKと、まだシンジャールでのいちばんの影響力をほしがっていたバルザニのKDPとの関係をさらに緊張させることにつながり、私たちの土地を、それからの数年間で広がっていった別の戦争に無防備なままさらすことになってしまった。でも、このときはただ、私たちはPKKがヤズィディ教徒たちを山から無事に下ろしてくれたことに、そして、シンジャールでのISISとの戦いの前線に何百人もの兵士を送りこんでくれたことに感謝していた。

しかしながら、コーチョへ誰かが助けにきてくれる気配は一向になかった。毎日、兄の誰かがジャバットへ出かけていき、ニュースを持って帰ってきたが、希望の持てるものがあった日はなかった。コーチョの男たちは、なんとか計画を立てようと言ってはいたが、村の外から手助けしてくれる人はひとりも見つからなかった。「たぶん、山に行ったみたいに、アメリカが飛行機を飛ばして助けにきてくれるよ」と、母は言った。村を包囲しているイスラム国の戦闘員たちも、飛行機やヘリコプターの音が聞こえているときだけは、恐れているように思えたからだ。「それか、PKKがこの次に来てくれるかもしれないね」。母はこうも言った。でも、以前アメリカ軍の通訳をしていて、その後アメリカに渡ったヤズィディ教徒たちと連絡をとっている兄たちは、そんなことはどちらもありそうにないと、早くに希望を捨てていた。

飛行機やヘリコプターは村の上空を飛び交ってはいたものの、それらの向かう先はいつも山で、コーチョの村ではなく、それにＰＫＫも村までは来てくれそうにないことは、私たちにもわかっていた。ＰＫＫの戦闘員は勇敢で、長期間の訓練を受けている。彼らはすでに半世紀近くもトルコ軍と戦ってきたのだ。でも、彼らは山岳ゲリラであり、平地でＩＳＩＳを制圧し、私たちをシンジャール山まで行かせてくれることはない。それに、コーチョははるか南の敵方の支配地域にあり、とても彼らの手には届かない。私たちはどこにもいないのと同じなのだ。

それでも私たちは、そのうちにアメリカ軍がやってきて、コーチョの包囲を解いてくれるのだという希望を、長いあいだ持ち続けていた。アメリカのイラク侵攻後、タル・アファルに駐在していた兄のジャロは、アメリカにいるヤズィディ教徒の友人、ハイダル・イリヤースと連絡をとっていた。ハイダルはアメリカ軍の通訳として働いていたことを理由に難民申請が認められ、ヒューストンへ渡っていた。ハイダルのほうは、もしもＩＳＩＳにジャロの携帯電話を調べられて、アメリカの番号にかけているのが見つかれば、その場で殺されてしまうのではないかと心配してはいたけれど、それでもふたりは毎日電話をかけ合い、一日に何度も話していた。

ハイダルと国を出たヤズィディ教徒の仲間たちは、ワシントンＤＣのホテルの部屋に集まり、ワシントン、エルビル、そしてバグダッドの政府に訴え、イラク国内に残っているヤズィディを助けようとがんばっていたが、コーチョではなんの進展も見られなかった。ハイダルから着信があると、ジャロはいつも電話に飛びついたが、彼の希望はすぐに苛立ちにとって代わられた。ジャロはアメリカが反乱分子を捜して、民家を一軒一軒訪ね歩いていたころにアメリカ軍の仕事をしていたので、彼らがここにいれば何ができるかがよくわかっていた。もしもアメリカが軍隊を送りこみ、コーチョ周辺の検問所を攻撃すれば、包囲を解くことは可能だと確信していたのだ。

ときどき、ジャバットに来るイスラム国のメンバーが、アメリカ軍をオバマの〝十字軍〟と呼び、シンジャールでアメリカ軍が展開したヤズィディ教徒救出のオペレーションについて不満を洩らしているのも聞いていた。今回のことが起きたとき、ジャロはハイダルに「彼らにはもうコントロールしきれなくなってきている。たぶん解放するんじゃないか」と言った。その数日前、イスラム国の戦闘員らが、体調を崩したアフマド・ジャッソを医者に診せるため、近くの町へ連れていったところだった。「ぼくらを生かしておくつもりでないなら、どうしてそんなことをするだろうか？」とジャロは問いかけた。

ジャロはアメリカが好きだった。村が包囲されるまえ、テキサスにいるハイダルに電話をかけては、イラクの外でのあたらしい暮らしはどうかと尋ねていた。自分は高校に入ることさえできていないのに、アメリカへ渡ったハイダルが大学へ行こうとしているのをうらやましく思っていたのだ。「ぼくにアメリカ人の奥さんを探してくれよ！」そんな冗談も言っていたものだ。「不器量でも、ずっと年上でも、とにかくぼくと結婚してくれる人を頼むよ」と。

ハイダルは、アメリカが私たちを助けにコーチョへ行くとはあまり思っていなかった。どちらかといえば、ＩＳＩＳなら、コーチョに対してアメリカ軍の空爆の報復をするのではないかと考えていた。「気をつけて」。彼はジャロに言った。「やつらは弱いと思わせて、だまし討ちするかもしれない。きみたちを解放なんてしない」。巻きこまれているもの全員が、イラクじゅうで起こっている出来事に圧倒されているように見えた。メディアはコーチョが包囲されていることを報じてさえいない。「バグダッドで首相交代だそうだ」。エリアスが言った。「ぼくらのことを考える時間なんてないよな」

だから私たちは待った。村は静まりかえり、通りには誰もいなくなった。みんな家のなかでじっとしていた。私は兄たちが食べるのをやめ、痩せて、顔色を悪くしていくのを見ていた。きっと私にも同じことが起こっていたのだとは思う。でも、鏡を見てそれをたしかめようとは思わなかった。お風呂にも入っていなかったので、じきにみんなの体から出るいやなにおいが部屋を満たした。毎晩私たちは、屋根の上で肩を寄せ合って寝た。ＩＳＩＳに見られないように、暗くなってから屋根に上がり、屋根にめぐらしてある低いフェンスに隠れるように、動くときも身を屈め、声を聞かれないように、ささやき声で話した。何も知らないシーリーンの赤ちゃんが泣き出したときには、緊張で体が固まった。けれど、そんな努力をしたところで、どれも意味はなかった。ＩＳＩＳは私たちの居場所を知っていた。大事なのはそれだけだった。

＊　＊　＊

ＩＳＩＳは、私たちを逃がさないように家に閉じこめ、そのあいだに、シンジャールの別の場所で大量虐殺をおこなっていた。そして、そのときはまだ、私たちのことをかまっている暇はなかったのだ。別の場所で、ヤズィディ教徒の家を奪い、宝飾品や車のキーや携帯電話をバッグに詰めこむのに忙しくしていたし、ヤズィディ教徒が飼っていた牛や羊を自分たちのものとして追いまわすのに忙しかったのだから。イラクとシリアでは、戦闘員のあいだで、若い女性を性奴隷として売買し、自衛できると思われる年齢以上の男性は殺害していた。すでに何千人ものヤズィディ教徒が殺害され、遺体は集団墓地に集められていた。ISISはそれを隠しとおそうとしていたが、できなかった。

私たちの最後の希望は、ヤズィディ教徒と親しいスンニ派アラブ人やキリフが住む近隣の村から助けがきてくれることだった。伝え聞くところによれば、ヤズィディ教徒をかくまったり、安全なところまで車で連れていったりしているアラブ人がいるとのことだった。だが、同時に、ヤズィディ教徒を誘い寄せ、ISISに引き渡して、自分たちは武装集団に加わるアラブ人もいるという話も聞いた。もちろんたんなる噂もあったが、そのような話が、私たちが信頼している親しい人からも聞こえてきたので、どうもほんとうのことらしいと思ったのだった。ある朝のこと、私のいとこのひとりが、どうしても助けがほしいと、自分のキリフの家へ家族を連れていった。キリフの一家は彼らを温かく迎え、安心させてくれた。「ここで待っているといい」。キリフはこう言ったのだそうだ。「我々が助けよう」と。ところがそのあと、キリフはイスラム国の司令官に通報し、いとこと家族は武装集団に連れていかれてしまったというのだ。

兄たちは、電波の届きやすい屋根にのぼって、そうした近くの村に住む思い出せるかぎりの人たちに電話をした。話すことができた人たちはみんな心から私たちのことを心配してくれているように思えた。けれど、どうしたら私たちを助けることができるのか、答えを出せる人や何か方法を思いつける人はひとりもいなかった。みんな、私たちにはいまいる場所を動かないようにと言った。「がまんして」。彼らは言った。何人かのムスリムの友人は、村が包囲されているときに、村まで食料を届けに来てくれ、私たちの痛みは彼らの痛みだとまで言ってくれた。そして、両のてのひらを胸に当て、こう約束してくれた。「私たちはあなた方を見捨てない」。だが、日が経つごとに、みんな私たちを見捨てていった。

スンニ派の隣人たちには、私たちのところまで来て、助けようと試みることはできたはずだ。村の女性たちに何が起ころうとしていたかをもし彼らが知っていたのなら、私たちに黒い服を着せ、彼らと一緒に連れていくこともできたはずだ。私たちのところへ来て、「これがあなたたちに起こることだ」とこともなげに言うこともできたのだ。そうすれば、私たちだって、救助の手がさしのべられるはずだなどと夢を見るのをやめることができたのに。けれど彼らはそうしなかった。彼らは何もしないという決断を下した。彼らの裏切りは、現実の銃弾が飛んでくる前に飛んできた銃弾のように思えた。

ある日、私はディーマール、ハイリー、エリアス、そしてハーリド——ハーリドは腹違いの兄弟のひとりだ——、夕食のために屠る子羊を連れにうちの農場へ出かけた。食欲をなくしてしまった大人たちとちがって、子供たちは食事らしい食事がしたいと泣くのだが、外部からコーチョに食料が入ってこなくなったため、飼っている子羊を犠牲にするしかなくなったのだ。

農場は携帯電話の電波がよく届くので、エリアスが持ってきていた携帯電話で兄たちは代わるがわる誰かに電話をして助けを求めていた。そのあいだに、私たちは子羊をつかまえた。ちょうど、私の姪にあたるバスーが、病気のいとこを見舞いにいったタル・カサーブから山へ逃げる途中でＩＳＩＳにつかまり、タル・アファルの学校へ連れていかれたと聞いたところだった。その学校は、赤いペンキで塗られ、ヤズィディの少女や大人の女性が大勢いるという。私は、教わった先生のひとり、ミスター・ムハンマドというスンニ派の男の先生がタル・アファルの出身だったことを思い出し、もしかしたらバスーを捜すのを手伝ってもらえるのではないかと思った。

　私たちが教わった先生の多くは、コーチョの外から来たスンニ派アラブ人で、モースルの人が多かった。私たちは彼らを尊敬し、村の一員のように接した。彼らの町にＩＳＩＳがいるいま、彼らがどんな経験をしたのかと思いをめぐらせた。彼らのうちの誰ひとりも、コーチョでいま何が起こっているのかをたしかめに、電話もしてこなかった。そのことを思って、最初は心配になった。彼らがＩＳＩＳから逃げなくてはならない、あるいはもっと悪ければその支配下で生きなければならないのがどんなことかを、私には想像すらできなかった。

　だが、包囲が続くうち、私はもしかしたら、先生たちが何も言ってこないのは、恐怖に怯えながら暮らしているからではなくて、ＩＳＩＳがいることに満足しているからではないかと思いはじめていた。もしかしたら、ほんとうはずっと私たちのような生徒を不信心者《カーフィル》だと思っていたのだろうかと思ったのだ。そう思っただけで胸が悪くなった。

　私は教科書の裏に、先生全員の電話番号をメモしていたので、エリアスの携帯電話を借りて、ミスター・ムハンマドに電話してみた。二、三回鳴らしたところでつながった。

「こんにちは、ムハンマド先生」。私は、アラビア語できちんと呼びかけた。私はムハンマド先生のクラスで過ごした日々を思い出していた。先生の授業についていき、もし合格すれば、進級して、卒業に近づき、そして残りの人生に近づくと知り、がんばった日々。私は先生を信頼していた。

「どなたですか？」先生の声はいつもどおりで、その落ち着きに私の心臓はどきどきした。

「ナディアです」。私は言った。「コーチョからかけています」

「ナディア、どうしたのですか？」先生は訊いた。話し方が少し速くなった。声が冷たく、焦っているように聞こえた。

私はバスーがISISにつかまり、タル・アファルに連れていかれたことを説明した。「学校が赤く塗られたそうです」。私は言った。「私たちが知っているのはそれだけです。私たちはコーチョを出ることができません。ダーイシュが村を包囲していて、逃げようとすれば誰でも殺すと言っています。バスーと話せるよう手を貸してもらえませんか？　その学校がどこにあるか知っていますか？」

返事がなかった。もしかしたら、私の声が聞こえていないのか？　ダーイシュが電波を切ってしまったのか、あるいはエリアスの携帯電話の充電が切れたのか？　ようやくミスター・ムハンマドが話しはじめたとき、その声は、遠く、冷たかった。「きみとは話せないんだ、ナディア」。先生は小声でそう言った。「姪御さんのことは心配しなくていい。彼らは彼女に改宗を求める。それで誰かと結婚するんだよ」。それだけ言うと、私が何か言う前に、先生は電話を切ってしまった。私は手のなかの携帯電話を見つめていた。それは安っぽい、役立たずのプラスチックでしかなかった。

「最低だな」。エリアスはそう言いながら、子羊の首をつかんで、うちへ向かう道のほうに向けた。「どれだけ電話をかけても、誰も答えてくれやしない」

その瞬間、私のなかで何かが変化した。たぶん永遠に。私は誰かが助けてくれるという希望を失った。きっと先生も私たちと同じだったのだろう。自分と家族のことで怯え、生きるために必要なことをしていただけなのだ。あるいは、もしかしたらＩＳＩＳとＩＳＩＳが思い描く、イスラムの残忍な解釈に導かれた世界に生きるチャンスを歓迎していたのかもしれない――ヤズィディ教徒のいない世界、もしくは彼らが信じるものをそっくりそのまま信じないものがいない世界に。本当のところは私にはわからない。でも、その瞬間、私が先生を憎んだことはたしかだ。

―― 8 ――

私がはじめてイスラム国の戦闘員を真近で見たのは、村が包囲されて六日目のことだった。アドキーと一緒に、ふたりの姪、ロジアンとニスリーンを連れて、足りなくなった小麦粉と飲み水のストックを、ジャロの家まで取りにいったときのことだ。ジャロの家まではわが家から歩いてほんの数分、狭い路地を通っていく。イスラム国のメンバーは、村の周囲の検問所で村人が逃げないように見張っているので、村の通りで彼らを見かけることは考えにくかった。

それでも、外出するのは怖かった。玄関を一歩出ただけでも、別の星にいるみたいに思えた。コーチョの村はもうどこを見ても、親しみも安らぎも感じられる場所ではなくなっていた。以前は、狭い路地にも広い道にも人がたくさん出ていて、親たちが通りの雑貨店や薬局で買い物をするあいだ、子供たちが外で遊んでいるのが普通だった。それが、いまはからっぽになり、村じゅうが静まりかえっていた。「離れないでついてきてね」。みんなより勇気のあるアドキーは、前を歩きながら小声でそう言った。私たちは体を寄せ合い、急ぎ足で歩いた。何だか幻覚でも見ているような気になり、怯えながら、自分たちの影から逃げ出るように進んだ。

私たちを使いに行かせたのは母だった。「男手がいるようなことじゃないでしょう」。そう言われて、私たちも同意した。このころの私たちは、家のなかですわってテレビを見ては泣いているほかは、何をするでもなく、日に日に痩せ細り、弱っていくばかりだった。兄たちは、少なくともジャバットへは出かけ、家に帰ってくるとムフタールかイスラム国の司令官が言ったことを私たちに伝えたあとは、誰か助けてくれる人は見つからないかとあちこち電話をかけ、空腹と疲れで動けなくなるまでそれを続けた。私の兄たちは、父と同じく戦士だ。その兄たちさえ、それまで見たことのないほどに、絶望感をあらわにしていたのだ。

コーチョの村には全体の設計図のようなものはなく、かつてここにやってきた人々が、思い思いに家を建ててできた村だ。自分の土地があるなら、建てたいものをどこに建ててもかまわない。だから、建物や通りの配置に規則性はなく、歩きまわっていると目がまわってきそうになる。それぞれの家も、好きなように増築されているので、まるで生き物のように見えることもある。そうした建物のあいだをジグザグと縫うように続いていく路地は迷路のようで、どこに何があるかを覚えていなければすぐに迷子になってしまう。そして、どこにどの家があるかを全部覚えてしまうには、たぶん一生かかる。

ジャロの家は村のいちばん端にあり、家と村の外の世界のあいだは、レンガ塀一枚で隔てられているだけだった。その塀の向こうには、砂漠のようなシンジャールの土地が、いまやイラクにおけるイスラム国の首都となったモースルまで続いている。金属の門扉を押しあけて、私たちは家に入り、キッチンへ行った。家には誰もいなかったが、きれいに片付いていて、ジャロと家族が慌てて出ていった様子はなかった。それでも、人のいない家にいるのはなんだか怖かった。小麦粉と水と粉ミルクの缶がひとつあったので、私たちは大急ぎでそれらを袋に詰めた。

外にようやく出たとき、ロジアンが塀を指さしたので、見ると、ちょうど私たちの腰の高さくらいのところに、レンガが落ちて大きな穴があいていた。家の屋根にいるときは、いつも自分たちがあまりに無防備な気がして、戦闘員をじっと見るほどの勇気は私たちの誰にもなかった。だが、その塀は目隠しになるうえに、ちょうどコーチョの村から一つ目の検問所が見える位置にあった。「あそこにダーイシュはいると思う?」ロジアンがそう言いながら、庭を横切り、腰をかがめて塀に近づいていった。残る私たち三人も顔を見合わせ、みんな手に持っていた荷物を下におろしてロジアンのそばに行き、おでこを塀に押しつけて、外の世界を覗き見た。

二百メートルくらい向こうにある検問所に、数人の戦闘員がいるのが見えた。そこは、以前はペシュメルガが詰めていた場所で、そのまえは、イラク軍が使っていた。イスラム国の戦闘員らは、だぶっとした黒いズボンを穿き、黒いシャツを着て、肩から武器を下げていた。その動きを見ていると、何か決まりがあるようで、たとえば、砂がちな路面でトントンと足踏みをしたり、仲間どうし話すあいだ手を動かしていたりしている。その動きのひとつひとつが恐ろしく感じられた。

ほんの数分まえ、兄の家へ向かう道で、戦闘員と鉢合わせしてしまうことを恐れていた私たちだったが、このときはもう、彼らの姿から目を離すことができなくなっていた。何の話をしているのか、聞き取れたらいいのに。たぶん何かを計画しているのだろうし、それがわかれば、私たちにも何が自分たちを待ち受けているのかがもう少しわかるだろうから、いくらかでもニュースを持ち帰って、兄たちが戦うのを助けられるかもしれないと思った。たぶんシンジャールを占領することでも話しながら、ほくそ笑んでいたのだろう。それが私たちの耳に入れば、私たちが怒って反撃に出るにちがいないと。

「あの人たち何を話してるんだと思う?」ロジアンが小声で言った。「いいことじゃないね」。アドキーがそう言って、私たちを現実に引き戻した。「さあ、行きましょう。頼まれたものをすぐに届けるって、お母さんに約束したでしょう」

私たちはいま目にしたことを現実として理解できないまま、家への道を歩きはじめた。ニスリーンが沈黙を破った。「あの人たち、バスーをつかまえた人たちと同じよね」。ニスリーンは言った。「怖かったでしょうね」

狭い路地をいっそう狭く感じながら、私たちはできるだけ早足で歩き、気持ちが乱れないようがんばった。でも家についたとたん、ニスリーンと私はとても黙っていることができず、いま見てきたことを母に話した――ほんの数日前までジャロと家族が寝起きしていた家から、どれほど近いところに彼らがいたかを。そして私たちは泣き出した。できるなら希望を持って、強くいたかったけれど、どれほど怖い思いをしたかを母に理解してもらい、慰めてもらいたかった。「ものすごく近くにいたの」。私は言った。「私たちは、あの人たちの手のすぐ届くところにいて。私たちに悪いことをしたいと思えばできたと思う」

「祈って待ちましょう」。母はこう答えた。「もしかしたら、救助してもらえるかもしれない。もしかしたら、あの人たちは私たちを傷つけないかもしれない。もしかしたら、私たちはどうにかして助かるかもしれない」。そのようなことを母が言わずに過ぎていく日は一日もなかった。

＊　＊　＊

私たちの服は、埃と汗で灰色に変わっていた。けれど、着替えることは考えていなかった。私たちは食べることをやめ、出しっぱなしで日に当たりぬるくなった水を少し飲むだけになっていた。電気が止まり、包囲のあいだ、そのまま停電が続いた。携帯電話の充電とテレビを見るための電気は、自家発電機でなんとかまかなった。テレビはＩＳＩＳとの戦争を報じるニュースが流れているときだけ見ていたが、それはほとんどいつものことだった。

ニュースのヘッドラインを見るたび、絶望的な気持ちに襲われた。シンジャール山頂で、四十人近い子供たちが飢えと脱水症状で死亡。さらに多くの人々が逃げる途中で死亡。モースルに近く、ヤズィディ教徒の多い町、バシカとバザニーをＩＳＩＳが占拠。さいわい、住民の多くはイラクのクルディスタンへ逃げることができた。シンジャール地方に住むヤズィディ教徒の女性数千人がさらわれた。そしてその女性たちをＩＳＩＳは性奴隷にしていると、私たちは聞いた。

ニナワ県にあるキリスト教徒が多数派を占める町、カラコシュが制圧され、ほぼ全住民がイラクのクルディスタンへ逃げこみ、建設中のショッピングモールや教会の庭に立てたテントで避難民として暮らしているという。タル・アファルに住むシーア派のトルクメン人は、自分たちも包囲を逃れようと苦戦している。ISISはエルビルに近いところまで進んできていたが、アメリカが止めた——自国の領事館を守るためだと伝えられた。また空爆によって、シンジャール山で身動きがとれなくなったヤズィディ教徒に隠れ場所を与えていた。バグダッドは混乱状態にあった。アメリカのオバマ大統領は、ヤズィディ教徒に起こっていることを〝大虐殺《ジェノサイド》の可能性のある行為〟と呼んだ。だが、コーチョの包囲について話すものは、誰ひとりいなかった。

私たちはあたらしい世界に暮らしていた。コーチョの生活は、人々が家から出なくなったことで止まってしまった。村にいるほかの家族たちから、これほど離れているのも奇妙に感じられた。以前は、夜遅くまでたがいの家を行き来し、友人と食事をとり、そして隣どうしの屋根の上で、眠りにつくまで話をしていたのだから。ISISに包囲されている状態では、夜、となりに寝ている人とささやき合うだけでも危険に感じられた。

私たちはISISに気づかれないでいれば、忘れてもらえるかのように、目立たないでいようとがんばった。どんどん痩せていくことさえも、自分たちを守る手段のように思えていたのだ。食べることをやめれば、いつか自分たちが透明になっていくかのように。人々が外へ出るのは親類の安否をたしかめにいくか、物資をわけてもらいにいくか、あるいは具合が悪くなった人を助けにいくときくらいになっていた。そんなときでさえ、安全な場所に避難するように急ぎ足で移動した。まるで箒《ほうき》で追い立てられて逃げる虫みたいに。

だが、ISISの包囲にもかかわらず、ある晩私たちは集まった。もとはトルコで始まった、ヤズィディ教の家族で祝われることのある祝日〝バツミ〟を祝うためだ。普通なら、十二月に祝うものだが、この祝日を家族で受け継いできたカラフという村人が、恐怖がたがいを引き離し、みんなが希望を失いかけているいまこそこの儀式が必要だと考え、提案してくれたのだった。バツミはタウセ・メレクに祈りを捧げる日だが、包囲のなか私たちにとってもっと重要だったのは、それが故郷の土地を追われたヤズィディ教徒たちを思い起こす機会でもあることだった。カラフのご先祖たちのように、オスマン帝国に追われる以前、トルコに住んでいた人々のことだ。

その日は、村人全員がカラフの家に招かれ、そこできれいな魂を持つとされる独身男性四人が神聖なバツミのパンを焼くことになっていた。日が沈むのを待って、私たちはカラフの家へ流れるように向かった。途中、目立ってはいけないと注意し合いながら歩いた。「音を立てちゃだめ」。私たちはささやき合いながら、村の通りを進んだ。アドキーと一緒だったが、私も彼女も怯えていた。もしISISに見つかれば、不信心者の儀式を企てたとして、カラフが罰せられるのはわかっていたが、それ以外に戦闘員らが何をしてくるかは想像もできなかった。私は私たちの問題を神の前にさしだすのが、手遅れでないことを願った。

カラフの家のなかは灯りがついていて、焼いているパンのまわりに人が集まっていた。それは特別なドームの上に置かれ、膨らみながら、一家の長から祝福を受けるのを待っていた。もしもそのパンが割れずにきれいな形をとどめているなら、それは幸運のしるし。もしも割れたら何か悪いことが家族に起こる。包囲中なのでパンには具が入っていない（いつもならナッツやレーズンが練りこまれる）が、それはどっしりと、丸く、割れる様子はなかった。

すすり泣く小さな声と、ときどき聞こえる窯《タンドール》の薪がはぜる音のほかは、家のなかは静かだった。漂ってくるよく知った煙のにおいが、私を毛布のように包みこんだ。包囲されてから会っていないワラーやほかの学校の友達も、もしかしたらその場にいたかもしれなかったが、私は見まわして探しはしなかった。儀式に集中したかったのだ。カラフが祈りを始めた。「聖なるパンの神よ、私の魂を、村全部の生贄として持っていきたまえ」。彼がそう言うと、すすり泣く声が大きくなった。泣いている妻をなだめる男もいたが、もしかしたら泣く声が検問所に届いてしまうかもしれないこの家で、泣くことができるのは、弱いどころか勇気のあることだと私には思えた。

儀式のあと、アドキーと私は、黙って家へ戻った。玄関を入り、屋根にあがると、留守番をしていた家族がマットレスにすわって待っていた。ようやく私たちはほっとした。屋根の上では、片側に女たちが集まって眠り、男たちも逆側に集まって寝ていた。兄たちはあいかわらず携帯電話をかけ続けていた。私たちが泣いたら、その兄たちがもっと嫌な気になるだけだろうから、泣くのはがまんした。その晩は少しだけ眠れたが、まだ夜が明けきらないうちに、母に起こされ、私は目を覚ました。「下へ行く時間だよ」。ささやき声で母が言った。誰も見ていませんようにと祈りながら、つま先ではしごを伝い、暗い中庭に降りた。

私の家族のなかでは、腹違いの兄のひとり、ハッジがしきりにＩＳＩＳに抵抗しようとしている村人たちのことを話していた。ＩＳＩＳの戦闘員らは、ジャバットで、もし私たちがイスラム教に改宗しないなら、私たちをモースルに連れていくと、村の男たちに言い続けていたが、ハッジは、それは嘘だと確信を持っていた。「あいつらは我々をおとなしくさせておきたいだけだ。反撃させないようにしておきたいんだよ」というのだ。

たまに、庭の塀越しにハッジが隣人たちとひそひそ話をしているのを見かけることもあり、それは何か企みごとをしているようにも思えた。彼らはＩＳＩＳの車の隊列が村のそばを通るのをじっと見ていた。「どこかで虐殺をしてきたところだな」。通り過ぎるイスラム国の隊列を見ながら、ハッジはこんなふうに言うのだった。夜テレビを見ているときには、こみあげてくる怒りがおさまらず、そのまま朝を迎えてしまうこともあるようだった。

＊　＊　＊

反撃の方法を考えている村人はハッジひとりではなかった。うちと同様、多くの家族がＩＳＩＳに見つからないように武器を隠していて、それらを手に、検問所を襲う方法を話し合っていたのだ。男たちは戦士として訓練されていたので、自分たちの力を証明したいと思っていたが、同時に、自分たちが隠しているナイフやＡＫ－47で倒せるだけのイスラム国メンバーを倒したところで、後ろに控えている敵がもっとやってくるだろうし、結局は何をしたところで、自分たちが戦おうとすればそれによって多くの村人が死ぬこともわかっていた。たとえ私たちが一致団結して、村の周辺に詰めている戦闘員を殺したとしても、私たちはどこへ行けるわけでもないのだ。ＩＳＩＳは外部へ続く道路をすべて支配し、村人やイラク軍から奪い取った車両と武器を全部自分たちのものにしていた。武装蜂起は選択肢にはならなかった。それは夢物語にすぎなかった。だがハッジのような男たちにとっては、私たちがただ待っているあいだ、反撃を考えることが正気を保つための唯一の方法だった。

毎日、村の男たちはジャバットに集まり、よい考えをひねり出そうとしていた。もし逃げることができないなら、あるいは戦って逃げ道を勝ち取ることも、隠れることもできないのなら、戦闘員の目をごまかすことはできないだろうか？　イスラム教に改宗すると言えば、彼らはもっと時間をくれるだろう。それで決まったのは、もしも戦闘員がひとりでも、コーチョの女性を脅したり、さわったりしたら、そのときに改宗するふりをしてごまかそうということだった。だが、その計画が実行されることはなかった。

一方で、女たちも相談をしていた。ＩＳＩＳが村の男たちを殺しにやってきたときに、うまくかくまう方法を話し合っていたのだ。村には戦闘員が知らない場所がたくさんあった――深い、乾いた井戸や、入口が目立たないところにある地下室といった場所だ。干し草のベールや飼料袋でも、殺戮がおこなわれているあいだ身を隠しておく役には立つかもしれない。「おまえたちだけでダーイシュといさせるくらいなら、殺されたほうがましだ」と、男たちは言った。だから私は、ＩＳＩＳの手のなかで、自分たちの運命を知るときを待つあいだ、そして誰かが助けにきてくれるという望みが失われていくあいだ、自分と家族に起こりうるすべての可能性に向き合おうと努力した。私は死ぬことも考えはじめていた。

ＩＳＩＳがやってくるまでは、若い人の死に直面することはあまりなかったし、私は死について話すのは好きではなかった。そんなことは考えるだけでも怖かった。それが、二〇一四年のはじめ、コーチョの若者がふたり、突然に亡くなった。ひとりは、イスマーイールという名の国境警備にあたっていた警察官で、コーチョの南、すでにＩＳＩＳが根を張りつつあったアルカーイダの影響下にある地域で任務についていたときに、テロ攻撃に遭い、命を落とした。イスマーイールは、ヘズニと同じ年ごろで、物静かで信心深い青年だった。コーチョの出身者がＩＳＩＳに殺されたのはそれがはじめてだった。そして、それをきっかけに、政府の仕事をする家族を持つ人々は、みんな心配しはじめた。

イスマーイールの遺体がシンジャールの警察署に運びこまれたとき、ヘズニがちょうどそこにいた。それで私たちは、ほかの村人たちよりも、彼の妻やほかの家族たちよりも先にその死の知らせを聞くことになった。イスマーイールの家族は、うちと同じように貧しく、イスマーイールは、うちの兄たちと同じようにお金が必要で、軍の仕事についていた。その朝私は、イスマーイールの家の近くを通らずに、遠回りして学校へ行った。自分は彼の死を知っているのに、家のなかにいる彼の家族が知らないときに、その家のそばを通ることが耐えられなかったのだ。噂が村に広まると、男たちは朝の空に向けてライフルを発射した。そして教室では、銃声を聞いた女子学生たちが声をあげた。

ヤズィディの人々のあいだには、遺体の埋葬の準備をするのはありがたいことだという考え方があり、ときによっては日が昇るまで何時間も遺体のそばにすわって過ごした。イスマーイールの遺体の埋葬の支度は、ヘズニが整えることになった。遺体を洗い、髪を編み、白装束を着せ、そして残された彼の妻が持ってきた、初夜にふたりがくるまって寝た毛布を受け取り、それで彼女の夫の体を包んだ。遺体がトラックに乗せられ、墓地へ運ばれていくころには、村の端まで参列者の長い列ができていた。

数カ月後、私の友達のシーリーンが農場に出ていたときに、そばで甥が誤って発射したライフルの弾が当たって亡くなった。その前の晩、私は彼女と一緒に過ごしたところだった。試験のことや、喧嘩で逮捕された彼女のやんちゃなふたりの兄弟の話をした。シーリーンは、イスマーイールのことも話していた。イスマーイールが亡くなる前の晩に、彼が夢に出てきたと言って。「夢のなかで何かほんとに大きなことがコーチョで起こってみんな泣いてた」と、彼女は言った。そして、少し罪悪感を覚えているかのように、こう打ち明けた。「あれはイスマーイールが死ぬってことだったんだと思う」と。いま、私が思うのは、その夢はきっと彼女自身の死の知らせでもあったにちがいないということだ。あるいは、あんな事故を起こしたあとも、家を出ていくことを拒んだ甥のこと。あるいはＩＳＩＳがコーチョへやってくることの予兆だったのかもしれないとさえ思うのだ。

シーリーンの埋葬の準備は、私の母が整えた。友の手は、ヘナで赤茶色に染められ、両方の手をそろえて、白いスカーフでゆるく結ばれた。彼女は未婚だったので、髪は長く一本に編まれた。金《ゴールド》をもっていたなら、一緒に埋葬されることになっていた。「人を埋めてよいのなら、金《ゴールド》だって埋めてよい」と、ヤズィディ教の人々は言うのだった。イスマーイールと同様に、シーリーンの体は洗われ、白装束に包まれて、そして悲しみに暮れる人々の前を担いで運ばれ、村の端で待っているトラックに乗せられて残りの道を行った。

この儀式が重要なのは、ヤズィディ教では、あの世とは要求の多いところで、死者はこの世の人と同じく苦しみを味わうことがあるとされるからだ。だから死者はこの世の私たちを頼って彼らの面倒を見させようと、私たちの夢をとおして要望を伝えてくるというのだ。亡くなった人が夢に出てきてお腹がすいたと言ったり、すり切れた服を着ていたりする話を聞くのはよくあることだ。そうした夢を見た人は、目覚めたときに貧しい人に食べ物や衣服をわけ与えると、今度は神があの世にいる死者に、食べ物や衣服を与えてくれるのだという。ひとつには輪廻転生を信じているからではあるが、敬虔なヤズィディ教徒であるためには、こうした善行が欠かせないことだと私たちは考えている。もしもあなたが善人で、一生をとおして信心深いヤズィディ教徒であったなら、あなたの魂はあたらしく生まれ変わり、あなたの死を悼んだ人々の輪にもう一度加わることができるという。だが、その前に、あなたが地上に戻り、前世よりもよいものになるかもしれない人生を送るのにふさわしいということを、神と神の天使に対して証明しなくてはならない。

生まれ変わる日を待ちながら、魂があの世をさまよっているあいだ、私たちの体、つまり魂が出ていったあとの使い道のなくなった肉体に起こることはずっとシンプルだ。私たちの体は洗われ、布にくるまれて、埋められる。そして、墓地には石をならべてつくられた輪でしるしがつけられる。私たちと土を隔てるものは少ないほうが簡単に、きれいでまるごとのまま、私たちをつくり出した大地に返ることができてよい。ヤズィディ教徒にとって、きちんと埋葬され、祈りを捧げられることは重要だ。これらの儀式なくしては、私たちの魂は決して生まれ変わることができない。そして、私たちの体は、それが属するもとの場所へ決して戻ることができないのだ。

―9―

八月十二日、イスラム国の司令官が最後通牒を持ってジャバットにやってきた――イスラム教に改宗してカリフ制国家に加わるか、それともそれを選ばない結果に苦しむか。「猶予は三日間だ」。エリアスがわが家の中庭に立ち、みんなに向けてそう言った。その眼には狂気じみたエネルギーが満ちていた。「最初に言ったのは、もし我々が改宗しないなら、罰金を払うことになるということだ」

エリアスがそのニュースを持ち帰ってきたとき、私はシャワーを浴びていた。そして浴室のドアの隙間から、エリアスが母と話すのを見ていると、ふたりとも泣きはじめた。私は髪についた泡を流すのも忘れて、最初に目に入った母のワンピースをすっぽりと、テントのように頭からかぶり、中庭に飛び出して、家族の輪に加わった。

「罰金を払わなかったらどうなるんだい？」母が尋ねた。「いまのところ、我々を山に連れていって、自分たちはコーチョで暮らすと言っている」。エリアスが言った。エリアスは厳格に教えを守るヤズィディ教徒の男性が身に着ける手縫いの白い肌着のシャツを着ていたが、埃と汚れで灰色に変わっていた。声は落ち着いていて、もう泣いてはいなかったが、動揺していることは見てとれた。イラクのキリスト教徒とはちがって、改宗しないなら代わりに罰金を払うという選択肢がシンジャールのヤズィディ教徒に与えられるという前例はなかった。きっと嘘を言っているにちがいない、とエリアスは確信したという。もしかしたら私たちを愚弄しようとしているだけかもしれないと。

エリアスはゆっくりと息をしていた。きっとジャバットからの帰り道でも何というかを練習しながら、私たちのために落ち着けと自分に言い聞かせていたにちがいなかった。なんていい兄なんだろう。だが、その兄も、たまらなくなったようで、誰にともなくこう続けた。「ここから何もいいことは起こらない」。そして、繰り返した。「ここから何もいいことは起こらない」

母はすぐに行動を起こした。「みんな、荷物をまとめなさい」。そう言って、自分は家に駆けこんだ。私たちは必要と思うものを全部集めた——着替えの服、赤ちゃんのおむつ、粉ミルク、それからイラクの身分証。はっきりと、私たちはヤズィディ教徒だと書かれたものだ。貴重品はそれほどたくさんはなかったけれど、とにかく全部集めた。母は父が亡くなったときに国から発行された配給カードも荷物に入れた。そして兄たちは、予備の携帯電話と充電器をかばんに詰めた。ジーラーンはヘズニに会えないまま、彼のシャツを一枚荷物に入れた——包囲が始まってからずっと近くに置いていた、ボタンつきの黒いシャツだ。

私は姉たちとカスリーンと一緒に使っていた寝室のたんすの引き出しをあけ、いちばん大切にしていた持ち物である、キュービック・ジルコニアが埋めこまれた長いシルバーのネックレスとおそろいのブレスレットを取り出した。二〇一三年に、母がシンジャールの街で買ってくれたものだ。その少し前、トラクターのうしろのトレーラーに干し草を積みこんでいたとき、トラクターにつないでいたケーブルが切れて、私のみぞおちを直撃したことがあった。私はあやうく死ぬところだったのだが、気を失って病院のベッドで寝ているあいだに、母が大急ぎでバザールへ行って買ってきてくれたのだ。「退院したら、今度はおそろいのイヤリングを買ってあげるからね」。私の手をぎゅっと握り、母はささやいた。そこには、私が生きることを願う母の思いが込められていた。

私はそのネックレスとブレスレットを、生理用ナプキンの包みをあけて、あいだにはさんで隠し、小さな黒いバッグに詰めた着替えの上においてジッパーを閉めた。母は壁から写真をはずしていた。わが家には家族の写真がたくさんあった――ヘズニとジーラーンの結婚式。コーチョの近くの草原ですわっている、ジャロ、ディーマール、アドキー。春のシンジャール山。あまりに色鮮やかで、まるで色を塗ったみたいに思えるほどだ。これらの写真は私たち家族の歴史を語るものだ。どうしようもなく貧しくて、父の家の裏の小さな家で、肩を寄せ合って暮らしていたころから何年もの年月を経て、ようやく楽になったこのころの暮らし。そのすべてが、いまは取り払われ、飾られていた壁に色褪せた長方形の跡を残すだけになってしまった。「アルバムを捜してきてちょうだい、ナディア」。母が言った。「全部中庭へ持ってきて。窯《タンドール》のところへね」

私は母に言われたとおりにした。腕いっぱいにアルバムを抱えて中庭に出ると、母が窯の前で膝をつき、兄や姉たちがフレームからはずしてさしだす写真を受け取っては、手際よく、大きく開いた窯の口へ投げ入れていた。その窯は、わが家の中心にあるものだった。バツミの祝祭のために焼く特別なものでなくても、ヤズィディ教徒にとってパンは神聖なものだ。母はよくパンを余分に焼いては、コーチョのいちばん貧しい人々にわけ与えていた。それは家族にとってありがたいことだった。貧しかったころ、その窯で焼かれるパンで私たちは命をつないだ。そして、どのときの食事の場面を思い出してみても、そこにはいつも、平らでふくらみのある円形のパンが積み上げられていた。

いま、写真は灰に変わり、窯は黒い化学物質の煙を吐き出している。持ち出した写真のなかには、カスリーンが赤ちゃんのときにラーリシュで撮ったものがあった。ラーリシュの谷から古い石寺の下を流れる白い泉で洗礼を受けたときのものだ。それから、私がはじめて学校へ行ったときの写真もあった。あの日は母と離れるのが嫌で、泣いてしまった。ハイリーとムナーの結婚式の写真もあった。花嫁の髪には花の冠。私たちの過去は灰になってしまったのだと、私は思った。一枚一枚、写真が火のなかに消えていき、そしてそれらが燃えてしまうと、母は山積みにした白い服を持ち上げ、いま着ているもの以外全部を、燃え盛る炎のなかへ投げこんだ。「私たちが誰だったか、あの人たちには見せない」。真っ白な服が、くるりと曲がり、黒くなっていくのを見ながら母が言った。「これでもうあの人たちは触れることができない」

写真が燃えているのを見るのは耐えがたかった。私は家のなかに戻り、女同士で一緒に使っていた小さな部屋の、大きな衣装だんすの扉をあけた。誰もいないことをたしかめて、緑色の分厚いアルバムを引っぱり出した。そしてゆっくりとページを開き、花嫁たちの写真を眺めた。コーチョの女たちは、何日もかけて結婚式の支度をする。そしてそれは写真にあらわれる。手の込んだ編みこみやカールを加え、ブロンドのハイライトを入れたり、ヘナで赤く染めたりした髪をスプレーをかけてアップにし、目元はコールでくっきりと太くアイラインを入れ、明るいブルーやピンクのアイシャドウで飾る。髪にビーズを編みこみ、きらきらと輝くティアラをてっぺんに載せることもある。

花嫁の身支度が整ったら、村人たちにお披露目する。みんなで花嫁をほめそやし、そのあとは日が昇るまで踊って、飲んで、気がついたときには、お約束どおり新郎新婦の姿はもうそこになく、ふたりで初夜を迎えている、という具合になる。花嫁の女友達はそこで、大急ぎで花嫁のもとへ駆けつけ、新婚初夜の出来事を根掘り葉掘り聞く。そしてシーツのシミを探しては、くすくす笑うのだ。

私にとっては、この結婚式こそがコーチョだった。村の女たちは、この日のために念入りにメイクをし、そのあいだ、踊ったあとでみんなが土埃にまみれてしまわないように、男たちは地面に水をまく。私たちの村は、手の込んだパーティーをすることでシンジャールじゅうに知られており、それに美人が多いと言う人もいた。そして私のアルバムのなかの花嫁たちは、ひとりひとりが芸術作品のように見えた。私がサロンを開くときには、きっとそのアルバムをいちばんに飾ることだろう。

なぜ母が家族の写真を燃やすように言ったのかは理解できた。それに私自身も、あの戦闘員たちが私たちの写真を見たりさわったりすると思うと、それだけで気分が悪くなった。彼らがこれを見て、私たちをあざ笑う姿が目に浮かんだ。かわいそうなヤズィディ教徒らめが、このイラクで幸せに暮らす資格があるとでも思っているのか、あるいは自分が生まれた国で学校へ行き、結婚して、いつまでも住み続けられるとでも思っているのか、と。その思いに、怒りがこみあげた。私はその緑のアルバムを、燃やすために中庭へ持っていくのはやめにして、衣装だんすに戻すと、扉を閉めて、一瞬置いて鍵をかけた。

もしも私がアルバムを隠したことを母が知っていたなら、自分たちの写真を全部ISISに見つからないように燃やしてしまったというのに、人様のものをそのままにしておくのは良くないと言ったはずだ。とはいえ、その衣装だんすは、アルバムを隠しておくには安全な場所ではなかった。たんすの扉くらい戦闘員たちなら簡単にあけられるはずだし、それに扉をあけたら、真っ先にそのアルバムが目に入るのだから。もし母が見つけて、どうしてそのアルバムを残そうとしたのかと訊かれても、何と答えればよいのか、私にはわからなかったことだろう。私にとって、そのアルバムがどうしてそこまでの意味を持つように思えたのかは、いまでもよくわからない。けれど、いくらテロリストが怖くても、写真が燃やされてしまうのを見るのは耐えられなかったと思う。

その晩、みんなが屋根にあがったあと、ハイリーの携帯電話が鳴った。PKKがシリアまでの安全な道を用意してくれたあとも、まだ山に残っているヤズィディ教徒の友人からだった。山での暮らしは困難だったが、それでも多くのヤズィディ教徒は、山を離れないと決めていた。

ＩＳＩＳから自分たちを引き離してくれる、険しい岩がちな山の上にいるほうが安心できること、あるいは彼らにとって深い信仰とは、シンジャールを離れるくらいなら死んだほうがましだと思わせるほどのものだからだということがその理由だった。最終的に、その人たちは台地の東西に広がる大きな避難民キャンプをつくることになる。そこはＰＫＫ関連の兵士たちが警備にあたり、その多くはできるかぎり長期にわたりシンジャールを守ってきた、勇敢なヤズィディの男たちだった。

「月を見て」。ハイリーの友達が彼に言った。ヤズィディ教では、太陽と月は神聖なもの、神の七つの天使のうちのふたつだと言われていて、その晩の月は明るくて大きく、夜農場へ行くときも、家へ帰るときも、足元が危なくないように明るく照らし続けてくれるような月だった。「みんなでこの月に祈りを捧げよう」。コーチョの人々を誘って一緒に祈ろう」

ハイリーはひとりひとり、眠っている人も起こしていった。「月を見て」。彼は言った。屋根の上にいる姿をＩＳＩＳに見られないよう、体を低くかがめることもせず、いまだけは、私たちがいつもしているように、立ちあがって祈ろうと、彼は言った。「彼らに見られたからって誰が気にするもんか。神様が守ってくれるんだ」

「一度にみんな立たないで」。母は警戒してそう言った。それで、小さなグループになって、私たちは立ちあがった。月の灯りがみんなの顔を照らし、母の白いワンピースを輝かせた。私はとなりのマットレスで寝ていた義姉と一緒に祈った。私は、まだ手首につけていた小さな赤と白の紐でつくったブレスレットに口づけし、「どうか私たちを彼らの手のなかにいさせないで」とだけささやいた。そして、大きな月の下に、黙って横たわった。

＊　＊　＊

次の日、まだ外交官の役割を務めようとしているアフマド・ジャッソが、近隣のスンニ派の部族から指導者五人を、昼食のためにジャバットへ招いた――ディシャンを連れ去ったものたちと同じ部族の人たちだ。村の女たちは、やってきた族長たちのために手の込んだ料理を用意した。米を茹で、野菜を切り、そしてチューリップ型のきれいなグラスには、食後の甘いお茶を淹れるために一センチほど砂糖を入れて準備した。男たちは子羊三匹を屠り、客人にふるまった。それは訪問する側の族長たちにとっては大変な名誉だった。

昼食をとりながら、私たちのムフタールはスンニ派の族長たちをなんとか説得して助けを得ようとがんばった。近隣の部族のなかでも、この部族は、いちばん宗教的に保守的で、いちばんISISを動かす力になってもらえそうだった。「もちろん、あなたがたが何か彼らに言えることはある」。アフマド・ジャッソは言った。「彼らに我々が誰であるかを伝えていただきたい。我々は無害だと」

族長たちは首を横に振った。「私たちはあなたがたを助けたい」。彼らはアフマド・ジャッソに言った。「だが、我々にできることは何もない。ダーイシュは誰の言うことも聞かない。たとえ我々の言うことであっても」

族長たちが去ったあと、ムフタールの顔に雲がかかった。アフマド・ジャッソの弟のナーイフ・ジャッソがイスタンブールから電話をかけてきた。病気の妻を連れていった先からだった。

「金曜日に、あいつらはみんな殺すつもりだ」。彼はアフマド・ジャッソにそう言った。

「いや、そんなことはない」。私たちのムフタールが言い張った。「彼らは我々を山へ連れていくと言っている。だから、我々は山へ連れていかれるんだ」。彼はたとえバグダッドやエルビルの誰も仲裁に入ろうとしなくても、そして、民間人の死亡リスクが高すぎることを理由にコーチョへの空爆はできないと、ワシントンの当局がジャロの友達のハイダルに言っても、解決策はあると最後まで希望を捨てなかった。ワシントン当局の考えでは、もしコーチョの周辺に爆弾を落とせば、ISISと一緒に我々がみんな死んでしまうということだった。

二日後、イスラム国の戦闘員が、コーチョへ氷を運んできた。八月の猛暑のさなか、すでに二週間ものあいだ、飲み水が太陽にさらされていたときに、それはありがたいことだった。アフマド・ジャッソはナーイフに電話して、いま起こっていることを話した。「彼らは我々が言うとおりにさえしていれば、何も悪いことは起こらないと約束すると言っている」。彼は弟に伝えた。「我々を殺そうと計画しているなら、どうして氷をくれたりするんだ?」

ナーイフは確信が持てずにいた。彼はイスタンブールの病院の一室で、電話が鳴り、あたらしい知らせが入ってくるのを待っていた。四十五分後、アフマド・ジャッソがナーイフにもう一度電話をかけた。「彼らは、我々全員に小学校に集まれと言ってきた」。彼は言った。「そこから、我々を山へ連れていくんだと」

「彼らはそんなことはしない」。ナーイフは兄に言った。「全員殺すつもりだ」

「一度に殺すには、こっちは人数が多すぎる！」アフマド・ジャッソは引かなかった。「そんなの無理だ」。そして、私たち残りの村人と同様に、彼もISISの言うとおり、学校へ向かって歩きだした。

その命令を聞いたとき、私たちは料理をしている最中だった。自分たちの空腹以外のことに気がついていなかった子供たちは、何か食べたいと泣いていたので、その日の朝早くに、鶏を数羽つぶして茹でていたところだったのだ。通常は、鶏はもっと大きくなるまで育てて、卵を産ませてから食べるのだが、でも子供たちに食べさせるものがもうほかにはなかったのだ。

学校へ行く用意をしなさいと母が言いにきたとき、鶏をまだ煮ている途中だった。「重ねられるだけ重ね着をして。バッグは取り上げられてしまうかもしれないからね」と、母は言った。私たちは、母に言われたとおり、脂の浮いた湯の入った鍋をかけていたガスの火を消した。私は、ストレッチパンツを四枚重ねて穿き、シャツを二枚とそのうえにピンクのジャケットを着た――暑さのなかで耐えられるかぎり、できるだけたくさんの服を着た。すぐに汗が背中を流れた。「ぴったりしすぎたものは着ないで。肌を見せてはだめよ」。母が言った。「きちんとした女性に見えるようにするんだよ」

次に私は、白いスカーフをバッグに結びつけた。白いワンピース二着と一緒に――カスリーンのコットンドレスと、もう一着はディーマールがシンジャールで買ってきた布を使って自分でも少しデザインを加えた明るい黄色のワンピースだが、彼女自身はまだ何度も袖をとおしていないものだ。小さかったころ、私たちは、どの服もすり切れるまで着たものだった。いまは毎年あたらしい服を一枚買うだけの余裕はあった。ただ、いちばんあたらしい服を置いていくのは耐えられなかった。それから、何も考えず、自分の化粧品をひとそろい、花嫁のアルバムと一緒に衣装だんすのなかへ入れ、もういちど扉に鍵をかけた。

すでに歩きはじめた人々が、ゆっくりと流れるように学校のほうへと向かっていた。自分の荷物を運ぶその人たちを、私は窓から見ていた。赤ん坊はお母さんの腕のなかで力なく頭を垂れ、小さな子供たちは疲れで足を引きずっていた。台車に乗せて押してもらわないとついていけない高齢者もいた。みんなもう死んでいるみたいに見えた。外は危険なくらいの暑さだった。男の人のシャツも女の人のワンピースも汗で背中までぐっしょり濡れていた。村人たちの顔色は悪く、痩せ細っていた。人々のうめくような声は聞こえたが、何を言っているかまでは聞き取ることができなかった。

ヘズニがおばの家から電話をかけてきた。苦しい思いをしているのは私たちと同じで、野生動物のような声で、自分もコーチョへ帰りたいのだと、がなりたてるように言った。「もしおまえたちみんなに、何か悪いことが起こるのなら、ぼくもそこにいなくてはいけない！」そんなふうに叫んでいた。

ジーラーンは震えながら電話に出て、兄をなだめようとしていた。ふたりは最近子供を持とうと決めたところで、いつの日かふたりが望む大家族になる日を夢見ていた。そして、ＩＳＩＳがシンジャールに来たとき、自分たちのあたらしいコンクリートの家に屋根をつけ終えたばかりだった。母は、ヘズニとサウードの携帯電話の番号を暗記しておくようにと私たちに言った。「もしかしたらあの子たちに電話しなくてはいけないかもしれないから」と言って。だから私は、いまでもふたりの電話番号をそらで言える。

私は家のなかを通って、横のドアへ向かった。いつもにも増して、ひとつひとつの部屋の思い出が鮮やかによみがえってきた。長い夏の夜に、兄たちが村の男の人たちとすわって、砂糖をたっぷりと入れた濃いお茶を飲んでいたリビング。キッチンは、姉たちが、オクラやトマトで私の好きな料理をつくって甘やかしてくれた場所だ。私の寝室では、カスリーンとふたりで、オリーブオイルで髪を整え、頭にラップを巻いたまま寝てしまい、起きたときには温まったオイルのにおいがした。中庭にフロアマットを敷いて、家族で食事をしたことも思い出した。焼きたてのパンにバターで味付けした米をはさんで食べた。簡素な家で、なかにいる人が多すぎると感じていた。エリアスはいつも、自分の家族にもっと部屋を与えたいから出ていくと言って脅かしたが、本当にそうすることはなかった。

中庭に集められたうちの羊たちの声が聞こえた。羊毛がのびてふさふさと大きく見えるけれど、体は飢えでやせ細っている。あの羊たちが死ぬとか、戦闘員が食べるために屠られるなどと考えるだけでも私は耐えられなかった。あの羊たちが私たちの持っていたすべてなのだ。私は、家のなかの全部のものをひとつ残らず覚えておけばよかったと思った――リビングにあったクッションひとつひとつの鮮やかな色、キッチンを満たすスパイスの香り、シャワーから滴《したた》り落ちる水の音さえも。でも、永遠に自分の家を離れることになるなんて知らなかったのだ。

私はキッチンの、積み上げられたパンの山のそばで立ちどまった。子供たちが鶏と一緒に食べるようにと出しておいたものだが、手をつけるものはいなかった。その山から丸いパンを二、三枚手に取ると、もうすでに冷たくなって、固くなりかけていたが、持って出られるようにビニール袋に入れた。そうするのが正しいように思えた。何が起こるにせよ、待っているあいだにお腹が減るだろうから。あるいは、もしかしたらこの聖なる食べ物が、私たちをＩＳＩＳから守ってくれるかもしれないと思ったからだ。「このパンをおつくりになった神よ、私たちを助けたまえ」。私はそうささやいて、エリアスのあとについて通りへ出た。

—10—

広い道路から狭い路地まで、コーチョの通りが人であふれたのは、八月三日以降、この日がはじめてだった。だが、そこにいた人々は、かつていた人々の亡霊だった。いつものように挨拶の声をかけ合ったり、たがいの頬や頭のてっぺんにキスをしている人の姿はどこにもなかった。そして誰ひとり笑っていなかった。風呂に入らず、汗で汚れた体のにおいが鼻をつく。聞こえてくる音といえば、暑さにあえぐ村人の声と、学校までの道沿いに配置され民家の屋根の上に立って私たちを見張っているイスラム国の戦闘員の叫び声だけだった。鼻から下を隠す覆いのすぐ上に見える目は、ゆっくりと、仕方なく歩を進める私たちの動きを追っていた。

私はディーマールとエリアスのそばを歩いていた。彼らにしがみつきはしなかったものの、離れずにいることで、いくらかは孤独が薄らいだ。家族がそばにいて、みんなで同じ場所へ向かっているかぎりは、たとえ何が起ころうとも、少なくともみんな同じ運命なのだと思うことはできた。それでも、恐怖以外に理由がないままに、わが家をあとにしたことは、私にとってはそれまでの何よりもつらいことだった。

私たちはおたがいに何も話しかけることなく歩き続けた。家の横の路地に出たとき、アムルというエリアスの友達が駆け寄ってきた。父親になったばかりのアムルは、パニックに陥っていた。「粉ミルクを忘れてきたんだ！　家へ戻らないと！」と叫び、大急ぎで人の流れに逆らって戻ろうとしていた。

エリアスは、アムルの肩に手を置いて止めた。「無理だ。おまえの家は遠すぎる。とにかく学校へ行こう。粉ミルクは誰かが持っている」。兄がそう言うと、アムルはうなずき、学校へ向かう人の流れに加わってみんなと一緒に歩き出した。

狭い路地から広い通りへ出ると、戦闘員がもっといた。銃を構えてこちらを見ている。その姿を見るだけでも恐ろしいことだった。女性たちは、戦闘員の視線から自分たちを守ってくれるかのようにスカーフを頭からかぶり、視線を落とし、一歩進むごとに足元で小さく舞いあがる乾いた埃を見ながら歩いていた。私はエリアスの横から離れないように、急ぎ足で歩いた。そうして、ＩＳＩＳと自分のあいだにはいつも兄にいてもらうようにしたのだ。人々は、自分の動きも、行先も、自分には決めることができないかのように歩いた。その姿はまるで魂の抜けた体だけのようだった。

道の途中、目にする家はどれも見慣れたものだった。村のお医者さんの娘の家がその道沿いにあって、そこには私と同じクラスの女の子ふたりも一緒に住んでいた。そのうちのひとりは、八月三日、ISISがはじめてシンジャールにやってきた日に、家族で逃げようとしてつかまり、連れ去られてしまった。その後、その子がどうなったのかはわからない。

建ちならぶ家のなかには、うちと同じような日干しレンガ造りの長細い形のものもあったが、ヘズニの家のようにコンクリート造りのものもあった。大半は白漆喰《しろしっくい》塗りか灰色のままだが、なかには鮮やかな色で塗られたり、凝ったタイルで装飾されたりした家もある。人々は一生かけてそうした家の建築費用を払い、あるいは建てること自体にそのくらいの時間をかけ、持ち主は自分が死んだあとも子供たちや孫たちがその家に住み続け、家が代々引き継がれていくことを望むものだ。

コーチョの家々は、いつも人がいっぱいで、やかましく、狭苦しくてもしあわせだった。それがいまは、空っぽの悲しい姿で、歩いていく私たちを見ているだけだ。中庭では家畜の動物たちが、外の様子にかまうことなく餌を食み、羊の番犬たちは、なすすべもなく門の内側で吠え続けるだけだった。

私のそばにいた老夫婦は、歩くのがつらくなったようで、立ち止まってしまい、道路わきで休もうとした。すると、戦闘員がすかさずまくしたてた。「行け！　止まるな！」だが、夫のほうは疲れすぎて聞こえてもいないように見えた。そして、木の下の道路に倒れこんだ。その痩せた体が、わずかな木の影にぴったりと重なった。「とても山まで行けそうにない」。老人は、なんとか立ちあがらせようとする妻に言った。「どうかこの日陰に置いて行ってくれ。私はここで死にたい」

「だめですよ。行かないといけないの」。妻は肩の下から体を支えて夫を立たせ、夫は妻の体を松葉杖のようにして寄りかかりながら歩きはじめた。「さあ、もう少しですよ」

その老夫婦がゆっくりと学校のほうへ向かっていく姿を見ていると、大きな怒りがわいてきて、さっきまで感じていた恐怖は全部どこかへ消えてしまった。

人混みをかき分けて、私は屋根に見張りの戦闘員が立っている家の一軒へ向かって走った。そして頭を大きく後ろへ引いて、持てるかぎりの力を込めてその戦闘員に向けて唾を飛ばした。ヤズィディ教の文化では、唾を吐くのはいけないことで、私の家族のなかでもそれはいちばんやってはいけないことだと教えられた。戦闘員との距離は遠く、吐きかけた唾が届きはしなかったが、それでも私がどれほどの憎悪を抱いているか、その戦闘員にわからせたかったのだ。

「雌犬め！」その戦闘員は踵《かかと》を支えに体を後ろに揺らし、下にいる私に罵声を浴びせた。いまにも飛び降りてきて、つかみかかってきそうな顔をしていた。「助けにきてやっているのに！」

私の肘をエリアスが引っぱり、人の群れに引き戻そうとした。

「止まっちゃだめ」。ディーマールが、怯えた声でささやくように言った。「どうしてあんなことをしたの？　あの人たち、殺しにくるわよ」。兄や姉たちは怒っていた。エリアスは私を自分に引き寄せ、まだ私に向かって叫んでいる戦闘員から私の姿を隠すようにかばってくれた。

「ごめんなさい」。私は小声でそう言ったが、心からの言葉ではなかった。私が残念に思っていたのはただひとつ、戦闘員が遠すぎて、あの顔に直接唾を吐きかけてやることができなかったことだけだ。

遠くに山が見えていた。細く長く続く、夏のあいだからからに乾くその山は、私たちにとってただひとつの希望の源だった。そしてシンジャール山が存在することそのものが、私にとっては神聖なことに思えた。シンジャール地方は平野が多く、一年のほとんどの時期、砂漠のような状態が続く場所がほとんどだが、その真ん中にシンジャール山がある。そこには煙草畑の緑の階段があり、台地ではピクニックができるし、頂上は高く雲まで届き、冬のあいだは雪に覆われている。

山のてっぺんには、恐ろしい崖っぷちにとまるように小さな白い寺院が建っていて、その先端は雲に向かってそびえている。もしあそこまでたどり着けたなら、あの寺院にお参りをして、山岳部の村に身を隠すことができるし、もしかしたらうちの羊たちも連れてきて草を食べさせてやれるかもしれないと私は考えていた。恐怖に怯えながらも、最後には自分たちはシンジャール山へ行けるのだと私はまだ考えていた。イラクの山々は、ヤズィディ教徒を助けるためだけに存在しているかのように思えた。その山々にほかの目的があるなど、とても思いつくことができなかった。

村の人々と学校へ向かっていたこのときの私は、あまりにたくさんのことを知らなすぎた。ラーリシュは、一般の人々はもうみんな避難したあとで、僧侶たちと、寺に仕え、床を磨き、オリーブオイルのランプに火をともす寺院の従者たちが守るのみになっていることを、私はまだ知らなかった。彼らはいま手に入る武器を手当たり次第に手に取り、寺院を守っていた。イスタンブールでは、ナーイフ・ジャッソが必死の思いでアラブ人の友達に電話をかけ、何が起こっているのかを聞き出そうとしていたことも、アメリカでは現地のヤズィディ教徒たちが、ワシントンとバグダッドの政府の指導者たちに嘆願を続けていたことも、私は知らなかった。人々が世界中のあちこちで私たちを助けようとして、そして失敗したのだった。

私は知らなかったが、二百四十キロ離れたザーホーでは、コーチョでの出来事を耳にして気が動転したヘズニが、家を飛び出して井戸へ身を投げようとしたところを、おばの家族に止められるという事態が起ころうとしていた。ヘズニはそれから二日間、エリアスの携帯電話に何度も何度も電話をかけ、やがて鳴らなくなるまでそれを続けることになる。

どれほどまでにISISが私たちを憎み、そして彼らがどこまでのことをできるかを、私は知らなかった。みんなと同様私も怯えていたが、彼らがどれほどまでに私たちにひどい仕打ちをするかなど、私は知らなかった。だが、そうして歩いているあいだにも、彼らは自分たちの大量虐殺《ジェノサイド》を実行しはじめていた。シンジャール北部のヤズィディ教徒の村のはずれで起きたことだが、そこでは、ヤズィディ教徒の女性がハイウェイの脇の日干しレンガの小屋でひとり暮らしていた。それほどの高齢ではなかったが、大人になってからのほとんどの時間を悲しみのなかで暮らしていたため、見た目はもう百年も生きたような姿だった。外へ出ることがほとんどないため、肌は透明に近いほど色がなく、目のまわりに刻まれた深い皺は、泣き暮らした年月のせいでどんよりと濁っていた。

この女性は、夫と息子たち全員を、数十年前のイラン・イラク戦争で亡くして以来、元のような暮らしを送ることに意味を見出せなくなってしまっていた。住んでいた家から日干しレンガの小屋に移って、人を招き入れることもなくなった。毎日、村の誰かが立ち寄っては、食べ物や衣服を彼女のために置いていった。誰も彼女に近づくことはできなかったが、生き続けているので、食べていることはわかったし、衣服も置いた場所からなくなっていた。ひとりぼっちで寂しく、失った家族を思わずに過ごすことはひとときたりともなかったはずだが、少なくとも彼女は生きていた。

だが、ＩＳＩＳがシンジャールへやってきて、村のはずれにあるこの小屋の立ち退きを要求してきたとき、彼女はそれを拒んだ。するとＩＳＩＳの戦闘員らは小屋へ踏みこみ、彼女に火を放った。

第2部

—1—

コーチョに住む人々が、ひとり残らず学校ひとつにすっぽり収まってしまうのを見るまで、自分の村がどれほど小さいものだったかに、私は気づいていなかった。校庭の乾いた草の上に身を寄せ合って立って待つあいだ、これから何が起こるのだろうとささやき合う人もいれば、ショックで黙りこむ人もいた。このときから、私の頭に浮かぶ考えのひとつひとつが、踏み出す一歩一歩が、神への訴えになった。戦闘員たちはこちらに銃を向けていた。「女と子供は二階へ」と、彼らは叫んだ。そして、「男はここへ残れ」と。

このときはまだ、戦闘員たちも、私たちを騒がせないように気をつけていた。「改宗しないなら、おまえたちを山へ連れていく」という言い方をしていたのだ。私たちは言われるままに校舎の二階へあがった。校庭に残される村の男たちに、さよならを言うこともできないままに。もしもそのあと、彼らに何が起こるかを知っていたなら、息子や夫をそこに残していった母親はひとりもいなかったことだろう。

二階では、多目的室に集められた女たちが、グループになって詰め合い、床の上にすわっていた。私が何年も通い、学び、友達をつくった学校は、まるでちがう場所に見えた。すすり泣く声が部屋を満たしていたが、叫び声をあげたり、何が起こるのかを訊こうとしたりするものがいると、イスラム国の戦闘員が黙れとどなり返し、部屋にはまた恐怖に満ちた沈黙が流れた。老人と幼い子供以外はみんな立ったままで、部屋のなかは息をするのも苦しかった。

柵のついた窓がひとつ、換気のためにあけられると、そこから学校の塀のすぐ向こうまでが見えた。みんな外の様子が気になって、いっせいにその窓へと押し寄せた。私はなんとか最前列の人の肩越しに外を見ることができた。みんなの視線が向けられるのは町のほうではなく、すぐ下の校庭で、自分の息子や夫がどこにいるのかを探し、何が起こるのかを見とどけようとしていた。わびしげに立っている彼らが、かわいそうに思えた。その姿に希望は見えなかった。ピックアップ・トラックが次々とやって来て、エンジンをかけたまま正門前に集まってきたとき、室内は騒然としたが、戦闘員に静かにしろと言われたので、大声で呼びたくても呼ぶことができなかった。

数人の戦闘員が、大きな袋を持って部屋のなかを歩きまわり、携帯電話や宝石類、現金をそこに入れろと要求してきた。ほとんどの女性たちは、家を出るときに荷物を詰めてきたバッグからそれらを出して、震えながら袋に入れた。だが、隠せるものは隠す人もいた。バッグから取り出したイラクの身分証や、耳からはずしたイヤリングを、着ている服の下やブラジャーのなかに入れる人の姿が目に入った。ほかにも、戦闘員が見ていないときに、それらをバッグの奥底に押しこんでいる人もいた。私たちは怯えてはいたけれど、あきらめてはいなかった。たとえ彼らが私たちを山へ連れていくのだとしても、先に金品を奪ってからだろうくらいに思っていたし、私たちには手放したくないものがあったのだ。

それでも、戦闘員が私たちにさしださせて集めたお金、携帯電話、結婚指輪、時計、身分証に配給カードは大きな袋三つ分にもなった。小さな子供たちまでもが荷物のなかから貴重品を取り出してさしだした。ひとりの戦闘員がイヤリングをしている幼い女の子に銃をつきつけた。「それをはずしてここに入れろ」と、彼は指示した。女の子が動かないでいると、その子の母親が小声で言った。「その男の人に渡しなさい。そしたら山へ行けるから」。女の子はイヤリングをはずして、口の開いた袋に入れた。私の母も結婚指輪をさしだした。いちばん高価な持ち物だった。

窓越しに、三十代くらいの男性が校庭の塀にもたれて、乾いた土の上にすわっているのが見えた。その横には、細く折れそうな木が立っていた。村で見たことのある人だった。村人の顔は全員知っているから、当然のことだった。その姿から、ヤズィディ教徒の男なら誰もがそうであるように、その人も自分の勇敢さと自らを戦士と考えていることに誇りをもっているのが見てとれた。ものごとを簡単にあきらめてしまう人のようには見えなかった。

だが、戦闘員が近づいてきて、彼の手首をさす身振りで何かを示したとき、その男の人は何も言わなかったし、抵抗もしなかった。ただ手をさしだし、戦闘員が彼の腕時計を引きはずして、袋に入れるあいだ目をそらしていた。そして戦闘員が離すと、その手は、体の横へ垂れ戻った。その瞬間、私はイスラム国がどれほど危険なのかを理解した。彼らヤズィディ教徒の男たちを絶望の淵まで連れてきてしまったのだ。

「あなたのネックレスも渡しなさい」。母は静かにそう言った。母は親せきの何人かと一緒に部屋の隅っこにいた。みんな肩を寄せ合い、化石のように固まっていた。「持っているのを見られたら、殺されてしまうよ」

「嫌だ」。私はささやき声でそう言い、生理用ナプキンのあいだに隠した私の宝物を入れたバッグをしっかりとつかんだ。そしてそのバッグの奥に、パンの袋も押しこんだ。取りあげられるのがどうしてもいやだったのだ。

「ナディア！」母がそう言い、口論になりかけたが、それ以上は言うのをやめた。誰の注意も引きたくなかったのだ。

下の校庭では、アフマド・ジャッソがまだイスタンブールの病院にいる弟のナーイフと電話で話していた。このときの電話の恐ろしい内容を、ナーイフはのちにヘズニに話していた。〝あいつら、我々の貴重品を集めている。それから、我々を山へ連れていくと言っている。もう正門のところにトラックが来ている〟。アフマドはナーイフにこう言ったという。

「もしかしたらだけど、アフマド」。言いながら、ナーイフはこう思ったのだという。〝もしもこれがぼくたちの最後の電話になるのなら、できるだけ幸せなものにしよう〟と。そして、アフマドとの電話のあと、コーチョの近くの村に住むアラブ人の友達にも電話をしたのだという。

「もしも銃声を聞いたら、電話してくれ」。ナーイフはそう言い、電話を切って、待った。

ついに戦闘員が、私たちのムフタールに携帯電話をさしだすよう要求した。そしてこう言った。「おまえは村の代表だ。結論を聞かせてもらおう。改宗することに決めたか？」

アフマド・ジャッソは、人生をコーチョに捧げてきた人だ。村で揉めごとがあれば当事者らをジャバットに呼んで、解決に努めた。コーチョと近隣の村とのあいだで緊張が高まったときには仲裁役を引き受けた。彼の家族がコーチョを誇れる村にし、そして私たちは彼を尊敬していた。

その彼がいま、村全体の運命について決断を迫られている。
「我々を山へ連れていけ」。彼は言った。

＊　　＊　　＊

開いた窓のそばでざわめきが起こった。見ると、外では戦闘員が村の男たちに、校門の外に停めたトラックに乗りこめと命令していた。トラックの荷台の上で何列にもならばせて、どの車にもできるだけたくさんの人数を詰めこむように乗せていた。女たちはその様子を見ながら、ささやき合った。もしも声をあげたら、戦闘員たちが窓を閉めてしまい、視界を遮られてしまうのではないかと怯えながら。まだ十三歳にしかならない少年も、大人の男たちと一緒に乗せられ、絶望の表情を浮かべていた。

トラックと校庭に目を走らせ、兄たちの姿を捜してみると、マスウードが二台目のトラックに乗っているのが見えた。ほかの人たちがしているように、人だかりのできた窓を見上げたり、村のほうを振り返ったりはせずに、まっすぐに前を見据えている。このときクルディスタンの安全な場所にいた双子のサウードとも離ればなれになり、包囲のあいだも彼は無口だった。兄弟のなかでもつねに誰よりもストイックで、静けさと孤独を好み、機械工の仕事が合っていた。そのマスウードの仲良しの友達のひとりが、家族と共に村を出て、山へ逃げようとしたときに殺された。それでも、マスウードは、その友達のことも、サウードのことも、そのほか誰のことも口にすることはなかった。包囲されているあいだ、シンジャール山からのリポートをテレビで見ながら過ごし、夜になると屋根にあがってきて眠るのは、マスウードも私たちみんなと同じだった。でも彼は食事をとらず、話もせず、そして感情を外に出すことの多いヘズニやハイリーとはちがって、泣くこともなかった。

つぎに見えたのはエリアスの姿だった。同じトラックへ向かう列に加わり、ゆっくりと歩いていく。父が死んでからずっと私たちみんなの父親代わりだった兄の顔に浮かんでいるのは、完全な敗北の表情だった。ふと自分のまわりを見まわして、窓の近くにカスリーンがいないことをたしかめほっとした。父親のあんな姿を彼女には見てほしくないと思ったのだ。

私は目をそらすことができなかった。まわりのすべてが色あせていった——すすり泣く女性たちの声も、戦闘員たちの重い足音も、激しく照りつける午後の太陽も。空気の熱さえ、マスウードが荷台の隅に、エリアスが後ろに、兄たちがトラックに乗せられるのを見ているうちに消えていくみたいに感じられた。そして、扉が閉められ、トラックは学校の裏側へと走り去った。その直後、銃声が聞こえた。

部屋中であがった叫び声を聞き、私は窓から離れた。「あの人たち、殺したんだ!」戦闘員たちが静かにしろと怒鳴りつけるそばで、女たちが叫んだ。床に腰を落とし、身動きもせず、黙りこんでいる母を見て、私は駆け寄った。私は生まれてからずっと、怖くなったときはいつでも、母のもとへ行き、慰めてもらっていた。「大丈夫だよ、ナディア」。母はいつもそんなふうに言って、悪夢にうなされたあとも、きょうだい喧嘩をしたあとも、私の髪をなでてくれた。「きっと大丈夫だよ」と言ってくれる母を私はいつも信じていた。母はたくさんの困難をくぐり抜けてきた人だけれども、愚痴をこぼすことは決してなかった。

その母が、頭を抱えて床にすわりこんでいる。「あの人たちが、私の息子たちを殺した」。そう言いながら、母は泣いていた。

「これ以上、叫ぶんじゃないぞ」。ひとりの戦闘員が、混み合った部屋のなかを歩きながら指示した。「もし、今度やかましくしたら、おまえたちを殺すからな」。泣くのをやめようと精一杯こらえる女たちの声が、息の詰まるような音になった。私は自分が見てしまったように、兄たちがトラックに乗せられるのを母が見ていないことを祈った。

＊　＊　＊

ナーイフが、電話で連絡をとっていたアラブ人の友達から連絡を受けた。「銃声を聞いた」。その友達は言った。言いながら、泣いていたという。その直後、彼は遠くに人影を見て、こう言った。「誰かが我々の村のほうへ走ってくる。きみのいとこだ」

ナーイフのいとこは、友人のアラブ人の村へ着くなり倒れこみ、息を喘がせながら言った。「あいつらがみんなを殺した。おれたちをならばせて、溝へ降りていかせた」。溝というのは、雨の多い時季に灌漑《かんがい》用に雨水をためておくための浅い溝のことだ。「見た目の若いものは腕をあげさせられて、腋に毛がなければトラックへ戻された。それ以外は全員撃たれた」。村の男たちのほぼ全員が、その場で殺され、遺体は雷に打たれた木のように一度に倒れて折り重なったという。

その日、学校の裏手へ連れていかれた数百人の村の男性のうち、銃殺を免れて生きのびることができたものは、わずかしかいなかった。兄のひとりサイードは、脚と肩を撃たれて倒れたあと、目を閉じて、胸の鼓動をできるだけ落ち着け、息を殺していたという。体の上に倒れてきた大柄な男の、死んでさらにずっしりとした重みに押しつぶされそうになりながら、うめき声をもらさないよう、舌をかんで耐えたという。〝少なくとも、この遺体の下にいれば隠れていられる〟。彼はそう思い、目を閉じた。溝の中は血のにおいがしていたという。近くにいる、まだ死んでいない誰かが、うめき、泣きながら助けを求める声が聞こえていた。自分のほうへ戻ってくる戦闘員の足音も聞こえてきた。そのうちのひとりはこう言ったという。「あの犬め、まだ生きてやがる」。そしてまた耳をつんざくような銃声が聞こえた。

飛んできた弾が首に当たり、サイードは叫びそうになるのを必死にこらえた。ようやく手を動かし、血の出ている首を押さえることができたのは、戦闘員たちの足音が遠ざかったあと——彼らが何百人もの男たちを殺していったあと——だった。すぐそばに、アリーという教師をしている男がいて、彼も負傷していたが生きていた。そしてサイードに小声で話しかけてきた。「近くに農家の小屋がある。あいつらはもうだいぶ遠くへ行ったはずだから、いまなら見られずにあそこまで行けると思う」と。サイードは痛みに顔をゆがめながら、うなずいた。

数分後、ふたりは自分たちの上に折り重なった遺体の下から抜け出し、近くに戦闘員がいないことをたしかめてから、できるだけ速足で小屋へ向かった。兄が受けた銃弾は六発で、ほとんどが脚に当たっていた。骨や臓器にひとつも当たらなかったのはさいわいだった。アリーは背中に傷を負い、歩くことはできたものの、恐怖と失血でせん妄状態に陥っていた。「あそこに眼鏡を置いてきてしまった」と、アリーが言った。「あれがないと見えないんだ。取りにいかないと」「だめだ、アリー、戻るのは無理だ」。サイードは言った。「行ったら殺される」「わかった」。アリーはそう言い、ため息をついて、小屋の壁にもたれかかった。だが少し経つとまた、頼みこむように言った。「なあ、見えないんだよ」。そう言ってはまた、サイードに無理だと言われ、そのやりとりが何度も繰り返された。

兄は小屋の床から土をすくいとり、それを傷口に押しつけて出血を止めようとした。このままでは失血死してしまうと思ったのだ。頭がくらくらする状態で、そして恐怖にまだ震えながら、学校と、いま通ってきた草原のほうから何か聞こえてこないかと耳を澄まし、女たちはどうなったか、そしてＩＳＩＳは男たちの遺体をもう埋めはじめているのだろうかと考えていた。ブルドーザーが小屋のそばを通るような音が聞こえたので、それを使って溝を埋めるにちがいないと思った。

腹違いの兄のひとり、ハーリドは、村の反対側へ連れていかれていた。そこでも男たちはならばされ、銃殺されていた。サイードと同じく、ハーリドも死んだふりをしてやりすごし、それから安全な場所へ逃げて生きのびた。片方の肘を撃たれたので、その腕はだらりと下げておくしかなかったが、少なくとも脚は動いたので、できるかぎりの速さで走った。立ち去ろうとしたとき、近くに横たわっていた男が弱々しい声で、助けを求めてきた。「村に車を停めてあるんだ。おれは撃たれて動けない。代わりに車を取りにいって、迎えにきてもらえないか、頼む」と、男はハーリドに頼んだ。

ハーリドは動きを止めて、その男を見た。脚に銃弾を受けてひどい傷を負っている。動かそうと手を貸せば、自分も人の注意を引いてしまう。それに、病院に連れていかなければこの男はいずれ死ぬ。ハーリドは、戻ってくると言ってやりたかったが、上手な嘘が出てこなかった。だから少しのあいだ、ただその男を見つめていた。結局「ごめん」とだけ言い残して、ハーリドは逃げた。

コーチョの学校の屋根にいたISISの戦闘員が、逃げるハーリドに向けて発砲した。また、男が三人、溝から出て山のほうへ走る姿も目に入った。そして、そのうしろを、イスラム国のトラックが追いかけていく。逃げる村人たちに向けて、戦闘員たちがトラックから銃撃をはじめたのを見て、ハーリドは、農場のあちこちに置かれていた干し草のベールのあいだに飛びこんだ。そしてそこに隠れて日が暮れるのを待った。そのあいだ、体は震え、痛みで気を失いそうになりながら、強い風が吹いて干し草のベールが転がり、無防備な姿をさらすことにならないように祈っていた。そして暗くなってから、ハーリドはひとりシンジャール山に向かって歩きはじめた。

サイードとアリーは、日が沈むまで小屋にいた。「女たちと子供らがどうなっているか見えるか？」アリーが部屋の隅にすわったまま尋ねた。

「まだだ」。兄は答えた。「まだ何も起こっていない」

「もし女たちも殺すつもりなら、もうそろそろやってるはずじゃないか？」アリーは不思議そうに言った。

サイードは何も言わなかった。私たちに何が起ころうとしているのか、彼は知らなかった。外が暗くなりはじめたころ、戻ってきたトラックの一群が校門の近くに停まった。そして私たち女性と子供たちは、戦闘員に誘導されるままに校舎から流れ出て、そのトラックに乗せられた。サイードは首を長くのばして、人の群れの中に私たちの姿を捜していたという。そしてディーマールのヘッドスカーフを、車の一台に向かう列のなかに見つけ泣いていたという。

「何が起きているんだ?」アリーが尋ねた。

「あいつら、いま女たちをトラックに乗せている」。サイードは言った。「なぜかはわからない」。そしてトラックは、荷台がいっぱいになるとそのまま走り去った。

「もしも生きのびることができたなら、かならず妹たちと母さんを助けにいく」と、彼は神に誓った。そして、日が沈みきったころ、アリーとふたり、傷を負った体で可能なかぎり急いで、山へ向かって歩きはじめた。

―― 2 ――

村の男たちを殺した銃の音は、校舎のなかにいた私たちの耳にも届いていた。学校の裏手で、砂埃が雲のように舞い上がるのを窓から見たという人もいた。コーチョの村に残されたのは、女性と子供たちだけになってしまった。私たちはもちろん動揺はしていたけれど、見張りの戦闘員たちを怒らせたくはなかったので、音を立てないようにしていた。「お父さんの町が引き裂かれてしまったよ」。母はすわったままの場所でつぶやいた。それはどうしようもなくなってしまったときにだけ、〝もう何もかも失ってしまった〟という意味で使われる表現だ。その言葉を口にした母の声には、希望を完全に失ってしまったという響きがあった。もしかしたら、エリアスとマスウードがトラックに乗せられるところを、母も見たのかもしれなかった。

ひとりの戦闘員が、私たちに下へ降りるよう命令した。それで私たちはその戦闘員のあとについて一階へ降りた。そこに大人の男はイスラム国の戦闘員しかいなかった。ヌーリーという十二歳の男の子は、年の割には背が高く、兄のアミンと一緒に一度は溝まで連れていかれたが、腕をあげて調べられたあと、腋毛が生えていないことを理由に学校へ戻された。「子供だ。戻してやれ」と、司令官は言ったという。校舎に戻ってきたその子を心配して女たちが囲んだ。

階段を降りる途中、カスリーンが丸まった米ドル紙幣が落ちているのを見つけて拾いあげた。戦闘員が集めた袋から落ちたのだろう、何百ドルかありそうだった。カスリーンは自分の手を見つめていた。「もらっときなさいよ」。私は言った。「隠しておくの。私たち、もう全部あの人たちに渡してしまったんだから」

だが、カスリーンは怖くて持っておけないと言った。それに、もし協力的な態度を示せば、自分と家族に温情をかけてもらえるかもしれないと考えていた。「このお金を渡したら、もしかしたら、あの人たち、私たちには何もしないかもしれない」。そう言って、次に会った戦闘員にその札束をさしだしたが、黙って取り上げられただけだった。

校門のところにトラックが戻ってきたのを見たとき、私たちは男たちのために泣くのをやめ、今度は自分たちのために叫びはじめた。戦闘員らは私たちをグループにわけようとしはじめていたが、その場は混乱状態だった。みんな自分の姉妹や母親と離れたくなかったし、訊きたいこともたくさんあった。「村の男の人たちに何をしたんですか？　私たちをどこへ連れていくんですか？」と。戦闘員はかまいもせず、ただ私たちの腕を引っぱってトラックの荷台へ乗せた。

カスリーンとは離れないつもりでいたが、引き離されてしまった。ディーマールと私は、ほかに十六、七人の女性たちと、一台目のトラックに乗せられた。以前乗るのが好きだったのと同じ、屋根なしの荷台がついた赤いピックアップ・トラックだ。私と姉のあいだにも、女の人が乗せられてきた。そして私がうしろにいるあいだに、押されていったディーマールは、前方の隅のほうでほかの女性や子供たちと肩を寄せ合ってすわり、床を見つめていた。そのまま車は走り出したので、ほかのみんなに何が起こったのかはわからなかった。

トラックは村を出ると、細いでこぼこ道を飛ばし続けた。運転手は怒っているみたいに運転が荒く、急な動きをするたびに、私たちはたがいに体をぶつけたり、金属の囲いに強く打ちつけられたりするので、背骨が折れてしまうのではないかと思ったほどだった。三十分ほど走って、シンジャールの街が近づいてきたころ、スピードが落ちてきたので安堵の声が周囲から聞こえた。

すでにスンニ派ムスリム以外の住人がいなくなったシンジャールの街に入って、驚いたのは、そこでは普通の日常が続いているということだった。妻たちは市場で食べ物を買い、夫たちは喫茶店で煙草を吸っている。タクシードライバーは客を求めて歩道に目をやりながら通りを流しているし、農家の人々は羊たちを草地へと追い立てている。私たちのトラックの前も後ろも、道路は一般市民の車でいっぱいだったが、それらを運転している人々は、女性と子供がいっぱい乗せられたトラックに目をとめることはほとんどない。トラックの荷台に詰めこむように乗せられて、肩を寄せ合い、泣いている私たちが、普通に見えるはずなどないというのに。

それでも、私は希望を捨てずにいようとがんばった。街には見覚えのある風景があり、それが慰めとなった。所狭しと商品を置いた雑貨店や、かぐわしいサンドイッチを売るレストランが建ちならぶ通りに、油でてかてかになった自動車修理工場の私道、それに色とりどりの果物が山と盛られた屋台。なんだかんだ言って、結局はこのまま山へ行くだけなのかもしれない。戦闘員たちは嘘をついていたのではなくて、ただ私たちを追い出したかっただけなのかもしれない。シンジャール山のふもとで私たちを降ろして、それで私たちが、生活環境の厳しい山頂へ逃げていけばそれでいいのかもしれない。それが死刑に等しい罰だと、彼らは考えているのかもしれない。

そうであってほしいと私は願った。村が占領されてしまい、男の人たちはたぶん殺されてしまったけれども、少なくとも山の上まで行けば、ほかのヤズィディ教徒たちに会える。ヘズニを見つけて、それから亡くなった人々のことを悼むこともできる。少しすれば、残った人たちでまたやり直せばいい。

地平線の向こうに、高くててっぺんが平らな山の輪郭が見えてきた。だから私は、このまま直進を続けてほしいと思っていた。だがトラックは、東へ曲がり、シンジャール山から離れていった。私は何も言わなかったが、荷台の囲いを抜けてくる風の音があまりに大きかったから、もし叫んでいたとしても誰も気づかなかったかもしれない。

その瞬間、私たちは山へ連れていかれるのではないことがはっきりした。私はバッグに手をつっこみ、家から持ってきたパンを捜した。怒りがこみあげてきた。どうして誰も助けてくれないのか？　兄たちには何が起こったのか？　パンはもう干からびて固くなり、埃や糸くずにまみれていた。私と家族を守ってくれるはずのものなのに、守ってくれはしなかった。背景のなかに消えていくシンジャールの街を見ながら、私はパンをバッグから引っぱり出し、トラックの外側へ投げ捨てた。パンは路面に当たって跳ね返り、道路わきのゴミの山に消えていった。

＊　＊　＊

私たちがソラーに着いたのはもう夕暮れどきで、トラックは、町のすぐ外側にあるソラー・インスティテュートという学校の前で止まった。建物は大きく、静かで暗かった。ディーマールと私は、トラックから最初に降ろされたグループのなかにいた。疲れきった状態で校庭で腰をおろし、よろめきながらトラックから引っぱり降ろされるほかの女性たちや子供たちを眺めていた。トラックから降りて私たちを見つけた家族は、呆然としながら校門を通り、こちらへ向かってきた。ニスリーンは泣き出して、止まらなくなってしまった。「待ちましょう」と、私は声をかけた。「これから何が起こるかわからないんだから」

ソラーは名産品のハンドメイドの箒がコーチョでもよく知られており、毎年一回、母かその代わりに家族の誰かが、わざわざ出かけていってあたらしいものを一本買ってきていた。私もＩＳＩＳがやってくる少し前に来たことがあった。そのときは緑の多いきれいな町だと思い、旅に同行させてもらっては特別な気分になったものだ。それが、いまはまるで別の国に来たみたいに思えた。

母はあとから出たトラックの一台に乗せられていた。そのときに見た母の姿を私は忘れることはないだろう。頭に巻いた白いスカーフが、風にあおられて後ろへずれて、いつもは真ん中できれいにわけて下ろしている黒髪は乱れて、スカーフは口と鼻を覆うだけになってしまっていた。白い服は汚れて、荷台から引っぱり降ろされたときにはよろめいていた。「さあ、行け」。戦闘員が母に怒鳴りつけ、背中を押して校庭へ進ませながら、動くのが遅いと、母やほかの年配女性たちのことを笑っていた。母は校門を抜けて放心状態のまま。私たちのところまで歩いてきた。そして一言も話さないまま、すわりこみ、私の膝に頭を載せて休んだ。男の人がいるところで横になることなどぜったいにしない人だというのに。

戦闘員のひとりが、鍵のかかった学校のドアを激しく叩き、そのドアが開くと、私たちになかへ入れと命令した。「まず、頭のスカーフをはずせ」。その戦闘員は言った。「ドアのところに置いていくんだ」

私たちは言われたとおりにした。スカーフを取ると、戦闘員たちはさらにじろじろとこちらを見ながらなかに入らせた。トラックいっぱいに積みこまれて運ばれてきた女性たちと子供たち――子供たちは母親のスカートにしがみついていたし、夫を亡くして顔を真っ赤に泣き腫らした若い女性たちもいた――が校門のそばで降ろされ、スカーフの山はどんどん大きくなっていった。ガーゼのような伝統的な白いスカーフと、若いヤズィディ教徒の女性に好まれるカラフルなスカーフが混ざりあっていた。

日がほとんど沈みかけ、トラックもそろそろ到着を終えたころ、白いスカーフで自分の長い髪の一部を覆った戦闘員が、女性たちが置いていったスカーフの山に銃口を向け、笑いながら言った。「二百五十ディナール出せば買い戻させてやるぞ」と。二百五十ディナールといえば、アメリカの通貨で言えば二十セントほどのわずかな値段。それを知っていて言っているのだ。そのわずかなお金も私たちが持っていないことも。

全員がひとつの部屋に集められ、室内は耐えられないくらいに暑かった。私は熱が出てきたような気がしていた。妊娠中の女性たちはうめきながら、戦闘員が前にいても脚をのばし、壁に背中をもたれかけて、まるで部屋そのものを締め出そうとしているかのように目を閉じていた。ほかに聞こえる音といえば、衣擦れの音と、くぐもったすすり泣きの声だけだった。突然、母より少し若いくらいの女の人が、声のかぎりに叫びだした。「あんたらは村の男たちを殺したんだ！」それが引き金となり、ほかの女性たちも泣いたり叫んだり、答えを求めたり、あるいはただわめいたりしていた。

そうやって騒ぎ立てたことが、戦闘員たちを怒らせた。「泣くのをやめろ。やめなければ、ここでおまえたちを殺す」と、戦闘員のひとりが言い、持っていた銃を叫び声をあげた女性に向け、額を平手打ちした。けれど、その女性はもうとりつかれたようになっていて、止めることはできなかった。何人かの女性が彼女を慰めようと、戦闘員と銃の前を歩いていった。「男の人たちに何があったかなんて考えてはだめよ」。そのうちのひとりが言った。「いまは私たちで助け合わないと」

戦闘員たちが持ってきた少しの食べ物が配られた。ポテトチップスと米と、それからボトル入りの水だ。その朝家を出てから飲まず食わずのままの人もいたけれど、私たちはとても食欲なんてなかったし、戦闘員たちがくれたものを食べるなんて怖くてできなかった。無視していると、手の中に食べ物の包みを押しつけていった。「食え」。それは命令であり、まるで私たちが拒否したことで侮辱されたように感じているみたいだった。そのあと彼らは、年長の男の子たち数人にビニール袋を渡し、部屋をまわってゴミを集めるように言った。

もう遅い時間で、私たちは疲れていた。母は私の膝に頭を載せたままでいた。そこへ着いてから母は一言もしゃべっていなかった。けれど、目はあけていて、眠ってはいなかった。その晩は、校舎のなかに、みんな一緒に押しこめられたまま過ごすのだろうということはわかったが、こんな状態では眠れるかどうかもわからなかった。母にいま何を考えているのかと訊いてみたかったけれど、声をかけることができなかった。いま思えば、何か言っておけばよかった。

食事を終えると、戦闘員たちは私たちを小さなグループにわけ、一部の女性たちを除いて全員に、もう一度外に出て、校庭の向こうの端へ行けと命じた。「結婚しているものは、子供と一緒にここに残れ。ただし、小さい子供だけだ」。彼らは叫び、部屋の一方の隅を指さした。「高齢の女と娘は外へ」

私たちは意味がわからず、パニックを起こしはじめていた。母親たちは大きい子供たちも行かせまいとしがみついていた。部屋中のあちこちで、戦闘員らは無理やりに家族を引き裂き、若い未婚の娘たちをドアのほうへ押しやった。校庭では、カスリーンと私はまたすわりこんでしまった母から離れずそばにいようとした。私よりもカスリーンのほうが母と離れることを恐れていて、母の腕に顔をうずめていた。戦闘員がひとり、私たちに近づいてきた。「おまえ！」戦闘員は吠えたてるように言うと、母を指さし、それから校庭の南側を指して「あそこへ行け」と言った。

私は首を振り、さらに母のほうに身を寄せた。戦闘員は腰を落として、私のセーターを引っぱった。「さあ」と、男は言ったが、私は返事をしなかった。強く引っぱられたが、私は顔をそむけた。するとその戦闘員は私の腋の下に両手をつっこみ、体ごと地面からすくいあげて母から引きはがし、私を校庭の塀のほうに押しやった。私は叫び声をあげた。戦闘員はカスリーンにも同じことをした。カスリーンは接着剤でくっつけたみたいに母としっかり手をつなぎ、引き離さないでほしいと頼んでいた。「一緒にいさせてください。具合がよくないんです」と言って。彼らは耳を貸すことなどなく、泣き叫ぶカスリーンを母から引き離した。

「私は動けません。もう死ぬんだと思います」。母が戦闘員にそう言ったのが聞こえた。「来るんだ」。戦闘員はしつこく促した。「エアコンのあるところに連れていってやるから」。そう言われ、重い体を地面から持ちあげ、ゆっくりと戦闘員のあとについて私たちから離れていった。

ある程度の年齢以上の未婚女性の中には、自分の身を守るために既婚だと嘘をつき、知っているよその子を引き寄せて自分の子だと主張するものもいた。自分たちの身に何が起ころうとしているのかは、誰にもわからなかったが、少なくとも戦闘員たちは、母親たちや既婚の女性たちにはあまり興味がないように見えた。ディーマールとアドキーは、甥っ子ふたりを近くに引き寄せて言った。「この子たちは私たちの子供です」。すると、戦闘員たちはしばらくじろじろと見たあと、それを認めた。ディーマールは離婚して以来自分の子供に会っていなかったけれど、それらしく母親のふりをしていた。アドキーは未婚でディーマールにくらべると母親らしくはなかったが、うまく演技していた。それは何分の一秒かのあいだに下された決断であり、生死にかかわる問題だった。さよならを言いにいく暇もないまま、彼女たちは横にしがみつく甥たちと一緒に上階へ連れていかれてしまった。

グループ分けが終わるまでには、一時間ほどかかった。私は外でカスリーン、ロジアン、それからニスリーンと一緒にすわり、たがいに支えながら待っていた。戦闘員たちがやってきて、もう一度ポテトチップスと水を配りはじめた。やはり怖くて食べることはできなかったけれど、私は水をほんの少しずつ飲んだ。私は自分がどれほど喉が渇いていたかに気づいてもいなかった。母のことと上階にいる姉たちのことが気にかかり、ISISは彼女たちに情けをかけてくれるのだろうかと心配だったし、それにあったとしてどんな情けなのかと気になった。私のまわりにいる女の子たちの顔は泣いて真っ赤になっていた。三つ編みやポニーテールにしていた髪はほどけ、手はいちばん近くにいる誰かの手を握っている。

私はあまりに疲れていて、頭が体のなかに沈んでいくみたいで、いまこの瞬間にも世界が真っ暗になってしまいそうな気がしていた。それでも、三台のバスが学校の前に停まるのを見るまでは、まだ少しも希望を失っていなかった。それらは普通、観光客やイラクやメッカをまわる巡礼者を乗せるような大きなバスで、見た瞬間、私たちを運ぶためのものだとわかった。

「どこへ連れていくつもりなんだろう？」カスリーンは泣きながらそう言った。口には出さないまでも、私たちはみんなシリアへ連れていかれるのではないかと思い、恐怖を感じていた。何が起きてもおかしくはなかったし、私たちはきっとシリアで死ぬのだろうと思った。

私はバッグを引き寄せた。少し軽くなっていたのはもうパンが入っていないせいで、捨てなければよかったと後悔した。パンを無駄にするのは罪だ。神はお祈りや巡礼の回数でヤズィディ教徒を判断しない。私たちは善きヤズィディ教徒になるために、凝った大聖堂を建てたり、何年も宗教を学ぶために学校へ行ったりする必要はない。洗礼のような儀式は、聖地を訪れるのに充分なお金と時間が家族にできたときにすればよいことになっている。

日々のおこないこそが、私たちの信仰だ。私たちは見知らぬ人を家に受け入れるし、持たざるものにはお金と食べ物をわけ与え、大切な人が亡くなったときには埋葬の前に遺体に寄り添って過ごす。良い生徒でいることや、配偶者に親切にすることさえ、祈りと同等のおこないだ。パンのように、私たちを生かし続けるものごとや、恵まれない人を助けることを可能にするものごとは神聖だ。

だが、間違いを犯すのが人間であり、だから、私たちには、〝来世の兄弟《ブラザー》または姉妹《シスター》〟、つまり現世で私たちの信仰を指導し、死後の世界で私たちを助けてくれるべく選ばれたシャイフ・カーストの人々がいる。私の来世のシスターは、少し年上で、ヤズィディ教のことをよく知っている美しい人だった。彼女は一度結婚したあと、離婚して実家に帰ったときから神と自らの信仰に身を捧げるようになったそうだ。ISISがやってくる直前になんとか逃げ出すことができ、ドイツで無事に暮らしているとのことだった。彼らのいちばん重要な務めは、神とタウセ・メレクのそばに控えて、あなたが死んだあとに、あなたを弁護することだ。「生前のこの人を知っています」と、彼らは言う。「彼女の魂は地上に返されるに値します。彼女は良い人です」というふうに。

私が死んだら、来世のシスターが、私がこの世で犯したいくつかの罪について弁護しなくてはならない。たとえば、コーチョのお店でキャンディを万引きしたことや、怠けて兄や姉たちと一緒に農場へ行かなかったとかそういうことだ。だが、これで、私はもっとたくさんのことについて弁護してもらわなければいけなくなった。だから私はまず彼女が許してくれますようにと願った——母の言うことを聞かずに、花嫁のアルバムを隠したこと、信仰を失いかけ、不信心にもパンを投げ捨てたこと、そして今度はあのバスに乗ることと、何であれ、そのあとに続くことについて。

― 3 ―

私たちのような若い娘は、やってきた二台のバスに乗せられた。子供とみなされてコーチョで命拾いしたヌーリーや、私の甥にあたるマーリクのような十代の少年たちを含む男の子たちは、三台目のバスに乗せられた。男の子たちも私たちと同じように怯えていた。そばには、イスラム国の戦闘員が大勢乗った、武装したジープが先導のために待機していて、まるで私たちは戦争に行くみたいだった。実際そうだったのかもしれない。

大勢の人のあいだで待っていると、ひとりの戦闘員が歩み寄ってきた。さっき持っていた銃でスカーフの山をつついていたのと同じ戦闘員で、手にはやはり銃を持っていた。「改宗するか?」戦闘員は私に尋ねた。私たちのスカーフをもてあそんでいたときと同様、男はにやついた笑いを浮かべて私たちを嘲っていた。

私は首を横に振った。

「もし改宗するのなら、ここに残ってもいいぞ」。そう言って、男は母と姉たちがいる校舎を指す身振りをした。「母親と姉たちのところへ行って、一緒に改宗するように言えばいい」

私はもう一度首を振った。怖くて何も言うことができなかった。

「いいだろう」。男はニヤニヤ笑いをやめて、にらみつけるような目で私を見ていた。「では、おまえはほかのものたちとバスに乗れ」

バスは大きくて、真ん中の通路をはさんで両側に三人掛けのシートが四十列はあり、窓にはカーテンが引かれていた。私たちが乗りこんで席が埋まると、たちまち空気が重くなり、息苦しくなったが、窓をあけようとするまでもなく、外を見ようとカーテンに手をのばしただけでも、すぐにじっとしていろと戦闘員に怒鳴られた。私は前のほうの席にいたので、運転手が電話で話す声が聞こえた。もしかして行き先を言うのではと期待したが、話しているのはトルクメン語で、何を言っているのかは理解できなかった。

私のいた通路側の席からは運転手の姿と、幅のあるフロントガラス越しに道路が見えていた。学校を出発したときすでに外は暗く、見えるといっても、ヘッドライトに照らされた黒いアスファルトの一部とときどき木立や藪があるのがわかるだけだった。後方はふさがれていたので、母と姉たちを残していくソラー・インスティテュートの校舎が遠ざかっていく様子はわからなかった。女性たちを乗せた二台に、幼い少年たちを乗せた一台が続き、バスはスピードを上げて走っていた。その前には白いジープが私たちのキャラバンを先導するように走っていた。

バスのなかは奇妙に静かだった。聞こえてくるのは車内を歩く戦闘員の足音と、エンジンの音だけだった。車酔いしてきたので、私は目を閉じていた。バスのなかは汗のにおいと体臭が充満していた。後ろのほうにすわっていた女の子のひとりが、自分の手に嘔吐した。最初は激しく吐いたが、戦闘員にやめろと言われてからは、できるだけ音を立てないようにした。その子が吐いたのですっぱいにおいが立ちこめて耐えるのも難しい状態になり、近くにすわっていた別の女の子も嘔吐しはじめた。誰もその子たちを慰めることはできなかった。私たちはたがいに触れることも話すことも禁じられていた。

通路を行ったり来たりしている戦闘員は、アブー・バタトという名の、背の高い、三十五歳くらいの男だった。楽しんで自分の仕事をしているようで、ときどき立ち止まって女の子をじろじろ見ては、怯えて萎縮したり、寝たふりをしているものを見つけてまわっていた。しまいには、何人かを座席から引っぱりだし、バスの後方の壁に背を向けて立たせて、「笑え!」と言い、自分の携帯電話で写真を撮っては、笑い、引っぱりだされることに圧倒された女の子たちがパニックに陥っているのを面白がるようにそれを続けていた。怖がってうつむくと、男は怒って「顔をあげろ！」と言い、ひとりそうするごとに、尊大さを増していった。

私は目を閉じて、まわりで起きていることを頭から締め出そうとした。ものすごい恐怖を感じていたにもかかわらず、体があまりにも疲れていて、私はしょっちゅううとうとと眠りかけていた。とはいえ、ゆっくり休めるはずもなく、眠気が襲ってきても、一瞬ののちにはすぐにはっと目が覚め、フロントガラスに映る光景を見ては驚き、いまいる場所に引き戻されてしまうのだった。

たしかなことはわからなかったが、バスはモースルへ続く道路を走っているようだった。モースルはイラクにおけるＩＳＩＳの首都にされた街だ。モースルを占拠したことは、ＩＳＩＳにとっては大きな勝利であり、市内の通りや庁舎を占領し、モースル周辺の道路を全部ふさいでしまったあとには、この出来事を祝福する動画がネット上に流れた。一方、クルドの軍とイラク政府軍は、何年かかってもこの町をイスラム国から取り返すと誓った。何年なんて私たちにはないじゃない。私はそう思い、また眠りに落ちた。

突然、左肩に誰かの手が置かれたのを感じ、目をあけるとアブー・バタトが私を見下ろすように立っていた。緑色の目をぎらぎらさせて、口元にはゆがんだ笑いを浮かべている。アブー・バタトが体の横にぶら下げていた拳銃が、私の顔とほぼ同じ高さにあり、それを見た瞬間、私の体は石のように固まり、動くこともしゃべることもできなくなってしまった。もう一度目を閉じて、はやくこの男がどこかへ行ってほしいと祈っていたが、そのとき男の手がゆっくりと私の肩をなで、それから首を、そして体の前面を伝うようにして下へとのばし、左の胸の上で止まった。それは火のように感じられた。そんなふうにさわられたことはそれまでなかったのだ。私は目をあけたが、男の顔は見ずにただまっすぐまえを見ていた。アブー・バタトは手を服の内側に突っこんできて、私の乳房をつかんだ。まるで痛めつけようとしているかのようにきつくつかむだけつかんで、去っていった。

ＩＳＩＳと共にする時間は、その一秒一秒がゆっくりとした痛みを伴う死の一部だ——肉体と魂の。そして、バスの中でのアブー・バタトとのあの瞬間から、私の死は始まった。私は村で生まれ、よい家族に育てられた。家を出るときは、行き先がどこであれ、いつも母が私の服装をチェックしてこう言った。「シャツのボタンをちゃんと留めなさい、ナディア。いい子でいるんですよ」と。

いまこの見知らぬ男は野蛮にも私にさわってきて、しかも私にできることは何もない。アブー・バタトは、バスの通路を行ったり来たりしながら、通路側の女の子たちの体をまさぐり、なでまわし続けていた。まるで私たちが人間ではないみたいに。私たちが動こうが、怒ろうがぜんぜん怖くないみたいに。そしてまた私のところまで来たとき、今度は私がのびてきた手をつかみ、服の内側へ突っこんでくるのを止めようとした。あまりにも怖くて言葉は出なかった。涙がこぼれ、男の手に落ちたが、それでも止まることはなかった。

こういうことは愛し合う人同士が結婚したときにすることじゃないの。私は思った。それは結婚が何かがわかる年頃になってから私がずっと持ってきた、世界とは、愛とは、そして私の人生全体についての見方であり、コーチョでの求婚と結婚式の祝い方を通してずっと持ち続けてきたものだったが、アブー・バタトにこうしてさわられた瞬間、その考え方はぼろぼろに崩れ去ってしまった。

「通路側の女の子全員に同じことしてる」。私のとなり、三人掛けの真ん中の席の女の子が小声で言った。「みんなのことさわってる」

「お願い、席を替わって」。私はその子に頼んだ。「もうさわられたくないの」

「無理よ。怖すぎてできない」

アブー・バタトは、気に入った女の子がいると、ときどき立ち止まりながら行ったり来たりを続けていた。目を閉じていると、ゆるいズボンの布がこすれる音と、サンダルの底が足についたりはなれたりする音が耳に入ってきた。男が手に持っていた無線機からアラビア語で何か言う声もたびたび聞こえてきたが、雑音が多くて、何を言っているかまでは聞き取れなかった。

男は私のそばを通るたび、肩から左胸のあたりをまさぐり、そしてまた歩き去った。私はびっしょり汗をかいていて、まるでシャワーの中にいるみたいだった。アブー・バタトがさっき吐いていた女の子を避けているのに気づいたので、私もワンピースが吐瀉物まみれになるまで吐いて、あの男が近寄れないようになればと思って指を口につっこみ、吐こうとしてみたが、そううまくはいかなかった。痛いくらいにえずいたが、何も出てこなかった。

バスはタル・アファルで止まった。タル・アファルは、シンジャールから約五十キロ離れた、人口の半分をトルクメン人が占める町だ。戦闘員たちは、無線で上官に仰ぐべく何やら話しはじめていた。「男の子供はここで降ろせと言っている」。運転手がアブー・バタトにそう言い、ふたりともバスから降りていった。何を話しているのだろうと思いながら、私はフロントガラス越しに、アブー・バタトがほかの戦闘員と話す様子を見ていた。タル・アファルの住人の四分の三はスンニ派トルクメン人で、ＩＳＩＳがシンジャールに入る何カ月か前にシーア派の住民が逃げ出したので、戦闘員らが自由に入れるようになっていた。

アブー・バタトにつかまれた体の左側が痛かった。このままあの男が戻ってこないようにと祈ったが、何分かするとまたバスに乗ってきて、通路を歩きはじめた。バスがバックで出るとき、バス三台のうち、一台を残して出発しようとしているのが、フロントガラスの向こうを見ていてわかった。甥のマーリクも乗っている男の子たちのバスだ。あの子たちをＩＳＩＳは洗脳して、テロリストのグループに引き入れるつもりなのだろう。何年かして、戦争がまだ続いているときには、あの子たちを人間の盾や自爆テロに使うのだ。

アブー・バタトはバスに乗ってくるなり、また私たちをさわりはじめた。目をつけられてしまったのか、私と周辺の女の子たちのところへはほかより頻繁にやってきて、さわっている時間も長かった。あまりに強くつかむので、この男は私たちの体を引きちぎろうとしているのではないかとまで思えてきた。タル・アファルを出て十分くらい経ったところで、私はもう耐えられなくなった。ふたたび男の手が私の肩に触れたとき、私は叫び声をあげた。それがきっかけとなり沈黙が破られた。すぐにほかの女の子たちも叫びはじめ、やがて、バスのなかは殺戮の現場のような騒ぎになった。アブー・バタトは凍りついた様子で、「黙れ！　おまえたち全員だ！」と叫んだが、私たちは黙らなかった。あの男が私を殺そうっていうなら、べつにかまわない。と私は思った。いっそ死んでしまいたい。トルクメン人の運転手がブレーキを踏み、バスは大きく揺れて止まった。私はシートからずり落ちそうになった。運転手は携帯電話に何か大声で叫んでいた。一瞬ののち、前を走っていた白いジープの一台が止まり、助手席に乗っていた男がひとり降りて、バスに向かって歩いてきた。

近づいてきたのはソラーで見たナファという戦闘員だった。学校で部屋に集められたとき、この男はとくに残酷で厳しく、人間らしさのかけらも見せることなく私たちを怒鳴りつけていた。まるで機械だ、と私は思っていた。バスの運転手は司令官であるその男のためにドアをあけると、すぐに飛び乗ってきた。「誰が始めたんだ?」ナファはアブー・バタトに尋ねた。「こいつです」と、指をさしてアブー・バタトが答えると、ナファは私の席までやってきた。

ナファが何かをする前に、私のほうがしゃべりだしていた。ナファはテロリストだ。でも、ISISには女性の扱い方についてのルールがないのではないか、と私は思った。もし彼らが自分たちを善きムスリムだと考えているのなら、きっとアブー・バタトが私たちを手荒く扱ったことには反対するだろうと、私は思ったのだ。「あなたがたは私たちをここへ連れてきました。このバスで。あなたがたが来させたのであって、私たちには選択の余地がありませんでした。それにこの男の人は」と、私は恐怖に震える指でアブー・バタトを指さしながら言った。「乗っているあいだじゅう私たちの胸を手でさわってきました。私たちをつかんで、そっとしておいてくれません!」

ナファは私がしゃべったあと、しばらく黙っていた。一瞬、私は彼がアブー・バタトを罰するのではないかと期待した。だが、そんな期待はアブー・バタトが話しはじめたとたんに消え去った。「おまえは何のためにここにいると思っているんだ?」アブー・バタトは私に向かって言った。その声は大きく、バスのなかにいる全員に聞こえていた。「本当に知らないのか?」

アブー・バタトは、ナファが立っているところまで来ると私の首をつかんだ。そして私の頭をシートに押しつけると、持っていた銃を私の額につきつけた。近くにすわっていた女の子たちは金切り声をあげたが、私はあまりに怖くて声も出なかった。「目を閉じてみろ、おまえを撃ってやる」。アブー・バタトは言った。

ナファはドアのほうへ戻っていった。そして、バスから降りる前に、振り向いてこう言った。「おまえたちが何のために連れてこられたと思っているかは知らん。だが、おまえたちに選択の余地はない。おまえたちは、サビーヤになるためにここにいる。だから、我々が言うとおりにしろ。それから、もし今度誰かが叫んだら、いいか、もっとひどい目に遭うことになるぞ」。そして、アブー・バタトがまだ私に銃をつきつけたままの状態で、ナファはバスを降りていってしまった。

私のことを指して言ったそのアラビア語ははじめて聞く言葉だった。ISISがシンジャールを占領し、ヤズィディ教徒の誘拐をはじめたころから、彼らは、略奪してきた人間をサビーヤと、呼び、性奴隷として売買する若い女性たちのことを指していた。これは彼らの私たちに関する計画の一部であり、それは世界のムスリムのコミュニティでは長いあいだ禁じられていたコーランの解釈に根拠を求め、シンジャール攻撃に先立ち、ファトワーに記され、ISISのパンフレットでも公式なものとされていた。ヤズィディ教徒の女性は不信心者と考えられ、また、戦闘員らによるコーランの解釈によると奴隷をレイプすることは罪ではないという。新たな戦闘員を勧誘し、忠誠と適切な職務遂行の褒美として私たちは手渡されることになるのだ。バスに乗っていた全員がその同じ運命にあった。私たちはもはや人間ではなかった——私たちはサビーヤにされたのだ。

アブー・バタトは、私の首から手を放し、銃を下ろしたが、その瞬間からモースルに着くまでの約一時間のあいだ、私はこの男のいちばんのターゲットになった。ほかの子たちもさわってはいたが、私のところへはとくに頻繁にやってきては、胸に手を押しつけていった。あまりに力を込めるので、きっとあざができていると思った。体の左側はもう麻痺していたし、今度叫んだらアブー・バタトはきっと私を殺すと思っていたから声を出さずにじっとしていたけれど、心のなかではずっと叫び続けていた。

その夜、空は澄んでいて、フロントガラスの向こうには星が見えていた。私は母から聞いた古いアラビアの恋の物語を思い出していた。『ライラとマジュヌーン』というお話だ。カイスという青年がライラという娘と恋に落ち、彼女への気持ちの強さを隠すこともできず、愛の詩を次々と書き続けているので、みんなから〝マジュヌーン〟というあだ名をつけられた。アラビア語で〝取りつかれた〟とか〝クレイジー〟という意味の言葉だ。そのマジュヌーンがライラに求婚するのだが、おまえはよい夫にはなれないと言ってライラの父親に断られてしまう。

悲しい物語だ。ライラは別の男の人と無理やりに結婚させられ、傷心がもとで死んでしまう。マジュヌーンは村を出て、ひとり砂漠をさまよいながら、自分に話しかけては砂に詩を書き、ある日ライラの墓に行きあたる。そして、そこにじっととどまり、やがて彼も死んでしまう。私はふたりの恋人たちを思い、泣いてしまうのだが、母からこのお話を聞くのが好きだった。怖いと思っていた空が、ロマンチックに思えてくるからだ。ライラという名前は、アラビア語で「夜」という意味で、母は、話の終わりにいつも空に輝くふたつの星を指してこう言った。「ふたりはこの世で結ばれなかったから、あの世で一緒になれますようにと祈ったんだね。だから、神様がふたりを星に変えてくれたんだ」

バスの中で、私も祈り続けていた。「どうか神様、このバスから出て空に昇れるように、私を星に変えてください。もしも、前に一度できたのなら、もう一度できるはずです」と。だが、私たちを乗せたバスは、モースルに向けてただ走り続けた。

― 4 ―

アブー・バタトはモースルに着くまでのあいだも、私たちの体をさわり続けた。バスがきっとすごいお金持ちの家だろうと思うような大きな建物の前で止まったとき、フロントガラスの上の時計は午前二時を指していた。ジープがガレージに入り、バスは家の前で止まり、私たちのためにドアが開かれた。「さあ、降りるんだ！」アブー・バタトが叫び、私たちは重い腰をあげた。

みんな眠れていなかったし、すわりっぱなしで体が痛くなっていた。アブー・バタトにさわられていたところが痛かったが、バスが止まったのだから、あとはほうっておいてもらえるだろうと思った。だが、それは間違いだった。私たちは自分の荷物をしがみつくように持って、ならんで出口に向かった。アブー・バタトはドアの横に立ち、手をさしだして、女性たちがバスから降りるときにも体をさわっていた。私が降りるときも、頭のてっぺんから足の先までさわられた。

私たちはガレージを通って建物のなかへ入った。見たこともないほど素晴らしい家だった。なかも広々としていて、調度品のそろった広々とした居間と寝室がいくつもあって、六家族は暮らせそうだと思った。コーチョではアフマド・ジャッソだってこんな家には住んでいない。それぞれの部屋には時計やラグなどの小物もいろいろあって、それらは以前ここに住んでいた家族のもののようだった。戦闘員のひとりが手にしているマグカップに目をやると、ポーズをとった家族の写真がプリントされているのにも気がついた。この人たちにいったい何があったのだろうと私は思った。

家のなかには制服を着たイスラム国の戦闘員があちこちにいて、手に持った無線機は絶えず軋むような音を立てていた。彼らに見張られながら、私たちは狭い踊り場から続く三つの部屋にわかれて入っていった。私がカスリーンたちとすわっていた場所からは、ほかの部屋のなかも見えていた。どこも女性たちが放心状態で足を引きずりながら、バスに乗るときに引き離された家族や友人を捜してまわっていた。部屋はもういっぱいで、おたがいにもたれ合って床にすわった。そのまま眠りに落ちてしまうしかなかった。

郵便はがき

料金受取人払郵便

本郷局
承認

2274

差出有効期間
2020年２月
29日まで

1 1 3 8 7 9 0

東京都文京区本駒込5丁目
16番7号

東洋館出版社
営業部 読者カード係 行

ご芳名	
メール アドレス	@ ※弊社よりお得な新刊情報をお送りします。案内不要、既にメールアドレス登録済の方は右記にチェックして下さい。□
年 齢	①10代 ②20代 ③30代 ④40代 ⑤50代 ⑥60代 ⑦70代～
性 別	男 ・ 女
ご職業	1. 会社員 2. 公務員 3. 教育職 4. 医療·福祉 5. 会社経営 6. 自営業 7. マスコミ関係 8. クリエイター 9. 主婦 10. 学生 11. フリーター 12. その他（ ）
お買い求め書店	

■ご記入いただいた個人情報は、当社の出版・企画の参考及び新刊等のご案内のために活用させていただくものです。第三者には一切開示いたしません。

Q　ご購入いただいた書名をご記入ください

（書名）

Q　本書をご購入いただいた決め手は何ですか。

（　　　　　　　　　　　　　　　　　　　　　）

●お買い求めの動機をお聞かせください。

1. 著者が好きだから　2. タイトルに惹かれて　3. 内容がおもしろそうだから
4. 装丁がよかったから　5. 友人、知人にすすめられて　6. 小社 HP
7. 新聞広告（朝、読、毎、日経、産経、他）　8. WEBで（サイト名　　　　　　）
9. 書評やTVで見て（　　　　　　　　　）　10. その他（　　　　　　　　　）

Q　本書へのご意見・ご感想を具体的にご記入ください。

Q　定期的にご覧になっている新聞・雑誌・Webサイトをお聞かせください。

Q　最近読んでおもしろかった本は何ですか?

Q　こんな本が読みたい! というご意見をお聞かせください。

ご協力ありがとうございました。頂きましたご意見・ご感想などを SNS、広告、宣伝等に使用させて頂く事がありますが、その場合は必ず匿名とし、お名前等個人情報を公開いたしません。ご了承下さい。

社内使用欄　回覧　□社長　□編集部長　□営業部長　□担当者

部屋にふたつある小さな窓は閉まっていて、カーテンが引かれていた。さいわい、ミスト《スワンプ》散布器《クーラー》がついていて――イラクではよく見かける嵩高《かさだか》い、安価なエアコンの親戚のようなものだ――、そのおかげで多少の換気はされていたので、息はできた。室内には、壁ぎわに重ねて置かれたマットレスがあるだけで、家具はひとつもなかった。悪臭がバスルームから漂ってきた。「携帯電話を持っていた子がいて、それで、あの人たちがそれを探しにきたときに、その子はトイレに流そうとしたんだって」。誰かがささやくのが聞こえた。「ここへ来たときにみんながその話をしてたの」。バスルームの入口のところには、私たちがソラーで残してきたのと同じように、積み重なったスカーフが、タイルの床に、花弁のように広がっているのが見えた。

部屋がいっぱいになると、ひとりの戦闘員が私がすわっているところを指さした。「一緒に来い」。そう言うと、戦闘員は向きを変え、ドアのほうへ歩いていった。

「行かないで！」カスリーンがか細い腕を私の体にまわして立つのを止めようとした。

戦闘員がどうしたいのかはわからなかったが、ノーとは言えないとは思った。「行かなかったら、無理やり連れていかれるだけだよ」。カスリーンにそう告げて、私は戦闘員にしたがった。

一階のガレージまで戦闘員のあとをついていくと、そこにはアブー・バタトとナファが、もうひとり別の戦闘員とともに待っていた。クルド語を話す、その三人目の戦闘員に見覚えがあることに気づき、私はショックを受けた。シンジャールで店を持っている、スハイブという名の男だったのだ。ヤズィディの人々は、いつも彼の店で買い物をしていたし、それに彼のことを友人だと思っていた人はきっとたくさんいる。その三人が、怒りをあらわにして私を見ていた。バスでの出来事のことで、まだ私を罰したいと思っていたのだ。「名前は？」ナファが訊いてきたので、後ろへ下がろうとすると、前髪をつかんで引っぱられ、私は壁に押しつけられた。

「ナディアです」と、私は答えた。

「何年生まれだ？」

「一九九三年です」

つぎはこう訊かれた。「ここへ一緒に来た家族はいるか？」

即答はできなかった。私との関係を理由に、カスリーンたちが罰せられるかもしれないからだ。だから、嘘をついた。「ここへはほかの女性たちと来ました。家族がどうなったかは知りません」

「なぜ大きな声を出した？」ナファは私の髪をつかんだ手の力を強めて言った。

怖かった。もともと小さく細い自分の体が、この男の手のなかで消えていく気さえした。とにかくカスリーンのいる二階へ戻りたくて、思いついたことを答えた。「怖かったんです」。正直な気持ちだった。「あなたの前にいるその人が、体をさわってきました。ソラーから来る途中、ずっと私たちをさわりに来ていました」。私は、アブー・バタトを指さした。

「おまえは何のためにここにいると思っているんだ？」ナファはバスで言ったのと同じことを言った。「おまえは、不信心者で、サビーヤだ。いまは、イスラム国に属している。だから早く慣れることだな」。そう言って、私の顔に唾を吐きかけた。

アブー・バタトが煙草を一本とりだし、火をつけると、それをナファに渡した。イスラム国の法の下では喫煙は禁じられていると思ったので、私は驚いた。でもちがった。自分たちが吸うために火をつけたのではなかったのだ。どうか顔はやめて、と思った。まだこのときは、きれいでいなくてはと気にしていたのだ。ナファは火のついたその煙草を私の肩に押しつけた。重ね着をしていたワンピースとシャツが焼け、その下の肌まで達して火は消えた。布と皮膚が焼けて嫌なにおいがしたし、痛かったけれども泣くまいとこらえた。声を出せばもっと厄介なことにしかならないからだ。

でも、アブー・バタトが二本目の煙草に火をつけ、私のお腹に押しつけてきたとき、がまんしきれず叫び声をあげた。

「いま叫んでいるということは、明日も叫ぶということかな?」アブー・バタトが、ほかの戦闘員たちに向けて言った。もっと手ひどくやらせようとしているのだ。「この女は自分が何者か、何のためにここにいるのか理解する必要がある」

「ほっといてください。もうしませんから」。私は言った。

ナファが私の頬を平手で打った。二回、そしてようやく放してくれた。「ほかのサビーヤのところへ戻れ。それから、もうやかましくするんじゃないぞ」

二階にあがってみると、部屋は暗くて混み合っていた。私は髪を肩の前におろし、手をお腹にあてて煙草の火を押しつけられた痕を隠して、カスリーンを捜した。彼女は二十代後半か三十代前半くらいの女の人の横にすわっていた。その女の人はコーチョから来たのではなく、私たちより前に連れてこられたようだった。幼い子供をふたり連れていて、ひとりはまだ乳離れもしていない赤ちゃんで、さらに次の子を妊娠していた。腕に抱いた赤ちゃんを胸のほうに引き寄せ、軽く揺らしてあやしながら、階下で何があったのかとその人は訊いてきたが、私はただ首を横に振った。

「痛いの？」その人は尋ねた。

このときが初対面だったけれども、私はその人にもたれかかった。体に力が入らず、ただうなずいた。

そのあと、私はその女の人に全部のことを話した。コーチョを出て、母や姉たちと引き離されたことも、兄たちが車で連れ去られたことも。バスのことやアブー・バタトのこともその人に話した。「殴られました」。そう言って、まだ疼いている肩と、お腹の煙草の火を押しつけられた痕も見せた。

「これを」。その人はバッグから取り出したチューブをさしだした。「おむつかぶれ用のクリームだけど、やけどにもいいかもしれないから」

私はお礼を言い、そのクリームを持ってバスルームへ行った。そして肩とお腹の傷に少しずつすりこんだ。それで少しは痛みが引いた。そこでクリームをもう少し手にとり、アブー・バタトにさわられたところにも塗った。生理が始まっていたのに気がつき、ナプキンがほしいと戦闘員に頼むと、顔を見ずに手渡された。

部屋に戻ったあと、さっきの女の人に尋ねてみた。「ここで何が起こっているのですか？　あの人たち、あなたに何をしたんですか？」

「ほんとうに知りたいの?」そう聞かれて私はうなずいた。「最初の日、八月三日、ヤズィディ教徒の女性と子供たちが四百人くらいここに連れてこられたの」。彼女はそう話しはじめた。「ここはイスラム国の施設よ。戦闘員が暮らし、働いている。だからあんなにたくさんいるのよ」。そこで言葉を切って、私を見ると、また話を続けた。「でも、ここは、私たちが売られたり、誰かに与えられたりする場所でもあるの」

「あなたはどうして売られてないのですか?」私は尋ねた。

「私は結婚してるから。あの人たちは、私をサビーヤとして戦闘員に与えられるようになるまで、四十日待っているの」。彼女は言った。「それが彼らのルールのひとつだから。あの人たちがいつあなたを連れにやってくるかはわからない。今日あなたが選ばれなくても、明日は選ばれるでしょう。彼らはここへ来るたびに、女の人を何人か連れていく。レイプして、ここへ戻すか、それかそのまま囲っていることもあるのだと思う。ここでレイプしていくこともある。この家のどこかの部屋で。それで終わったら返される」

私は何も言わずじっとすわっていた。やけどの痕が、鍋の湯がゆっくりと沸いてくるようにじわじわと痛みだし、私は顔をゆがめた。「痛み止め、あげましょうか?」私は首を横に振った。「薬を飲むのは好きじゃないんです」

「じゃあ、これを飲んで」。そう言われ、私はさしだされたボトルをありがたく受け取り、ぬるくなった水を二口、三口、口に含んだ。赤ちゃんは泣きやんで、いまにも眠りそうだった。

「時間の問題よ」。彼女は小声で続けた。「彼らはここへやってきて、あなたを連れていく。そしてあなたをレイプする。顔に灰や土をこすりつけたり、髪をぐちゃぐちゃにしたりする子もいたけど、そんなことをしても無駄。シャワーを浴びさせてきれいにすればいいだけだから。死のうとしたり、ほんとうに自殺してしまった子もいるわ。あそこで手首を切ってね」。彼女はバスルームを指さした。「上のほうの壁を見れば、掃除の人が気づかなかったところに血の痕が残ってるわ」。彼女は心配はいらないとか、すべてうまくいくとは言わなかった。話が終わったとき、私はたったいま眠りに落ちた赤ちゃんを抱く、彼女の肩に頭をもたれかかっていた。

＊　＊　＊

その晩は、目を閉じてみたが、そうしていられたのはほんの一瞬だけだった。とても疲れていたけれど、怖くて眠れなかった。夏だったので日が昇るのは早く、分厚いカーテンの隙間から、ぼんやりと薄暗い光がさしこんできたとき、そこにいた女性たちの多くが同じように眠れずに起きていたのがわかった。みんな睡眠不足でふらふらのまま、目をこすったり、ドレスの袖を口にあて、あくびをしたりしていた。数人の戦闘員が、使い捨てのプラスチックの皿に入れたライスとトマトスープの朝食を運んできた。私はとてもお腹がすいていたので、目の前に皿が置かれると、すぐに少し食べた。

そこにいた女性たちの多くは一晩中泣いていて、朝にはもっと多くの人が泣いていた。コーチョから来た、ディーマールと同じ年頃の女の人が近くへ来てすわった。彼女はディーマールのように既婚者のふりをして、戦闘員の目を欺くことができなかったのだ。「ここはどこなの？」

と、私に尋ねてきた。

「はっきりとしたことはわからないんですけど」。私は答えた。「モースルのどこかです」

「モースルですって」。彼女は小声で言った。コーチョに住む私たちにとってモースルは、子供のころから身近な町ではあったが、訪れたことのあるものはかぎられていた。

身分の高そうな男がひとり部屋に入ってきたので、私たちは話すのをやめた。白髪の男は、だぶだぶの黒いズボンとサンダルを履いていて、それらはＩＳＩＳの戦闘員が身に着けているものと同様のものだったが、ズボンは少し丈が短く、サイズが合っていないようだった。部屋に入ってくると、えらそうな態度で私たちを眺めまわしながら歩きまわっていたので、きっと重要な人物なのだろうと思った。「あれは何歳《いくつ》だ？」隅っこで小さくなっている、コーチョから来た女の子のひとりを指さして、男が尋ねていた。女の子は十三歳くらいに見えた。「とても若いですよ」と、戦闘員は得意げに答えていた。

話す言葉の訛りから、その男はモースルの人だとわかった。きっとテロリストが町を占領する手助けをしたのだろう。あるいは、もしかしたらＩＳＩＳの勢力拡大を後押しできるくらいのお金を持っている実業家なのかもしれない。それとも、聖職者か、サダム・フセイン政権時代の有力者で、アメリカとシーア派によって奪われた権威を取り戻す機会を待っていた人物なのかもしれない。あるいはもしかしたら、宗教的プロパガンダを心の底から信じているという可能性もある。ＩＳＩＳに加わったのかと訊けば、誰もがそう答えるのだから。アラビア語を話せず、お祈りの仕方も知らない人までもが、口をそろえて自分たちは正しい、神は自分たちの味方だというのだ。

男はもう部屋にいる私たちをみんな所有しているかのように指さしてまわり、何分かのうちに、三人を選んだ。コーチョから来た子ばかりだった。そしてひとつかみの米ドル紙幣を戦闘員に手渡し、部屋を出ていった。三人の女の子たちは引きずられるようにしてあとに続き、男が今日の買い物を記帳している一階へ降りていった。

部屋はパニックになった。このときにはもうISISが何をしようとしているのかが私たちにも理解できていたが、ほかの買い手がいつやってきて、自分たちがどんなふうに扱われるかまでは想像もできなかった。待っている時間は拷問のようだった。逃げようとささやいている子もいたが、そんなことは不可能だった。たとえ窓から建物の外へ出られたとしても、ここはイスラム国の施設であり、まわりは戦闘員だらけだ。気づかれずに抜け出すことはまず無理だった。それにモースルは不規則に広がるよく知らない町だ。たとえ階下にいる戦闘員たちの目を盗んで外へ出ることができたとしても、どちらへ逃げたらいいのかもわからない。ここへバスで連れて来られたときはもう夜で、窓は目隠しされていた。どんなことをしてでも、彼らが私たちを生きて逃がすわけがない。

みんなの話はすぐに自殺のことに及んだ。たしかに私も最初はそのことを考えた。その前の晩、あの女の人から聞いた話のような目に遭うことはくらべたら、どんなこともましに思えた。カスリーンと私は、ほかの数人の女の子たちと約束した。「ダーイシュに買われて、使われるくらいなら、死んだほうがましだもの」と、私たちは言った。自死を選ぶことは、戦闘員に服従するよりもずっと高潔なことに思えた。それが抵抗する唯一の方法であると。それでもやはり、隣人が死んでいくところを見ているなんてできることではなかった。その場にいたひとりが、ショールを首に巻いて、それで首を絞めると言いだしたが、別の子が無理やりにそれを取り上げた。「逃げるのは無理だけど、屋根にのぼれたら、そこから飛び降りることができるよ」と、誰かが言った。

私は母のことを考え続けていた。人生の中で起こるどんな悪いことも自殺を正当化する理由にはならない、と母はいつも言っていた。「神様が引き受けてくださるんだって信じないといけないよ」。悪いことが起こると母は決まってこう言った。農場で私が事故に遭ったあとも、母は病院のベッドのそばに付き添い、私が生きることを願ってくれた。そして私が目を覚ましたときには、なけなしのお金でシルバーのアクセサリーを買ってくれた。母は私が生きることを心から願っていた。だから私には死を選ぶことはできなかった。

私たちは、さっき言ったことをすぐに翻した。私たちは自殺なんてしない、ぎりぎりのところまで助け合って、最初のチャンスがやってきたら逃げようと決めた。部屋で待たされているあいだに、ＩＳＩＳ支配下のモースルでおこなわれていた奴隷売買の規模がどれほど大きなものであったかが明らかになってきた。何千人ものヤズィディ教徒の女性たちが、住んでいた場所から連れてこられ、売買あるいは交換されたり、地位の高い戦闘員や族長らに贈り物として与えられたりして、イラクとシリア全土に及ぶあちこちの町に運ばれていたのだ。そのような状況では、女ひとりが自殺したところで、いや、それがたとえ百人だったとしても、何も変わらない。私たちが死んだところで、ＩＳＩＳが気にとめるわけもなく、彼らのしていることが変わるわけでもないのだ。しかも、すでに自殺者が出たあとだったので、たとえ手首を切ったり、スカーフで首を絞めたりしても、それで死ぬことがないよう私たちは見張られていた。

ひとりの戦闘員が部屋に入ってきて、持っている書類を全部出せと要求してきた。「おまえたちがヤズィディ教徒だと書いてあるものは全部出すように」。男は言い、さしだされたものを全部袋に入れた。階下では証明書類――身分証、配給カード、出生証明書――が山と積み上げられ、燃やされて、あとには灰の山だけが残った。まるで私たちの書類を破壊すればイラクにヤズィディ教徒がいなかったことにできるかのように考えられているみたいだった。私も持っていたものは全部さしだしたが、母の配給カードだけは渡さなかった。それはブラジャーにしのばせて、肌身離さず持っていた。私の手元にある母のものは、もうそれしかなかった。

バスルームで、私は顔と腕に水を浴びた。洗面台の上には鏡があったが、そちらを見ずに下を見ていた。私は自分の顔を見ることができなかった。鏡に映る顔はすでに知らない人の顔に見えるのではないかと思っていた。シャワーの上の壁を見ると、まえの晩話に聞いた血の痕がわかった。高い位置のタイルについたその小さな赤茶色の染みが、私の前にここに来たヤズィディ教徒の女性たちが残していったもののすべてだった。

そのあと、私たちは二つのグループにわけられた。カスリーンとはなんとか離れずにすみ、一緒にならんでバスに乗せられた。何人かの女性があとに残った――全員コーチョから来た知り合いだった。さよならを言うこともできずに別れたが、あとで聞いた話では、彼女たちは国境を越えてＩＳＩＳのシリアの首都ラッカに連れていかれたそうだ。私はイラクにいられたからまだよかった。何が起ころうと、とにかく自分の国にいるかぎりは生きのびられる気がしたからだ。

バスに乗ると、急いで後部まで進み、窓側の席をとった。そのほうがアブー・バタトやほかの戦闘員の手が届きにくいからだ。暗いうちにバスで運ばれ、カーテンを引かれた部屋のなかで数日過ごしたあとで、夏の強い日差しの下へ出るのは奇妙な感覚だった。バスが動きだし、カーテンの隙間から外を覗くと、モースルの町が見えた。

シンジャールでもそうだったように、最初は何も変わりなく見えた。人々は日常の買い物をし、子供たちを学校に送り出している。けれどシンジャールとはちがって、モースルにはイスラム国の戦闘員がたくさんいた。検問所に詰め、通りを巡回し、トラックのうしろにたむろし、あるいは変わりゆくこの街であたらしい生活を始めたばかりで、野菜を買い求め、近所の住人と世間話をしている。女の人は黒いアバヤとニカブで全身をすっぽり覆っている。ＩＳＩＳが女性が身を隠さずに、あるいはひとりで外出することを違法としたため、彼女たちはほとんど透明人間のように通りを漂っているだけだった。

私たちは驚いたり怯えたりしながら、静かにすわっていた。カスリーンとニスリーン、ジーラーン、ロジアンと一緒にいられることに、私は感謝した。彼女たちと離れればなれにならずにいられて、なんとか正気を保つのに必要なだけの強さを失わないでいられた。このような幸運はみんなにあったわけではない。コーチョから来たある若い女性は知っている人全員と引き離されてしまい、涙が止まらなくなってしまった。「あなたたちにはみんな誰かがいる。でも私には誰もいない」と、膝の上でこぶしを握りしめ、彼女は言っていた。みんな慰めたかったが、そうする勇気は誰にもなかった。

午前十時になるころ、私たちを乗せたバスは、緑色の二階建ての家の前で止まった。最初の家よりは少し小さい建物で、私たちはそこへ押しこまれた。もと住んでいた家族の持ち物はほとんど部屋から取り払われていたが、棚に残された聖書と壁の小さな十字架を見れば、そこの住人がキリスト教徒だったことはすぐにわかった。家のなかにはすでに女の子が何人かいた。タル・エゼルから来たというその子たちはひと所に集まってすわっていた。壁沿いには薄いマットレスが積み重ねて置かれ、小さな窓は黒く塗りつぶされているか、厚い毛布で覆われていて、真昼の太陽の光を薄暗い気の滅入るような暗さに変えていた。室内にはコーチョでもキッチンやバスルームを消毒するのに使っていたのと同じ、青い蛍光色のついたペースト状の洗浄剤のにおいがたちこめていた。

そこで待っていると、ひとりの戦闘員が入ってきて、外からもなかからも覗くことができないように窓が完全に覆いで隠れているかをたしかめはじめた。その戦闘員は、部屋にあった聖書と十字架に気づくと、何かぶつぶつ言いながらプラスチックのコンテナを取り上げてそのなかに入れ、部屋の外へ持っていった。

部屋から出ていくとき、その戦闘員は私たちに向かってシャワーを浴びるように大声で言った。「おまえたちヤズィディ教徒は全員、いつもそんなににおうのか？」戦闘員は大げさな表情をつくって言った。その言葉を聞いて、私は兄のサウードがクルディスタンから帰ってきたときに言っていたことを思い出した。現地では、ヤズィディ教徒は臭いと言って笑われるのだというのだ。それを聞くたび私はどれほど腹を立てていたことか。

けれど相手がISISであるこのときは、私は自分がほんとうに臭ければいいと思った。不潔さはアブー・バタトのような男たちの手から私たちを守ってくれる鎧《よろい》だった。熱気のこもったバスに乗って、恐怖のせいで大勢が吐いた、私たちが放つ悪臭によって、戦闘員が嫌がって、もうさわってこなくなってほしかった。「汚れを落としてくるんだ！」と、彼らは要求した。「これ以上、そんなにおいを嗅がせるな」。私たちは言われたとおりにして、腕と顔にシンクの水をかけて洗ったが、男の人が近くにいるところで服を脱ぐのはためらわれた。

戦闘員が立ち去ったあと、私と一緒に来た女の子たちがささやき合いながら、机を指さしていた。そこには黒いノートパソコンが一台、閉じた状態で置かれていた。「動くのかな？」ひとりが言った。「ネットにつながってるかも！　フェイスブックにメッセージを書きこむことができたら、それで私たちはいまモースルにいるって、誰かに知らせることができるかも」

ノートパソコンであれ、何であれ、コンピューターというものがどんなふうに動くのかなど私にはさっぱりわからなかった——コンピューターを見たのはこれがはじめてだった。だから、そこにいたなかの数人がゆっくりと机に近づいていくのを私はただそばで見ていた。フェイスブックに書きこみをするという考えは、いくらかの希望をもたらし、すぐに部屋中に広まった。泣くのをやめた子もいた。ソラーを出てからはじめて自分の脚で立ちあがった子もいた。私は胸の鼓動が速くなるのを感じた。

ひとりがノートパソコンをあけた。するとスクリーンが明るくなった。私たちは息を吞んだ。どきどきしながら、戦闘員が来ないかドアのほうを注意して見ていた。ノートパソコンをあけた女の子が、キーボードを叩きはじめ、そしていらだった様子でもっと強く叩いた。そのあとすぐに蓋を閉じてこちらを向き、頭をうなだれて言った。「動かない」。いまにも泣きそうな声で彼女は言った。「ごめんなさい」

その子の友達がまわりを囲んで慰めていた。みんながっかりした。「いいんだって、やってみたんだもの。それに、動くんだったらダーイシュがここに置きっぱなしになんてしないよ」

私はタル・エゼルから来た女性たちがすわっている壁のほうに目をやった。彼女たちは私たちが着いてから、動きもしなければ、一言もしゃべっていなかった。たがいに支え合うようにして固まってすわっているので、ひとりひとりがどこで終わり、どこで始まっているのかわからないくらいだった。こちらを振り返ったときのその子たちの顔は、混じりけのない悲しみでできた仮面のように見えた。私の顔もきっとあんなふうに見えるのだろうと思った。

—5—

奴隷市場は夜に開かれた。階下で戦闘員たちが登録したり段取りをつけたりしている騒がしい音が聞こえていた。そして、最初の男が入ってきた瞬間、私たちはいっせいに叫び声をあげた。まるで爆発事故の現場のようだった。私たちは怪我人のようにうめき、体をふたつ折りにして床に嘔吐した。だが、それらのどれひとつも戦闘員たちを止めるものにはならなかった。私たちが叫び、懇願しているあいだも、戦闘員たちは私たちを物色しながら部屋を歩きまわっていた。アラビア語を話せるものはアラビア語で許しを乞い、クルド語しか話せないものはただ声のかぎりに叫んでいたが、男たちはまるで私たちがぐずっている子供のように扱うだけだった。つまり、うっとうしいが、気にとめる必要はないと。

男たちは入ってくるなり、見た目のきれいな娘たちに引き寄せられるように近づいては、「何歳だ?」と訊き、その子たちの髪や口を見て品定めしていた。「あそこにいるのは処女で間違いないな?」と、尋ねるものがいれば、見張り役が「もちろんですよ!」と、まるで商店主が店の商品を自慢するみたいに答えていた。処女が嘘でないと証明するために医者に診せられたと教えてくれた子もいたが、私たちのように、ただ尋ねられるだけのものもいた。なかには、傷モノだと思われれば戦闘員たちの興味が薄れるかもしれないと思って、自分は処女ではないと主張するものもいたが、そんな嘘は簡単に見破られた。「こいつらはとても若い、それにヤズィディ教徒だ。ヤズィディ教徒の女は結婚するまで性交渉はしない」。そう言って、戦闘員たちは動物をさわるみたいに私たちの胸や脚をなでまわし、さわりたいだけさわっていた。

戦闘員たちが女たちをじろじろ見ながらアラビア語やトルクメン語で問いかけてまわっているあいだ、部屋はカオス状態だった。ナファも開場後すぐに来ていて、とても若い女の子を連れているのをほかの戦闘員たちにからかわれていた。「やっぱり思ったとおりだな」。男たちは笑っていた。「終わったら教えてくれ。次はおれにまわせよ」と言って。

「落ち着け！」戦闘員たちは怒鳴り続けた。「静かにしろ！」だが、命令すればするほど、私たちの叫び声は大きくなるばかりだった。年のいった戦闘員がひとり戸口にあらわれた。腹の出た太った男で、ハッジ・シャーキルと呼ばれていた。あとでわかったことだが、モースルにおける指導者のひとりだった（〝ハッジ〟は一般的な名前でもあるが、尊敬される立場にある人に対する敬称としても使われる）。そのハッジも女性をひとり連れていた。その子はイスラム国支配下の町ではどこでも女性が全員そうしているように、ニカブとアバヤで全身を覆っていた。「これはおれのサビーヤだ」。ハッジはそう言って、連れてきた女性を押して、部屋の少し内側のほうに立たせた。

女性はニカブを引き上げ、顔を見せた。きゃしゃではあるがものすごくきれいだった。浅黒い肌はなめらかで、口を開くと小さな歯が金色にきらめいて見えた。年はせいぜい十六歳くらいだろう。「この女は八月三日からおれのサビーヤだ。我々が不信心者らの手からハルダーン村を解放した日からずっとだ」。ハッジ・シャーキルは言った。「さあ、おれといて、もはや不信心者でなくなって、どれだけ仲良く暮らせているか話してやれ」。男はもう一度うながしたが、彼女は黙っていた。「話してやれ！」

彼女はうつむいて、カーペットを見つめたまま何も言わなかった。まるで体が言うことをきかず、話すことができないように見えた。すぐに市場の無秩序な状態が場をとって代わった。一瞬のちにドアのほうを見ると、女の子はもういなくなっていた。ハッジ・シャーキルは別のサビーヤに近づいていた。コーチョから来た、私も知っている若い女の子だった。

私はもうなりふりかまってはいられなかった。もしも戦闘員に連れていかれるのが避けられないとしても、そう簡単に言いなりになるわけにはいかなかった。私はわめきちらし、私の体をまさぐろうとのびてきた手を払いのけた。ほかの女性たちも同じようにしていた。床の上でボールのように体を丸めたり、姉妹や友達に覆いかぶさって守ろうとしたりしていた。私たちはもう殴られることを怖がってはいなかったし、私を含め、そこにいた多くの女性たちは、彼らを挑発して私たちを殺させることができるかどうかを考えていた。ある戦闘員が私の頰を平手打ちして、「こいつは昨日の騒ぎを引き起こした張本人だ」と言ったとき、私は叩かれた痛みのあまりの小ささに驚いた。そのすぐあとで、同じ戦闘員が私の胸にさわったときの痛みのほうがはるかにひどく、男が立ち去ったあとで私は床に倒れこみ、ニスリーンとカスリーンに慰められていた。

私がその場に横たわっているとき、別の戦闘員が私たちの前にやってきた。私は膝を額まで引き寄せ、脚の隙間から見える男の足元を見ていた。ブーツから出ているふくらはぎは、木の幹のように太かった。男は位の高い戦闘員で名前はサルワーンといい、この男も若い女の子をひとり連れてきていた。女の子はハルダーンから来た若いヤズィディ教徒で、男はその子をここへ置いて、代わりに別の女の子を連れていくつもりでここへ来たのだった。私は覗き見るように男の姿を見あげた。見たこともないような大男だった。まるでテントのように大きく白い、伝統的な衣服であるディシュダーシャを着た大男で、赤味がかったあごひげの奥からこちらをにらみつけていた。ニスリーン、ロジアンとカスリーンは、私に覆いかぶさって隠そうとしてくれたが、男は立ち去ろうとはしなかった。

「立て！」男は言った。言うことを聞かないでいると、男は私を蹴った。「おまえ！　ピンクの上着のおまえだ！　立てと言っているだろうが！」

私たちは声をあげながら、もっと近くに身を寄せ合ったが、サルワーンをさらに挑発すること にしかならなかった。男は覗きこむように近づいてきて、私たちの肩や腕をつかんで引き離そう とした。それでも私たちは、みんなでひとりになったように離れなかった。そうして抵抗したこ とで、男はさらに怒った。立てと怒鳴り、私たちの肩や手を蹴った。そうしているうちに、騒ぎ に気づいた見張り役がやってきて加勢し、私たちの手を棒で打ち据えた。あまりの痛みに、私た ちはおたがいから手を離すしかなくなった。私たちがばらばらになると、サルワーンがニヤニヤ と笑いながら、上からのしかかるように私に近づいてきた。そのとき、この男の顔がはじめては っきりと見えた。幅の広い毛むくじゃらの顔の肉のあいだに、両目が深く落ちくぼんでいる。と ても人間には見えない、怪物のような姿だった。

もう抵抗することはできなかった。「私があなたと行きます」。私は言った。「でも、カスリー ン、ロジアン、ニスリーンも一緒です」

ナファが様子を見にやってきた。そして、私を見るなり、怒りで顔を赤くした。「またおまえ か！」大声でそう怒鳴ると、ナファは私たち全員の頬を往復ビンタした。「一緒じゃなきゃ行か ない！」私も大声で返した。するとナファはさっきよりも勢いをつけてまた私たちの頬を叩い た。何度も何度も、顔がしびれて何も感じなくなるまで。見るとロジアンが口から血を流してい た。

ナファとサルワーンは、私とロジアンの体をつかんでカスリーンとニスリーンから引き離し、そのまま私たちを階下へ引きずっていった。階段を降りるサルワーンの足音が重く響いた。カスリーンとニスリーンにさよならを言うどころか、振り返ることもできないまま、私は彼らに連れていかれた。

＊　＊　＊

シンジャールへの攻撃と、女性たちを連れ去り性奴隷にすることは、戦場にいた貪欲な兵士がその場の思いつきで決めたことではなかった。それらはすべてＩＳＩＳが計画的にやったことだった。どんなふうに私たちの家に踏みこむか、どうすれば娘たちの価値が上がったり下がったりするか、どの戦闘員に褒賞としてサビーヤを無償で与え、どの戦闘員には金を出して買わせるかまでもが計画されていた。それに、見栄えよくつくられたイスラム国の広報誌である『ダービク』でも、あらたな人材を惹きつけることを目的としてサビーヤへの言及までもがなされていたのだ。シリアの施設とイラク国内の隠れ家のどこかで、彼らは何カ月もかけて、イスラムの法に照らし、彼らの基準で何が合法で何がそうでないとするかを判断しながら、奴隷売買を綿密に計画し、そのうえで、イスラム国の全構成員が同じ残忍なルールにしたがうように、それらを文書化していたのだ。誰でも読むことができるように。

サビーヤについての計画は、ＩＳＩＳの調査およびファトワー局発行のパンフレットに詳述されていた。それは胸の悪くなるような内容だった。書かれていることそのものもさることながら、彼らのしていることがコーランによって是認されているものであると、まるでどこかの国の法律のことのように、あまりに当然のことのように堂々とした言い方がおぞましい。

サビーヤは、所有者が自由に贈り物にしたり売り払ったりすることができる。なぜなら〝それらはたんなる所有物にすぎないから〟だと、イスラム国のパンフレットには記載されている。女性は子供と引き離されるべきではない——だから、ディーマールとアドキーはソラーにとどまるよう言われたのだ。だが、たとえばマーリクのように大きい子供は、母親から引き離される。サビーヤが妊娠したときは、売ることはできない。所有者が死亡した場合、〝所有者の財産の一部〟として分配されるなどのルールがある。所有者は、奴隷が思春期に達していない年齢であっても、その奴隷が〝性交に適して〟おり、〝それゆえその奴隷を楽しむのに性交なしでは不十分である〟ならば、性交してもかまわないとそのパンフレットには書かれていた。

そこに記載される内容の多くには、ISISの説明の裏付けとして、信奉者が言葉どおりに信じてしまうことを期待して、コーランの詩文や中世のイスラム法の一部が抜粋して添えられている。それは身の毛もよだつ驚くべき文書だ。だが、ISISはその構成員らが思っているほど独創的なわけではない。レイプが戦争の武器として使われるのは、歴史上これがはじめてのことではないのだから。たとえば、ISISがシンジャールを襲うちょうど十六年前まで誰も告発することのなかった戦争犯罪の犠牲者として、ルワンダの女性たちがいるが、想像の及ぶかぎりで最悪のこと、語るにもあまりにつらい出来事の当事者として、私は自分と彼女たちを結びつけて考えている。この一連の出来事が起こるまで、ルワンダと呼ばれる国が存在することさえ私は知らなかったけれど。

一階に降りると、ひとりの戦闘員が私たちの名前と、私たちを連れていく戦闘員たちの名前を記帳する手続きをとっていた。二階とくらべて、一階は整然として落ち着いていた。待っているあいだ、私たちがすわっていた長椅子には、ほかにも女の子が数人いたが、ロジアンも私も怖くて話しかけることができなかった。私は自分がサルワーンに連れていかれるところを想像していた。見た目からして力がありそうで、私のことなんか簡単に握り潰してしまえるだろう。何をされるにしても、そしてどれだけ抵抗したとして、私にはこの男を撃退することなんてできないのだ。サルワーンは腐った卵とオーデコロンのにおいがした。

私はうつむいて、そばを歩いていく戦闘員と女性たちの足元を見ていた。そのとき、男物のサンダルを履いているが、女性のように細い足首が目に入った。そのとたん、私は自分が何をしているのかを考えもしないまま、その足のそばに身を投げ出していた。「お願い、私を連れていってください」と、私は懇願した。「あなたのしたいようにしてかまいません、でもあの大男と一緒にだけは行けません」。このときのことを思い返すたび、不思議でならないのだが、なぜ人は、どの道行く先には恐ろしい場所しかないというのに、別の道を行けば救われるかもしれないと思い、このような判断をするのだろうか。

その痩せた男がどうして受け入れようと思ったのかはわからないが、その男は、私のほうを一目見ると、サルワーンに向かってこう言った。「彼女は私のものだ」。サルワーンは異議を唱えなかった。その男はモースルの判事で、彼にしたがわないものはいなかったのだ。私は頭を上げ、勝ったとばかりにサルワーンに笑いかけてやろうかと思ったが、そのとき、のびてきたサルワーンの手に髪の毛をつかまれて後ろへ強く引っぱられた。「いまはあいつのものだ」。サルワーンは言った。「二、三日したらおれのものになるがな」。それだけ言うと、サルワーンは手を離し、私の頭はがくりと前へ垂れた。

私は痩せた男について受付まで行った。「名前は？」男が尋ねた。その声は小さく、しかしやさしくはなかった。「ナディアです」。私は答えた。男は記帳のために机のほうを向いた。すると、受付の戦闘員が、すぐにその男が誰であるかに気づいた様子で、手を動かした。そして、〝ナディア、ハッジ・サルマーン〟と、私たちの名前を声に出しつつ書きとめたのだが、私の所有者の名前を口にしたときは声が少し震えていた。恐れを感じているようなその態度を見て、私はもしかしたら重大な間違いを犯してしまったのかもしれないと思った。

― 6 ―

サルワーンは、まだ幼くて何も知らないロジアンを連れていった。年月がたったいまでも、あの男のことを思い出すと怒りがこみあげてくる。ある日私は戦闘員たち全員に法の裁きを受けさせる夢を見た。アブー・バクル・バグダーディーのような指導者だけでなく、すべての警備兵、奴隷所有者、それに引き金を引いて私の兄たちを集団墓地に追いやったものたちすべてに、そして幼い少年たちを洗脳して、ヤズィディ教徒であることを理由に彼らの母親への憎悪を抱かせようとしたすべての戦闘員に、これでやっと不信心者を厄介払いできると考え、テロリストを喜んで街に受け入れて彼らを手助けしたすべてのイラク人に。彼らは全員、全世界が見ている前で法の裁きを受けるべきなのだ。第二次世界大戦後にナチスのリーダーがそうされたように。身を隠していられるチャンスを与えてはならない。

私の夢のなかでは、サルワーンが最初に裁きを受け、そしてモースルで二番目に行った家にいた女性たちが全員法廷で、彼の罪を証言していた。「この人です」と、あのモンスターを指さして、私は言う。「これが、私たちみんなを怖がらせた大男です。この人は私が殴られるのを見ていました」と。そうすると、つぎはロジアンが、言いたければあの男が彼女に何をしたかを法廷に訴えることができる。

もし彼女が怯えすぎていたり、心に負った傷が大きすぎて話せないなら、私が代わりに話す。「サルワーンは彼女を買っただけでなく、虐待を繰り返して、殴れるところならどこでも彼女を殴っていました」。こんなふうに法廷に訴える。「あの最初の晩でさえ、ロジアンはあまりに怯えていて、それに疲れていて反撃なんて考えることもできないというのに、あの男は彼女が服を重ね着しているのを見つけては殴り、私が逃げたと言っては彼女を殴り、責めました。ロジアンがなんとか逃げ出すと、今度は彼女のお母さんを買い、仕返しに奴隷にしました。彼女のお母さんには生後十六カ月の赤ちゃんがいて、あなた方のルールでは子供から母親を引き離してはいけないとされているにもかかわらず、サルワーンはその子を取り上げました。そして子供には二度と会えないと言ったんです」（あとで学ぶことになるのだが、ＩＳＩＳのルールの多くは破られるためにつくられていた）。私はあの男が彼女にしたことを全部、事細かく法廷に訴えてやりたいと思い、そしてＩＳＩＳが制圧されたときには、サルワーンが生きてとらえられますようにと神に祈った。

その夜、正義は遠い夢でしかなく、私たちが救出されるチャンスなどどこにもないままに、私はハッジ・サルマーンに連れられてその家から庭に出て、ロジアンとサルワーンがあとに続いた。奴隷市場から聞こえる悲鳴が私たちを追いかけてきて、街中に響き渡った。私は通りに建つ家々に住む人々のことを思った。家族で夕食を囲んでいるのだろうか？　それとも子供を寝かしつけている？　このあたりの家にいて、外の声がまったく聞こえていないはずはなかった。音楽やテレビの音が大きければ私たちの叫び声をかき消してしまうこともあるだろうが、そうした娯楽はＩＳＩＳによって禁じられていた。

もしかしたら、ここに住む人たちは、私たちが苦しむ声を聞きたかったのかもしれない。それがイスラム国指導部の力を証明するものだから。もしイラク政府軍とクルドの軍隊がモースルを奪還したら、最終的に自分たちはどうなると思っているのだろうか？　自分たちをＩＳＩＳが守ってくれるとでも思っているのだろうか？　そんなことを考えていると体が震えた。

私たちは車に乗った。ロジアンと私はうしろに、男たちは前に。そして出発した。「自宅へ向かう」。ハッジ・サルマーンは、携帯電話でそう言った。「いまそこに女が八人いる。あけておいてくれ」

車は結婚式場のような大きな建物のまえで止まった。両開きのドアのついた入口とコンクリートの柱があり、モスクとして使われていたもののようにも思えた。建物の中はイスラム国の戦闘員が三百人ほどもいて、みんなで祈りを捧げていた。私たちが入っていっても注意を向けるものはおらず、ドアの近くに立っている私たちに、ハッジ・サルマーンは、サンダルの山から二足取って手渡した。それは男物の革のサンダルで、大きすぎて歩きにくかったが、イスラム国の戦闘員に靴を取り上げられてしまって履くものがなかったので、それを履くしかなかった。外へ出るときには、祈りの最中の男たちのそばを通っていかなければならないので、つまずかないように気をつけて歩いた。

サルワーンが、さっきとは別の車のそばで待っていて、つまりここから先はロジアンと一緒に行けないことがはっきりした。私たちは手をしっかりつなぎ、どうか一緒にいさせてほしいと頼んだ。「どうかひとりにしないでください」。私たちは言ったが、サルワーンもハッジ・サルマーンも聞く耳はもたなかった。サルワーンはロジアンの肩をつかみ、私から引き離した。彼女はあまりに小さく、あまりに幼く見えた。私たちはおたがいの名前を叫び合ったが、無駄だった。ロジアンはサルワーンと車の中に消え、ハッジ・サルマーンとふたりきりで残された私は、悲しみで、その場で死んでしまうような気がした。

ハッジ・サルマーンと私は小型の白い車に乗った。車内では運転手とモーテジャという若い見張り役の戦闘員が待っていた。私がとなりに乗りこむと、モーテジャはこちらをじろじろと見た。もしハッジ・サルマーンがその場にいなかったら、奴隷市場で男たちがしたように、この男も私の体をさわりにくるのだろうと思った。私は窓に体を寄せてちぢこまり、できるだけこの男から離れていようとした。

狭い通りはすでに人通りがほとんどなく、真っ暗で、やかましい音を立てる発電機のある数軒の家から明かりがもれているだけだった。無言のまま車は走り続け、二十分ほどが過ぎた。外の闇は深く、まるで水の中を走っているみたいだった。そして車は止まった。「降りなさい、ナディア」。ハッジ・サルマーンは、そう指示して、私の腕を乱暴につかみ、門を通って庭に引っぱっていった。一瞬ののちに気がついたのは、そこが最初に連れてこられた家、つまり、国境を越えてシリアに送られる女性たちと私たちをわけた、イスラム国の施設だということだった。「私をシリアに連れていくんですか?」小声で尋ねてみたが、ハッジ・サルマーンから返事はなかった。

女性たちの悲鳴が建物の中から庭まで届いていた。数分後、アバヤとニカブに身を包んだ女性が八人、正面玄関から戦闘員に引っぱられるようにして出てきた。そばを通っていくとき、その女性たちは頭を私のほうに向けて見ていた。顔見知りだったのかもしれない。ニスリーンとカスリーンもいたのかもしれない。でも怖くて何も言えないのは私も同じだった。だが、誰であったとしても、顔はニカブに隠されてわからないままで、一瞬ののちにはみんなミニバスに押しこまれてしまった。そしてドアが閉められ、ミニバスは行ってしまった。

私が通された部屋には見張りが誰もいなかった。ほかの女性が家にいる気配もなければ声も聞こえなかったが、もうひとつの家と同じように、ヤズィディ教徒の女性が身に着けるスカーフと衣類の山が、彼女たちがここにいた証拠となって残っていた。小さな灰の山は、彼らが私たちから取り上げた証明書類の残骸だ。コーチョ出身の女性の身分証がひとつだけ、ほぼ無傷のまま焼け残っていた。それは小さな植物のように灰の山から突き出していた。

ＩＳＩＳは、家のもとの所有者の持ち物をわざわざ片付けたりはしなかったので、彼らの生活の形跡がそこここに残っていた。ある部屋は、トレーニング・ルームとして使われていたようで、重いウェートを持ち上げている、家族の長男らしき少年の写真が額に入ったまま何枚も残されていた。また別の部屋は、プールバーのように娯楽用に使われていたようだった。だが、いちばん悲しかったのは子供部屋で、たくさんのおもちゃとカラフルな毛布が残されたままのその部屋が、いまも子供たちの帰りを待っているように見えたことだった。

「ここは誰の家だったのですか？」私はやってきたハッジ・サルマーンに尋ねた。

「シーア派のものだ」。彼は答えた。「判事だ」

「その人たちはどうなったのですか？」その人たちが逃げのびて、クルディスタンで何とか安全に暮らしていてほしいと私は思った。同じヤズィディ教徒ではないけれど、その人たちのことを思うと心が痛んだ。コーチョでしたのと同じように、ＩＳＩＳは、その家族からすべてを奪い取ったのだ。

「そいつらは地獄へ落ちた」。ハッジ・サルマーンは言った。私は質問をやめた。

ハッジ・サルマーンはシャワーを浴びにいった。戻ってくると、さっきと同じ服を着たので、石鹸の香りとともに服に染みついた汗とコロンのにおいがかすかに漂っていた。部屋の内側からドアを閉めると、ハッジ・サルマーンはマットレスの上にいた私のとなりにすわった。とっさに私は口ごもりながら言った。「生理中なんです」。そして目をそらしたが、反応はなかった。

「おまえはどこから来た?」近くにすわったままハッジ・サルマーンは私に訊いた。「コーチョです」。私は答えた。恐ろしいことに、その時々で自分の身に何が起こるのかを心配するばかりで、故郷のことも家族のこともほとんど考えなくなっていた。自分の村の名前を口にすることには痛みが伴った。それは故郷と私が大好きな人々の思い出を呼び起こした。いちばん鮮やかな思い出は、母の記憶、ソラーで待っているあいだ、私の膝にスカーフをはずした頭を載せて静かに横たわる母の姿だった。

「ヤズィディ教徒は不信心者だ。知っているだろう」。ハッジ・サルマーンは言った。その声は小さく、ほとんどささやき声だったが、やさしさは少しも感じられなかった。「神は我々におまえたちを改宗させることを望んでおられる。そして、もし我々にそれができぬなら、おまえたちを我々の好きにしてよいと」

少し間をおいて、ハッジ・サルマーンは私に尋ねた。「おまえの家族はどうなった?」

「だいたいは逃げました」。私は嘘をついた。「私たち三人だけがつかまりました」

「私は八月三日にシンジャールへ行った。すべてが始まったときだ」。彼は言った。まるで楽しい話を始めるかのように、マットの上でくつろいで。「警察の制服を着たヤズィディの男を三人、道で見かけた。彼らは逃げようとしていたが、私は追いかけてなんとかつかまえた。そして殺した」

私は何も言えず、床を見つめていた。

「我々はシンジャールへ行って男は全員殺した」。私の所有者となった戦闘員は言った。「そして、女と子供は連れてきた。全員だ。残念ながら、一部は山へ逃げたが」

ハッジ・サルマーンは一時間近くもこの話を続け、そのあいだ、私はマットレスの端っこでその話をできるだけ聞くまいとしていた。彼は私の故郷を、家族を、そして私の信仰を罵った。彼はモースルのバドゥシュ刑務所で七年服役していた経験があり、イラクの不信心者に復讐をしたかったのだと言った。シンジャールで起こったことは良いことであり、そしてISISがイラクからヤズィディ教を消し去ろうと計画していることに私は満足すべきなのだと、この男は言うのだった。そして、私を説得して改宗させようとしたが、私は拒否した。私は彼の顔を見ることもできなかった。彼の言葉は次第に意味を失っていった。ハッジ・サルマーンは、ウンム《母》・サーラと呼んでいる妻からかかってきた電話をとったときに一度中断しただけで、あとはひとりで話し続けた。

彼がその話を続けたのは私を傷つけるためではあったが、それでも私は話すのをやめないでほしいと思っていた。話を続けているかぎりは、さわってはこないだろうと思ったからだ。男女同席に関するヤズィディ教のルールは、イラクのほかのコミュニティとくらべればさほど厳格ではないので、コーチョにいるときは、男の友達と同じ車に乗ったりクラスの男子と一緒に登下校したりしても悪く言われる心配はなかった。けれど、その男の子たちが体にさわってきたり、私を傷つけたりすることは絶対になかったし、ハッジ・サルマーンとこうしている以前に、男の人とこんなふうにふたりきりでいたことは一度もなかった。

「おまえは私の四人目のサビーヤだ」。彼は言った。「前の三人はムスリムになった。私がとりはからってやったのだ。ヤズィディ教徒は不信心者だ。だから、我々はこんなことをしている。おまえたちを助けるためにしているのだよ」。話を終えると、ハッジ・サルマーンは、私に服を脱ぐよう命令した。

私は泣き出した。「生理中です」。私はさっきと同じことを言った。

「では証明してもらおう」。そう言いながら、彼も服を脱ぎはじめた。「別のサビーヤも同じことを言っていたな」

私は服を脱いだ。本当に生理中だったので、レイプはされなかった。イスラム国のマニュアルでは、生理中のサビーヤとのセックスは禁止されてはいないが、セックスをするのは生理の周期が終わるのを待って、そのサビーヤが妊娠していないことをたしかめてからにすべきとされていた。その晩、ハッジ・サルマーンにレイプされなかったのは、それが理由だったのだろう。

だからといって、ひとりにしてもらえるわけではなかった。一晩中私たちは裸でマットレスの上に横たわり、私は終始、体をさわられていた。私はバスのなかで、アブー・バタトが服のなかに手を入れてきて、乳房を強くつかまれたときと同じ気持ちになってきた。体に痛みが走り、やがてハッジ・サルマーンの指が触れたあとが麻痺して何も感じなくなっていった。私は怖くて抵抗することもできず、それに、抵抗したところであまり意味がないのも明らかだった。私は小さくて、細くて、弱い。もう何日もまともな食事をとっていなかったし、コーチョで囚われて過ごしたときのことを思い出すと、何日どころではないかもしれないと思った。そして、男が好き放題に手を出してくるのを止められるものは何もなかった。

＊　＊　＊

朝、目を覚ますと、ハッジ・サルマーンが先に起きていた。私は服を着ようとしたが、止められた。「シャワーを浴びてきなさい、ナディア」。彼は言った。「今日は我々の大事な一日になる」

シャワーから戻ると、ハッジ・サルマーンから黒いアバヤとニカブが手渡された。私はそれを自分の服の上から身に着けた。保守派ムスリム女性の衣装を私が身に着けたのはそれがはじめてで、生地は軽かったものの、息苦しさを感じた。ニカブの奥から外を見ると、明るい陽射しのなかに隣人の姿をはじめて見た。この家に住んでいたというシーア派の判事はきっと裕福だったのだろう。そこは道路から奥まったところに庭と壁に囲まれた瀟洒《しょうしゃ》な家の建ちならぶ、モースルでも上流階級が集まる地区だった。

イスラム国の宗教的プロパガンダは、潜在的ジハーディストたちを強く惹きつけてはいたが、金銭的な保証もまた世界中から戦闘員を集める誘因のひとつとなっており、彼らはモースル入りするとすぐに、いちばんいい邸宅を最初に占拠し、そのあとで、ほしいものを奪っていった。町を捨てて出ていかなかった住民は、二〇〇三年にアメリカがイラク・バアス党体制を解体し、シーア派にも力を分配したときに失った権威を取り戻してやると言われたそうだが、しかし結局は、戦闘員たちの欲のために動いているようにしか見えないＩＳＩＳによって重税を課されることになった。

街を占領するとき、ＩＳＩＳはその街のいちばん重要な建物を占拠し、浮かれ騒ぎ、そして行く先々に自分たちの白黒の旗を立てていた。現地の空港も、かつてはイラク一の大学といわれたモースル大学の広いキャンパスも、全部が軍事基地に変えられた。戦闘員らはイラクで二番目の規模を誇るモースル博物館になだれこみ、彼らが非イスラム的とみなす文化遺産をすべて破壊し、それ以外のものは戦闘費用を集めるために設置された闇市で売り払ってしまった。一九八〇年代、サダム・フセイン政権下で建設された、傾いた形が特徴的な五つ星のホテル、ニナワ・オベロイ・ホテルも、そのテロリスト集団の主要メンバーに占領されてしまった。そして噂では、いちばんいい部屋は自爆テロ要員のために取り置かれていたという。

二〇一四年にISISがやってきたとき、何十万人もの人々がモースルから逃げ出し、クルド自治政府の検問所で何時間も待って、クルディスタンに入った。そして、人々が逃げた痕は、ハッジ・サルマーンに連れられ私が通ってきた道の途中にまだ生々しく残っていた。捨て去られた車は、燃やされて黒焦げになった枠組みだけになり、半壊したコンクリートの建物の残骸からは鉄骨がむき出しになって突き出していたし、道路には生きのびるチャンスを少しでも得ようと警察官たちが自ら切り刻んだ制服の切れ端が散らばっていた。ISISは、領事館に裁判所、それに学校、警察に軍用基地をすべて支配下に収め、あらゆる場所に自分たちのしるしを残していった。旗を掲げ、モスクのスピーカーから演説を大音量で流し、小学校の外壁に施された壁画に描かれた子供の顔さえ、それらがハラム、すなわち罪深いものであるとして、黒く塗りつぶしていた。

バドゥシュ刑務所の服役囚は解放され、その見返りに、ISISへの忠誠を要求された。戦闘員たちの仲間となった彼らは、キリスト教、神秘主義《スーフィズム》、そしてシーア派の神殿や聖地を爆破した。それらは山があるのと同じくらい、イラクの風景の中に当たり前のようにあったものだ。少なくとも、モースルのヌーリー・モスクはまだそこには建っていたが、ここも、バグダーディーが説教壇のうしろに立って、イラク第二のこの都市を、イラクにおけるＩＳＩＳの首都だと宣言した瞬間、醜悪な姿に変わり、そして、二〇一七年までには、街の大部分と同じように破壊されてしまった。

　ようやく車が止まった場所は、モースルの裁判所の前だった。チグリス川の西岸にあるその大きな砂色の建物は、細い尖塔がモスクを思わせた。イスラム国の大きな旗が、裁判所のてっぺんではためいていた。その建物は、モースルにおいて、イラク中央政府の法によるものではなく、イスラム国の原理主義の思想に導かれたあたらしい秩序をかたちづくるというイスラム国の計画において、非常に重要な位置を占めていた。イスラム国の身分証が、イラクの身分証にとって代わり、車のナンバープレートは、すでにイスラム国のものに取り換えられていた。ＩＳＩＳ支配下のモースルでは、女性はいつもニカブとアバヤで全身を覆い隠していなければならず、そして外出するときにはかならず男性に付き添ってもらわねばならない。

　ＩＳＩＳはテレビ、ラジオ、それに煙草までをも禁止した。ＩＳＩＳに参加しない民間人がモースルを出るときには料金を支払わねばならず、さらに市外に滞在できる時間には上限が設けられていた。時間を超過してあまりに長く戻らなければ、その人の家族は罰せられ、家と財産は〝カリフ制国家を捨てた〟として没収されてしまう。そうした裁判の多くがおこなわれるのがこの裁判所だった。

建物に入ると、たくさんの人々が判事や廷吏《ていり》との面会を求めて待っていた。黒装束の女の人——おそらく私と同じサビーヤだ——を連れた戦闘員たちが、ある部屋の前に列をつくって待っていた。順番がくればそこで、どのヤズィディの女性がどの戦闘員の所有になったかを公式に認めてもらうための書類を作成するのだ。私たちは強制的にイスラム教に改宗させられることになり、改宗したことも記録される。そうして、私たちは、ここへ私たちを連れてきた男の所有物であることを判事によって宣言されるのだ。これが、ハッジ・サルマーンを含め、戦闘員たちが〝結婚〟と呼んでいる、レイプのための契約だった。

裁判所で働く戦闘員たちがハッジ・サルマーンに気づき、手を振って列の前へ来るよう合図した。漏れ聞こえてくる会話から、私は自分の所有者がＩＳＩＳのために何をしているのかがよくわかってきた。ハッジ・サルマーンは判事であり、有罪とされた被告人が処刑されるべきかどうかを判断するのが彼の仕事だったのだ。

部屋の中はがらんとして、書類に囲まれた長机の向こうに、灰色のあごひげを生やした判事がひとりすわっているだけだった。その判事のうしろでは、エアコンの風にはためく大きなイスラム国の旗が一枚掲げられ、さらに二枚の旗が彼の制服の両肩にあしらわれていた。部屋に足を踏み入れながら、私はこれから起ころうとしていることに怒りを感じながら、神に祈った。**私はいつもあなたを信じています。私はどんなときもヤズィディ教徒です**、と。

フサインという名のその判事は、厳格で、てきぱきと仕事を進めた。「ニカブをあげなさい」。

彼がそう命じたので、私は言われたようにして、顔を見せた。「おまえはシャハーダを知っているか？」判事は尋ねた。「はい」と、私は答えた。それは誰もが知っている単純なイスラム教の祈りで、イスラムへの改宗の誓いを示すものであり、ムスリムが祈るときにも唱えるものだ。私がそれを唱え終わると、フサイン判事の顔が明るくなった。「よろしい」。判事は私に言った。「おまえのしていることはとても良いことだ」。そう言うと、判事は机に置いていたカメラを手に取り、ニカブをとった私の顔を写真に撮った。

それがすむと、フサイン判事はハッジ・サルマーンのほうを向いて言った。「彼女はもうあなたのサビーヤになった。好きにしてよろしい」。そうして、私たちは裁判所をあとにした。

この〝結婚〟によって、ＩＳＩＳはゆっくりとヤズィディ教徒の女性たちを殺し続けていた。最初に、彼らは私たちをもといた場所から連れ去り、私たちとともにいた男たちを殺した。つぎに彼らは私たちを母親や姉たちから引き離した。どこにいるときも、彼らは私たちがただの所有物であり、アブー・バタトが私の乳房を握り潰そうとしているかのように強くつかんだり、ナファが私の体に煙草の火を押しつけたりしたように、さわられ、虐待されるためにそこにいるのだと思い出させた。こうした侵害行為のすべてが、私たちの魂を処刑するひとつひとつのステップだった。

信仰を取りあげられたのは、何よりも残酷なことだった。裁判所を出たとき、私は自分が空っぽになった気がした。ヤズィディ教徒でなくなれば、私はいったい誰なのか？　たとえ私がシャハーダを唱えても、私はそれを信じているわけではないことを、神様にはわかっていてほしいと願った。

「あの写真は身分証に使うものですか？」私はハッジ・サルマーンに尋ねた。

「いや、ちがう。彼らはこの写真を、おまえがどこに誰といるかを追跡するのに使う」。私の腕をつかむ手に力がこもった。「それから、もし逃げようとしたら、この写真に私の名前と電話番号をつけたものを何百部もコピーして、おまえが私のところに確実に連れ戻されるようにあらゆるところの検問所に吊るされる。おまえはかならず私のところに戻るのだ」

もちろん嘘には聞こえなかった。

―― 7 ――

裁判所を出た私たちは、見張り役のモーテジャと彼の家族が暮らす、モースルのあたらしい家へ車で向かった。ハッジ・サルマーンの住まいとくらべて、その家は控えめな建物で、一階しかなかったが、それでも私が育った家とくらべれば大きかった。私はたったいま改宗したので、もしかしたらハッジ・サルマーンが情けをかけて、私の家族がどうなったかを教えてくれるのではないかと期待した。だからこう頼んでみた。「お願いです。私をカスリーンとニスリーンとロジアンのところへ連れていってください。あの子たちが無事だとたしかめたいだけなんです」

驚いたことに、ハッジ・サルマーンはできるかやってみようと言った。「どこにいるかは知っている」。彼は言った。「電話をしてみよう。もしかしたら会えるかもしれない、少しなら。だが、いまは、ここで待たなくてはならない」

キッチンを通って家に入っていくと、すぐに大柄な年配の女性に迎えられた。モーテジャの母親だということだった。「ナディアは不信心者だったが、いま改宗してきた」。モーテジャが母親にそう言うと、母親は太い腕をあげ、熱をこめてハッジ・サルマーンに祝いの言葉を述べた。「ヤズィディ教徒に生まれたのはあなたのせいではありませんよ」。彼女は私に言った。「あなたのご両親が悪いのです。それに、あなたはこれからは幸せになるのですよ」

モースルに到着してから、ヤズィディ教徒以外の女性と同じ部屋で過ごすのは、これがはじめてだった。私はモーテジャの母親の顔をまじまじと見て、同情の色はないかと探した。母親である彼女にとっては、自分がスンニ派で私がヤズィディ教徒であること以上の何かがもしかしたらあるのではないかと思ったのだ。この人はハッジ・サルマーンがゆうべ私に何をしたかを知っているのだろうか？　それに、生理が終わったらこの男が私に何をしようとしているのかを？　たとえ知らないとしても、私が無理やりにここへ連れてこられたことは知っているはずだ。私が家族から引き離されてきたことも、それに、コーチョの男たちが殺されたことも。だが、彼女は私への愛情も同情も一切示すことなく、私が改宗させられたことで、イラクからヤズィディ教徒がひとり減ったと言って喜ぶばかりだった。

私は彼女を憎んだ。ただＩＳＩＳにモースルを占領させただけでなく、この街を男たちに占領させたからだ。ＩＳＩＳの支配下では、女性は公の生活から消し去られてしまう。男たちがＩＳＩＳのやり方に乗ったのにはあきらかな理由があった――金と権力とセックスが手に入るのだから。彼らは弱いから、暴力なしにそれらのものを手に入れる方法を見つけ出すこともできないのだと私は思っていた。ただ、いずれにせよ、私がそれまでに出会ったイスラム国の戦闘員は全員、人を痛めつけるのを楽しんでいるように見えた。そうした男たちにとっては、妻や娘に対する絶対的な権限を自分たちに与えてくれるＩＳＩＳの法は都合がよかったのだ。

だが、モーテジャの母のように、なぜ女たちまでもがあのジハーディストたちと一緒になって女性の奴隷化を大っぴらに祝うことができるのかは、私には理解できなかった。イラクに住む女性が手に入れてきたものには、宗教に関係なく、どの人も苦しい戦いを経ないものはなかった。議会における議席も、生殖に関する権利も、大学における地位も。これらはみな、長きにわたる戦いの結果として女性たちが手にしてきたものだ。男たちは権力の座にいて不満はないのだから、自分たちの力は、強い女性たちがみずから奪い取るしかなかったのだ。姉のアドキーがトラクターを運転すると言ってきかなかったことさえ、平等へのジェスチャーであり、男たちへの挑戦だったのだ。

にもかかわらず、ＩＳＩＳがモースルにやってきたとき、モーテジャの母親のような女性たちは、彼らを歓迎し、自分たちのような女性の存在を目立たなくし、私のような女性たちを搾取する邪悪な政策を喜んで受け入れた。スンニ派の人々が何千年も共に暮らしてきたこの街のキリスト教徒やシーア派の人々を、ＩＳＩＳのテロリストが殺したり追い出したりしたときも、ただ傍観していたのと同じように。彼女たちはここにとどまり、傍観し、ＩＳＩＳの支配下で暮らすことを選んだのだ。

もし私が、ＩＳＩＳが私たちを攻撃したように、ヤズィディ教徒がシンジャールでムスリムを攻撃するのを見たとしたなら、そのあいだただ傍観しているなどということはない。私の家族なら男も女も全員、黙って見ていることはない。ヤズィディ教徒の女性は弱いとみんなが思っているけれど、それは私たちが貧しく、大きな街の外に住んでいるからそう思われるだけのことだ。それに男の人たちに混ざって、自分たちのやり方で強さを証明しながらＩＳＩＳと戦っている女性たちがいるとも、話には聞いている。だが、そんな女性たちも、モーテジャの母親も、自爆テロリストさえも、私の母とくらべれば、何分の一も強くない。母は数々の困難を乗り越えてきたうえに、宗教が何であれ、ほかの女性が売られて奴隷にされるのを黙って見すごすことなど絶対にしない人だ。

私もいままでは、女性テロリストというものが、最近になって出現したものでないことは知っている。世界中いたるところ、歴史上のさまざまな時代に、テロリスト組織に加わった女性はいた。彼女たちが中心的な役割を果たすこともあったが、そうした行動は、外部の人々をいまも驚かせ続けている。人々は女はおとなしいものだと思いこんでいるもので、とくに中東においてはその傾向が強く、暴力など使えないと思われている。

だが、ＩＳＩＳの中には女性もたくさんいて、ＩＳＩＳの男たちと同様に、彼女たちもまたイスラム教以外の信仰をすべて否定し、テロリスト集団に加わることによって、彼らスンニ派のカリフ制国家建設という大義に寄与しているつもりでいるのだ。男たちと同じように、そうした女性たちは自分たちを世俗主義による圧政とアメリカの侵攻の犠牲者と考えている。彼女たちは、もしＩＳＩＳを支持すれば、家族にもっと金が入るし、夫はもっと良い仕事に就け、子供たちにはこの国における彼らにふさわしい地位が与えられると言われ、それを信じた。男たちを支えるのは宗教上の義務だと言われ、それを受け入れたのだ。

一方で、イスラム国の女性のなかには、ヤズィディの人々を助ける人たちもいるという話も聞いたことがある。コーチョから来た女性のひとりは、所有者の妻から携帯電話を渡されたという。その所有者は、西洋の国からはるばるシリアまで家族全員を連れて渡ってきた外国人戦闘員だった。最初、その妻もイスラム国のプロパガンダに乗せられたが、ヤズィディの女性たちが奴隷化されていることを知ってひどくショックを受けたのだという。この女性のおかげで、その家にいた何人かのヤズィディ教徒の女性たちは、こっそりと抜け出すルートを見つけて安全にシリアへ逃げることができたのだそうだ。

しかし実際には、男よりもいっそう残酷な女性の話を聞くことのほうが多い。その女性たちは、夫のサビーヤを殴り、飢えさせるという。嫉妬からか、怒りからか、それとも私たちがターゲットになりやすいからかはわからない。もしかしたら彼女たちは自分たちのことを、革命家だと――そしてフェミニストだとさえ――思っているかもしれないし、歴史をとおして人々が考えてきたように、より大きな善のための暴力は容認できると自分に言い聞かせてきたのかもしれない。

こうした話をいろいろと聞いて、ジェノサイドに対してＩＳＩＳに法の裁きを受けさせることを考えるとき、私は女性に対しては少しかわいそうだと感じている。人が自分を犠牲者だとみなす気持ちはよく理解できる。けれども、何千人ものヤズィディ教徒の女性が性奴隷として売られ、体がぼろぼろになるまでレイプされるのをただ傍観し、眺めているだけの人の気持ちは理解できない。この種の残酷さを正当化することはできないし、そこからより大きな善など生まれはしない。

モーテジャの母親は、ハッジ・サルマーンの歓心を買おうと、ずっと話していた。「モーテジャのほかに、うちには十二歳の娘がいましてね」と、彼女は言った。「それからシリアに息子がひとり、〝ダウラ〟とともに戦っているんですよ」と、アラビア語でのＩＳＩＳの略称を混ぜこんで言った。そして息子のことを思い出して笑いながら、「きれいな子なんですよ」と大げさに続けた。「神が祝福してくれるでしょう」

挨拶が終わると、モーテジャの母親は私を小さい部屋に案内した。「ここでハッジ・サルマーンを待ちなさい」と、彼女は言った。「どこにも行こうとするんじゃないよ。それから、その辺のものにはさわらないように」。そう言って、彼女は部屋を出て、外からドアを閉めた。私はソファの端にすわり、体を隠すように両肩を抱いた。ハッジ・サルマーンは本当に私の姪たちを探してくれるのだろうか、そして本当に会うことができるのだろうかと気になってきた。サビーヤ同士の交流はめずらしいことではなかった（男たちはよくサビーヤを連れて移動する）し、あとであまり抵抗しないように私を落ち着かせておくために、ハッジ・サルマーンが私の望むものを与えてくれる可能性もあった。私は、カスリーンたちが生きていることをこの目でたしかめられたなら、そのあとは何が起こってもかまわない気でいた。

突然、ドアが開き、モーテジャが入ってきた。この男がかなり若いことに私ははじめて気づいた。せいぜい私より一つ上くらいで、みすぼらしく短いあごひげを生やしている。この男が階級の低い戦闘員であることはあきらかで、この男のサビーヤがいるのかどうかもわからなかった。もしいたとしても、彼と一緒に住んでいる形跡はなかった。ハッジ・サルマーンがそばにいないので、モーテジャは、さっきより偉そうな態度で近づいてきたが、それはまるで父親の靴を履いた少年のように不釣り合いに見えた。

モーテジャはドアを閉めるとベッドまでやってきて、私のそばにすわった。私は本能的に膝を胸まで引き寄せ、額を乗せて彼を見ないようにした。モーテジャはかまわず話しはじめた。「ここにいて幸せか?」と、モーテジャが尋ねてきた。「それともここから逃げて、家族といられたほうが幸せだと思うか?」からかっているにちがいなかった。人間なら誰でもどんな答えをするかを知っていて、この男は訊いているのだ。

「家族がどうなったか知らない」と、私は言った。この男がどこかへ行ってくれるようにと神にお願いしていた。

「おまえが逃げるのを助けたら、何をくれる?」モーテジャが今度はこう尋ねてきた。

「あなたにあげるものなんてない」。この男が何のことを言っているのかはわかっていたけれども、私は真面目に答えた。「でも、もし助けてくれたら、兄に電話してあげる。そしたら兄があなたのほしいものをくれるわ」

モーテジャは笑った。「怖がっているのか?」そう言いながら、じりじりと体を寄せてくるのだった。

「ええ、怖いわ」と私は答えた。「もちろん、怖がっていますとも」

「どれどれ」。モーテジャはそう言って、私の胸に手をのばそうとしてきた。「怖くて心臓がどきどきしているかたしかめてやるよ」

その手が近づいてくるのを見た瞬間、私は話すのをやめて、声のかぎりに叫んでいた。私は自分の叫び声で、まわりの壁と天井が崩れ落ちて、私も誰もかれも死んでしまえばいいと思った。

ドアが開き、見るとモーテジャの母親が立っていた。そして怒った顔で息子に言った。「その子のことは放っておきなさい。あんたのものじゃないんだよ」。そう言われて、モーテジャは子供のように恥ずかしそうに頭をうなだれて部屋を出ていった。「この子は不信心者なんだよ」。出ていくモーテジャに母親は言った。そして、嫌な顔をしてこちらを見ながらこう言った。「それから、ハッジ・サルマーンのものなんだからね」

もしもふたりきりになったら、この女の人はどんなふるまいをするのだろうかと、私は思った。この人が誰であり、何を傍観しているにせよ、もしもここへ来てそばにすわり、私に起きたことをただ理解してくれたとしたら、私はこの人を許していただろう。年は母と同じくらいで、体つきも肉付きがよくやわらかな感じが母と似ていた。

もしこの人が、「あなたが無理やりに連れてこられたことは知ってるよ」と言い、もし「あなたのお母さんやお姉さんたちはいまどこに?」というふうに尋ね、そして、そんなふうに言う以外何もせずにいてくれたなら、どんなにか安心できただろう。もしもこの人が、モーテジャが出ていくのを待って、ベッドの上にいる私のそばにやってきてすわり、私の手をとって、私を娘と呼び、「心配いらないよ、私が逃げるのを助けてあげるからね。母親だから、気持ちはわかるんだよ」とささやいてくれたら、どんなによかったか。そんな言葉をかけてもらえたとしたら、もう何週間続く空腹の中でパンを食べたみたいに思えたことだろう。だが、彼女は何も言わなかった。何も言わず出ていってしまい、私はその小さな部屋の中でまたひとりになった。

何分かして、ハッジ・サルマーンが入ってきた。「いまからカスリーンに会いにいけるぞ」。そう告げられ、私は胸がいっぱいになると同時に空っぽになるのを感じた。ほかの誰のことよりもこの姪のことを心配していたのだ。

＊　＊　＊

カスリーンは一九九八年に、私の兄エリアスの長女として生まれた。そしてその誕生の瞬間から、彼女は私たち家族にとって特別な存在になった。自分たちのあたらしい家族だけでうちから出ていこうとしたエリアスが踏みとどまったのは、じつはカスリーンが涙ながらに抵抗したからだった。彼女は私に負けず劣らず、うちの母のことが大好きで、私のことも慕っていた。カスリーンと私は服はもちろん、何でも共有していたし、おそろいの格好をすることもあった。いとこの結婚式では、ふたりとも赤を着て、兄のひとりの結婚式にはふたりとも緑を着て出席した。

年は私が上だったけれど、学校へ行くのが数年遅れたのでクラスは同じになった。カスリーンは賢くて、でも年齢よりも考え方が現実的で勤勉なところがあり、六年生を終わったところで学校をやめて、それからは農場で働いていた。勉強が好きな以上にうちの家族と外でいることが好きで、家族の役に立っていると感じられるのが好きなようだった。まだ若くて、きゃしゃで、おとなしくはあったけれど、家事も畑の仕事も何でもこなしていた。羊の乳しぼりと料理はディーマールと同じくらい上手で、誰かが病気になったときには、その人の病気を自分のことのように体で感じるのだと言って泣いた。夜は眠るまで、将来のことを語り合った。「私は二十五歳で結婚するの」。カスリーンはそう言っていた。「子供はたくさんほしいし、大家族がいいな」

コーチョが包囲されているあいだ、カスリーンはリビングからほとんど出ずに、テレビの前にすわったまま、山にいる人々を思って泣いていた。妹のバスーがつかまったと聞いてからは、食べ物を口に入れなくなった。「楽観的にならないと」と、栄養と睡眠が不足し黄色く変わった彼女の顔をなでながら、私は声をかけていた。「私たちは生き残れるかもしれないんだから」。母はよくそんなふうに言っていた。「あなたのお父さんをご覧なさい――お父さんのために強くならないといけないんだよ」。だが、カスリーンは、早くに希望を失くし、二度と取り戻すことはなかった。

コーチョを出るとき、私とカスリーンは別々のトラックに乗せられ、ソラーに着いてやっと会えたのだが、そのときには、ＩＳＩＳに引き離されないように、できるかぎりの力で私の母にしがみついていた。「私たちは一緒に行きます」。彼女はイスラム国の戦闘員にそう言った。「ひとりでは歩けないんです」。だが、すわっていろと怒鳴られただけだったので、言われたとおりすわった。

モースルで私のことをいちばん心配してくれたのもカスリーンだった。「もう叫んじゃだめだよ」。彼女は言った。「アブー・バタトが何をしているかは知ってる。私にも同じことをしにくるもの」。誰よりも私を理解してくれている彼女は、私が必死で感情を抑えているのを理解していたし、私が罰を受けないですむように助けようとしてくれていた。「アラビア語をしゃべってはだめだよ、ナディア」。私たちが選別されたモースルの家で待っているとき、カスリーンはそう言った。「シリアに連れていかれるのは嫌でしょう」。そのあとサルワーンに引き離されて、私は階下へ連れていかれたので、カスリーンとはそれっきり会えなくなっていた。

ハッジ・サルマーンと私は、モーテジャの家を出た。ドアへ向かうとき、あの母親がキッチンにいるのが見えた。温めたガラスのコップを男の人の背中に当てている。マッサージの一種で、赤い円形の痕を残し、血行を良くすると言われているものだ。その家の女性にお礼を言うのが礼儀であるため――それにどんなこととも関係なく、それを習慣として育ったため――私は彼女を見て、言った。「サルマーンが来ました。私は行きます。ありがとうございました」

「神とともにありますように」と、彼女は言い、すぐに仕事に戻った。

ハッジ・サルマーンに連れられ、前の晩、奴隷市が開かれていた建物まで車で戻った。「あの子たちは上階《うえ》にいる」。彼はそう言い、私を残してどこかへ行った。

階段を駆け上がっていくと、カスリーンとニスリーンのふたりだけが、黒塗りの窓の大きな部屋にいるのが見えた。ふたりとも疲れ切っているのがわかった。カスリーンは薄いマットレスの上に横たわり、かろうじて目を開いているような感じで、そのそばにさらに別の女性がふたりすわっていた。私がドアをあけると、みんなただぽかんとしてこっちを見ているだけだった。私はニカブをとるのを忘れていたのだ。「コーランを唱えにいらしたのですか？」カスリーンが静かに言った。

「私、ナディアだよ」。そう言って、顔を見せると、ふたりが駆け寄ってきた。私たちは激しく泣き、泣いて死んでしまうのではないかと思うくらい泣いた。筋肉が痛くなり、息が苦しく感じられた。「私たちが処女かどうかをたしかめにくる女の人がいるから、ここで待つように言われてたの。だからその人だと思ったよ！」と、ふたりは言った。

カスリーンの目が腫れて、周囲が変色していた。「よく見えなくて」。私がそばに行ってすわると彼女はそう言った。

「こんなに弱ってしまって」。彼女の手をとり、私は言った。

「神様が助けてくださると思って断食してるの」。カスリーンはそう説明した。何も食べてなくて、このまま崩れてしまうのではないかと心配になったが、言わないでおいた。ヤズィディ教徒は毎年、正式な断食を二回するが、さらに神への献身を強め、タウセ・メレクとの交流のために、好きなときを選んでもう一回断食をしてよいことになっている。断食は、力を奪うものではなく、与えてくれるものなのだ。

「何があったの？」私はカスリーンに尋ねた。

「アブー・アブドッラーという男が、私を買って、その男にモースルの別の家へ連れていかれたの」彼女は言った。

「それで私はがんだから、さわってはいけないって言って。そしたら、殴られて、市場に戻されたの。だから、目がこんなになって」

「私は逃げようとして」とニスリーンが言った。「だけど、つかまって、殴られて、またここへ連れてこられたの」

「それ、どうして着ているの？」カスリーンが尋ねた。彼女はまだヤズィディの伝統衣装を二枚重ねて着ていた。

「あの人たちに服を取りあげられて、これを着せられたの」。私は言った。「バッグも失くしたし。ほかに何もないの」

「バッグならここにあるよ」。カスリーンはそう言って、私のバッグを手渡してくれた。そして、重ね着していた服の一枚を脱ぎ、それも私にさしだした。それはピンクと茶色のワンピースで、彼女が持っていたなかでいちばんあたらしいものの一枚だった。そして、これを書いている今日この日まで、ディーマールと私はそれを替わりばんこに着ている。なぜなら、それは美しいからで、私たちの姪の思い出だからだ。「アバヤの下にこれを着て」。カスリーンはそう言った。私は彼女の頬にキスをした。

見張り役の戦闘員が戸口までやってきた。「あと五分だ」。戦闘員は言った。「五分したら、階下へ降りるようにとハッジ・サルマーンがおっしゃっている」

戦闘員が行ったあと、カスリーンは着ているワンピースのポケットから、一組のイヤリングを取り出し、手渡してくれた。

「これを持っておいて。もう会えないかもしれないから」

「もし逃げるチャンスがあるのなら、逃げたほうがいい」。カスリーンは私の手をとってささやき、階段の下まで付き添ってくれた。「私もそうするから」。私たちはキッチンに入り、ハッジ・サルマーンが私を外へ引っぱりだすまで手を握り合っていた。

帰りは、ハッジ・サルマーンの家に着くまで、車のなかではずっと黙っていた。私はカスリーンとニスリーンのことを思い、すすり泣き、何があったとしてもあの子たちが生きのびますようにと神に祈った。家に着くと、ハッジ・サルマーンは警備兵のひとりと先になかへ入って待つようにと言った。

「私もすぐに行く」。彼は言い、私は今度は自分のために祈りはじめた。

家に入る前、ハッジ・サルマーンはしばらく私を見ていた。そして一瞬おいて、「今度私が戻ってくるときには、おまえが生理中であろうがそんなことはどうでもよい」と言った。「おまえのところへ行く」

こういう言い方をしたのだ――「おまえのところへ行く」

― 8 ―

この三年のあいだに、ISISにつかまって奴隷にされたほかのヤズィディ教徒の女性たちの話をいくつも聞いた。おおむね共通していたのは、私たちはみな同じ暴力の犠牲者だったということだ。市場で買われるか、新入りの戦闘員や位の高い司令官などに贈り物として与えられるかのいずれかで受け渡され、その人の家に連れていかれて、レイプされるか、そうでなくても屈辱を与えられるかして、だいたいは殴られてもいる。そのあとまた私たちは売られるか贈り物にされるかして、またレイプされ、殴られ、そしてまた別の戦闘員に売り渡されるか贈与されるかする。そして、同じことが、まだ死んではいなくても体が動かなくなるまで繰り返される。もし逃げようとすれば、厳しく罰せられる。ハッジ・サルマーンが私に警告したように、ＩＳＩＳは検問所に私たちの写真を掲示し、モースルの住民は逃亡中の奴隷を見つけたら最寄りのイスラム国の施設へ戻すように指示されている。それをすれば、五千ドルの賞金を与えるといわれているのだ。

レイプほどひどいものはない。それは私たちから人間性を奪い、将来への希望、つまり、ヤズィディ教徒の社会へ戻り、結婚し、子供を持つという将来を思い描くことすら不可能にしてしまう。そんなことをされるくらいなら殺されたほうがましだと、私たちは思った。

ヤズィディ教徒の未婚女性にとって、イスラム教に改宗させられ、処女でなくなることがどれほどの打撃になるかをＩＳＩＳは知っていて、だからこそ彼らは私たちがいちばん恐れていること、つまり私たちのコミュニティと宗教的指導者が、私たちが帰っても受け入れないことを利用したのだ。「逃げたければ逃げればいい」。ハッジ・サルマーンはよく私にそう言った。「たとえ家にたどり着けたとしても、おまえの父親かおじに殺されるだけだ。おまえはもう処女ではない、それにムスリムなのだからな！」

女性たちは、どんなふうに自分を攻撃してきた相手と戦ったか、どんなふうに自分よりずっと力のある男たちを撃退しようとしたかを話してくれた。もちろんレイプすると決めた戦闘員に勝てたわけではなかったが、戦ったことで、いくらかは救われた気持ちになれた。「おとなしく黙ったままやらせたことは一度もない」と、彼女たちは言う。「私は抵抗したし、殴ったし、顔に唾を吐きかけてやったし、何だってした」と。ある女性は、戦闘員が来るまえに、処女ではない状態になっておくために、瓶を使って自分で体を傷つけたと言い、また別の女性は、自分の体に火をつけようとしたという。

解放されたあと、彼女たちは所有者の腕をひっかいて血を流させたとか、あるいは彼らがレイプしているときにあざをつけてやったと、誇らしげに語りはじめた。「少なくとも、何でもあの男のやりたいようにはさせなかった」と、彼女たちは言い、すべてのジェスチャーが、どんなに小さくとも、自分たちは本当に彼らのものになったわけではないというＩＳＩＳへのメッセージだった。そしてもちろん、何よりも大きな声で語るのは、いまここにはいない女性たち――レイプされるくらいならと自ら命を絶った女性たちの声だ。

これまで誰に対しても認めてはこなかったが、私はハッジ・サルマーンやほかの誰かが襲ってきても、抵抗はしなかった。ただ目を瞑り、それが終わるのを祈った。人からはいつもこう言われる。「何と勇敢なことか。あなたはとても強い」と。私は黙りこむだけだが、でも本心では、その人たちの言ったことを訂正して、そうではなく、ほかの女性たちが、襲ってきた相手を叩いたり、噛みついたりしているときに、私はただ泣いていただけなのだと言いたい。言いたいけれど、それを言えば人からどう見られるかが気になるのだ。

ときどき思うのは、ヤズィディ教徒の大虐殺の話になったときに、みんなの関心は、ヤズィディの女性たちの性的虐待のことに集中し、私たちがどう戦ったかということばかりを人は訊きたがるということだ。私が話したいのは、起こったことのすべて――兄たちが殺されたことも、母が行方不明になったことも、少年たちが洗脳されていることも――であって、レイプのことだけを話したいのではなかった。もしかしたら、私はまだ人にどう思われるかが怖いのかもしれない。ほかの女性たちがしたように抵抗しなかったからといって、男たちのすることを私が承認していたということにはならないが、そのことを私自身が認められるまでには長い時間がかかった。

ＩＳＩＳがやってくるまでは、私は自分のことを勇気があって正直な人間だと思っていた。どんな問題を抱えてしまったときも、どんな間違いをしたときも、私は家族に全部話した。「これが私です」と言って、相手の反応を受け止める覚悟はできていた。自分の家族といるかぎり、私はどんなことにでも立ち向かえた。でも、家族のいないモースルで囚われの身になったとき、あまりの孤独に、もう自分が人間であるという感覚さえ失いかけていた。私のなかで何かが死んでしまったのだ。

＊　＊　＊

ハッジ・サルマーンの家には見張り役の戦闘員がたくさんいたので、私はすぐに二階へあがった。三十分ほどしたころ、フサームという名の見張り役の男が、着替えと化粧品、それに脱毛クリームを持ってやってきた。「サルマーンは、先にシャワーを浴びて準備しておくようにと言っている」。男はそう言い、持ってきたものをベッドに置いて階下へ降りていった。私はシャワーを浴びて、フサームに言われたとおりにした。クリームを使って、足から腋の下までむだ毛の処理もした。その脱毛クリームはよく母が使いなさいと渡してくれたブランドのものだが、私はそれが好きになれず、中東では一般的なシュガーワックスを使っていた。そのクリームは化学薬品のにおいがきつく、めまいがした。バスルームの中で、生理が終わっているのに気がついた。

そのあと、私はフサームが持ってきた服を着た。それは黒と青のワンピースで、スカートは膝が出るくらい短く、両肩には細いストラップがついていた。内側にブラカップがついていたので、ブラジャーをする必要はなかった。それはテレビでなら見ることのあるようなパーティードレスの一種だが、コーチョで、いや、モースルでも着るにはとてもつつましさが足りない。着るとしたら、妻が夫のためだけに着るようなものだ。

その服を着て、私はバスルームの鏡の前に立った。メイクもしておかなければ叱られるのが目に見えていたので、フサームがどんな化粧品を持ってきたのかを見てみた。いつもなら、カスリーンとふたりできゃっきゃ言って喜びそうな、見たこともないブランドや高くてめったに買えないアイテムがそろっていた。いつもなら、ふたりで寝室の鏡の前に立ち、カラフルなアイシャドウとアイラインで目元を飾って、そばかすをファンデーションで隠しただろう。私はピンクの口紅と少しのアイメイクをするだけにした。最小限だがこれだけでもしておけば、殴られはしないだろうと思って。

コーチョを出てから鏡を見たのはこれがはじめてだった。以前なら、メイクをして鏡を見ると、自分が別人のように見えて、変身できるのが嬉しかった。でも、その日ハッジ・サルマーンの家では、少しも変わったようには見えなかった。どれだけ濃く口紅を塗っても、鏡の私は、すでに変えられてしまったものの姿にしか見えなかった――いつ何時、戦闘員への褒美として与えられることになるかもしれない奴隷。私はベッドにすわり、ドアが開くのを待った。

四十分後、ドアの外で見張り役の男が私の所有者に挨拶をする声が聞こえ、そしてハッジ・サルマーンが部屋に入ってきた。ひとりではなかったが、一緒に来た男たちは廊下で待機していた。その姿が目に入るなり、私は屈《かが》みこみ、さわられるのを嫌がる子供みたいに体をまるめて小さくなった。

「アッ＝サラーム・アライクム」。ハッジ・サルマーンはそう言って、私の頭から足の先まで眺めまわした。そして、言われたとおりに私が服を着替えているのを見て驚いていた。「前にいたサビーヤは二、三日したら売り飛ばすしかなかった。言うことを聞かなくてね。おまえはよくやっている」。満足げにそう言うと、ハッジ・サルマーンは出ていってしまい、閉じられたドアの内側で、私はひとり恥をさらすような格好で置き去りにされてしまった。

つぎにドアが開いたのは夕方になってからのことだった。やってきたのはフサームで、ドアを覗きこんで言った。「ハッジ・サルマーンが、来客へのお茶を出すよう要望しておられる」

「何人ですか？　どなたが来ているのですか？」私はそのままの姿で部屋を出るのは嫌だった

が、フサームは何も答えなかった。「来ればいいだけだ。急いでな、みなさんお待ちだ」一瞬、その晩はレイプされずにすむかもしれないと希望がわいた。いま来ているなかのひとりに私を引き渡すだけなのかもしれないと思いながら、階段を降りてキッチンへ入った。

見張り役のひとりがお茶の準備をしていて、赤味がかった濃い茶色の液体を、小さなガラスのコップに注ぎ、白い砂糖を入れた器のまわりに置いて、それを階段に置いたトレーにセットした。私はそのトレーを取りあげ、リビングへ運んでいった。そこでは戦闘員らが豪華なソファにすわっていた。「アッ＝サラーム・アライクム」。そう言って部屋に入り、男たちの足元に置かれている小さなテーブルの上にカップを置いてまわった。男たちが笑いながら話しているのは、間違いなくアラビア語のシリア方言だったが、話の内容はあえてよく聞こうとは思わなかった。私は震える手でお茶を出した。むき出しになった肩や脚に男たちの視線が向けられているのが感じられた。シリアの訛りそのものが怖かった。どこかの時点で私もかならずイラクから連れ出されるのだろうと思っていたからだ。

「シリア兵はひどいもんだったな」。男たちのひとりが言い、みんな笑った。「諦めが早すぎる。怖気づきやがって！」

「そうだったな」。ハッジ・サルマーンが言った。「簡単に自分の国を明け渡した。シンジャールと同じくらい簡単にな！」最後の一言は私に向けられたものだった。私はどれほど傷ついたかが顔に出ていないことを願いながら聞いていた。お茶をさしだすと、ハッジ・サルマーンは、「テーブルに置いておけ」と、こちらを少しも見ずに言った。

廊下に出た私は、その場にしゃがみこんで待った。二十分ほどして、男たちが席を立ち、全員帰ってしまうと、ハッジ・サルマーンは、アバヤを手に私のところへやってきた。「祈りの時間だ。一緒にお祈りができるようにこれをかぶりなさい」

祈りの言葉を唱えることはできなかったが、イスラムの祈りの動きは知っていたので、私はとなりに立ってハッジ・サルマーンがすることをそっくりそのまま真似た。そうやって、満足してくれたら、傷つけられないですむと思ったからだ。そのあと部屋に戻ると、ハッジ・サルマーンは宗教音楽のような曲をかけてバスルームに入っていった。出てくると今度は音楽を止めたので、部屋の中はまた静かになった。

「服を脱ぎなさい」。そのまえの晩と同じように彼は言い、自分も服を脱ぎはじめた。そしてまえの晩、言ったとおり、私のところへやってきた。

ひとつひとつの瞬間が恐怖だった。体を引けば、荒々しく引き戻される。ハッジ・サルマーンは、見張りの男たちに聞こえるくらいの大きな声を出した。ついにこのサビーヤをレイプしているのだとモースルじゅうに知らせたいかのように。そして邪魔をする者はいなかった。体をさわってくる手の動きは大げさで、力がこもっていて、痛めつけてやろうという意図が感じられた。自分の妻ならそんなふうにはさわらない。ハッジ・サルマーンは大きく、私たちがいた家と同じくらい大きかった。それにひきかえ、私はまるで子供のように小さく、母を求めて泣くだけだった。

9

ハッジ・サルマーンが私をよそへやるまで、その家には四、五日いた。そのあいだ苦痛ばかりが続いた。あの男は、連日、暇を見つけては私をレイプし、そして朝はあれこれ仕事を言いつけてから出ていった――家を片付けておけ、この料理をつくれ、この服を着ろ、と。それ以外、私に言うことといえば、「アッ＝サラーム・アライクム」という言葉だけだった。

妻のようにふるまえと命令されていて、怖いからそうしていた。もしも誰かが、私がどのくらい泣いたか、あの男にさわられたときに私の体がどのくらい震えていたかも見えないくらい遠くから見ていたとしたら、私たちが本当の夫婦だと思ったかもしれない。私は命令されるがままに、妻がするようなことをしていた。だが、あの男が私を妻と呼ぶことはなく、ただ自分のサビーヤとして扱うだけだった。

食事とお茶は、ヤーヤという名の見張り役が、サルマーンと私のいる部屋まで運んできた。まだ若く、二十三歳かそこらで、ドアの内側にトレーをさしいれていくときにも私の顔を見ようとはしなかった。食べ物と水が与えられないことは決してなかった――サビーヤは価値があるので死なせてしまうような危険は冒せない――が、かろうじてめまいがしない程度に、運ばれてきたライスとスープを二、三口食べるだけだった。

私はハッジ・サルマーンに言われたとおり家のなかを隅から隅まで掃除した。見張り役の男たち六人とサルマーンが使って汚れたバスルームを磨き、階段を掃いた。家のあちこちに脱ぎ捨てられた衣類――イスラム国の黒いズボンと白いディシュダーシャ――を拾い集めて洗濯機に入れた。皿の食べ残しをこそげおとし、ティーカップについた唇の跡をふき取った。ハッジ・サルマーンの家には見張り役がたくさんいるので、私が何かを見つけてしまったり、逃げ出したりする心配はされておらず、ガレージ以外のどの部屋にも入ることを許されていた。ガレージにはおそらく武器を隠していたのだろう。

窓の向こうでは街が動いていた。ハッジ・サルマーンはモースルの街でも人の多い地区に住んでいて、交通量の多い高速道路も近くを走っていた。ちょうど階段の窓が、丸いアクセスランプを見下ろす位置にあり、それを見ながら私はその上を走って安全なところへ逃げる自分の姿を思い描いた。逃げたらどうなるかは、ハッジ・サルマーンから何度も警告されていた。「いいか、ナディア、誓っていうが、逃げようなんてしたら後悔するぞ。罰を受けるのはいいもんじゃない」と言って。けれど、何度も言われているうちに、かえって希望が見えてきた。これだけ心配しているということは、過去に逃げた女性がいたのではないか、と思ったのだ。

ISISはヤズィディの女性たちの奴隷化計画を進めるうえで、かなり周到に計算をしていたが、計算違いもあり、それが私たちにとってはチャンスとなった。なかでも最大の間違いは、私たち全員に、モースルの女性と同じ服装をさせたこと、つまり、見分けのつかない黒いアバヤとニカブを着せてしまったことだ。いったんその衣装に身を包んでしまうと、私たちは区別がつかなくなり、それに、ISIS支配下では、男性が街で知らない女性とかかわる機会が非常に少なくなっているので、したがって見つかる可能性も小さくなる。階段の掃き掃除をしながら、私は全員そっくり同じ格好をして通りを歩く女性たちを眺めていた。市場へ出かけるスンニ派の女性に紛れて、所有者から逃げるヤズィディ教徒の女性が歩いていても見分けはつかない。

イスラム国が拠点として使っている建物の多くは、ハッジ・サルマーンの家と同じく人通りの多い地区にあったので、もし私がひとりで外を歩くなら、それは好都合だった。私は、アバヤを着てキッチンの大きな窓から外へ抜け出し、人ごみに紛れて逃げる自分の姿を想像した。なんとかタクシー乗り場にたどり着いて、キルクーク行きの車に乗る。キルクークはイラクのクルディスタンへ入るときによく使われる検問所のある街だ。もし誰かに話しかけられたら、私はキルクークのムスリムで家族に会いにいくのだと言う。あるいは、シリアの戦争から逃れてきたと言おうか。戦闘員にためされたときのために、コーランの冒頭の短い詩文をそらで言えるように覚えたし、アラビア語は完璧に話せるし、シャハーダももう知っている。それにイスラム国で人気のある歌ふたつもがんばって覚えた。ひとつは軍の勝利を祝う〝我々はバドゥシュを占拠し、タル・アファルを占拠した。いまはすべては順調だ〟という歌だ。その歌の響きは嫌いだけれど、頭のなかで歌いながら掃除をした。もうひとつは〝おまえの命を神に、そして信仰に捧げよ〟という歌だ。たとえ何があろうとも、私はぜったいに自分がヤズィディ教徒だというつもりでいた。

だが、そんなことを考えたところで、実行に移すのは不可能なことはわかっていた。サルマーンの家にはイスラム国の戦闘員が大勢いて、気づかれずに窓から抜け出し、庭のフェンスを越えていくことはできない。それに、ハッジ・サルマーンが私にアバヤとニカブを着せるのは、自分が一緒か、終始目を光らせている見張りの者と外に出るときだけにしていた。家のなかでは、私がコーチョから持ってきた服か、そうでなければハッジ・サルマーンが私のために選んだ服を着ていた。夜、ベッドに横になり、ハッジ・サルマーンが入ってくるドアの音がするのを待つあいだ、私は脱出の夢を何度も思い描きつつ、ありえないことだと自分に言い聞かせては深い悲しみに沈みこみ、死にたいと願うのだった。

ある日の午後、ハッジ・サルマーンは私をレイプしたあとで、その晩家に来る客人たちを迎える準備をするよう私に言いつけた。「そのサビーヤのことは知っているかもしれんな」。ハッジ・サルマーンが言った。「おまえに会いたいと言っている」

期待に胸が躍った。誰だろう？　知った顔を見ることができる待ち遠しさが募るほどに、カスリーンか、あるいは姉たちの誰かに、ハッジ・サルマーンが選んだ服を着て会うことに耐えられる自信がなくなってきた。来客があるときにサルマーンが私に着せたがる服は、いつも青と黒のあのショート丈のワンピースのような服ばかりで、そんな服装でほかのヤズィディ教徒の女性と対面しなくてはならないと思うと悔しくてたまらなくなった。さいわい、黒いワンピースで、肩には細いストラップがついているけれども、少なくとも膝が隠れる丈のものが一枚あった。私は髪をうしろでまとめ、口紅を薄く引いたが、目元には何もつけなかった。ハッジ・サルマーンはそれを見て満足したようだったので、一緒に階下へ降りた。

訪ねてきた戦闘員はナファだった。バスで叫んだことで、最初の家で私を罰した男だ。私のことをにらみつけ、ハッジ・サルマーンだけに話しかけた。「うちのサビーヤがあなたのサビーヤのことをしきりに聞きたがるもので」と、彼は言った。「我々はあれらのそばで話を聞いてやらねばならない。なにしろナディアは信用できませんからね」

ナファが連れてきたサビーヤはラーミヤだった。私の友達ワラーの姉妹で、私たちはたがいに駆け寄り、頬にキスし合い、知った顔を見て安堵した。四人ともすわり、サルマーンとナファが私たちを無視して話しはじめたので、ラーミヤと私はアラビア語からクルド語に切り替えた。

ラーミヤは丈の長いワンピースを着て頭にヒジャブをかぶっていた。あとどのくらい一緒にいられるのかがわからなかったので、私たちは早口でしゃべり、たがいにできるだけたくさんのことを知ろうとした。「さわられた?」ラーミヤが訊いてきた。

「あなたは?」私も訊き返し、ふたりともうなずいた。

「あの男、私を改宗させて、それから裁判所で結婚させたの」。彼女が先にそう言い、私も同じことがあったと話した。「あれを結婚だなんて思っちゃだめだよ」と、私は言った。「あれはコーチョでする結婚とはちがうもの」

「私、逃げたい」。ラーミヤは言った。「でも、ナファのところはいつも人が来ていて、外に出ることはできない」

「サルマーンのところも同じよ」。私は言った。「見張りがあちこちにいて、もし逃げようとしたら、罰を与えるって言われてる」

「何をされると思う?」ラーミヤは男たちに目をやりながら、小声で尋ねた。私たちはふたりで話すことはできていたが、行動は見られていた。

「わからないけど。ひどいことだよ」。私は言った。

「おまえたち、アラビア語で話せと言っただろう!」サルマーンが怒鳴りつけた。私たちの話し声は聞こえているが、何を話しているかは理解できないのだ。

「ワラーはどうなったの?」私はアラビア語でラーミヤに尋ねた。ワラーとはコーチョを出てから一度も会っていなかったのだ。

「私が連れていかれたのと同じ晩に、全員ばらばらにどこかへ連れていかれたの」。ラーミヤは言った。「ワラーがどうなったかはわからない。捜してほしいってナファに頼んではいるけれど、捜そうとなんてしてくれない。ディーマールとアドキーは?」

「ソラーに残った。母と一緒に」。彼女たちの不在が重くのしかかり、私たちは一瞬黙りこんだ。

三十五分たって、ナファが帰ろうと立ちあがった。ラーミヤと私はキスをしてさよならを言った。「体に気をつけて。それから怒ってはだめよ」。私はラーミヤの顔にニカブを下ろしながら言った。「みんな同じなんだよ」。そうしてふたりが帰り、私はまたサルマーンとふたりきりになった。

私たちは二階の私の部屋へ行った。「おまえの表情が変わるのをはじめて見たよ」。部屋の入口でサルマーンが言った。

私は振り返ってサルマーンを見た。怒っていないふりはしなかった。「私を家に閉じこめて、したくないことをさせていて、どんな顔をしていてほしいと言うんですか？」
「慣れることだな」。サルマーンは言った。「さあ、入れ」。そしてドアをあけて入り、朝になるまで私と同じ部屋にいた。

＊　＊　＊

ハッジ・サルマーンは何度も「もし逃げようとしたら、罰を与える」と言ったが、具体的に何をするのかは一度も言ったことがなかった。殴られることはおそらく確実だが、それまでも殴られなかったわけでもなかった。サルマーンはいつも私を殴った。家の掃除の仕方が気に入らなければ私を殴ったし、仕事のことで機嫌が悪いときや、レイプの最中に私が泣いたり目を閉じたりしたときも殴った。もしかすると、逃げようとしたときには、傷が残ったり、体のどこかが変形したりするほどひどく殴られるということなのかもしれないと思ったが、私はもうかまわないと思った。もしその傷のせいで、ハッジ・サルマーンやほかの誰かがレイプしたくなくなるのなら、むしろその傷を宝石のようにまといたいくらいだと思った。

ときどき、ハッジ・サルマーンは私をレイプしたあとで、逃げようとしても無駄だと言うことがあった。「おまえはもう処女ではないのだからな」。彼はこんなふうに言った。「それにおまえはムスリムだ。おまえの家族が殺すだろう。おまえはもう落ちぶれてしまったんだよ」と。無理やりにそうさせられたとはいえ、私は彼の言うとおりだと思った。私はもう落ちぶれてしまったという気持ちになった。

自分を醜く見せる方法はすでにいろいろと考えていた――イスラム国の施設で、女性たちは顔に灰や土をこすりつけて、髪の毛をぐちゃぐちゃにして、悪臭で買い手が寄りつかないようにシャワーを浴びないでいた――が、それ以外に思いつくといっても、顔に傷をつけるか髪を切るかくらいで、そんなことをすれば、ハッジ・サルマーンに殴られるのは目に見えていた。自分の体を変形させようとしたら、殺されるだろうか？　そうは思わなかった。生きているほうが価値が高いし、私が死んだほうがましと考えていることもあの男には見抜かれている。ただ、もし本当に逃げようとしたときに、具体的に何をされるのかは想像できなかった。そしてある日、サルマーンをためす機会が訪れた。

夕方、サルマーンが男をふたり連れて帰ってきた。どちらも見たことのない戦闘員で、サビーヤを連れてもいなかった。「家の掃除は終わっているか？」と、彼は訊いた。終わっていると答えると、その日はひとりで部屋に戻っているようにと言った。「食べるものはキッチンにある。フサームに言えば持ってあがる」。そうして私は邪魔をしないように部屋でひとり待っていることになった。

だがそのまえに、サルマーンはみんなにお茶を出すよう私に言いつけた。自分のサビーヤを見せようというのだ。私は言われたとおり、彼の好みの服を着て、キッチンからお茶をリビングに運んでいった。いつもと同じように、やってきた戦闘員たちはシリアとイラクでのイスラム国の勝利について話していた。コーチョのことが話に出てこないかと、聞き耳を立てていたが、その話はしていないようだった。

部屋のなかには、客はふたりだけだったが、男がいっぱいいた。家にいる見張り役の男たちが全員集まって一緒に夕食をとるということらしく、ここに連れて来られて以来、リビングを除く家のなかが無人の状態になったのだ。客が帰るまで部屋にいるようにと強く言ったのは、それが理由だったのかと考えた。もし見張りが全員サルマーンと一緒にいるなら、庭を巡回したり、バスルームのドアが閉まる音がしたときに、私が窓から逃げようとしていないかたしかめにくるものが誰もいないことになる。私が部屋で何をしているかをたしかめるために、ドアの外で聞き耳を立てているものもいないのだ。

お茶を出し終えると、サルマーンはもう行ってよいと言ったので、私は二階へ戻った。頭のなかではすでにひとつの計画ができつつあり、急いで行動を始めた。もしいま考えを止めたら、たぶん自分にやめておけと言い聞かせてしまうだろうし、そうすればこんなチャンスがめぐってくることは二度とないとわかっていたからだ。私は部屋へは戻らず、リビングへ入った。そこには、以前いたヤズィディの女性たちやもと住んでいた家族が残していった服がたくさんあることを知っていたので、アバヤとニカブもそこにないか探した。アバヤを見つけたので、それを着ている服の上からかぶり、髪と顔は、ニカブの代わりに黒の長いスカーフで隠すことにして、ちがいに気づかれないうちに早く安全な場所まで行けることを祈った。そして窓へ向かった。

部屋は二階だったが、それほどの高さはなく、それに窓のすぐ下の壁は砂色のレンガがいくつか何センチかずつ飛び出している。それはモースルでは人気のあるデザインで、装飾以外の目的はなかったが、そのレンガをはしごのようにつたって庭へ降りることができそうに思えた。私は頭を窓から突き出し、いつもはどの時間でも庭を歩いている見張りがいないか見まわした。誰もいなかった。ドラム缶がひとつ庭の塀のところに傾けて置いてあった。踏み台としては完璧だ。

庭の壁の向こうに見えるハイウェイは交通量が多いが、近くの通りは夕食の時間が近づき、人通りが少なくなってきていて、それに夕闇の中では本物のニカブの代わりに黒いスカーフを巻いていても見分けがつきにくいだろうと考えた。できることなら、誰かに見つかるまえに助けてくれる人を見つけたいと思った。ブラのなかに隠している自分のネックレスとブレスレット、それから母の配給カード以外は、何もかも部屋に置いていくことにした。

気をつけながら、私は片足であいた窓をまたぎ、そしてもう一方の足も出した。体は半分外に出たが、まだ上半身はなかにある状態で、私は両足を動かし、壁のレンガを探った。窓枠をつかむ腕が震えていたが、すぐに態勢を立て直した。壁を降りるのはそれほど難しくはなさそうに思えた。そして足を置く低い位置のレンガを探りはじめたちょうどそのとき、自分の体の下で銃をかまえる音が聞こえた。

窓枠の上で体を折り曲げたまま、私は凍りついたように動けなくなった。「なかへ入れ！」男の声が下から怒鳴りつけた。私は見下ろすこともしないまま、窓からなだれこむようにしてなかへ戻った。恐怖で心臓が早鐘を打っていた。誰に見つかったのかはわからなかった。ハッジ・サルマーンの見張りは全員サルマーンと一緒にリビングにいたはずだ。窓枠の下の床の上で丸くなっていると、足音が近づいてきた。そして見上げるとサルマーンが見下ろすように立っていたので、私は慌てて自分の部屋に逃げ帰った。

ドアが開き、サルマーンが入ってきた。手には鞭を持っていた。私は悲鳴を上げながら、ベッドに飛びこみ、厚い上掛けを引っぱって頭までかぶって子供のように身を隠そうとした。サルマーンはベッドのそばに立ち、無言のまま私を鞭で打ちはじめた。鞭は激しく、素早く、強い怒りを込めて何度も振り下ろされたので、厚い上掛けをかぶってもほとんど身を守ることはできなかった。「出てくるんだ！」サルマーンは聞いたこともないような大きな声で怒鳴った。「さあそこから出てきて、服を脱げ！」

選択の余地はなかった。私は上掛けをのけ、サルマーンが鞭を持ったまま立っているそばで服を脱ぎはじめた。素っ裸になり、じっと立ったまま、次にされることを待ちながら、静かに泣いていた。私はレイプされるのだと思ったが、すぐには始まらず、サルマーンはドアのほうへ歩いていった。「ナディア、だから言っただろう」。声は静かなトーンに戻っていた。そしてドアをあけ、出て行った。

一瞬ののち、モーテジャと、ヤーヤ、フサームと、さらに三人の見張り役の男たちがこちらを見ながら部屋に入ってきた。そして、さっきまでサルマーンが立っていた場所に立った。その男たちを見た瞬間、与えられる罰が何なのかを理解した。最初にモーテジャがベッドにやってきた。抵抗しようとしたが、力が強すぎた。私は押し倒され、できることは何もなかった。

モーテジャの次は、別の男がレイプした。私は叫び声をあげて母と兄のハイリーの名前を呼んだ。コーチョでなら、私が必要としているときにはふたりがいつも来てくれた。指先をほんの少しやけどしただけでも、私が頼めばかならず助けてくれた。モースルでは、私はひとりきりで、近くにいてくれるのは彼らの名前だけだった。私が何をしようと、あるいは何を言おうと、男たちの攻撃を止めることはできなかった。その晩、次にレイプをしにくる男の顔が近づいてくるところで、私の記憶は途切れていた。近づいてくる前、その男が眼鏡をはずし、慎重にテーブルの上に置いたのを見ていて、次にこの男がレイプしにくるのだということはわかった。きっと大事な眼鏡を壊したら大変だとでも思っていたのだろう。

＊　＊　＊

翌朝、目覚めたときには私はひとりきりで、裸のまま、動くことができなかった。誰かが、おそらくはあの男たちの誰かが毛布をかけていったようだった。起き上がろうとすると、頭がぐるぐると回り、服を取ろうと手をのばすと体に痛みが走った。体を動かそうとするたび、黒いカーテンが目の前に半分まで引かれるような、あるいはすべてのものが世界の影に隠れていくような感覚に襲われ、無意識の世界に引き戻されそうになった。

私はバスルームへ入り、シャワーを浴びた。私の体は男たちが残していった汚れにまみれていた。私は蛇口をひねり、シャワーの下で長いあいだ立ったまま、そこで泣いた。それから、体をこすり、歯を磨き、顔を洗い、髪を流し、全身を丁寧に洗い、そのあいだじゅうずっと神様に助けてくださいと、そして許してくださいと祈り続けていた。

そのあと、部屋に戻った私はソファに横になっていた。ベッドからはまだ私をレイプした男のにおいが漂っていた。部屋の外で誰かが話す声が聞こえたが、誰も入ってくることはなく、私はそのまま眠りに落ちた。どんな夢も見なかった。その次に目を開いたときには、サルマーンの運転手がそばに立って、私の肩をつついていた。「起きるんだ、ナディア。起きて、服を着るんだ」。彼は言った。「出発の時間だ」

「どこへ行くんですか？」黒いバッグに荷物を詰めながら、私は訊いた。

「さあな、遠いところだ。ハッジ・サルマーンはおまえを売ったんだよ」

—— 10 ——

自分が囚われの身になり、ヤズィディの女性たちに何が起こっているかをはじめて知ったとき、囲われるなら、ひとりの男にだけであるようにと祈った。人間性と尊厳を奪われ、奴隷として売られるなどということは、一度だけでもじゅうぶんひどいというのに、戦闘員から戦闘員に売られ、家から家へと移され、そしてひょっとすれば国境を越えてISISの支配下のシリアへ連れていかれるなんて、考えただけでも耐えられることではなかった。まるで小麦粉の袋みたいに、市場で売られるモノみたいに、トラックに積まれて運ばれていくなんて。

そのころの私はまだ、ひとりの人間がどこまで残虐になれるかを理解していなかった。ハッジ・サルマーンは、私がそれまで会ったなかで最悪の人間だった。サルマーンの指示で見張り役の男たちにレイプされたあと、私はどうか売られますようにと祈った。相手は誰でもかまわなかったし、どこへ連れていかれてもかまわないと思った。シリアへ行けばもっと逃げるのが難しくなり、かつては死刑宣告を受けるに等しいくらいに思っていたが、サルマーンのもとにとどまるくらいなら、それさえまだいいことのように思えてきていた。

ジェノサイドの罪でＩＳＩＳを法廷に立たせる夢を見るとき、私はサルマーンを、サルワーン同様、生きたまままつかまえてやりたいと思った。刑務所に収監されたあの男を訪問し、そこで銃を持ったイラク軍の士官や警備兵に囲まれているところを見てやるのだ。ＩＳＩＳの後ろ盾がない状態で、あの男がどんな姿かを見て、どんなふうにしゃべるのかを聞きたい。そして、私を見て、自分が私に何をしたかを思い出させ、だから自分はもう二度と自由になれないのだと思い知らせてやりたいのだ。

私は荷造りをして、運転手について外へ出た。サルマーンは家のどこかにいたようだが、出てはこなかった。モーテジャやほかの男たちとすれちがうことがあっても、彼らのほうは絶対に見るまいと私は心に決めていた。サルマーンの家を出たときには、もう暗くなりはじめていたが、まだ空気は暖かく、軽く吹き寄せる風が、誰からも隠せと言われなかった私の顔にほんの少し当たるだけだった。家の外へは出たけれど、少しの自由も感じることはなかった。モースルじゅうのどこにも、私を助けてくれる人はいないことはわかっていて、それを思うともうどうしようもない無力感に襲われた。

白い小型車の中では、はじめて見る顔の見張り役が運転手のとなりに乗っていた。「腹は減っているか？」車が出てすぐ、その男が訊いてきた。私は首を振って減っていないと伝えたが、それとは無関係に車はレストランで停まった。運転手が店に入り、ホイルに包んだサンドイッチを持って戻ってくると、そのうちのひとつを後部座席の私のそばに、水のボトル一本とともに投げこんできた。

車の外では、人々が歩きまわり、買った食べ物を腰を下ろして食べ、携帯電話で話している。このドアをあけて、彼らに私の姿を見せることができたなら。何が起こっているのかを知りさえすれば、あの人たちが私を助けてくれるとしたらどんなにいいかと思った。だが、彼らが助けてくれるとは私も思っていなかった。車が出発し、包みの外まで漂ってくる肉とタマネギの強いにおいをかぎながら、私は目を閉じ、吐きそうになるのを抑えていた。

じきに車はモースルを出て最初の検問所に着いた。そこには自動小銃と拳銃で武装したイスラム国の戦闘員が詰めていた。私はサルマーンが言っていたように、脱走したサビーヤの写真が本当に貼られているのかたしかめようと、車の窓から目を凝らして見たが、暗くて何も見えなかった。「おまえの妻はなぜニカブをかぶっていないのか?」検問所の戦闘員が運転手に尋ねた。

「私の妻ではありませんよ、ハッジ」。運転手は答えた。「サビーヤです」

「それはめでたいことだ」。戦闘員は手招きして私たちを通しながら言った。

そのころまでには、あたりはすっかり暗くなっていた。私たちの車は、モースルからハイウェイを東へ走り、途中、何台かの乗用車やトラックを追い越していった。暗がりのなかに見えるイラクの平らな土地は、果てしなく続いているように思えた。逃げ出した人たちは、どこへ行くのだろう? どうやってモースルの検問所を通り抜けたのだろう? もしそれができたとして、こんな平原をどこへ向かって走ればよいか、誰が助けてくれそうか、そして誰が助けずＩＳＩＳにつきだしそうか、どのくらいのあいだなら何も飲まずに死なないで逃げていられるかを知ったのだろうか？　やってみるだけでもとても勇気のいることだ。

「見てください！」運転手が、少し先の道路わきに見える箱を指さして言った。ヘッドライトに照らされて、白く輝いて見える。

「止まるな」。見張り役の戦闘員が言った。「何でしょうかね？」「ＩＥＤかもしれない。いいか、この道はそんなものだらけだ」

「ちがうと思いますけどね」。運転手はそう言い、箱から三メートルほどのところで車を停めた。箱の側面には何かの絵とロゴが入っているようだが、車の中からはよく見えなかった。「あれはきっとトラックから落っこちた略奪品か何かですよ」。運転手は興奮していた。運転手は身分が低く、ＩＳＩＳで高い地位についた戦闘員たちほどあたらしいものを買うことはできないのだ。「価値があるものなら誰も道路に置いてなんかいかない」と、見張り役が止めたが、運転手は車から降りて、箱のほうへ歩いていった。そして屈みこんで、それが何なのか手を触れずにたしかめようとしていた。

「何だったとしても、拾うほどのものじゃないだろう」。見張り役はひとりつぶやいていた。私は運転手が欲をかいて蓋をあけた瞬間、大爆発が起きて、彼の体が引き裂かれ、私たちの車が砂漠の真ん中に投げ出されるところを想像した。もしも私が死んだとしても、このふたりの男も道連れならかまわない。**どうか爆弾でありますように。**私は祈った。

一分ほどして、運転手は箱を持ちあげ、勝ち誇ったようにそれを持って車に戻ってきた。「扇風機ですよ！」彼はそう言って、箱をトランクに入れた。「それも二個。バッテリー駆動のやつだ」

見張り役はため息をつき、運転手が箱をトランクに押しこむのを手伝った。私はがっかりして、座席に沈みこんだ。二つ目の検問所を過ぎたとき、私は運転手に尋ねた。「ハッジ、私たちどこへ行くんですか？」

「ハムダーニーヤだ」。運転手はそう答えた。ハムダーニーヤは、ニナワ県の北部で、ＩＳＩＳに制圧された地域だ。腹違いの兄のハーリドが軍の仕事で駐在していたことがあり、あまり詳しい話は聞かなかったが、もとはキリスト教徒が多く住んでいたけれども、その人たちはもうどこかへ行ったか、そうでなければ死んでいることは知っていた。道の途中には焼け焦げてひっくり返ったイスラム国の車両が残されており、そこで戦闘が繰り広げられたことを物語っていた。

コーチョが包囲されているとき、私たちはイスラム国によるキリスト教徒の村への攻撃の経過をずっと追いかけていた。私たちと同じように、その村の人々は持っていた財産も、生涯をついやして稼いだお金で建てた家も全部失ってしまった。イラクのキリスト教徒たちもまた、宗教だけを理由に故郷を追われたのだ。イラクのキリスト教徒は、ヤズィディ教徒と同様、たびたび攻撃の的にされ、自分たちの土地にとどまるために奮闘を続けてきた。年月とともに、より歓迎されていると感じられる国へと逃げていったため、その人口はどんどん減っていった。ＩＳＩＳがやって来たあと、多くのキリスト教徒たちはじきにイラク全土にひとりのキリスト教徒もいなくなるだろうと言っていた。

それでもＩＳＩＳがコーチョへやってきたときは、キリスト教徒がうらやましいと思った。彼らの村では、ＩＳＩＳが来るという警告が事前に発せられていた。ＩＳＩＳによると、彼らは啓《けい》典《てん》の民であり、私たちのような不信心者ではないとされているからで、だから子供も娘たちも連れて、クルディスタンやシリアの安全な場所へ移動することができ、また改宗しなくても罰金を払えばすむ場合もあったというからだ。何も持たずにモースルから追放されたものであっても、少なくとも奴隷にされることは免れたという。ヤズィディ教徒にはそのようなチャンスは与えられなかった。

そのうちに、私たちの車は、ハムダーニーヤのある地区に到着した。電気がなく、町全体が真っ暗で、動物の肉の腐ったような嫌なにおいが漂っていた。通りは静かで、住宅にはもとの住人がいる様子はなかった。残っているのは戦闘員だけで、イスラム国が拠点にしている建物だけは、静かな夜にうるさく音を立てる大きな発電機から供給された電気で明かりが灯っていた。

ＩＳＩＳがはじめてイラクへやって来たとき、彼らは公共サービスの行き届いていない町や村へのサービス提供を約束した。そのプロパガンダは、彼らの暴力を称賛する以外のところは、電力供給、ゴミ収集事業の改善、そして道路の整備と、普通の政党と変わらない約束事であふれていた。人々は彼らを信じ、イラク政府よりもよくしてくれると信じていると私たちは聞かされていたが、モースルでは平均的な人々の暮らしがよくなったと思わせてくれるものはひとつも目にしなかった。町はまるで抜け殻で、空っぽで真っ暗で、死のにおいが立ちこめ、そしてそこにはそもそも空っぽの約束をしたテロリストしかいない。

私たちは、イスラム国の建物の前で止まり、なかへ入った。モースルでもそうだったように、そこも戦闘員であふれていた。私は黙ってすわり、指示を待った。とても疲れていて、眠りたくて仕方なかった。

戦闘員がひとりやって来た。背が低く、かなり高齢で背中が曲がり、わずかに残っている歯は口の中で朽ちかけていた。「二階へあがれ」。その男は言った。ハッジ・サルマーンの罰がまだ続いていると思った私は、きっと今度はこの老人に売られたのだと思った。だから上の部屋にあがって、この男にレイプされるのだと思って恐ろしくなった。だが、ドアをあけるとなかにはほかの女性の姿があった。一瞬置いて見たとき、それが誰だかわかった。

「ジーラーン！　ニスリーン！」義理の姉と姪だった。人生で誰かに会ってこれほど嬉しいと思ったことはなかった。私たちはたがいに駆け寄り、キスをし合い、涙を流した。ふたりは私と同じような服装で、もう何週間も寝ていないような顔をしていた。ニスリーンはほんとうに小さかった――サビーヤになって彼女がどうやって持ちこたえているのかはわからなかった――し、それにジーラーンは、あれほどまでに愛する夫と引き離されて、彼女にとってのレイプは私にとってのそれよりひどいものにちがいないと思った。再会できたとはいえ、いつどの瞬間にまた引き離されるかもしれないと思ったので、すぐに私たちは床にすわり、何があったかを伝え合った。

「どうやってここへ来たの？」私はふたりに尋ねた。

「私たちふたりとも売られたの」。ニスリーンが答えた。「モースルで二度売られて、それからここへ連れてこられた」。そして私に尋ねた。

「ねえ、カスリーンは？　どうしてるか知ってるの？」

「モースルの施設で一緒だったわ」。私は答えた。

それから、ラーミヤが教えてくれたワラーのことも話し、私自身に起こったことの一部も話した。「ひどい男につかまって、逃げようとしたけど、見つかって連れ戻されたの」。全部のことは話さなかった。いくらかのことは、声に出して言う覚悟ができていなかった。私たちはできるかぎり近くに体を寄せ合って話した。

「下にいた意地悪そうな顔のおじいさん、あの人が私を買ったのだと思う」と、私は言った。

「ちがうよ」。ニスリーンがうつむいた。「あの人は私を買ったんだもの」

「どうして耐えられるの？　あんな嫌なおじいさんが夜にやってくるなんて」。私はニスリーンに言った。

ニスリーンは首を振った。「私は自分のことは考えない。ロジアンのことはどうなの？　あの大男に連れていかれたでしょう？　あの子が行ってしまったあと、私たちみんな正気ではいられなくなった。泣けなくなるまで泣いた。そのときだけは、私たちはコーチョで起きたことさえ考えていなかった――あのモンスターに連れていかれたロジアンのことしかみんな考えられなかった」

「コーチョで起きたことって？」私はおそるおそる訊いた。「ほんとに知ってるの？」

「男の人が全員殺されたって、テレビで見た」。ニスリーンが言った。「みんな殺されたの、男の人は全員。ニュースでそう言ってたもの」

たしかに学校の裏手で響く銃声を聞いてはいたけれど、この瞬間まで、もしかしたら村の男の人たちも生きているかもしれないという希望を抱いていた。彼らが死んだと確信をもって伝える姪の声を聞いていると、あの銃声をもう一度聞いているような気がした。何度も何度も、私の頭のなかはその音ばかりが繰り返されていた。私たちは、おたがいに慰め合おうとした。「彼らが死んじゃったからって泣かないで」と、私はふたりに言った。それから、「私たちも一緒に死ねたらよかったね」と。商品のように売られ、体がずたずたになるまでレイプされ続けるくらいなら、死んだほうがましだ。

村の男たちのなかには、学生も、医師もいたし、若い人も年老いた人もいた。コーチョで、私の兄たちも、腹違いの兄たちも、みんなならばされて、ほとんど全員がISISに殺された。だが、彼らが死ぬのにかかった時間はほんの一瞬だけだ。サビーヤにされたものにとっては、毎日、一秒一秒が死んでいく時間であり、村の男たちと同じように、私たちはもう家族に会うことも、故郷の村を見ることも二度とできない。ニスリーンとジーラーンも気持ちは同じだった。

「男の人たちが殺されたときに、一緒に死ねたらよかったね」と、ふたりは言った。

歯の朽ちかけた戦闘員――ニスリーンの所有者――が、戸口にあらわれ、私を指さした。「行く時間だ」。そう言われ、私たちは全員で頼んだ。「私たちをあなたのしたいようにしてかまいません。ただ、どうか私たちを一緒に行かせてください！」モースルでの最初の晩のように、私たちは手を取り合い、叫び声をあげていた。そしてあの晩と同じように、彼らは私たちを引き離し、さよならを言うこともできないまま、私は階下へ引きずられていった。

ハムダーニーヤで、私はすべての希望を失った。町はＩＳＩＳの支配下にあり、したがって逃げ道はなく、そして、もしも道行く人が、ヤズィディ教徒の娘が苦しんでいる姿を見たなら、心動かされ、助けてくれるという夢を見ることもできなかった。そこには、空っぽの家々と、戦争のにおいのほかは何もなかった。

十五分後、私たちはハムダーニーヤの二つ目の施設に着いた。ここであたらしい所有者と会うのだと思うと心は沈み、自分の体をセメントの塊のように感じながらゆっくりと車を降りた。そのセンターには建物がふたつあり、車が止まると、小さいほうの建物の中から、中年の男がひとり出てきた。黒いあごひげを長くのばし、イスラム国の黒いズボンを穿いている。その男についていくように、と運転手が私に指示した。「あの方がアブー・ムアーウィヤだ。あの方の言うことを聞くように」

建物は一階しかなかったが、とても整然として美しく、以前は裕福なキリスト教徒が住んでいたようだった。出迎えの女性はいなかったが、この家を追われた家族の家財道具とともに、保守的なイラクのムスリム女性が着るには派手すぎる、色鮮やかなヤズィディ教徒の衣服があちこちにまとめて残されていた。まるで墓穴に入ったような気持ちだった。アブー・ムアーウィヤは、別の若い男とキッチンでパンとヨーグルトを食べ、濃いお茶を飲んでいた。

「私はここには何日いるんですか？」私は男たちに尋ねた。「ほかの施設に家族がいます。会いにいけますか？」

男たちはこちらを見ようともせず、アブー・ムアーウィヤがこう答えた。「おまえはサビーヤだ」。穏やかに言った。「おまえは命令をしない。されるんだ」

「ナディア、おまえは改宗したのか？」もうひとりの男が尋ねてきた。

「はい」。私は答えた。どうして私の名前を知っているのか、この男たちが私についてほかにどのくらいのことを知っているのかが気になった。彼らは私がどこから来たのかや、私の家族に何があったかといった質問はひとつもしてこなかったが、そうした情報は彼らにとってどうでもよいことなのかもしれないとも思った。大事なのは、私がそこにいること、そして、私が彼らのものであることだけだ。

「シャワーを浴びてこい」。アブー・ムアーウィヤが言った。私はハッジ・サルマーンがいくらで私を売ったのかが気になってきた。なぜなら、処女でなくなったサビーヤの売値が下がることは私も知っていたし、バスでのことや逃げようとしたことで、もしかしたら私はトラブルメーカーの烙印を押されていたかもしれなかったからだ。これはもしかして、逃げようとしたことへの罰の続きなのか？　ハッジ・サルマーンはどうしても私を追い出したくて、贈り物として無償で私を譲り渡したのかもしれないし、あるいはもしかしたら、可能なかぎり残酷な男を見つけ出して、その男に私を引き渡したのかもしれない。そういうことがあるのは知っていた。ヤズィディ教徒の娘たちは、無償でテロリストからテロリストへと受け渡されていた。

「シャワーなら今朝浴びました」

「では、その部屋で待っていろ」。アブー・ムアーウィヤは寝室を指し、私はおとなしく言われたとおりに入っていった。その小さな部屋には幅の狭い、茶色いベッドが置かれ、上から青と白のストライプ柄の毛布がかけられていた。壁際の棚には靴が置かれ、大きな本棚には本がいっぱい入っている。机の上にはコンピューターが、電源が切れてスクリーンが真っ暗なまま残されていた。学生の部屋だったにちがいない。たぶん私と同じ年頃の。置かれていた靴は大学生が履くようなローファーで、それほど大きくもない。

私はベッドに腰かけて待った。壁にかかっている大きな鏡は見ないようにしていた。窓の代わりに壁についている通気口を通れるくらい、自分の体が小さいかどうかも考えないようにした。クローゼットをあけてこの部屋のもとの住人の持ち物を調べ、その人のことをもっと知りたいとも思わなかった。私は本棚にどんな本があるかさえ、たしかめようとは思わなかった。おそらくここに住んでいた青年は、まだどこかで生きているだろうと思ったし、生きている人の持ち物を調べるのは正しいことだとは思えなかったのだ。

―11―

イスラム国のメンバーによる私に対する扱いは、例外なくひどいものであり、レイプはいつも同じだったが、それでも思い返してみれば、私を虐待した男たちのあいだにも、人によっていくつかの小さなちがいはあった。なかでもハッジ・サルマーンは最悪で、その理由は、あの男が最初に私をレイプしたからでもあるが、加えて、あの男は私を憎んでいるかのようにふるまうことが多かったからだ。私が目を閉じようとするだけでも殴られた。

あの男は私をレイプするだけでは飽き足らず、ことあるごとに私を侮辱した。自分の足に蜂蜜をたらし、それを私に舐めさせるようなこともしたし、用意した服を無理やりに着せられもした。モーテジャはまるでご褒美をもらった子供みたいに私をレイプしにきた。それから、あの眼鏡をかけたもうひとりの男のことも絶対に忘れない。あんなに大事に眼鏡を扱いながら、あんなひどいことを私にした。こちらは人間だというのに。

アブー・ムアーウィヤが部屋に入ってきたのは午前八時ごろで、私はいきなり顎をつかまれ、体を壁に押しつけられた。「なぜ抵抗しない?」私の態度に腹を立てているようだった。この家に残されていたヤズィディの服の数から見て、私のまえにも何人ものサビーヤがいたことは想像できたが、私以外はみんな抵抗したのだろう。男は小柄だが、力はとても強かった。「抵抗したらどうなるというの?」私は問い返した。「一人だけでも、二人だけでも、三人だけでもない。あなたたち全員で、よってたかってこんなことをして。私がいつまで抵抗すると思ってるの?」そう言ったとき、男が笑ったことは忘れない。

アブー・ムアーウィヤが出ていったあと、ひとりになった私は眠りに落ち、目を覚ますともう夜で、同じベッドの私のうしろに男が寝ているのに気がついた。名前は忘れてしまったが、キッチンでアブー・ムアーウィヤと、パンとヨーグルトを食べていた男だった。渇きで喉が痛かったので、水がほしいと思って立ちあがろうとすると、男が私の腕をつかんだ。「何か飲みたいだけです」。そう言ったとき、私は自分にまだ希望があることに驚いた。ハッジ・サルマーンの家で見張り役の男たちに襲われたあと、ＩＳＩＳとレイプに対する恐怖というものを私はすっかり失くしてしまっていた。もう何も感じなくなっていたのだ。その男に、そこで何をしているのかとはあえて訊かなかった。さわらないでほしいことを、わからせようともしなかった。私はどんな言葉もかけなかった。

ある時点を過ぎたときから、レイプ以外に何もなくなった。それが日常になっていた。次に誰がドアをあけ、襲ってくるかはわからない。ただ、それは起こり、明日は今日よりひどいかもしれない。過去の生活は遠い記憶となり、夢のように思えてくる。そこでは、あなたの体はもうあなたのものではなく、そして話す力も、戦う力も、外の世界について考える力ももう出ない。これがあなたの人生なのだと受け入れてしまえば、もうそこにはレイプと無感覚しかないのだ。

恐怖を感じるならまだいい。恐怖を感じるからには、前提としていま起こっていることは普通ではないという意識があるからだ。心が張り裂ける思いをしたり吐いたりするかもしれないし、家族や友達にしがみつかずにはいられなかったり、テロリストのまえではいつくばったり、涙で目が見えなくなるまで泣いたりすることはあるだろう。でも、少なくともそういうときはまだ何かをしている。絶望は死に近い。

となりにアブー・ムアーウィヤの友達が寝ているベッドで目覚めたとき、私はその男の体に足を乗せているのに気がついて、びっくりして、相手も驚かせたことがあった。小さいときから私は、姉でも母でも兄でも、大好きな誰かがとなりで寝ているときには、近くにいたくて体に足を乗せていた。それをテロリスト相手にやってしまったのに気づき、慌てて足をひっこめると、男は笑って訊いてきた。「なぜ動いた？」私は自分が嫌になった。もしかしてこの男に気があるとでも思われたのではないかと、心配にもなった。

「人がとなりで寝ているのは慣れてないんです」と、私は答え、少し休みたいと言うと、男は携帯電話で時間をたしかめ、それからバスルームへ立った。

アブー・ムアーウィヤが床に敷いたマットの上に朝食を用意して、私にもそこへ来て食べるようにと言った。それが自分をレイプした男ふたりとキッチンで食事を共にすることを意味するにもかかわらず、私は食事に飛びついた。サルマーンの家を出てから何も食べておらず、強力な飢えを感じていたのだ。色の濃い蜂蜜とパンに卵、それからヨーグルト――それは慣れ親しんだ味で、おいしかった。私が無言で食べるそばで、男たちはその日しなくてはならない仕事について話し合っていた。発電機に使うガソリンをどこで手に入れるか、どの施設に誰が到着するかといったことだ。私は彼らの顔を見ないようにしていた。食事が終わると、アブー・ムアーウィヤは、シャワーを浴びて、アバヤを着るように指示した。「もうすぐここを出る」

部屋に戻り、シャワーを浴びたあと、私ははじめて鏡を見た。顔は青白く黄味がかり、腰までのびた髪はからまり、固まっていた。以前は喜びの源だった髪がこんなになってしまい、きれいになりたいと思う気持ちを思い出すこともなくなりそうに感じられた。もう切ってしまおうと引き出しをあけてハサミを探したが、入ってはいなかった。部屋の中はとても暑くて、髪の毛が燃えているのではないかと思うくらいだった。突然、ドアがひらき、二人目の男が入ってきた。持ってきた青い服を私に着ろと言った。「それではなくて、これではだめですか？」ヤズィディ教徒の服を見せながら訊いてみた。それを着れば落ち着いていられると思ったが、だめだと言われただけだった。

その男は私が着替えているのを見ながら近づいてきて、体をあちこちさわった。「おまえ臭いな」。言いながら、男は鼻を手で覆った。「シャワーを浴びていないのか？　ヤズィディ教徒はみんなおまえみたいに臭いのか？」

「これが私のにおいです」。男に向かって私は言った。「あなたが好きか嫌いかはどうでもいい」

その家を出るとき、テーブルの上に置かれていたアブー・ムアーウィヤの携帯電話のそばに小さなプラスチック片があるのが目に入った。それが携帯電話のメモリーカードだということはすぐにわかった。何が入っているのだろうと気になった。サビーヤの写真？　私の写真？　それともイラク軍の計画だろうか？　コーチョにいたころ、誰かのメモリーカードをハイリーの携帯電話に挿して、何が映っているのかを見るのが好きだった。ひとつひとつが解き明かされるべき小さな謎であり、それらは持ち主の多くを語っていた。

一瞬、このテロリストのメモリーカードを盗むという考えが、私の頭をよぎった。もしかしたら、ヘズニが私を探したり、イラク軍がモースルを奪回したりする助けになるような秘密が隠されているかもしれない。それに、もしかしたら、ＩＳＩＳの犯罪の証拠が映っているかもしれないのだ。でも、手を出すのはやめておいた。たとえ何をしたところで、何かが変わることを想像することすらもうできないくらいに、私は絶望していたのだ。だから、私はただ、そのまま男についって外へ出た。

家の外では、救急車ほどの大きさのバンが一台、路上に停まり、運転手が門のそばに立って待っていた。運転手の男は、モースルかタル・アファルか、どこか近くの街から来たようで、それらの街で戦闘員らがどれほどうまくやっているかをアブー・ムアーウィヤに報告していた。「どちらの街でも大きな支援が得られましてね」。男はそんなふうに話していた。アブー・ムアーウィヤは、うなずいて承認を示していた。その話が終わったころ、バンのドアがあいて、女性が三人降りてきた。

彼女たちも私と同じように、アバヤとニカブで全身を覆い隠されていた。車を降りたあとは、三人で身を寄せ合っている。ひとりは背が高く、ほかのふたりがその女性のアバヤのひだのあいだに手袋をした手をつっこみ、しがみついている。車を降りると立ちどまり、左右を見て、それからぐるりを見渡し、ハムダーニーヤの施設がどんなところかをたしかめていた。ニカブの隙間からのぞく彼女たちの目は、近くでじっと見ているアブー・ムアーウィヤを前にして恐怖で怯えきっていた。

背の高い女性が小さいほうのひとりの肩に手をまわし、ふくよかな自分の体に引き寄せている。いちばん背の低い女の子は十歳くらいかもしれないと私はそのとき気がついた。この人たちは母親と娘二人にちがいない、と私は思った。三人まとめて売られたのだ。「思春期に満たない子供を、「奴隷」売買もしくは贈与によって母親から引き離すことは認められない」と、イスラム国のパンフレットではサビーヤについてそう書かれていた。母親は、その子供たちが「成長して成熟する」までそばで暮らす。そのあとは、ＩＳＩＳは自分たちのしたいようにすることができる。

三人は固く身を寄せ合ったまま、ゆっくりと車から離れ、私がその晩すごした建物のほうへ歩きだした。娘ふたりはつるつるした布の手袋をはめた母親の手をしっかりと握って、雌鶏のあとをついて歩く雛鳥のようについていった。私は彼女たちと交換されたのだろうか？　すれちがうとき、私は目を合わそうとしたのだが、三人ともまっすぐに前を見ていた。ひとりずつ、彼女たちは小さな家の暗闇の中に消えていき、そして扉が閉められた。自分の子供や母親、あるいは姉が、私たちと同じ目に遭うのを見てしまうとしたら、それはとても恐ろしいことにちがいない。それでも、私は彼女たちがうらやましかった。彼女たちはラッキーなのだ。ＩＳＩＳが自分たちのルールを破ることはよくあり、子供が母親から引き離されることはめずらしくないのだ。ひとりにされてしまうほうがずっとひどい。

アブー・ムアーウィヤは、イラク・ディナールで運転手にいくらか払い、車は私を乗せてハムダーニーヤを出発した。行き先は訊かなかった。絶望はマントのように、アバヤよりも重く、暗く、もっと目につかないように私に覆いかぶさっていた。車の中では運転手がＩＳＩＳ支配下のモースルで人気のある宗教音楽のような曲をかけていて、雑音にしか聞こえないその音と車の揺れで、私はめまいを感じていた。「止めてください」。私はアブー・ムアーウィヤに言った。「吐きたいです」

車をハイウェイの脇に停めてもらい、ドアを押しあけ、私は一メートルほど先まで走って砂の上で、ニカブをとって朝食べたものを吐いた。車が音を立てて通り過ぎていくそばで、ガソリンのにおいと埃で、私はもう一度吐いた。アブー・ムアーウィヤも降りてきて少し離れたところで、私が逃げだして、野原か車の流れのなかに入っていかないように見ていた。

ハムダーニーヤとモースルを結ぶ道路には、大きな検問所がひとつある。ＩＳＩＳがイラクへやってくるまえは、イラク軍が詰めており、アルカーイダが関係する反乱の動きを監視していた。いまやその検問所はＩＳＩＳによる道路支配の一部となり、それにより、国内全域の支配が固められようとしていた。ここは検問所の国だと言っていいくらいにイラクには検問所がたくさんあり、そこもテロリストの白黒の旗が掲げられた検問所のひとつだった。

クルディスタンでは、そうした検問所には鮮やかな黄、赤、緑のクルドの旗が掲げられ、ペシュメルガの兵士が駐在している。イラクのその他の地域の検問所は、赤、白、緑のイラク国旗で覆われ、そこがイラク中央政府の統治地域であることが示されている。イランへと続くイラク北部の山地と、そしていまではシンジャールの一部では、ＹＰＧが自分たちの検問所に旗を立てていた。バグダッドも国連も、いったい何をもってイラクが統一国家だなんて言えるのだろう？一度でも私たちの道路を旅してみて、検問所ごとに長い列にならんで待たされたり、あるいは、ナンバープレートに書かれている都市の名前ひとつを理由に、尋問を受けた経験があれば、この国が何百もの断片からしかできていないことがわからないはずがないというのに。

その検問所に着いたのは午前十一時半ごろだった。「降りるんだ、ナディア」。アブー・ムアーウィヤが言った。「なかへ入れ」。そう言われ、ふらふらする頭で、足取りもおぼつかないまま、私はゆっくりと小さなコンクリートの建物に入っていった。そこは守衛の事務所兼休憩室になっていた。まだ何か確認事項が残っているのだろうと思って待っていたのだが、驚いたことに、いま乗ってきた車が、目の前を通って検問所を抜け、そのまま私を置き去りにしてモースルのほうへ走り去ってしまったのだ。

その建物には部屋が三つあった。いちばん大きな部屋には戦闘員がひとり、書類のたくさん置かれたデスクの向こうにすわっていて、それより小さなふたつの部屋はラウンジとして使われているようだった。ドアがひとつ半開きになっていて、その向こうにツインベッドの鉄のフレームがあるのが見えた。マットレスの上に女の子がひとりすわっていて、別の女の子とアラビア語で話しているのが聞こえてきた。「アッ＝サラーム・アライクム」。デスクの戦闘員が、書類から顔をあげて私に言った。私は女の子たちがいる部屋のほうへ行こうとしたが、戦闘員に止められた。「ちがう。おまえは別の部屋だ」。私の心は沈んだ。ひとりでいなくてはならないのだ。

その小さな部屋は、最近きれいにして壁も塗りなおしたばかりのように見えた。隅の暗がりにテレビが一台置かれ、その横にそばにお祈り用のマットが丸めて立てかけられていた。テレビの横には果物の載った皿が置かれていて、そのせいで、吐き気が戻ってきた。窓際に音を立てているウォータークーラーがあったので、私は水を飲んで、それから床に敷かれていたマットレスの上にすわった。めまいがして、部屋が回転しているような気がしていた。

さっきとは別の戦闘員が戸口に現れた。若くてとても痩せた男だ。「サビーヤ、おまえは何という名前だ？」男は立ったまま、私を見ていた。

「ナディア」。頭痛で顔をゆがめながら、私は答えた。

「ここは気に入ったか?」男が訊いた。

「なぜ? 私はいつまでここにいるのですか?」ここは検問所で、人が滞在する場所ともいえないのに、私はここに残されるのか?

「そんなに長くはいない」。男はそう言って、行ってしまった。

部屋の回転がさらに加速して感じられた。私は吐き気をもよおし、げほげほ言いながら、飲んだ水をなんとか胃の中にとどめておこうとがんばった。もしもその場で吐いてしまったら、トラブルになるのが怖かったのだ。

誰かがドアをノックした。「大丈夫か?」さっきの痩せた男の声が、ドアの外から聞こえた。

「吐きたいです。ここに吐いてもいいですか?」私は尋ねた。

「だめだ、そこはやめてくれ」。男は言った。「そこは私の部屋だ。そこでお祈りをする」

「ではバスルームへ行かせてください。顔も洗いたいです」

「だめだ」。ドアをあける気配もないまま、男は言った。「大丈夫。おまえは大丈夫だ。とにかく待っていろ」

しばらくして、男は何か温かいものの入ったマグカップを持って戻ってきた。「これを飲め」さしだしながら、男は言った。「気分が良くなる」。マグカップの中の液体はうっすらと緑がかった色をしていて、ハーブのにおいがした。

「お茶は嫌いです」。私は言った。

「お茶ではない」。男は言った。「これを飲めば頭痛が治る」。男は私と向き合う格好で、マットレスに腰を下ろした。唇をぴったりと閉じ、片手を胸に当てている。「こうやって飲むんだ」。男はマグカップから立ちのぼる湯気を吸いこみ、液体をすすって、手本を見せた。

とても怖かった。きっとこの男が私を買ったのだろうと思っていたし、男は自分の胸から手を離して、私の胸に置いたのだ。もしほんとうに私の頭痛を治したいと思っているにしても、それは回復させてみだらなことができる状態にしたいだけのことにちがいなかった。

私は手を震わせながら、マグカップの液体を飲んだ。二、三口すすったところで、男は私の手からマグカップを取り、マットレスのそばの床の上に置いた。

私は泣きはじめた。「お願い。今朝ほかの男の人のところから来たばかりです。頭痛がしています。ほんとうに気分が悪いんです」

「大丈夫だ」。男は言った。「すぐに良くなる」。そう言って男は私の服を脱がせはじめた。部屋の中はとても暑かったので、私はすでにアバヤを脱いでいて、着ていたのはその朝アブー・ムアーウィヤの友達が持ってきた青いワンピースだけだった。私は引っぱり上げられたスカートをすぐに戻して抵抗しようとした。すると男は機嫌を損ね、私の太ももを強く叩き、またさっきと同じことを繰り返して言った。「すぐに良くなる」。このときはそれが脅しに聞こえた。男は半分服を着たままの私にのしかかり、とても性急にレイプし、終わるとさっさと体を起こしてシャツを直し、こう言った。「すぐに戻る。おまえがここに残っていいかどうかたしかめてくる」

男が出ていったあと、私は乱れた着衣を整えて、少し泣いた。そのあとマグカップを手にとり、ハーブの香りのする飲み物の残りを飲んだ。泣いて何になるというのだろう？　液体は冷めてぬるくなっていたが、頭痛には効いているように思えた。そうこうしているうちに男が帰ってきて、まるで私たちのあいだに何ごともなかったかのように、もっと飲みたいかと訊いてきた。私は首を横に振った。

そのときまでにはもう、私はこの痩せた戦闘員のものでも、ほかの特定の誰かのものでもないことがはっきりしていた。私は検問所のサビーヤ、つまりイスラム国のメンバーであれば、誰が部屋に入ってきて、好きにしてよいものになっていた。マットレス一枚と腐りかけのフルーツの入った皿以外に何もない部屋に私を閉じこめ、ドアが開いて、次の戦闘員が入ってくるまでただ待たせておくのだ。これがこのときの私の生活だった。

痩せた男が出ていったときはまだひどいめまいがしていたが、動けば少しでもよくなるかと思い、立ち上がった。とはいえ、囚人のようにただ部屋のなかをぐるぐると歩き回るくらいしかできることがなかったので、ウォータークーラーの前を過ぎ、フルーツの皿の前を過ぎ、マットレスのそばを過ぎ、そしてつけようとも思わないテレビの前を通り歩いた。白い壁に手を這わせ、小さなペンキの塊を、そこにメッセージが隠されているかのように探し、なぞった。もしかして生理が来ていないかと、下着を脱いでたしかめてみたが、来ていなかった。私はマットレスにどさりとすわりこんだ。

いくらもたたないうちに、別の戦闘員が入ってきた。巨体で声が大きくえらそうにしゃべる男だ。「病気のやつはおまえか？」男が訊いてきた。

「ほかに誰がいるんですか？」訊き返してみたが、答えは拒否された。「おまえには関係のないことだ」。男はそう言い、それからこう繰り返した。「病気のやつはおまえか？」私はうなずいて、イエスを示した。

男はドアにロックをかけた。腰のベルトに銃がささっているのが見えたので、想像の中で私はそれを引き抜き、自分の頭に突きつけた。**いっそ殺して**、と私は言いたかったが、そのとき頭をよぎったのは、もし私が銃に手をのばすのを見たら、この男は死よりもひどい罰を思いつくかもしれないということだったが、結局は何もしなかった。

さっき来た痩せた男とちがって、今度の戦闘員は部屋に鍵をかけた。それで私はパニックになった。男から一歩下がって離れようとしたところで、めまいがおそってきて床に倒れてしまった。意識を完全に失ってはいなかったが、気分が悪く、視界はぼやけていた。男は私のとなりにすわると、こう言った。「怖がっているんだな」。声の調子にやさしさはなく、嘲りと残忍さが感じられた。

「お願い、ほんとうに気分が悪いんです」。私は男にそう言った。「お願いです、ハッジ、ほんとうに気分が悪いんです」。そう何度も繰り返してみたが、男はおかまいなしに私が横たわっているところまでやってきて、肩を持って引きずるように私をマットレスに乗せた。むき出しの足とふくらはぎが床をこすっていった。

男はまた嘲るように言った。「ここは気に入ったかな？」そして、笑った。「ここでの待遇はどうだ？」

「あなたたちの私の扱いはみんな同じ」。頭がふわふわして、目もよく見えなくなっていた。私は引きずられていった場所で横たわり、目を閉じて頭から男を締め出し、部屋のことを忘れようとした。私は自分が誰であるかを忘れようとした。私は自分の手足を動かし、話し、息をする力を全部捨ててしまおうとがんばった。

男は私を嘲り続けた。「おまえは病気だ。しゃべるな」。そう言いながら、今度は私のお腹に手を当ててきた。「なぜこんなに痩せている？　食べていないのか？」

「ハッジ、私ほんとうに気分が悪いんです」。私の声は、男が私の服を脱がせるあいだに、空気のなかに溶けていった。

「おまえがこんなふうで、どんなに嬉しいかわからないのか？」男は言った。「おまえが弱っているのがいいんだとわからないのか？」

― 12 ―

どのサビーヤにもそれぞれに私と同じようなストーリーがある。ＩＳＩＳがどこまで残虐なことをできるかは、自分の姉や妹、従姉妹や隣人、学校の友達から彼らが何をしたかを聞き、自分がとくべつ不運だったわけでもないし、泣き叫んだり逃げようとしたりしたから罰せられたわけではないことを知るまでは、想像もできない。男たちはみんな同じだった。全員、自分たちには私たちを傷つける権利があると思っているテロリストだった。

女性たちのなかには自分が連れ去られる前に、目のまえで夫を殺されたものや、戦闘員らがシンジャールの大虐殺を得意げに話すのを聞いていたものもいた。彼女たちは民家やホテル、場合によっては刑務所に閉じこめられ、計画的にレイプされた。なかには初潮を迎える年齢にも達していない子供もいたが、配慮されることなく襲われた。手足を縛られた状態でレイプされたり、眠っているときにはじめてレイプされた者もいた。所有者にしたがわなければ、食事を抜かれたり、拷問されたりしたものもあったし、言われたことをひとつでもやらなければ、そうしたことをされたものもあった。

私と同じ村に住んでいたある女性は、ハムダーニーヤからモースルへ運ばれる途中で、所有者が我慢できなくなったという理由で、道路わきに車を停めてその場でレイプされたという。「そこはすぐそばを道路が走っていて、私は脚を車から外に突き出したままでした」。彼女はそう話した。家に着くと、男は彼女に髪をブロンドに染めさせ、眉を抜き、妻のようにふるまわせた。カスリーンの所有者はドクター・イスラムといい、ＩＳＩＳに参加するまえからよくヤズィディ教徒の村を訪れていた専門家だった。毎週、この男はあたらしい女性を買っては古い女性を捨てていたが、カスリーンのことは気に入って、ずっとそばに置いていた。ハッジ・サルマーンが私にさせたように、身だしなみを整えて化粧をさせ、ポーズを取らせて自分とのツーショット写真を撮った。一枚は、新郎新婦がするようにドクター・イスラムがカスリーンを抱きあげて川を渡っているものだ。写真の中の彼女はニカブをめくりあげて顔を出し、はち切れんばかりの笑顔を見せていた。ドクター・イスラムはカスリーンに、いかにも幸せで彼を愛しているようにふるまうことを強制していたが、でも彼女を知っている私にはわかった。あの無理につくった笑顔の裏にあるのは純粋な恐怖だ。カスリーンは六回逃げようとしたことがあり、助けを求めて頼った人々によって連れ戻されていた。そして連れ戻されるたびに、ドクター・イスラムは彼女をひどく罰した。こうした話が尽きることはない。

検問所で夜を過ごしたあるときのこと、朝早く、無線機が鳴り、戦闘員が目を覚ました。「気分は良くなったか?」その戦闘員は私に尋ねた。私は一睡もできておらず、「良くなりません」と答えた。「ここにいたくありません」

「では何か必要だな。あとでどれくらい気分が良くなるか教えてやろう」。戦闘員はそう言い、無線を取って部屋を出ていった。

外から鍵をかけられて私は部屋に閉じこめられていた。検問所のそばを通り過ぎる車の音や無線で話す戦闘員の声が聞こえていて、私はもう死ぬまでここに閉じこめられているのかもしれないと思った。外に出たくてドアを叩いたが、どうにもならず、また吐き気に襲われて、今度は床とマットレスを少し汚した。痩せた戦闘員が戻ってきて、ヒジャブを取れと言い、それから吐き続ける私の頭から水をかけた。十五分吐き続けて、吐いたのはほんの少しの酸っぱい液体だけで、まるで私の体は干上がってしまったみたいに思えた。「バスルームへ行け」。男が言った。「体を洗ってこい」。アブー・ムアーウィヤのバンが、私をモースルへ連れ戻すために戻ってきたのだ。

バスルームに入って、私は顔と腕に水を浴びた。熱があるみたいに体が震え、目もよく見えないし立っているのもつらかった。その感覚は、私のなかの何かを変えた。

コーチョを出てからずっと、私は死にたいと願っていた。サルマーンが私を殺せばいいと思ったし、もう死なせてほしいと神様にも祈った。それに消えてしまいたいと思って食べ物も飲み物も拒否した。私をレイプし、殴る男たちが、私を殺すのではないかと思ったことも何度もあった。だが死はやってこなかった。検問所のバスルームで、私は泣き出した。コーチョを離れてはじめて、ほんとうに死ぬかもしれないと思ったのだ。そして自分がほんとうは死にたくないことも、よくわかったのだった。

* * *

モースルへは迎えに来た別の戦闘員に連れられて帰った。その戦闘員はハッジ・アーミルという名前で、気分が悪くて訊くのはやめたが、この男が私のあたらしい所有者になったのは間違いなかった。検問所からモースルの街まではそれほど離れていなかったが、数分おきに私が吐き気をもよおして車を止めるので、一時間くらいかかった。「なぜそんなに体調が悪いのか？」ハッジ・アーミルが訊いてきたが、それはレイプのせいだと思っているとは言う気はなれず、こう言った。「食べてないし、あまり水も飲んでなくて。それにとても暑くて」

モースルの街に入ると男は薬局に寄って薬を買い、男の家に着いてからそれを私に与えた。私が声を立てずに泣いていると、兄たちがいつも私が大げさに泣きまねをしていると思って笑ったように、私を見て男は笑った。「小さい子供じゃないんだ。泣くんじゃない」。男は言った。

その家は小さくて、なかは濃い緑と白のストライプ柄にペイントされていて、ＩＳＩＳに接収されてからまだ日が浅いように見えた。部屋もきれいに片づいており、イスラム国の戦闘員が脱ぎ捨てた服やヤズィディの女性が置いていった服も見あたらなかった。ソファを見つけて横になると、すぐに私は眠りに落ちてしまい、目が覚めたときにはもう夜で、吐き気と頭痛もおさまっていた。車を運転してきた男は、別のソファの上に横になり、そばに携帯電話を置いてくつろいでいた。「気分は良くなったのか？」私が目覚めたのに気づいた男が尋ねた。

「ええ少し」。私は答えた。もちろんまだ気分が悪くてさわれないと思わせておきたかったが。「めまいがします。何か食べないと」。そのまえの日の朝にアブー・ムアーウィヤと一緒に朝食をとってから何も食べておらず、それも全部吐いてしまっていた。

「コーランを少し読んで、お祈りをするんだ。そうすれば痛みは消える」と、男は言った。

私は自分のバッグを持ってバスルームへ行った。もしリビングに置いておいたら、着替えと生理用品だけだと思っていたとしても、男に取りあげられてしまうかもしれないと思ったからだ。ドアを内側からロックして、生理用ナプキンのあいだにはさんだネックレスとブレスレットが無事かをたしかめた。一枚一枚取り出してみなければわからないように、きちんと隠せているかをたしかめたかったのだ。なぜならそんなことをして調べる男はいないからだ。母の配給カードを取り出して、しばらく手に持って母を思った。そして、あの戦闘員から何か情報を引き出してやろうと心に決めて、バスルームを出た。

ふたりきりになって、すぐに私をレイプしない男と一緒にいるのは奇妙な気がした。もしかするとハッジ・アーミルというこの男は、ＩＳＩＳではあるけれども、体調のあまりに悪い私を見て、いくらかの哀れみを感じたのだろうかと思った。それとも、もしかしたら地位が低くて、見張りの役割しか与えられていないのだろうかとも思った。しかし、リビングに戻ってみると、この男も、ハッジ・サルマーンが毎晩したのと同じように、残忍な表情を顔に浮かべて、レイプはしなかったものの、当然の権利のように暴力をふるった。それが終わると男はソファでくつろぎ、ごく普通の調子で話しはじめたのだ。まるで私たちが以前からの知り合いだったみたいに。

「おまえがこの家にいるのは一週間だ。そのあとはシリアへ行くかもしれん」。男が言った。

「シリアへは行きたくありません！」私はすがるように言った。「モースルでほかの家に行くならかまいません。でも、シリアへは行かせないで」

「怖がらなくていい。シリアにはおまえのようなサビーヤがたくさんいる」

「知ってます。でも行きたくありません」

ハッジ・アーミルは一瞬黙り、私を見て言った。「考えておこう」

「もしここに一週間いるのなら、姪のロジアンとカスリーンに会えますか？」

「シリアにいるかもしれんな。おまえがシリアに行けば、会えるかもしれん」

「この前モースルで会いました。まだこの街のどこかにいるはずだと思います」

「そうか、だがどうにもしてやれん。私が知っているのは、おまえはここで待つことになっているということだけだ。シリアへは明日の朝にでも出発するかもしれん」

「シリアへは行かないって言ってるでしょう！」私は怒っていた。

ハッジ・アーミルは笑った。「おまえの行き先を決めるのは誰だと思っている？」声を荒げることなく、男は言った。「考えてみるといい。昨日おまえはどこにいた？　それで、今日はどこにいる？」

そう言って、ハッジ・アーミルはキッチンへ入っていった。しばらくすると、熱した油に卵を落とす音が聞こえた。私もキッチンへ行くと、卵料理とトマトの載った皿が用意されていた。だが、あんなにお腹が減っていたというのに、食欲はもうすっかり失せていた。シリアへ行くなんて、考えただけでも恐ろしかった。じっとすわっているのもやっとだったが、ハッジ・アーミルは、私が食べていなくても、まったく気にとめていなかった。

自分が食べ終わると、ハッジ・アーミルは着替えのアバヤは持っているかと訊いてきた。

「これ一枚だけです」と、私は答えた。

「シリアに行くなら、もう何枚かいるな。私が買ってきてやろう」

そう言うと、ハッジ・アーミルは、車のカギを持って玄関へ向かった。「ここで待っていなさい。すぐに戻る」。それだけ言うと、ドアをバタンと閉めて行ってしまった。

私はひとりになった。家のなかに人はおらず、音もなかった。その家は、市街地から少し離れたところにあり、近隣の通りは静かで、行き交う車も少なく、こぢんまりとした家がわりと狭い間隔で建ちならんでいた。キッチンの窓からは、家から家へと歩く人々の姿が見え、その向こうにはモースルの街の外へ続く道路が見えていた。落ち着いた地区のようで、街なかにあるハッジ・サルマーンの家の周囲のような騒がしさも、ハムダーニーヤのようなうらぶれた感じもなかった。私は立ったまま三十分近く外を眺めていて、ようやく気がついたのは、目の前の道路にはただ人がいないだけでなく、ＩＳＩＳもいないということだった。

ハッジ・サルマーンに罰を与えられて以来、逃げるという考えが、私の頭に浮かんだのはこのときがはじめてだった。検問所で受けた拷問と、シリア行きの予定が、早く逃げなければという気持ちにまた火をつけたのだ。キッチンの窓から抜け出すことをまず考えたが、実際にやってみるまえに、もしかして何かの奇跡が起きていて、あの男が鍵をかけ忘れていないかをたしかめるために玄関へ行った。

ドアは木製で重かった。黄色い取っ手をまわそうとしたところで、心が沈んだ。動かない。ドアに鍵をかけ忘れるほど、あの男が馬鹿なはずがない。そうは思ったけれど、最後にもう一度、引っぱってみると、ドアが開き、倒れそうになった。

めまいを覚えながら、玄関前のステップに出た私は、しばしじっと立ちつくした。いまこの瞬間にも、銃が突きつけられ、怒鳴りつける見張り役の声が聞こえてきてもおかしくないと思っていたからだ。だが何も起こらなかった。私はステップを下りて、庭に出た。ニカブをつけていなかったので、少しうつむいて、視界の端に見張り役や戦闘員の姿が見えないかとたしかめた。誰もいない。誰も怒鳴りつけないどころか、私に気づいているものすらひとりもいない。庭は塀で囲まれていたが、高さはあまりなく、くず入れに使われている缶を踏み台にすれば簡単に越えられそうだった。気持ちが落ち着かなくなり、胃がむせ返った。

急に何かが乗り移ってきたかのように、私は家の中に駆け戻り、バッグとニカブを手に取った。できるかぎり素早い動きで。なぜなら、いつハッジ・アーミルが帰ってくるかもしれなかったし、あの男の言ったとおり、明日シリアへ行かされることになっているとしたらどうなるだろうと思ったからだ。私はニカブを頭からかぶって顔を隠し、バッグを肩からかけて、もう一度ドアの取っ手を引いた。

今度は最初から力いっぱい引いたので、ドアは簡単にあいた。そして大急ぎでドアステップまで出たのだが、外の空気にあたった瞬間、アバヤのスカートが引っぱられるのを感じ、私は振り向いた。戦闘員が戸口にいると思ったのだ。「外の空気が吸いたかったんです。「気分が悪くて!」」それは、サルマーンの見張りにつかまったあの晩よりも恐ろしい瞬間だった。誰が見ても、逃げようとしていたようにしか見えないのだから。だが、誰もいなかった。引っぱられたのはドアが閉まるときに、アバヤが引っかかっていたからだった。笑いそうになりながら、アバヤをはずし、そして庭へと走った。

くず入れの缶を踏み台にして、塀の向こうを覗いてみた。通りには誰もいなかった。左を見ると、大きなモスクがあって、そこにはイスラム国の戦闘員が大勢集まって、夕刻の祈りを捧げていたにちがいなかったが、右側と正面はごく普通の住宅地で、おそらく人々は家のなかにいて、お祈りをしているのかもしれないし、夕食の支度をしているのかもしれなかった。車の音やホースを引きずる音が聞こえた。となりの家の女性が庭に水を撒いているのだ。私は怖くなって塀を乗り越えるのをためらった。**もしちょうどハッジ・アーミルが帰ってきて、鉢合わせしたら? また罰を与えられたら今度は持ちこたえられるだろうか?** そんな思いが頭をよぎった。

塀を乗り越えていくなら、道路ではなくとなりの庭へ降りたらどうだろうかと私は考えた。そうすればハッジ・アーミルが車で帰ってきても鉢合わせることはない。近隣の家はどこも電気がないようで、それにあたりは暗くなりはじめている。アバヤを着ていれば、暗い庭では誰にも気づかれないかもしれない。庭の門を抜けていくという選択肢はもうすでに消していた。きっと誰かが見ているだろうし、アバヤを着ていようがいまいが、女がひとりでＩＳＩＳの所有となっている家から出てくれば嫌でも注意を引くだろう。それに脱走サビーヤを突き出せば褒美がもらえるというのは魅力的だ。

これ以上考えている暇はないことはわかっていた。決断しなくてはならない。でも動くことはできなかった。どんな選択をしたところを想像してみても、最後はつかまえられて、ハッジ・サルマーンがしたように、罰せられて終わるのだ。ハッジ・アーミルが鍵をかけずに誰もいない家に私をひとり残していったのは、うっかりしていたからではないと私は思った。そんな馬鹿ではない。あの男がそんなことをしたのは、すでに長いあいだ拷問を受けて、そのうえ体調不良と空腹でこれほど弱っている私が、いまさら逃げようとは思わないと思ったからにちがいない。私はもう永遠に彼らのものになったと思われていたのだ。

それはちがう、と私は思い、つぎの瞬間にはもうバッグを塀の向こうに投げていた。そして、そのすぐあとには自分も塀を乗り越えて、反対側にどさりと着地した。

第 3 部

— 1 —

塀を越えてとなりの庭に降り立ってみると、その家から正面に見える道の先が行き止まりになっているのがわかった。とはいえ、夕刻の祈りの時間でもあるので、モスクの前を通って左側の道を行くのは危険すぎる。残された選択肢はひとつ、右側へ行くことだが、その先に何があるかはわからなかった。私は歩き出した。

履いてきたのは最初の夜、モスクに転用された大きな建物で、ハッジ・サルマーンに与えられた男物のサンダルだったが、そのサンダルで、家から車までより長い距離を歩くのははじめてだった。サンダルの底がうるさすぎないかと思うほどの音を立ててぱたぱたと足の裏にあたるうえに、つま先のストラップのあいだから砂が入ってきた。大きすぎる。そのことすらすっかり忘れていたのだが、そう気がついて、一瞬うれしくなった。つまりそれは私が動いているということなのだから。

まっすぐ歩いていくのは避けて、駐車車両のあいだを縫うように進んだり、適当に角を曲がり、同じ通りを何度も渡ったり戻ったりしながら進んでいった。そうすれば、たまたま私を見た人がいても、どこか目的地へ移動していると思うだろうからだ。胸の鼓動が激しくなり、すれちがう人がそれを聞いて、私が何者かを悟られてしまうのではないかと心配になった。

道沿いに建つ家のいくつかには、発電機で明かりが灯り、紫の花がたくさんついた茂みと背の高い木のある庭があった。裕福な大家族のために建てられた住宅が多い上品な地区だ。夕暮れどきには、住民の多くは家で夕食をとったり子供を寝かしつけたりしているが、暗くなってくるにつれ、外に出てきて風に当たりながら近所の人たちとおしゃべりをする人たちが増えてきた。私は注意を引かないように、その人たちのほうを見ないようにして歩いた。

小さいころからずっと、夜が怖かった。それを思うと、うちが貧乏だったのは幸運だった。貧しかったからこそ、姉や姪たちと同じ部屋で寝たり、家族に囲まれて屋根の上で寝たりすることができたのだ。そうしていれば、暗闇に何が隠れているのか心配しなくてもよかった。その晩、モースルの街を歩いているとき、空はすぐに暗くなり、ISISにつかまる恐怖よりも、夜に対する怖さのほうが大きくなっていた。街灯がなく、光といえば数少ない家から洩れる明かりだけで、いまにも街じゅうが真っ暗になってしまいそうだったのだ。じきにどこの家族も眠ってしまい、通りには誰もいなくなってしまうはずだ、と私は思った。私と、私を捜す男たちを除いては。

いまごろはもう、ハッジ・アーミルはあたらしいアバヤを手に入れて家に戻り、私がいなくなったことに気づいていることだろう。そしておそらく無線でイスラム国のメンバーに、もしかすると司令官か、ハッジ・サルマーンにさえ、私が逃げたと通報しているかもしれない。それがすんだら、また車に乗ってヘッドライトを明るく照らして、逃げている女の姿を捜すだろう。おそらくは自分の身を案じながら。なぜなら結局のところは、自分がドアをロックせずに私をひとり家に残して出かけたために、こんなに簡単に私が逃げてしまったのだから。そのせいであの男はいっそう車を飛ばし、必死で捜すのではないかと私は思った。家々のドアを叩き、通りを歩く人に訊き、ひとりで歩く女を呼び止めるのではないかと思った。あの男なら、夜の闇のなかまでも見通すのではないかと思った。

アバヤが闇に紛れる助けにはなっているだろうが、私が望むように透明になった気まではしなかった。歩きながら私の頭のなかは、彼らが私をとらえる瞬間、どんな武器を持って、どんな声を出しているか、そしていま逃げてきた家に引きずり戻されるときに、彼らの手はどんな感触がするかということばかりだった。私はすっかり暗くなるまでに、隠れる場所を探さなくてはならなかった。

民家の前を通るたび、私は門を入り、玄関ドアをノックするところを想像した。出てくれた家族は、すぐに私を突き出すだろうか？　その人たちは、私をハッジ・サルマーンに送り返すだろうか？　イスラム国の旗が、ランプポストや門の上に掲げられているのを見ると、自分は危険な場所にいるのだと、思い出さずにはいられなかった。だから、そうした家の庭から聞こえる、子供たちの笑い声さえも、恐ろしく感じられた。

一瞬、戻ったほうがよいのだろうかと思った。今度は塀を乗り越えて庭へ入り、重い玄関ドアを押しあけて家に入り、ハッジ・アーミルが帰ってくるころに、さっき置いていかれたキッチンの床にすわっているというのはどうだろう、と。たぶん、逃げようとしたのがばれてもう一度つかまるのとくらべたら、シリアへ行ったほうがましなのかもしれない。いや、これは神様がくれたチャンスであって、私が家から出やすいようにしてくださったのだ、と。鍵のかかっていないドアも、近隣の静けさも、見張りがいないことも、それに庭の塀の近くに空の缶があったことも。これら全部のことが、危険を冒してでも再度脱走を試みるときだと示すサインだったのだ。こんなチャンスは二度と来ないかもしれないし、つかまってしまえばなおさらだ。

最初は、物音ひとつしても、何かが動いただけでもいちいち飛びあがっていた。走ってくる車のヘッドライトに、警官のサーチライトのように照らされるたび、塀に体を押しつけて、その車が通りすぎるのを待った。トレーニングウェアを着たふたりの若い男が歩いてくるのを見たときは、道を渡って避けた。そのふたりは、私のほうを見ることもなく、しゃべりながら通りすぎていったのだが。ある家のまえで、さびついた門扉が開く音がしたときには、すばやく角を曲がり、できるだけ早歩きしてその家から離れ、犬が吠えたときには、もうひとつ角を曲がって逃げた。こんないくつもの恐怖の瞬間に押されるようにして逃げたが、どこに行きつくのかは想像もできなかった。もしかしたら、このまま永遠に歩き続けるだけなのだろうか、と私は思った。

どんどん歩いていくと、最初は高級車が停められ、発電機が大きな音を立てて、テレビやラジオに電気を送っているような、もとは裕福な家族が住んでいたにちがいないが、いまはＩＳＩＳのものになっている重層コンクリート造りの邸宅が建ちならんでいたのが、多くは灰色のセメントでできたもう少し控えめな家なみに変わっていった。明かりのついている家の数もまばらで、聞こえてくる音もいっそう少なく静かになっていく。建物のなかで赤ちゃんが泣いている声が聞こえてきて、母親が抱っこしてあやしている姿が思い浮かんだ。庭も生い茂る緑から、小さな菜園へと変わり、停まっている車はセダンからピックアップ・トラックに変わっていった。道路わきの溝を家庭排水が流れているのを目にしたとき、ずいぶんと貧しい地区まで来たのだとわかった。

突然、私が探していたのはこれだ、と気がついた。もしもモースルのスンニ派住民のなかに助けてくれる人がいるとしたら、それはおそらく貧しくて、ここにとどまっているのはお金がなくて出ていくことができないだけの人たちだろう。それに、もしかしたら自分たちの暮らしで手一杯で、イラクの政治にそれほど関心のない人たちかもしれない。貧しい人々もたくさんＩＳＩＳに加わっているのはたしかだ。けれどその晩は、自分を導いてくれるものもなければ、見知らぬ誰かをほかの誰かとくらべて信用する理由も見つけられず、ただ自分の家族とよく似た家族に見つけてもらいたかった。

かといって、どのドアをノックすればよいのかもわからない。あまりに長い時間をイスラム国の施設のなかで、ほかの女性たちと一緒に声を張りあげて叫んでいたから、その声は街の人々にも届いているのはたしかだった。でも助けてくれた人はいなかった。街から街へ、バスや車で運ばれていくあいだ、何台もの家族連れの車がそばを走っていたが、乗っている人々はこちらを見てもいなかった。毎日、イスラム国の戦闘員たちは、彼らを受け入れない人々を処刑し、モノ以下の価値しかないと彼らがみなすヤズィディの女性たちをレイプし、そして、ヤズィディ教徒をこの地球上から消し去るという彼らの計画を実行しようとしている。それでもモースルには私たちを助けようとする人はいなかった。

ＩＳＩＳには地元出身者が多く、ここで暮らしていたスンニ派ムスリムの住人は大半が、

ＩＳＩＳが街を占領したときに――そしてさらに多くの人々が、イスラム国による支配を恐れて――モースルの街を出ていった。だから、いま目の前にある家々のどのドアの向こうにも、同情的な人がひとりでも住んでいると考える理由はなかった。モーテジャの母親と会ったとき、彼女が自分の娘を見るような目で私を見てくれたらどんなにいいかと期待して、そして、実際にはどんなふうに憎しみのこもった目を向けてきたかを思い出していた。ここにある家々の中にも、彼女のような人がたくさん住んでいるのだろうか？

それでも、ほかに選択肢はなかった。私ひとりでモースルを出るのは不可能だった。たとえ検問所を通過できたとしても――それすらほぼ確実にできないと思っていたが――ひとりで歩いている路上でとらえられるか、そうでなければクルディスタンへたどり着くずっと手前で、脱水症状で死んでしまうだろう。だからここにある家々が、私が生きてモースルを脱出できるかもしれない唯一の希望だった。でも、どの家が？

そうこうしているうちに、あたりはすっかり暗くなり、目のまえのものもよく見えなくなってしまった。二時間近く歩き続けていたので、サンダルを履いた足が痛かった。たとえ小さくとも、踏み出してきた一歩一歩が、ＩＳＩＳと私との距離を示す安全の大きさのように思えた。しかし、だからといって永遠に歩き続けられるわけではない。ある角へ来たとき、高さと同じくらいの幅がある大きな金属製の扉のまえで、私は足を止め、ノックしようと手をあげた。けれど、ノックする寸前で思いとどまり、手をおろしてまた歩きはじめた。なぜだかはわからない。

その家から角を曲がったところに、また扉があり、立ち止まった。金属でできたその緑の扉は、さっきのよりは小さかった。明かりのついていないその家は、コンクリート造りの二階建てで、コーチョで最近建ったいくつかの家と似ていた。

その家はこれといって目を引くものはなかった。つまり、これといった特徴がなく、外から見ただけでは、どんな人が住んでいるかが想像できなかった。でも、私はもう歩き疲れていた。今度はあげた手をおろさずに、てのひらで扉を二回叩いた。空洞に響くような大きな音が、金属を伝って響き、私は通りに立ち尽くしたまま、自分は救われるのかどうか様子を見ていた。

＊　＊　＊

しばらくして、扉が開き、そこには五十代くらいの男の人がひとり立っていた。「どなたですか？」そう訊かれたが、私は何も言わずに押し入るようになかへ入った。小さな庭では、扉の近くに家族が輪になってすわっている姿が、月明りの下に見えた。彼らは驚いて立ちあがったが、何も言わなかった。庭の門扉が閉まる音を聞いたとき、私は顔を覆っていたニカブをあげた。

「お願いです。助けてください」と、私は言った。返事はなく、私は続けた。「私はナディアと言います。シンジャールから来たヤズィディ教徒です。ダーイシュが私の村に来て、モースルへ連れてこられてサビーヤにされました。家族もいなくなりました」

庭にすわっていたのは、若い男の人がふたりと、彼らよりは年配の夫婦とその子供らしき十一歳くらいの少年だった。それから二十代くらいの若い女の人がひとりいて、赤ちゃんを抱いて寝かしつけようとしていた。その女の人は妊娠しているようで、ほかの誰よりも先に、その顔に恐怖の色が浮かんだように見えた。彼らの小さな家は電気が止まっているのか、家のなかよりは涼しい庭にマットレスを持ち出していた。

一瞬、心臓が止まった。この人たちがイスラム国のメンバーである可能性はないのか？　男の人ふたりは、あごひげを生やしていて、だぶっとした黒いズボンを穿いているし、それに女の人たちは家にいるので顔を隠してこそいないが、着ている服は保守的だ。私をつかまえたものたちとのちがいはどこにも見つからず、だから私はもうきっとこの人たちに突き出されるのだと思った。私は凍りついて、話すのをやめた。

年長のほうの男の人が私の腕をつかみ、庭から家のなかへと引き入れた。玄関は暑くて真っ暗だった。「ここにいるほうが安全だ」。その男の人が説明した。「いま言ったようなことは、外では話すべきではない」

「どこから来たの？」年長の女性が訊いてきた。その男の人の妻だろう、彼女もなかに入ってから質問をしてきた。「何があったの？」その声には不安の色がにじんでいたが、怒っているふうではなく、それで私は心臓がほんの少し落ち着いた気がした。

「コーチョから来ました」。私は言った。「サビーヤとしてここへ連れて来られて、ダーイシュに閉じこめられていた家からいま逃げてきたところです。シリアへ送られそうになって」。私は自分の身に起こったことを彼らに話した。レイプされ、虐待を受けたことも。できるだけ多くのことを知ってもらえば、助けてもらいやすくなると思ったからだ。彼らは家族だ。だから、きっと哀れみや愛を感じる力があるはずだと。でも、私を買ったり売ったりした戦闘員の名前は言わなかった。ハッジ・サルマーンは、ＩＳＩＳでは重要な人物だし、それに、人を死に追いやる判事よりも逆らうのが恐い人がいるだろうか？　もし私がサルマーンのものだと知られたら、たとえ私がどんなにかわいそうだと思ったとしても、私はすぐにあの男に返されるだろう、そう思ったのだ。

「私たちにどうしてほしいの？」女の人は私に尋ねた。

「もしもあなたに若い娘さんがいて、その娘さんが家族から引き離されて、こんなふうにレイプされ、苦しめられていると想像してほしいんです」。私は言った。「お願いですから、そんなふうに考えて、私をどうするか考えてほしいんです」

言い終わると、その家の父親が口を開いた。「心に平和を持ちなさい」。彼は言った。「助けられるようにがんばってみよう」

「こんな娘さんたちに、そんなことをするなんて」。女の人はひとりつぶやいた。

家族はそれぞれに自己紹介をした。彼らはスンニ派で、ＩＳＩＳがモースルへ来たときに、ほかに行くあてがないという理由でとどまった人たちということだった。「我々には検問所を通るのを助けてもらえる知り合いがクルディスタンにいない」のだと、彼らは言った。「それに我々は貧しい。持っているのはこの家のなかにあるものだけだ」と。それを聞きながら、はたして私はこの人たちを信じてよいものかどうか心を決めかねていた。貧しいスンニ派住民も、多くはモースルを離れたが、一方で、とどまった人々もいたものの、自分たちの暮らしがいっそう苦しくなってＩＳＩＳには幻滅させられた。だが、それはほかの人々の苦しみとは無関係だ。しかし、もしこの人たちが私を助けようとしてくれるなら、嘘は言っていないはずだと思うことにした。「我々はアッザーウィーです」。アッザーウィーは、この地域でヤズィディ教徒と長いあいだ近い関係にあった部族だ。ということは、彼らはおそらくヤズィディ教を知っているし、コーチョ周辺の村にキリフがいる可能性もあるということだ。これはよいサインだ。

年長の男の人はヒシャームという名前で、がっしりとした体つきで、白いもののまじった長いあごひげをたくわえていた。その妻はマハーといい、ふっくらときれいな顔をしていた。私が入ってきたときは室内着を着ているだけだったが、私が見知らぬ他人なので、少ししてからなかへ入り、アバヤを着て戻ってきた。

そこにいたふたりの痩せた男はヒシャームの息子で、ナーシルとフセインといった。まだ少年っぽさが残る若者たちで、とくにナーシルのほうは、ここまでどうやって来たのかとか、家族はどうしたのかとか、根ほり葉ほり訊いてきた。長男のナーシルは二十五歳で、とても背が高く、額は広くて口も大きい。この息子たちがいちばん心配だった。もしこの家族のなかにISISシンパがいるとしたら、この若者たちだろうと思ったからだ。けれど、彼らはあの戦闘員たちを憎んでいると言っていた。「あいつらが来てからひどい暮らしになった」。ナーシルは私にこう話してくれた。「いまは戦争の中で暮らしている気がする」

ナーシルの妻のサファーも庭にいた。ナーシルと同様、彼女も背が高く、彫の深い顔にとても印象的な目をしていた。彼女は何も言わず、ただ私のほうを見て、あとは膝にのせた赤ん坊をあやしながら、ナーシルの末の弟のハーリドのほうを見ていた。ハーリドはまだ幼く、状況がよくつかめていないようだった。みんなのなかで、サファーはいちばん私がそこにいることを心配しているようだった。「着替えのアバヤはいりますか？」汚れてしまったアバヤを脱いだあとで、彼女はそう訊いてきた。親切なふるまいではあったが、その尋ね方に、ムスリムの家にヤズィディ教徒の服を着て入りこんだ私に対する批判が感じとれた。「いいえ、結構です」。私は言った。必要もないのに、なじめない衣装を身に着けていたいとは思わなかったのだ。

「ダーイシュの誰のところにいたのですか？」ナーシルはついにその質問をした。

「サルマーン」。私は静かに言った。するとナーシルはなるほどとばかりに何か口ごもっていたが、私のもとの所有者についてはそれ以上何も言わず、私の家族のことや、モースルを出たらどこへ行きたいかを尋ねてきた。この人は私を怖がらず、助けようとしてくれているのだという気がした。

「ほかのヤズィディ教徒の女性に会いましたか？」私は尋ねた。

「前に裁判所で見たことがある」。ヒシャームが言った。息子のフセインは、じつは私のような奴隷だと思われる人々をたくさん乗せて走るバスを見たことがあると教えてくれた。「モースルの街では、サビーヤを突き出せば、ダーイシュから五千ドルが与えられるという看板が出ている」のだと、彼は言った。「でも、それは嘘だと聞いている」と。

「いま起こっていることがいいとは思っていない」と、ヒシャームが言った。「我々も、もっと早くに、ダーイシュがはじめて来たころに、モースルを離れることはできた。しかし、金がなかったし、行くあてもなかった」

「娘たち四人がここで結婚していましてね」。マハーが口を開いた。「私たちがここを出たとしても、その子たちは残ると思うんです。夫や子供たちのなかに、ダーイシュの仲間がいるかもしれないし。私たちにはわからないんですよ。でも支持者はほんとうにたくさんいます。でも、だからといって、娘たちを置いて私たちだけ出ていくこともできないのですよ」

私は、家に入れてくれたこの家族が、聞いて不愉快になるようなことは言いたくないと思った。彼らは批判をさしはさまずに、助けを申し出てくれているのだ。だが、それでも、私が囚われていたあいだずっと、この人たちはどこにいたのかと思わずにはいられなかった。言い訳めいた彼らの言葉を聞いていると、腹が立ってきた。もちろんそれを表には出すまいとはしていたが。このフセインという人は、イスラム国の戦闘員たちに毎晩のようにレイプされる若い女性が乗っているのだと思いながら、どうしてバスを見過ごすことができたのだろう？　彼らは私を助けようとはしているが、それは私が彼らの家へ来てはじめてそうしたことだ。それに、私は同じような目に遭っている何千人のなかのひとりでしかない。彼らはＩＳＩＳを憎んでいると言ってはいるが、誰ひとり彼らを止めようとはしていない。

普通の一家族に、ＩＳＩＳのようなテロリストに立ち向かえというのは要求が過ぎるのだろう。彼らは同性愛者だと知れば、それだけで人を屋根から突き落とすような人々であり、ちがう宗教を信仰しているからというだけの理由で若い女性たちをレイプするような人々であり、人に石を投げて死なせる人々だ。私自身は、人を助けたい気持ちをそんなふうにためされたことはなかった。けれど、それはヤズィディ教徒たちが伝統的に信仰によって守られることなく、逆に攻撃される立場で居続けたからだ。

ヒシャームとその家族は、ＩＳＩＳ支配下のモースルでも、彼らが生まれながらにしてスンニ派であり、したがってあの戦闘員たちに認められているがゆえに安全に暮らすことができていた。私が現れるまでは、彼らは自分たちの宗教を鎧のようにまとうことで満足していたのだ。これだけの親切心を示してくれたこの家の人々に対して、憎しみの気持ちは持つまいと思ったが、でも、彼らを好きになることはできなかった。

「クルディスタンに、あなたがここにいることを電話で知らせてもよいお知り合いはいるだろうか?」ヒシャームは尋ねた。

「そこに兄たちがいます」。私はヒシャームにそう言い、頭に刻みこまれていたヘズニの携帯電話の番号を伝えた。

私はヒシャームがその番号に電話をかけ、話しはじめるのを聞いていた。だが、ヒシャームはすぐに電話を耳から離し、戸惑った顔つきでもう一度かけた。また同じことが起きた。間違った番号を教えたのかと心配になってきた。「兄は出ましたか?」と、私はヒシャームに尋ねた。

ヒシャームは首を振って言った。「男の人が出るんだが、こちらが誰でどこからかけているかを言うなり、罵声を浴びせられるんだ。あなたのお兄さんではないのかもしれない。もしお兄さんなら、私のところにあなたがいると言っても信じてもらえないのだろう」

ヒシャームはもう一度かけた。今度は、聞いてもらえそうな様子だった。「ナディアが私たちとここにいます。所有者のもとから逃げてきたんです」。ヒシャームは説明を始めた。「もし信じてもらえないのでしたら、私のことを知っているヤズィディ教徒の知り合いもいます」。ヒシャームは、サダム・フセイン政権時代に、シンジャール出身で有力者と関係の深いヤズィディ教徒の政治家と一緒に軍で働いていた経験があった。「その人に訊いてもらえば、私が善人で、あなたの妹さんを傷つけることはないと証言してくれます」

短い会話が終わると、電話の相手はヘズニだったとヒシャームは教えてくれた。「最初、モースルからの電話だと気づいて、何かひどいことを言うためにかけてきたと思ったらしい」と、彼は言った。「どうやら、彼の奥さんを囲っている男たちが、ときどき彼女に何をしているかを言うためだけに電話をしているようだ。そんなことをされて、彼にできるのは罵声を浴びせて切るだけだった」のだと。ヘズニとジーラーンのことを思い、私の胸は痛んだ。あんな大変な思いをして一緒になったふたりなのに。

夜も遅くなってきたので、家の女性たちが私のために部屋にマットレスを出してくれて、それからお腹が減っていないかも訊いてくれた。私は「いいえ」と答えた。食事なんて想像もできなかった。「でも、喉が渇いています」。そう言うと、ナーシルが水を持ってきて、私がそれを飲んでいるときに、外へは絶対に出ないようにと注意をくれた。「この辺りはダーイシュとそのシンパがたくさんいる。あなたにとって安全なところではありません」

「ここでは何が起こっているのですか？」私は知りたかった。この近くにもサビーヤはいるのだろうか？　サビーヤがひとりいなくなったら、戦闘員たちは一軒一軒捜してまわるのだろうか？

「我々は危険な時代を生きています」。ナーシルは私に話してくれた。「ダーイシュはどこにでもいます。彼らは街全体を支配していて、我々みんなが気をつけなければいけません。うちは発電機がありますが、夜つけられないのは、もしアメリカの飛行機が明かりを見つけて、爆弾を落とされたらかなわないからです」

暑かったにもかかわらず、私は身震いした。最初に立ち止まった家のドアのまえで、ノックをしようとしてやめたのを思い出した。あのドアの向こうには誰がいたのだろうか。「もう休みなさい」。ヒシャームが言った。「ここから出る方法は朝になってから考えよう」

部屋の中は息苦しく、よく眠れなかった。一晩じゅう、私はいま自分のまわりにある家々のことを思った。たくさんの家族がＩＳＩＳを支持している。怒り狂ったハッジ・サルマーンがいまも車を走らせて、私を捜しまわっているのではないかとも思った。それに、私を逃がしてしまったあの戦闘員はどうなったのかも気になった。五千ドルの報奨金がかかっているのなら、ナーシルとその家族も私を引き渡す気になるだろうか？　もしかして、彼らが嘘をついていて、同情して助けるふりをしているけれども、本当はヤズィディ教徒の私が嫌いだったら？　いくら彼らがアッザーウィーで、ヒシャームが軍隊時代からのヤズィディ教徒の友達がいるとしても、それだけでもう信頼してしまうというのはあまりにも馬鹿だ。ヤズィディ教徒と仲が良かったスンニ派の人々のなかにも、友達を裏切ってＩＳＩＳについたものはたくさんいるのだから。

私の姉や姪たちも離ればなれになってしまい、どこにいてもおかしくなかった。私が逃げたために、彼女たちが罰せられることはあるのだろうか？　ソラーに残してきた女性たちはどうなったのだろうか？　それにシリアに連れていかれた女性たちは？　母の美しい姿が思い出された。ソラーでトラックから降りるときに、彼女の髪から落ちた白いスカーフが、そしてどんなふうに私の膝に頭をあずけ、目を閉じて、周囲をとりまく恐怖を頭から締め出そうとしていたかが。バスに乗せられる前、カスリーンが母の腕から引き離されるのはこの目で見た。あのあとみんなに何が起こったかは、このあとじきに知ることになる。その晩眠ったときには、何の夢も見なかった。ただ、完全な暗闇だけがそこにあった。

―2―

目覚めると朝五時になっていた。まだ誰も起きていなくて、最初に頭をよぎったのはここを出なくては、ということだった。

〝ここは安全ではない〟。私は自分に言った。**彼らは私をどうするつもりなのだろうか？　危険を冒して、ほんとうに私を助けようとしてくれる可能性はどのくらいあるのだろうか？**　でも、もう朝になって、熱いお日さまが通りを照らしていて、逃げようと思っても私を隠してくれる物陰すらない。ほかに行くあてなどなかった。マットレスの上に横たわったまま、私は自分の運命はヒシャームとその家族の手のなかにあるのだと思った。そして、私にできるのは、彼らがほんとうに私を助けようとしてくれていることを祈るだけ。

二時間ほどして、ナーシルがやってきた。ヒシャームに何か言われてきたのだ。ナーシルと話しながらヒシャームを待っていると、マハーが朝食を持ってきてくれた。食べることはできなかったが、コーヒーを少し飲んだ。「あなたを姉のミナとその夫のバシールのところへ連れていきます」。ナーシルが言った。「彼らの家は街はずれにあって、そこにいるほうがダーイシュに見つかりにくい」

「バシールがダーイシュを嫌っていることはわかっています。ですが、その兄弟がどう思っているかは知りません。バシールの話では、誰も参加はしていないそうですが、でもわかりません。だから気をつけてください。バシールはいい人ですが」とナーシルは続けた。

ニカブで顔を隠し、私は安心してヒシャームとナーシルの車に乗った。ミナとバシールの住むモースルのはずれへと向かっていくにつれて、建ちならぶ家もまばらになっていった。車から降りて、家へ歩くあいだ、こちらを見ている人はおらず、それに近隣にはイスラム国の旗を掲げた家や、スプレーで塀にイスラム国の落書きがされた家も見かけなかった。

ミナとバシールは、玄関口で私を迎えてくれた。彼らの家は、ヒシャームの家よりも大きく、きれいで、結婚したうちの兄たちが一所懸命貯めたお金で、ゆっくりと建てたコーチョの家が思い出された。耐久性を考えたコンクリート造りで、タイル張りの床にはグリーンとベージュのカーペットを敷いて、リビングルームには厚いクッションをならべたソファが置いてあった。

ミナは見たこともないくらい美しい人だった。色白の丸顔で、明るい緑の瞳は宝石のようで、ディーマールと同じように、細すぎない体つきをしていた。長い髪は、豊かなブラウンに染めてある。子供は男三人、女二人の五人いて、私が着いたときには、ヒシャームとナーシルがもうみんなの質問に全部答えてくれたあとのように、全員が落ち着いて迎えてくれた。私を安心させようとする人もいなかった。ただ、ナーシルだけは、私に何があったか、細かなことまでも知りたそうだったが、ほかの人たちはみんなしなければならない仕事のように私を扱い、私はそれがありがたかった。もしも好意を示してくれたとしても、それをどうやって返したらいいのかがまだわからなかったのだ。「アッ＝サラーム・アライクム」。私は迎えてくれたみんなに言った。「ワ・アライクム・アッ＝サラーム」と、バシールが返した。「心配いりません。私たちはあなたを助けますから」

計画は、偽の身分証を手に入れるというものだった。名前はサファーかミナの、どちらか簡単に入手できるほうを使って、それから、男の人がひとり、バシールかナーシルのどちらかが、夫婦を装って付き添い、モースルからキルクークまで行くというものだった。ナーシルには、身分証を偽造できる——かつての標準的なイラクの身分証でも、イスラム国の白黒のものでも——友達がモースルにいて、その人が力を貸してくれるだろうということだった。「イラクの身分証をつくろう。ダーイシュのではなくて」。ナーシルは言った。「そのほうが、それらしく見えるし、イスラム国の検問所を通り抜けてからクルディスタンへ入るときも楽だろう」

「サファーの名前を使うなら、ナーシルと行く」。バシールが言った。「ミナの名前を使うなら、私と一緒に行きましょう」。ミナもその場にいて話を聞いていたが、何も言わなかった。ただ、彼女の夫がそう言ったとき、その緑色の瞳が光った。喜んでいないのは明らかだったが、反対はしなかった。

「キルクークはあなたを置いてきて大丈夫なところだろうか?」バシールが尋ねた。彼の考えでは、モースルより向こうでは、クルディスタンへはそこがいちばん入りやすいだろうとのことだった。もしそうなら、身分証を偽造してくれる人に、私の出身地をキルクークにしてもらい、現地でよくある名前にしてもらうのがよいと。

「キルクークにISISはいるのですか?」私は知らなかった。小さいときからずっと、キルクークはクルディスタンの一部だと思って育ったのだ。それはクルドの政党がそう言っていたからだが、でも戦闘員たちの会話を聞いていると、あの地域はシンジャールと同様に係争地であり、いまはクルドの人々とバグダッドの政府だけでなく、ISISも領有をねらっているとのことだった。ISISはイラクのかなり広い地域を占領していて、もしこの時点で、キルクークを支配下に収めていても、信じられないことではなかった。「家族に訊きます。もしペシュメルガが管理しているなら、行っても大丈夫です」

「それならいい」。バシールは満足した様子だった。

「私はシンジャールにいるヒシャームの友達に、手助けしてもらえないか訊いてみる。ナーシルは身分証を用意する」

その日、逃げ出してからはじめてヘズニと話した。話しているあいだほとんどずっと、私たちのどちらも、平常心を保つので精いっぱいだった——私が生きて帰れるまでにはしなくてはならないことがたくさんあったのだ——が、兄の声を聞いたとき、あまりのうれしさに言葉が詰まって出てこなかった。

「ナディア」。ヘズニの声がした。「心配いらない。そこにいる家族はいい人たちだと思う。きっとおまえを助けてくれる」

その声は、自信たっぷりでありながら感情のこもった、いつもと変わらない兄の声だった。自分が大変な目に遭っているにもかかわらず、私はヘズニを思って悲しくなった。もしも私が幸運であるならば、じきに助かったヤズィディ教徒のひとりであることと、そしてそれにつきまとう悲しみと願いがどんなものであるかを知ることになるのだろうと思った。

私はここまでどんなふうに逃げてきたかを兄に話したかった。どれくらい勇敢になれたかを誇りに思ってもいた。「それがとても変な話なんだけど、ヘズニ」と、私は言った。「あんなことがあって、みんなが私から目を離さないようにしていたのに、その男はドアに鍵をかけずに行ってしまったの。それで、ドアをあけて、壁をよじ登って出てきただけ」

「それが神の思し召しというものだよ、ナディア」。ヘズニが言った。「神がおまえに生きて、ここへ来るよう望んでおられるんだ」

「ここの息子さんたちのなかにダーイシュに通じている人がいないかが心配で」。私はヘズニに言った。「とても信心深い人たちだから」

だが、ヘズニは、私にはほかに選択肢はないと言った。「おまえはその家族を信用しないといけないよ」。ヘズニは言った。兄が彼らをいい人だと思うなら、私は信用すると、兄に告げた。

のちにＩＳＩＳから逃げたヤズィディの女性たちの手助けをする密入国業者のネットワークを知ることになるが、それはひとつには、ヘズニが難民キャンプのコンテナハウスを拠点に、何十人ものそうした女性たちの救出にかかわることになるからだった。どの作戦も始まりこそパニックと混乱がつきものだったが、それでも被害者の家族がなんとか費用を集めてくることができれば、そのあとは、密入国者のシステムを採用した、ビジネスとしての取引のように展開するのだった。仲介者もいて、その多くはアラブ人であったり、トルクメン人であったり、シリア人だったり、地元イラクのクルディスタンの住民であり、彼らは数千ドルを受け取って計画に協力していた。そのなかには、仕事用の車で女性たちを運んだタクシー運転手もいたし、モースルかタル・アファルでスパイとして活動し、女性たちの隠れ場所を家族に知らせているものもいた。また、検問所を通過するのを助けたり、イスラム国の当局に賄賂を贈って交渉するものもいた。

イスラム国の支配地域にいたキープレーヤーのなかには女性もいた。女性のほうが警戒されずサビーヤに近づきやすいからだ。そのネットワークの頂点にいるのは、数人のヤズィディ教徒の男性で、彼らはスンニ派の村とのコネクションを利用して、ネットワークを築き、そして、すべてが計画通り進むように管理していた。

いくつかのチームはシリアで、またいくつかはイラクで、それぞれのチームごとに持ち場を決めて仕事をした。どんなビジネスでもあることだが、このサビーヤを密入国させるという仕事は、戦時下においてはいい金儲けの方法だったから、そうしたチームのあいだで競争も生まれていった。

私の脱出計画が練られていたころ、その密入国ネットワークは成長しはじめたばかりで、ヘズニはそこに加わる方法を探しているところだった。兄は勇敢な善人であり、人を助けはしても苦しめるような人ではなかったが、彼の電話番号を知る女性があまりにたくさんいたので（親戚の女性たちが全員番号を覚えていて、それをほかのサビーヤにも教えていたのだ）、すぐにかかってくる電話があまりに増えて、圧倒されてしまうこともあったそうだ。ヒシャームが私の代わりに電話をしたころには、ヘズニはすでにほかの人にも手伝ってもらっていて、ヤズィディ教徒解放に取り組むクルド自治政府の役人や、モースルやＩＳＩＳ支配下にあるイラクのほかの地域にいる仲間とも連絡を取っていた。すぐに、密入国は彼のフルタイムの——そして、無償の——仕事になった。

私のクルディスタン行きの準備が進められていく一方で、具体的に何を想定しておけばよいのかがわからず、兄はやきもきしていたようだった。ナーシルかバシールのどちらかが、クルディスタンまで私に付き添うというやり方がうまくいくという確信が持てなかったのだ。戦闘可能な年齢のスンニ派の男性が、クルドの検問所を通過するのは簡単なことではないし、それにもしモースルの一家族がサビーヤの逃走を手助けしていることがＩＳＩＳに知られたら、厳罰が与えられることをヘズニは知っていたからだ。

「ぼくたちは、おまえを助けようとしたことで、その人たちがつかまるようなことはあってほしくない。クルディスタンまでおまえを連れてくるあいだ、ナーシルかバシールに何も起こらないようにするのは、我々の責任だ。いいね、ナディア？」ヘズニが言った。

「わかった、ヘズニ。気をつける」と、私は答えた。イスラム国の検問所でもしもつかまったら、私と一緒にいる人は誰であっても殺されてしまうだろうし、私は連れ戻されてまた奴隷にされるのはわかっていた。クルドの検問所でなら、ナーシルでもバシールでもそこでつかまれば拘留されてしまう恐れがあった。

「気をつけるんだぞ、ナディア。何も心配しないようにして。明日には、彼らがおまえに身分証を用意してくれる。キルクークに着いたら、電話をくれ」

電話を切るまえに、私はこう訊いた。「カスリーンはどうなったの？」

「知らないんだ、ナディア」。ヘズニは答えた。

「じゃあ、ソラーではどうなっているの？」

「ＩＳＩＳはまだコーチョとソラーにいる。男たちが殺されたことは知っている。サイードが生きていて、そのときのことを話してくれたよ。サウードもここへ来た。大丈夫だ。ソラーに行った女の人たちのことはわからない。でも、サイードがソラー解放のために、ダーイシュと戦う覚悟でいるらしくて、そのことを心配している」。サイードは銃弾を受けてひどい痛みを抱えているうえに、毎晩のように銃殺隊が夢に出てきて眠れないという。「実際起こっていることに対処できないんじゃないかと心配しているんだ」と、ヘズニは言った。

ヘズニにお別れを言ったあと、ハーリドが電話に出た。腹違いの兄のひとりだ。ハーリドはもう少し詳しいことを話してくれた。「ヤズィディ教徒はもう逃げてはいない。ただ、とても厳しい状況で、クルディスタンで生活しながら、キャンプが開くのを待っているんだ」

「コーチョの男の人たちに何があったの？」。私は、さっき聞いたけれども同じことを尋ねた。それが本当であってほしくなかったのだ。

「男は全員殺されたよ」。ハーリドは言った。「女の人たちは全員連れていかれた。ほかの女の人たちには会ったか？」

「ニスリーンとロジアン、カスリーンとは会った。でもいまはどこにいるかわからない」と、私は伝えた。

思っていたよりも悪いニュースだった。もう聞いて知っていることですら、聞くのがつらかった。話が終わり、私は電話を切って、ナーシルに返した。このときにはもうこの家族が私を裏切るとは思っていなかったので、少しリラックスすることができた。それまで感じたことのないほどの、ひどい疲れが襲ってきた。

＊　＊　＊

私はミナとバシールの家に何日か泊めてもらい、そのあいだに脱出の準備が進められていた。待っているあいだ、私はほとんどの時間をひとりで過ごし、自分の家族のことを、それからこれからどうなるのだろうかと考えていた。誰からも問われることがなければ黙っていることに、充分満足していた。一家はとても信心深く、一日五回のお祈りをしていたが、しかしＩＳＩＳは嫌いだと言い、そして、私が強制的に改宗させられたことについて尋ねたり、自分たちと一緒にお祈りをしようと誘ってきたりする人はひとりもいなかった。

ある日、彼らは、私の体調が良くならず、ひどい胸やけが続いているのを知って、近くの女性専用病院へ連れていってくれた。もちろん、そこへ行くにあたっては、彼らは私を説得する必要があった。「お湯の入ったボトルをお腹に当てていれば大丈夫です」。私はマハーに言った。「それで充分です」と。でも、彼女は、やはり医者に診てもらうべきだと引かなかった。「ニカブをかぶって私たちと一緒にいれば、大丈夫ですよ」。そう言われ、痛みもひどかったので、もうそれ以上反論はできなかった。頭がぐるぐる回っていて、気がつけば車に乗せられて街へ来ていた。思い返してみても、そのときはあまりに気分が悪くて、病院に行ったことも夢だったのではないかと思うくらいおぼろげな記憶しか残っていない。でもそれ以降は具合も良くなり、体力も回復してきたので、出発が告げられる日が来るのを静かに家で待った。

食事は、家族と一緒にとることもあったが、ひとりで食べることもあった。家の人たちからは、窓に近づかないように、それから電話が鳴っても出ないようにと、気をつけるよう言われていた。「玄関に誰か来たら、部屋に戻って音を立てないようにするのですよ」と、彼らは言った。モースルはシンジャールとはちがう。コーチョでは、人が家を訪ねてきても、ノックなどしない。みんな顔見知りで、村人同士、家を行き来するのは歓迎される。モースルでは、来客は家人に招き入れられるまで家のなかには入らず、たとえ友達であっても、見知らぬ他人と同じ扱いをする。

そして、何があっても私は外へ出てはいけないことになっていた。その家の主浴室は家の外にあったので、それは使わず、家のなかにある小さいほうを使うように言われていた。「ご近所のどの人がダーイシュに参加しているのかわからないのです」と、彼らは言った。言っていることの意味はよく理解できた。見つかってＩＳＩＳに連れ戻されるのは何よりも嫌だったし、私を助けようとしたことでヒシャームとその家族までもが罰せられるのは何としても避けたかった。もしも見つかったら、つかまった大人はひとり残らず処刑されるのは間違いないだろうし、それに、ミナと、母親と同じように美しい八歳くらいになるふたりの娘がイスラム国に囚われると想像すると、それだけで気分が悪くなった。

私はその娘たちの部屋で寝かせてもらっていたのだが、ほとんど話すことはなかった。ふたりとも私を怖がっていた——私が誰かを知りたがる様子もなかったし、あえて私のほうから話しかける気もなかった。ふたりはとても無邪気だった。二日目の朝、目覚めるとふたりが寝室の鏡の前にすわって、おたがいにもつれた髪に櫛を通そうとがんばっていた。「手伝おうか？　そういうの私得意なんだ」。声をかけてみると、ふたりはうなずいた。そこで私はうしろにすわって、彼女たちの髪がやわらかく、サラサラになるまで櫛を通した。それは、アドキーやカスリーンと毎日のようにしていたことで、だからか、そうしているうちに、ふだんと近い気持ちに戻ったような気がした。

テレビにはいつも電源が入っていて、子供たちはプレイステーションをつないで遊んでいた。そのせいもあって、男の子たちはゲームに夢中で、女の子たちよりもいっそう私のことなど気にしていなかった。ＩＳＩＳに連れ去られ、無理やりに戦闘員にされることになる私のふたりの甥、マーリクとハーニーと同じくらいの年頃の子供たちだ。

二〇一四年八月以前のマーリクは、内気だが、賢くて、まわりの世界への好奇心いっぱいの少年だった。私たちみんなによくなついていて、母親のハミダのことが大好きだった。そのマーリクがいまはどこにいるかもわからない。ＩＳＩＳは、連れ去った十代の子供たちの集中的な再教育と洗脳を制度化して組織的におこなっている。少年たちは、アラビア語と英語を教わりはするが、教えられるのは銃器など戦闘のための言葉で、それにヤズィディ教は悪魔の宗教であり、改宗しない彼らの家族は死んだほうがましだと教えこまれる。

感受性の強い年齢でそうしたことがおこなわれるため、本当に洗脳されてしまう子もいることは、私ものちに学んだ。もっとあとの話だが、難民キャンプにいるヘズニにマーリクから写真が送られてきた。そこには、イスラム国の服を着て、ライフルを手に、興奮で頬を赤らめ笑っている彼らの姿が写し出されていた。電話もしてきたが、用件は、ハミダにもこちらへ来て自分たちに加わるように伝えてほしいということだけだったという。

「あなたのお父さんは死んでしまったのよ」。ハミダは、息子にそんなふうに言っていた。「うちの家族の面倒を見る人がもう誰もいないの。だからあなたは帰ってこないといけないのよ」

しかし、マーリクはこう答えたという。「母さんこそイスラム国へ来るべきだよ。ここで面倒見てもらえるから」

ハーニーは三年近く拘束されたあと、なんとか逃げだすことができた。しかしマーリクは、ヘズニが救出の手はずを整えて、シリアの市場で仲介人が声をかけたが、断った。「ぼくは戦いたい」。マーリクはそう言ったのだ。彼はもうコーチョにいた少年の影でしかないと判断したヘズニは、それを最後に救出は断念した。だが、ハミダはそれ以降も電話がかかってくれば応答し、話をした。「それでも私の息子ですから」。ハミダはそう言った。

ミナは良き主婦で母親だった。毎日家族のために掃除をして料理をつくり、子供たちと遊んで、赤ん坊の世話をする。私もそうだが、張り詰めた日常を送っているので、彼女とはあまり話さなかった。じきに、彼女の弟か夫が私と一緒にクルディスタンまで危険な旅に出ることになる。ひとつの家族が経験するには大きなことだ。

一度、廊下ですれちがったとき、ミナが私の髪についてこんなことを言った。「毛先だけ赤いのはどうして?」

「ずっとまえに、ヘナで染めたんです」。その毛先を見ながら、私は言った。

「きれいね」。それだけ言うと、あとは何も言わずに行ってしまった。

ある日の午後、昼食のあと、ミナは赤ちゃんをあやしていた。お腹がすいていて、泣きやまないのだ。それまで私に家事を手伝わせることはなかったが、その日はお皿を洗いましょうかと申し出ると、ミナはうなずいて喜んでくれた。シンクは通りに面した窓際にあり、そこから誰かに見られる恐れはあったが、でもそのときの彼女はあまりに赤ちゃんに気をとられていて、私がつかまるかもしれないことまで考えが及んでいなかったし、それに私のほうはお手伝いができるチャンスを得られてうれしかった。それに驚いたことに、彼女が私に質問しはじめた。

「ほかにもダーイシュのところにいる人を知っているの?」胸に抱いた赤ちゃんを揺すりながら、彼女は尋ねた。

「はい」。私は答えた。「あの人たちは私の友達も家族もみんな連れ去りました。みんなばらばらに引き離されて」。私からも彼女に同じことを訊きたかったが、やめておいた。

少し間を置き、考えてからミナはこう言った。「モースルを出たあとは、どこへ行くの?」

「兄のところです。兄はいま、ほかのヤズィディ教徒たちと難民キャンプに行くのを待ってるんです」

「キャンプってどんなところなの?」ミナが尋ねた。

「さあ、知らないけど。生き残った人はほとんどみんなそこへ行きます。兄のヘズニは、大変なところだと言っています。何もすることがなくて、仕事もなくて、都会からも離れているそうです。でもそこにいれば安全なんです」

「そこではどんなことが起こってるんでしょうね」。ミナは言った。それは質問というわけでもなさそうだったので、私は何も言わなかった。そのまま皿洗いを続け、それが終わるまで彼女も何も言わなかった。

皿洗いが終わったころには、もう赤ん坊は泣きやみ、ミナの腕のなかで眠りに落ちていた。私は二階にある娘たちの部屋に戻り、マットレスに横になったが、目は閉じなかった。


―3―

クルディスタンへはナーシルと行くことになった。私はうれしかった。ナーシルはいつも私と話をする気があるし、出発の日までのあいだ、一緒にいていちばん気楽な人だったからだ。家を出るそのときまで、まるで兄のように接してくれた。

私はよく頭のなかで考えを混乱させてしまうのだが、そんなときナーシルがからかってくるのも、兄たちと同じで、ほかの人が聞いてもわからないジョークをふたりで言い合うようにもなった。あの家に来て一日目、困ったことはないかと訊いてきたときには、私はただぼんやりと「とても暑いです、とても」というような答えしかしていなかった。何かほかのことを言えるほど、気持ちを集中できていなかったのだ。それで、一時間ほどたってから、ナーシルはまた「ナディア、困ったことはないですか？」と尋ねてきたのだが、そのときも私はよく考えもせずに、同じことを繰り返していた。「ナーシル、ここはとても暑いです、とても」と。しまいに、彼のほうが私の代わりに、ちょっとふざけて答えを出した。「ナディア、困ったことはないですか？　ここはとても暑い？　それとも、とても暑い、とても？」と。それで、どうしてそんなふうにしたのかに気がついて、私は笑った。

三日目、ナーシルが身分証を持って帰ってきた。そこには私の名前〝スーザン〟と、出身地の〝キルクーク〟が記されていたが、それ以外は全部サファーの情報だった。「いいかい、この身分証に書いてあることは全部暗記しておくんだよ」。ナーシルは言った。「もし検問所で誕生日や生まれた場所を訊かれて、知らなかったらどうなるか……？　そこでおしまいだ」

私は昼も夜も、その身分証に書いてあることを覚えた。サファーの誕生日を覚えて――私より少しだけ年上だ――それからサファーの両親の名前に、ナーシルの誕生日と彼の両親の名前も。イラクの身分証では、ＩＳＩＳがやってくる前も、占領中も、女性にとって父親あるいは夫の情報は、本人のものと同じくらい重要だ。

隅の一箇所にはサファーの写真が貼りつけられていた。私とはそれほど似ていなかったけれども、検問所の番兵にニカブをあげて顔を見せろと言われることはないだろうと思い、心配はしていなかった。イスラム国のメンバーが、スンニ派の女性に、夫の目の前で顔を見せろと言うとは思えなかった。「もしイスラム国の身分証をどうしてまだ持っていないのかと訊かれたら、時間がなかったと言いなさい」と、ヒシャームが言った。とても怖くて、大急ぎで暗記した情報は、じきに脳に焼きついたように思えた。

計画はシンプルだった。ナーシルと私は夫婦を装い、キルクークの私の家族を訪ねることにした。スーザンというのは、キルクークでよくある名前だ。「あなたは一週間くらい滞在すると言うのですよ」。私はみんなからそう言われた。「ナーシルは付き添いで、何時に到着するかによって、その日帰るか、次の日帰ることにして」。そういうことにしておけば、ナーシルは持っていく荷物や、カリフ制国家の外で一定時間以上過ごしたいときにスンニ派住民にＩＳＩＳが課している罰金のことを心配しなくていい。

「キルクークのことは何か知っていますか?」彼らは私に訊いた。「地区の名前や、それがどんなところかとか、もし訊かれたときに言えますか?」

「行ったことはありません」。私は言った。「でも、兄にいくらかは訊けます」

「荷物は?」ナーシルが尋ねた。私が持っているのは、自分の黒いコットンのバッグだけだった。なかには、カスリーンとディーマールと私の服が入っている。それと、母がくれたシルバーのアクセサリーと母の配給カードをはさみこんで隠した生理用ナプキンも。

「それでは、ムスリムの女性が家族の家に一週間滞在するときに持つ荷物には見えないな」

ヒシャームはいったん外へ出て、シャンプーとコンディショナーのボトルと、ムスリムの女性が好んで着るようなシンプルな服を二着持って戻ってきた。そしてそれらを私のバッグに入れた。私のために出費がかさみ、負担がかかっていることが申し訳なく思えてきた。彼らはうちと同じ、貧しい家族だから、重荷にはなりたくなかった。「クルディスタンに着いたら、みなさんに何か送ります」。私は言った。そんなことはしなくていいと、彼らは言ったが、私も考えないわけにはいかなかった。もし金銭的な負担が大きくなりすぎたら、彼らは私を突き出すのではないかと、私はまだ心配していたのだ。

ヘズニはそんなことは考えなくていいと言った。「五千ドルの報奨金の話は嘘だ」。ヘズニは言った。「イスラム国は、そういうことにしておけば女たちが逃げにくいと思って言っているんだ。あいつらは、おまえたちを、どんな家族もつかまえて売りとばしたいと思っている家畜みたいなものと思わせておきたいんだ。でも、そんな金は払わない」

「さて、ナーシルもモースルを離れられていいじゃないか」。ヘズニが言った。

「どういうこと？」私は、よくわからなくて訊いた。

「知らないのか？」ヘズニは言った。「なら、ヒシャームに訊くといい」

その晩、私は兄の言ったことをヒシャームに訊いてみた。「どういうことなんでしょう？　ナーシルはここを離れたいのですか？」

しばらくして、ヒシャームはこう言った。「我々はナーシルのことを心配している。あれは若い男だから、イスラム国があれを無理やりに戦わせるのも時間の問題だ」

ナーシルはアメリカ占領時代のシーア派政権下で貧乏をしながら育った。そして、もっと若いころには、スンニ派が迫害されるのを目の当たりにして怒りを抱えていた。ＩＳＩＳがまず仲間に引き入れようとするのは、彼のような若い男たちで、だから彼の家族は、テロリストたちがナーシルを自分たちの警察組織に引き入れようとするのではないかと心配していたのだ。すでにモースル周辺の建物の排水管の修理をした実績があるため、暴力的なものではないにせよ、そのせいであとからテロリストの烙印を押されてしまう恐れがあるというのだ。

私がどこからともなく彼らの玄関先に現れたときには、すでにどうにかして彼をモースルから脱出させる方法を探そうとしていた。もし家族が奴隷にされたヤズィディ教徒を助けたなら、最終的にクルドの当局が彼らをクルディスタンに受け入れてくれる可能性があると彼らは考えていた。

ヒシャームはその話をナーシルにしてはいけないし、何があっても彼がＩＳＩＳのために仕事をしたことは、たとえそれが排水管の修理であっても、誰にも言ってはいけないと言った。「何の仕事をしたかは関係ない」。ヒシャームは言った。「もしも知られたら、相手がクルド当局でもイラク軍でも、刑務所行きだ」

私は誰にも言わないと、ヒシャームに約束した。ナーシルがイスラム国の警察官になったところなど、私には想像もつかなかった。宗教や、何かの邪悪なルールを破ったことや、あるいは反対意見を言ったからという理由で人を逮捕したり、死に追いやったりするような人になるとは思えないのだ。そんなことになったら、彼もハッジ・サルマーンと仕事をしなければならないのだろうか？　ナーシルとはすでに友達で、あまりにやさしく、そんな仕事をすることを理解するとも思えない。

一方で、そうはいっても、彼とはまだ会ったばかりで、それにヤズィディ教徒に背を向けたスンニ派の人々はあまりに多くいる。彼のこれまでの人生のなかで、一時期でもスンニ派イスラム教以外の宗教はイラクから締め出してしまうべきだと考えたことはないのだろうか？　それにそういうことを考えていたとしたら、自分も革命に加わってイラクを取り戻したいという気になったことはないのだろうか？　長年アメリカ、クルド、シーア派により抑圧され、そして同時にイスラムの過激化の波が来たために、近隣の人々に対してあまりに暴力的にふるまうようになったスンニ派の人々の話を私は兄から聞いたことがあった。いま、そのひとりが私を助けようとしている。だが、それは自分が助かるためだけにそうしているのだろうか？　それは大事なことなのか？

＊　＊　＊

この数年間に、私はナーシルとその家族のことをたくさん考えた。彼らはとても大きな危険を冒して私を助けてくれた。もしサビーヤをかくまっていると知られれば、ＩＳＩＳが彼らを殺す可能性もあったし、娘が連れ去られたり、息子たちが参加させられたりする恐れもあったわけで、しかも簡単に見つかる可能性もあった。ＩＳＩＳはどこにでもいた。すべての人類が、ナーシルの家族が持ったのと同じ勇気を持って行動してくれたらどんなにいいかと思う。

でも実際には、ナーシルたちのような家族がひとつあれば、それに対して何千もの家族が何もしない、あるいはジェノサイドに加担さえしている。なかには私のように逃げようとしている女性を裏切る人々もいる。カスリーンとラーミヤは、助けるふりをして近づいてきた人々の手で、六回もＩＳＩＳに引き渡された。最初はモースルで、それからハムダーニーヤでも。そして、そのたびに罰を与えられた。シリアに連れていかれた何人かのサビーヤは、助けを求めた農家の男からイスラム国の司令官に通報され、チグリス川の葦の茂みで犯罪者のように追い立てられてつかまった。

イラクでもシリアでも、私たちが拷問を受け、レイプされているあいだ、人々は普通の暮らしを送っていた。そして、私たちのような女性たちが、所有者となった戦闘員に連れられて街を歩くのを眺め、処刑されるのを集まって見ていた。そのひとりひとりが何を感じていたかは、私にはわからない。

二〇一六年の後半にモースルの解放が始まると、人々はＩＳＩＳ支配下で暮らすことの苦難について語りはじめた。あのテロリストたちがどれほど冷酷か、自分たちの家に爆弾が落とされるのを想像しながら頭上を飛ぶ飛行機の音を聞くのがどれほど恐ろしかったか。充分な食べ物を得ることもできず、電気も止められていた。子供たちはイスラム国の学校へ行かねばならず、男の子たちは戦わなければならなかったし、それにやることなすことすべてに罰金か税金が課されると。人々は路上で殺される、と彼らは言った。生きる道がなかったと。

けれど、私がモースルにいたころ、人々は普通の暮らしを送っているように見えたし、そこに住む人々にとっては良くなっているようにさえ思えた。そもそもその人たちはなぜ街を出なかったのか？　ＩＳＩＳに同調して、彼らの言うカリフ制国家がいいものだと思ったのだろうか？　二〇〇三年のアメリカによるイラク侵攻から続いた宗派間の抗争からの当然のなりゆきに見えたのか？　もしもＩＳＩＳが約束していたとおり、暮らしが良くなり続けていたとしたら、あのテロリストたちがやりたい放題に人を殺すのを黙って見ているだけだったのだろうか？

そうした人たちに対して、同情心を持とうとはしてみた。だって、彼らの多くは怖かったわけで、はじめはＩＳＩＳを歓迎した人々でさえも、モースル解放後、最終的にはＩＳＩＳを憎んでおり、自分たちはいいなりになるしか選択肢がなかったと言っているのだから。でも、ほんとうのところ、選択肢はあったと私は思っている。もしもその人たちが力を合わせ、武器を集めて、戦闘員たちが女性を売り買いしたり贈与したりしているイスラム国の施設を襲撃していたとしたら、私たちはみんな死んでいた可能性はもちろんある。だがそれでも、ＩＳＩＳに対して、ヤズィディ教徒たちに対して、そしてそれ以外の世界に対して、少なくともメッセージを送ることにはなっただろう。すべてのスンニ派が、テロリズムを支援しているわけではないのだと。

もしモースルの住民が通りに出て、「私はムスリム。あなたたちが我々に求めていることはほんとうのイスラム教ではない！」と叫んでいたなら、イラク軍とアメリカがもっと早くに介入していただろう。あるいは、ヤズィディ教徒の女性たちを解放するべく活動している密入国業者たちが、ネットワークを拡大して、蛇口から一滴ずつしたたり落ちる水のように、一度にひとりずってではなく、両手ですくいとるように一度にもっとたくさんの女性を救出することができていたかもしれない。

ナーシルの家に着いたあと、じつは彼らはＩＳＩＳにおける自分たちの役割について考えはじめていたところだったと話してくれた。そして、そのＩＳＩＳのせいで、私が一家の玄関先に現れ、ひとりのサビーヤを助けてほしいと必死になって頼まなければならなかったことに、罪悪感を覚えたのだと。なぜなら、自分たちは生き残り、住む場所を失っていないという事実そのものが、ある意味テロリストと共謀しているのと変わらないとわかっていたからだ。ＩＳＩＳがモースルを占領して、暮らしが悪くなったのではなく、良くなっていたとしたら、彼らがＩＳＩＳをどう思っていたかはわからない。ただ、彼らの気持ちは永遠に変わったのだと私には言った。

「あなたがここを出たあとは、もっと多くのあなたのような女性たちを助けます」と。

「あなたがたを必要とする人はとてもたくさんいます」と、私は彼らに言った。

―４―

ナーシルと一緒に私が家を出られるまで、数日の待ち時間があった。彼らの家は居心地がよかったけれど、どうしてもモースルを出たい気持ちは収まらなかった。どこにでもＩＳＩＳがいたし、それに彼らが私を捜しているのも間違いなかったからだ。ハッジ・サルマーンのあの骨ばった体が怒りに震え、静かな恐ろしい声で私を脅かしながら、痛めつけるところが思い出された。

とてもあんな男と同じ街にはいられない。ある朝、ミナの家で目が覚めると、私の体に赤い小さなアリがたかっていたことがあり、私はそれを何かの兆候と読み取った。とにかく最初の検問所を通過するまでは、ほんの少しでもほんとうに安心できることなんてないのだ。それに、その検問所を通過できない可能性ももちろんあった。

ミナの家に着いてから数日後、朝早くにナーシルの両親がやってきた。「さあ、出発だ」。ヒシャームが言った。私はカスリーンのピンクとブラウンのワンピースを着て、家を出る直前にはその上から黒いアバヤを着て出発した。

「お祈りを」。マハーが私に言った。それは親切心からの申し出であり、私もそうとらえ、彼女が唱える言葉に耳を傾けていた。それが終わると彼女は指輪をさしだし、こう言った。「ダーイシュがあなたのお母さんの指輪を奪ったと言ってたでしょう。代わりにこれを持っていきなさい」

ナーシルの家族がいろいろと持たせてくれたので、コーチョから持ってきたものを入れていた私のバッグはいっぱいになった。土壇場になって、私はディーマールのきれいな黄色いロングワンピースを荷物のなかから引っぱり出し、それをミナにあげた。そして、彼女の両頬にキスをして、私を受け入れてくれたことにお礼を言った。「きっと似合うと思います」。手渡しながら、私は言った。「姉のディーマールのものです」

「ありがとう、ナディア」。ミナは言った。「大丈夫《イン・シャー・アッラー》、あなたはクルディスタンへ行けるでしょう」。ナーシルが家族と、そして妻と、お別れをしているのを見ていられなかった。

家を出る前、ナーシルは持ってきた二台の携帯電話のうち一台を私に手渡した。「タクシーに乗っているあいだに、もし何か必要になったり、聞きたいことが出てきたときはぼくにメールして。かならずメールで」。ナーシルは言った。「話してはだめだ」

「長時間乗ると車酔いします」と、ナーシルにあらかじめ伝えると、ナーシルはキッチンからビニールの買い物袋を数枚持ってきて、私に渡してくれた。「これを使うといい。止まるのは嫌だからね」

「検問所では、怯えている素振りを見せてはだめだ」。ナーシルは続けた。「落ち着いて。だいたいの質問にはぼくが答える。もしきみに振られたら、小さい声で手短に答えるんだ。向こうがきみをぼくの妻だと思っていれば、それほどたくさんしゃべらされることはないはずだ」

私はうなずき、「がんばります」と言った。本当は怖くて気が遠くなりそうに感じていたけれど。ナーシルは落ち着いているようだった。どんなことに対しても、恐怖心を見せることは絶対にないのだ。

午前八時半ごろ、私はナーシルとふたりで表通りのほうへ歩きだした。そこでタクシーを拾ってモースルのタクシー乗り場《ガレージ》まで行き、ナーシルが前もって呼んである別のタクシーに乗り換え、その車でキルクークまで行くという算段だ。歩道を歩くあいだ、ナーシルが少しまえを行き、一言も話さずに歩いた。私はうつむいて、すれちがう人々の顔を見ないようにしていた。私の目に浮かぶ恐怖の色を読み取られたら、私がヤズィディ教徒だとすぐにばれてしまうにちがいないからだ。

暑い日だったので、近隣の家の庭には芝生の水やりに人々が出てきていたし、子供たちは色とりどりの自転車で通りを走りまわっていた。その音のうるささに私は驚いた。あまりに長く家のなかだけで過ごしたあとで、明るい通りはあまりに無防備で危険だらけに思えて、そこにいるのが恐ろしく感じられた。ミナの家で待っているあいだになんとか手繰り寄せた希望は、みんな消え失せてしまった。いまにもＩＳＩＳに追いつかれ、連れ戻されてまたサビーヤにされてしまうという気がしてきたのだ。「大丈夫だよ」。表通り沿いの歩道に立って、タクシーを待っているとき、ナーシルがささやいた。私が怯えていることに気づいていたのだ。スピードを出して通り過ぎる車がはねあげていく黄色い土埃が、私の黒いアバヤを汚していった。タクシーに乗るころには、震えがひどくなり、体がいうことをきかなくなっていた。

どんなシナリオを考えてみても、最後にはふたりともつかまってしまう。私たちを乗せたタクシーがハイウェイで故障して、戦闘員がいっぱい乗ったトラックに引きあげられるとか、ＩＥＤを踏んでしまい、爆死してしまうとか。いまはイラクとシリアのあちこちに、散り散りになっているコーチョの女性たち、家族や友達のことが思い出された。それに、コーチョの学校の裏へ連れていかれた私の兄たちのことも。私は誰に会いに帰るというのか？

モースルのタクシー乗り場は、イラクのほかの街へ行くタクシーを待つ人々でごったがえしていた。男たちが運転手に物々交換を持ちかけて運賃を交渉しているそばで、その妻たちが静かに立って待っている。少年たちが冷たい水のボトルを売り歩き、タクシー乗り場の周囲では商人たちが銀色の袋に入ったチップスやキャンディーを売ったり、積みあげた煙草の箱のそばに、誇らしげに立っていたりしていた。

私と同じようなヤズィディ教徒もこの女性たちのなかにいるのだろうか、と私は思った。みんなそうだったらいいのに、そしてこの男の人たちも、ナーシルのように私たちを助けている人たちならいいのにと。屋根に小さな目印のついた黄色いタクシーが、行き先表示の看板の下に何台も停まっていた。タル・アファル、ティクリート、ラマーディー。これらの街はどこも一部がイスラム国に占領されているか、彼らの脅威にさらされていた。国のあまりに多くの部分が、いまや私を奴隷にし、レイプした男たちのものになっている。

タクシーの運転手とは交渉済みだったはずだが、しばらくナーシルと話していた。そのあいだ、私は、ナーシルの妻らしく、少し離れたベンチで静かに待っていたので、ふたりが何を話していたかはわからなかった。流れ落ちる汗が目に入って、前が見えにくくなり、私は膝に置いた荷物をしっかりと握っていた。運転手は五十代後半くらいだった。それほど大柄ではないが、強そうで、あごひげも少しのばしていた。この人がＩＳＩＳをどう思っているかはわからなかったが、私はどんな人を見ても怖かった。ふたりが交渉しているあいだ、私は勇ましい気持ちでいようとがんばった。でも、私がつかまらない結末を思い浮かべるのは難しかった。

ようやくナーシルが私を見てうなずき、車に乗ることになった。ナーシルが助手席に乗り、私は後部座席の彼のうしろの席に乗りこんで、荷物をそっと横に置いた。運転手は車を出しながら、ラジオのチャンネルを合わそうとしていたが、入ってくるのは雑音ばかりで、ため息をついてスイッチを切った。

「今日は暑い」。運転手が言った。「出発の前に水を買っておきましょう」。ナーシルがうなずくと、運転手は車を停め、冷えた水のボトル数本とクラッカーを何個か買ってきた。ナーシルが水を一本くれた。ボトルの外に水滴がついていて、シートに落ちてたまった。クラッカーは食べられないほど乾燥していた。リラックスしているふうに見せようと、一枚かじってはみたものの、セメントのように喉に貼りつき、とても食べられなかった。

「キルクークへはどんなご用で?」運転手が尋ねた。

「妻の家族が住んでいます」。ナーシルが答えた。

運転手がバックミラーで私を見た。目が合ったとき、私は窓の外に見える街の様子に魅了されたふりをして顔をそむけた。目に浮かぶ恐怖の色を見て取られたら、きっとばれると思ったのだ。

停車場周辺の道路は戦闘員だらけだった。道の両脇にはイスラム国の警察車両が停まっていて、ベルトに銃をさした警官が歩道をうろうろしている。一般の人よりも警官のほうが多いくらいだ。

「キルクークに滞在するのですか、それともモースルへお戻りに?」運転手がナーシルに訊いた。

「まだ決めてはいないんです」。ナーシルは、父親に言われたとおりのことを言った。「キルクークまでどのくらいで行けるのか、それからあちらがどんな様子かを見たいと思いまして」

どうしてこんなにたくさん質問をするのだろう、と私は思った。私はあまり話さなくてよさそうなので、それはありがたかった。

「もしよければ、お待ちして、帰りもモースルまでお送りしますよ」と、運転手が言ったので、ナーシルは笑って返した。「それはどうも。考えておきます」

最初の検問所はモースルのなかにある、背の高い柱に金属の屋根が乗った蜘蛛のようなかたちをした建物だ。かつてはイラク軍の検問所であったが、いまはイスラム国の旗を誇らしげに掲げ、小さな事務所のまえには、これももとはイラク軍のものだったイスラム国の車両が停められている。それらの車も、あの白黒の旗で覆われていた。

私たちが停まったとき、勤務中の戦闘員は四人いて、狭くて暑い小さな白いブースの外へ出て事務仕事をしていた。ISISはモースルに出入りするすべての交通を支配しようとしていた。街へ入ってくる反ISISの戦闘員や密入国業者だけでなく、街を出ようとするものについても、誰が、どんな理由で、どのくらいの期間出ていくのかを把握しようとしていた。もしも戻らずに逃げたりすれば、その家族までが罰せられる可能性がある。少なくとも、そうした家族からISISが罰金を徴収することは考えられる。

私たちの前にならんでいる車はほんの数台で、番兵のところに行く順番はすぐにまわってきた。私は自分ではどうしようもないくらいの体の震えを感じ、涙があふれた。落ち着こうとすればするほど、震えは激しくなり、これでは正体がばれてしまいそうに思えた。逃げたほうがいいのかもしれない、と私は思った。だから、車のスピードが落ちていくのに合わせて、ドアのハンドルに手をかけ、いつでも飛び降りる準備をしていた。とはいえ、当然ながらそんなことがほんとうにできるわけではなかった。逃げたところでどこにも行くところなどないのだから。車の片側には、灼熱の平原がどこまでも続いていて、逆側には、私がどうしても逃げ出したくて逃げてきた街へ続く道があるだけだ。戦闘員らはモースルじゅうをくまなく監視しているのだから、徒歩で逃げているサビーヤひとりをつかまえることなどわけもない。だから、どうかつかまりませんようにと、神に祈った。

私が怯えているのに気づいても、話しかけることのできないナーシルは、サイドミラー越しにこちらを見ていた。彼は、私を落ち着かせようと、ほんの一瞬だけ笑顔をつくった。コーチョにいたころ、ハイリーや母がそうしたように。私は激しくなる胸の鼓動を止められずにいたが、なんとか車から飛び降りることを考えないくらいには落ち着くことができた。

タクシーは、番兵が詰めているブースのそばで止まった。ドアが開き、なかから、上から下までイスラム国の制服に身を包んだ戦闘員がひとり出てきた。イスラム国の施設で私たちを買いにきた男たちと見た目が似ていたので、また怖くなって体が震えはじめた。運転手が窓をあけると、戦闘員が前のめりに覗きこんできた。男は運転手のほうを見て、それから、ナーシルを、そして私と、横に置いている鞄を見た。「アッ＝サラーム・アライクム」。男は言った。「どちらまで？」

「キルクークです、ハッジ」。運転手はブレのない声で答えた。

戦闘員は身分証を手にとった。ブースのドアがあいていて、なかには椅子一脚と小さなデスクがひとつ、その上にいくつかの書類と戦闘員の無線機が置かれているのが見えた。デスクの片隅では小さな扇風機が回っていて、さらに縁に近いところでほとんど水のなくなったボトルがゆれていた。

壁に貼られていたそれが目に入ったのはそのときだった。ハッジ・サルマーンに無理やりに改宗させられた日に、モースルの裁判所で撮られた私の顔写真が、ほかの三人のものと一緒に壁に貼られていたのだ。その下には、何か文字が書かれている。遠くて読めなかったが、おそらく私の情報と、つかまえたらどうするかが書かれているのは想像できた。

私は音を立てないように息を呑み、ほかの三人の写真を見た。日光が反射して二枚はよくわからなかったが、残る一枚は、知らない女性の顔写真だった。彼女は私と同い年くらいなのか、かなり若そうで、恐怖が顔に滲み出ていた。その写真を確認すると、私はすぐに顔をそらした。じっと見ているのに気づかれたら、間違いなく怪しまれるからだ。

「キルクークの誰に会いにいくのか?」番兵はまだナーシルに質問していて、私にはほとんど注意を払っていなかった。

「妻の家族です」。ナーシルが答えた。

「どのくらいの期間だ?」

「妻は一週間滞在しますが、私は今日帰ります」。恐怖を微塵も表に出さず、ナーシルは練習してきたとおりの答えを返していた。

ナーシルがいますわっている場所から、ブースの壁の写真は見えているのだろうかと考えた。もし見えていたとしたら、引き返そうとしたのではないかと私は思った。彼らが積極的に私を捜索していることをはっきりと示す証拠を見てしまうわけだから。だが、ナーシルはただ質問に答え続けていた。

番兵は私のほうへ回ってくると、窓をあけるようにと身振りで示した。もちろん従ったが、そうしているあいだじゅう、恐怖で気を失いそうだった。私は落ち着いて、質問にできるだけ静かに、手短に答えるようにというナーシルのアドバイスを思い出していた。小さいころから話していたのでアラビア語は問題なく話せたが、でももし、訛りや言葉の選び方のせいで、キルクークではなくシンジャールの出身だとばれてしまわないかどうかはわからなかった。イラクは広い国で、話している言葉を聞けば、だいたいどの地方の出身者かがわかる。私はキルクークの人がどんなふうに話すのかを知らなかった。

番兵は体を曲げて、窓越しに私を覗きこんだ。ニカブで顔が隠れているのはありがたかったし、まばたきをしすぎたり、しなさすぎたりしないよう、それに当然ながら、どんなことがあっても泣かないよう、自分でコントロールしようとがんばった。アバヤの中で、私は汗ぐっしょりになり、恐怖でまだ体は震えていたけれど、でもこの番兵の目に映る私は、何も変わったところのないムスリムの女性なのだと思いこむことにした。私は背筋をのばし、質問に答える準備を整えた。

質問は短いものばかりだった。「おまえは誰であるか?」その声は抑揚がなく、退屈しているように聞こえた。

「私はナーシルの妻です」。私は言った。

「どこへ行く?」

「キルクークです」

「なぜだ?」

「家族がキルクークにいます」。恐怖が控えめに映り、答えが練習してきたように聞こえないことを祈りながら、私は小さい声で、下を見て答えた。

番兵は体を起こすと、歩いて離れていった。

そして最後に、運転手に質問を始めた。「どこから来た?」

「モースルです」。運転手は答えた。もうその質問は聞き飽きたというような言い方で。

「仕事はどこで?」

「料金を払ってもらえれば、どこでも行きますよ」。運転手は笑いながら答えた。すると、それ以上は何も訊かず、番兵は私たちの身分証を窓から返し、手を振って、私たちの車を通過させた。

私たちは何も話さず、長い橋を渡った。橋の下を流れるチグリス川の水面が日光を受けてきらめいていた。葦やその他の植物が、水の際に生えている。それらは水に近ければ近いほど、長生きできるのだ。川から離れて生えている植物は運が悪い。イラクの夏の日差しに焼かれ、そこに住む人が気にとめて水をやるか、雨水からいくらかの水分を得られたわずかなものたちだけが、またつぎの春に芽吹くことができる。

橋を渡りきったところで、運転手が口を開いた。「いま渡ってきた橋はＩＥＤだらけなんですよ」。彼は言った。「イラクかアメリカがモースルを奪還しようとしにきたときに備えてダーイシュが爆弾を埋めているんです。だから渡るのが嫌でね。いつ爆発してもおかしくないと思ってますから」

私は振り返ってうしろを見た。橋も検問所も遠ざかっていく。私たちはどちらも無事に通り抜けることができたが、でもこんなふうにいかない可能性もあったのだ。検問所の番兵が、もっと質問を続けていたら、私の訛りや態度が変だと疑われたかもしれない。「車から降りろ」と言われて、仕方なく言われたとおりにブースについていき、そこで、ニカブをとれと言われて、私があの写真の女性だと知られることになっていたかもしれない。いま渡ってきた橋が爆発したところも想像した。ＩＥＤを踏んでいたなら、爆発で三人とも爆死していただろう。私はほんとうに爆発するときには、橋の上にイスラム国の戦闘員がいっぱい乗っているときでありますようにと祈った。

―― 5 ――

モースルを出て走るあいだ、戦闘の跡がたくさん残っているのを目にした。イラク軍が捨てていった小さな検問所には、燃え残った瓦礫が山と積もっていた。道路わきには大型トラックの残骸がゴミのように残されている。軍が放棄していったあと、戦闘員らが検問所を燃やしているのをテレビで見たが、なぜそんなことをするのかは理解できなかった。あれは理由もなくものを壊したいだけだ。ゆっくりと歩くロバの背中で揺られながら、若い羊飼いが連れ歩く羊の群れに出会うことすら一度もない。つまり、日常とはほど遠い風景がそこにあった。

じきに私たちは次の検問所に着いた。そこは、戦闘員がふたりしかおらず、ふたりとも私たちが何者で、どこへ行こうとしているかをほとんど気にしている様子もなかった。彼らはさっきと同じ質問を手短に訊いてきた。ここでも開いているドアから建物のなかを覗いてみたが、見えるところに写真はなかった。そしてほんの数分後には、手を振って通されていた。

モースルからキルクークへの道は長く曲がりくねった田舎道だった。幅が広いところもあれば狭いところもあり、両側から来る車がすれちがっていく、事故が多くて知られる道だ。大型トラックがゆっくり走っていると、うしろから来た車が対向車線を走ってくる車にヘッドライトを当てて路肩へ誘導し、道をあけさせ追い抜こうとする。建築資材をいっぱいに積んだトラックは、道の砂利を巻きあげ、近くを走る車の車体やフロントガラスに傷をつけるし、ところどころ、路面が平らでないところでは、車ごと崖から飛び出しそうに感じることもある。

イラクの都市間をつなぐ道路は、こうした道が連なっていることが多く、ある場所がほかより危険であることもあるし、それにいつも混んでいた。ＩＳＩＳがやってきたとき、都市を占拠する以前にまず道路を支配下に置く戦略が取られた。交通を遮断し、逃げられないようにして人々を孤立させた。それから、検問所を置いて、逃げ出すものがいれば簡単につかまえられるようにしたのだ。イラクの大部分では、市民が町を出て逃げるには、舗装されたハイウェイを通っていくしかない。開けた平野と砂漠には、人が隠れるところなどほとんどない。大小の都市がイラクの臓器であるなら、道路は動脈と静脈で、ＩＳＩＳがそれらを支配下に収めたときには、住民の生死を決める権利をも手に入れることになったのだ。

しばらく、私は外の景色を眺めていた。砂と岩ばかりの乾いた砂漠のような平野は、春には何もかもが草花に覆われる、私がいちばん好きなシンジャールの景色とはほど遠いものだった。どこか外国にいるような気がして、まだイスラム国の領土から出ていないような気がしていた。しばらく見ていると、単調に見えていた景色がまったく単調ではないことがわかってきた。岩は、どんどん大きなものになり、断面が崖くらいの大きさのものが現れたかと思うと、今度はどんどん小さくなって、最後には砂粒になった。棘のついた植物が砂から生え、たまに細い木にまで育っている。ときどき、オイル・ポンプの頭が揺れていたり、日干しレンガの家が集まって村になっているのが見えた。車酔いがひどくなり、外を見ているのがつらくなるまで、私は外を見ていた。

めまいを感じ、ミナの家を出るまえにナーシルから手渡されたビニール袋に手をのばした。そして吐いた。神経質になりすぎて朝食が喉を通らず、胃のなかはほとんど空っぽだったが、吐き出した液体のせいでタクシーの車内に酸っぱいにおいがたちこめたので、運転手が窓をあけた。熱風とともに流れこんでくる埃に耐えられなくなるまであけっぱなしにしていたので、迷惑がかかっているのがよくわかった。「今度気分が悪くなったら、車を止めるから、と奥さんに言ってあげてください」と、運転手は言った。嫌な感じはなかった。「ひどいにおいだ」。ナーシルはうなずいた。

数分後、私は車を止めてもらうようお願いし、外へ出た。スピードを出して通り過ぎていく車が、強い風を起こし、着ているアバヤが膨らんで風船のようになった。私は運転手に顔を見られないよう、車からできるだけ遠いところまで歩いて、それからニカブをあげた。嘔吐のせいで、喉と唇が痛くなり、それにガソリンのにおいで、また吐き気が戻ってきた。

ナーシルが様子を見にきてくれた。「大丈夫か?」と尋ね、こう続けた。「行けそうか? それともう少し休むか?」心配しているのがわかった。私のことと、道路わきで車を停めていることの両方だ。ときどき、イスラム国の戦闘員が乗った車がそばを通っていた。アバヤとニカブに身を包んでいたとしても、道路わきで吐いている女性がいればどうしても人目を引いてしまう。

「大丈夫です」と、私はナーシルに言い、ゆっくりとタクシーに戻った。体に力が入らず、脱水症状も出ていた。着ている服にじっとりと汗がにじみ、思い返せば最後にいつ食事をとったかも思い出せないほど何も食べていなかった。車に戻り、座席の真ん中で、このまま眠れたらと思いながら目を閉じた。

前方に小さな町が見えてきた。道路の片側だけにつくられたような町だ。軽食を売る売店や、やかましく音を立てる自動車修理工場が、ハイウェイにすぐ面したところで客が車を停めるのを待っていた。カフェテリア方式のレストランが、グリルした肉とライスのトマト添えといった一般的なイラク料理の看板を出していた。「お腹はすいていますか?」運転手が訊くと、ナーシルがうなずいた。朝食を食べていなかったのだ。私は止まってほしくなかったが、私が決めることではなかった。

レストランは大きくて、清潔だった。タイル敷きの床に、ビニール張りの椅子が置かれている。客はならんでテーブルについているが、折り畳み式のプラスチックのパーティションが、男性席と女性席を隔てている。イラクのなかでも保守的な地域では普通の光景だ。

私がパーティションの片側にすわると、そのあいだにナーシルと運転手が料理を取りにいった。「食べても、吐くだけよ」。小声でナーシルに伝えたが、食べるようしつこく勧めた。「食べないともっと具合悪くなるぞ」。そう言って、一分後にはレンズ豆のスープとパンを持ってきて、私の目の前のテーブルに置くと、パーティションの向こうへ行ってしまった。

私はニカブを汚さないように、持ち上げて食べた。スープは、コーチョでよく食べていたのと同じで、レンズ豆とタマネギを使っていて、食べ慣れた味よりもスパイスが効いたおいしいスープだったが、それでも二、三口食べるともういらなくなった。また気分が悪くなって車を止めてもらわなくてはならないのが心配だったのだ。

パーティションがあったので、なんだか独りぼっちになった気がした。向かい側のずっと向こうには女性のグループがすわっていたが、遠くてその人たちの話は聞こえなかった。みんな私と同じような格好をして、ゆっくりと、手際よくニカブを持ち上げ、ケバブとパンを食べていた。白いディシュダーシャを着た男の人たちは、たぶんその女の人たちの連れで、彼女たちとはパーティションを隔ててテーブルについていた。私たちがここに入るときに見た人たちだ。彼らは皆、私たちと同様に、何も話していなかったので、レストランのなかはとても静かで、女の人たちがベールを上げ下げする音が、誰かの息の音のように聞こえてきそうだった。

駐車場を出るとき、イスラム国の戦闘員がふたり近づいてきた。イスラム国の旗を立てた、ベージュ塗の軍用車のトラックが、タクシーの近くに停まっていたのだ。ひとりは脚にけがをしていて、杖をついて歩いていて、もうひとりは彼を置き去りにしないよう、歩調を合わせてゆっくりと歩いていた。私は心臓が止まる思いで、ナーシルを盾にするように反対側に立って隠れたが、すれちがうときには、彼らは私たちを振り返ったりはしなかった。

通りをはさんだ向こうには、イスラム国の警察車両が停まっていて、なかには警官がふたり乗っていた。私たちのために来たのだろうか？ さっきのふたりの警官は私とナーシルを捜していたのか？ いまにもさっきの警官たちが、私たちに気づいてレストランから大急ぎで引き返してきて、頭に銃を向けてくるのではないかという気がしてならなかった。もしかしたら、質問すらせず、そうなるのかもしれない。もしかしたら、駐車場を出る暇もなく、その場で殺されてしまうのかも。

誰もが怖かった。レストランにいた、あのディシュダーシャの男たちもＩＳＩＳだったのだろうか？ それなら一緒に来ていた女の人たちは、彼らの妻か、あるいはサビーヤなのか？ 彼女たちはモーテジャの母親と同じようにＩＳＩＳが好きなのか？ 通りにいるひとりひとり、たばこ売りから、車の下から顔をのぞかせる修理工まで、誰もが敵だった。車の音やキャンディを買う子供たちの声が聞こえるだけで、爆弾が爆発したような恐怖を感じた。私は大急ぎで車に戻った。早くキルクークに着かなければと思ったし、あとから歩いてくるナーシルの様子からも、彼も気がはやっているのがわかった。

すでに正午を過ぎ、日差しはますます強くなっていた。窓の外を見れば、すぐに吐き気を覚えたけれど、でも目を閉じようとすると、まぶたの裏の闇が渦を巻き、めまいがした。だから、ナーシルがすわっている座席のうしろをまっすぐ見つめて、自分自身のことと道の途中で起きる可能性のあること以外は何も考えないようにした。私は薄れることのない恐怖を感じていた。まだこの先にも通らなければならないイスラム国の検問所はあるし、その先にはペシュメルガがいる。ナーシルから渡されていた携帯電話が鳴り、見ると彼からメールが届いていた。

「きみの家族からメールが来た。サバーフがエルビルで待ってくれている」。メールにはそう書いていた。

サバーフは私の甥で、コーチョで村の男たちがISISに虐殺されたとき、クルディスタンの首都にあるホテルで働いていた。私たちはサバーフのところで一晩か二晩過ごし、そのあと、ヘズニの待つザーホーへ行くことにした。そこまで行けたらの話ではあったが。

三つ目に通ったイスラム国の検問所では、ひとつも質問されず、名前すら訊かれなかった。番兵は身分証をちらっと見ただけで、手を振って通してくれた。脱走したサビーヤをつかまえるためのシステムもこの地域まではカバーできていないのか？　あるいは、ここの戦闘員たちが人を信じるというよりも、いいかげんで、きちんと仕事をしていないだけなのかのどちらかだ。

そこからしばらくは、誰も何もしゃべらずに走った。きっとみんな疲れていたのだ。ナーシルからのメールはあれっきりで、そのうちに、運転手がラジオのチャンネルを合わそうとするのをやめて、ナーシルに質問を始めた。視線は目の前の道路に向けたまま、一定のスピードでイラク北部の平原と牧草地を走り続けている。額の汗を拭いていた紙ナプキンは、いつのまにか、濡れて小さくなっていた。

私は恐怖と体調の悪さでひどく疲れた気がしていたし、ナーシルもクルディスタンに入ろうとするスンニ派を警戒するよう訓練されている、ペシュメルガが詰めているクルド自治政府の検問所を通るのに神経質になっているのではないかと思っていた。

ヘズニと話したあと、私はぜったいにナーシルをイスラム国の支配地域にひとり残してはいかないと決めていた。たとえそれがモースルへ戻ることを意味したとしてもだ。私は、心配しないで、とナーシルに言いたかったが、でもしゃべらないと約束したことを思い出し、それに携帯メールは緊急時だけと決めていたから、何も言わずにおいた。そのときには、ナーシルには、私が友達を危険のあるところに置き去りにするような人間ではないとわかってほしいと思っていた。

*　*　*

車はキルククの方向を指し示す標識のある交差点で止まった。「私がお連れできるのはここまでです」と運転手が言った。「ここから検問所までは歩いていってもらえませんか」。乗ってきた車はモースルのナンバープレートがついているので、運転手がペシュメルガに尋問を受け、拘束される恐れがあったのだ。

「ここで待ってますから」。彼はナーシルに言った。「もし通してもらえなかったら、戻ってきてください。一緒にモースルへ帰りましょう」

ナーシルは運転手にお礼を言い、料金を支払ってから、車に積んでいた荷物を降ろした。私たちは徒歩で検問所へ向かった。路肩を歩く人はほかにはいなかった。「疲れたかい？」ナーシルが尋ねてきたので、私はうなずいて言った。「ええとても」。もう全部のことに疲れていたし、それにここまで来てもまだ目的地までかならず行けるとは思っていなかった。一歩足を踏み出すたびに最悪のこと――いま歩いているときにＩＳＩＳに止められるとか、あるいはペシュメルガにナーシルが拘束されるとか――を考えずにはいられなかった。キルクークは、ＩＳＩＳとの戦いが始まる以前から、宗派間の抗争がたびたび起こっていた危険な町で、そこまで行けたとしても、自動車爆弾かＩＥＤが待っているだけかもしれない。まだそこから先に長い道のりがあるというのに。

「とにかく検問所へ行って、様子を見てみよう」。ナーシルが言った。「きみの家族がいるのはどこだったかな？」

「ザーホー。ドホークの近く」。私は答えた。

「キルクークからどのくらい？」ナーシルに訊かれ、私は首を横に振った。「わからないけど、遠いと思う」。そこから検問所までは、ふたりとも黙って、ならんで歩いた。

検問所に着くと、車か徒歩で来た人々が列をつくり、ペシュメルガに質問されていた。ＩＳＩＳとの戦いが始まって以来、クルド自治政府は何十万人ものイラクからの避難民を受け入れてきた。そのなかにはアンバール地方のスンニ派やその他のスンニ派の多い地域で、ＩＳＩＳと関係していなければもう誰も住めなくなった地区の住民が多く含まれていた。とはいえ、スンニ派の人々が誰でも簡単にクルディスタンに入れるわけではない。ほとんどの場合、スンニ派のアラブ人が検問所を通るときにはクルド人の身元保証人が必要で、手続きには時間がかかった。

キルクークは正式にはクルディスタンには含まれず、アラブ人もたくさん住んでいるので、ふだんなら、非クルド人にとって、たとえばエルビルなどほかの町の検問所を通るよりも、比較的簡単に通過できる。スンニ派アラブ人の学生たちは、週に一回、あるいは毎日、この町を通って学校へ行くし、家族連れが買い物や親類を訪ねて行き来する。キルクークはとても多様性のある町で——アラブ人とクルド人に加えてトルクメン人やキリスト教徒も住んでいる——そして、それが長きにわたり、この町の魅力であると同時に呪いでもあった。

ＩＳＩＳがイラクへやってきたあと、ペシュメルガが大急ぎでキルクークへ駆けつけ、この町と貴重な油田を、テロリストたちの手から守ろうとした。当時イラクにいた軍隊でそれができるのは、ペシュメルガ以外になかったのだ。しかし、住民のなかには、この町がクルド人のものであり、アラブ人やトルクメン人のものではないと主張している点でテロリストと同じようなものだと不満を持つものもいた。

そうしたことが理由で、ナーシルが検問所を通過するのがさらに難しくなるのかどうかはわからなかった。私たちはイラクにおけるイスラム国の首都から来たのだから、私の家族を訪ねるのだと言っても疑われるだろうし、もしかしたら私が逃げてきたヤズィディ教徒のサビーヤだと認めるまで通してもらえないのかもしれない。私はそんなことを認めたくはなかった。少なくとも、このときはまだ嫌だった。

シンジャールの虐殺以来、クルディスタンはヤズィディ教徒を温かく迎え入れ、住む場所を失くした人々のために、政府がキャンプ建設の支援をしていた。ヤズィディ教徒の中にはクルド自治政府がそのようなことをする動機を疑っているものもいた。「クルドの人たちは我々を見捨てたことを許してもらいたいと思ってるんだ」と、その人たちは言った。「あのひどい報道があったせいだ。ヤズィディの人々が山に取り残されたのを世界中が見てしまったから、クルド自治政府はそれを忘れさせたいのだ」と。また、クルド自治政府はヤズィディ教徒がシンジャールを取り返すのを手伝うよりも、むしろクルディスタンの内部に移住させて、人数を増やし、クルディスタンのイラクからの独立のための票を増やそうとしていると考えているものもいた。

動機が何であれ、とにかくいまはヤズィディの人々にとって、クルド自治政府の助けが必要だった。クルド自治政府は、ドホーク近郊にはヤズィディの人々のためだけにキャンプを建設していたし、それにKDPは私のような脱走したヤズィディ教徒のサビーヤを助けるための専用オフィスも立ち上げた。ゆっくりとではあるが、クルド自治政府はヤズィディ教徒との関係を修復しようとしはじめ、私たちが自分たちのことをまたクルド人と呼び、クルディスタンの一部だと言いはじめることを望んでいた。

でもこの日の私は、まだ彼らを許す心の準備ができていなかった。そもそも彼らは、ISISがシンジャールにやってくるまえに、私の家族が引き裂かれてしまうような事態は防げたはずなのに、それがいまになって、私を受け入れたからといって、自分たちが私を助けたなどと思ってほしくはなかった。

ナーシルがこちらを向いて私を呼んだ。「ナディア、きみが行って、自分はヤズィディ教徒だと言うといい。きみが誰で、ぼくが誰だかを言うんだ。クルド語で話すんだよ」。私が自分の正体を告げれば、私はすぐに通してもらえることを、彼は知っているのだ。

私は首を振って「嫌だ」と言った。ペシュメルガの制服を着た兵士らが、キルクークの検問所で自分たちの仕事をする姿を目にして、腹が立ってきたのだ。彼らはキルクークを離れなかった。それならどうして私たちのもとを去ったのか?

「この人たちのどれだけ多くがシンジャールで私たちを見捨てたか、知っているの?」私はナーシルに尋ねた。言いながら、ISISがやってくるのを恐れてクルディスタンへ入ろうとして来たけれど、入ることができず、検問所の前で引き返していくヤズィディの人々の姿が頭に浮かんだ。〝心配いりませんよ〟と、クルド自治政府の検問所で彼らは言われたのだ。「ペシュメルガがあなたたちを守ります。家にいたほうが安全です」と。私たちを守るために戦いに行くつもりがなかったのなら、もっと早くに私たちをクルディスタンへ行かせるべきだったのだ。彼らのせいで、何千もの人々が殺され、連れ去られ、住む家を失くした。

「あの人たちに、私がヤズィディ教徒だって言わない。クルド語もしゃべらない」。私はナーシルに言った。「そんなことをしても何も変わらないから」

「落ち着くんだ」。ナーシルが言った。「いまはそうしないと。現実的に考えるんだ」

「だって仕方ないでしょう!」私は言った。ほとんど叫んでいた。「私があの人たちを必要としているなんて知らせるつもりは、絶対にない」。そのあとは、ナーシルがそれについて何か言うことはなかった。

検問所では、兵士が私たちの身分証をたしかめ、それから私たちを眺めた。私は彼らとは一言も口をきかず、ナーシルとはアラビア語で話した。「鞄をあけてください」。兵士が言ったので、ナーシルは私のバッグを取ってあけて見せた。彼らは時間をかけてバッグのなかをかきまわし、服やシャンプー、コンディショナーのボトルを引っぱり出してなかを調べた。でも、ネックレスとブレスレットを隠したままの生理用ナプキンの箱のなかまでは見られなかったので、ほっとした。


「どちらまで行かれますか?」兵士が訊いてきた。

「キルクークです」。ナーシルが答えた。「妻の家族のところに泊まります」

「そこまでは誰が連れていくのですか?」

「タクシーで行きます。向こう側で拾います」

「そうですか」。兵士はそう言って、小さな検問所のオフィスのそばの人がぱらぱらと集まってきているほうを指さした。「あそこで待つように」


私たちは、暑い日差しの下でほかの人たちと一緒に、ペシュメルガがキルクーク側へ通してくれるのを待った。大きなスーツケースと毛布を詰めこんだビニール袋を持って、一家全員でならぶ人々がいた。老人たちは荷物の上にすわり、女性たちは暑さのなかで静かなうめき声をあげるように顔をあおいでいた。あまりにたくさんの家具やマットレスが積まれ、重みでいまにもつぶれそうになっている車もたくさんあった。ふと目に入った男の子が抱えているサッカーボールや、老人が持っている籠のなかの黄色い鳥は、その人たちにとっての世界一大切なものに思えた。もと来た場所も、年齢も、宗教もばらばらだったけれども、不安と恐怖を抱えてこのキルクークの検問所で一緒に待っているという点では、みんな同じだった。求めているものは皆同じ――安心、安全、家族を見つけること――であり、みんな同じテロリストから逃げていた。ＩＳＩＳ支配下のイラクにいるとはこういうことなのだ。住む家もなく、難民キャンプで暮らせる日までは検問所で暮らすしかないのだ。

ようやくひとりの兵士が私たちを呼びにきた。私はその兵士とアラビア語で話した。「私はキルクーク出身です。ですが、いまはモースルで夫と暮らしています」。身振りでナーシルを指しながら、私は言った。「家族に会いにいくんです」

「荷物の中身は何ですか？」

「一週間分の着替えです。それと、シャンプーと、私物……」。声が尻すぼみに小さくなり、心臓の鼓動が速くなった。もし通してもらえなかったら、どうしていいかもわからない。ナーシルはモースルへ帰らなければならないのかもしれない。私たちは、不安げに顔を見合わせた。

「武器は携帯していますか？」その質問に、ナーシルはノーと答えたが、兵士はボディーチェックを始めた。それが終わると、つぎは彼の携帯電話をスクロールして、ＩＳＩＳとのつながりが疑われる写真や動画がないか調べはじめた。私はひとりぽつんと残され、ナーシルから手渡されて持っていた携帯電話を見せるように言われることもなかった。しばらくして、その兵士は私たちの荷物を返し、首を横に振って言った。「申し訳ないが、あなたたちを通すことはできない」。冷酷な態度ではなかったけれど、事務的ではあった。「クルディスタンを訪問する人には身元保証人が必要です。それがなければ、あなたがた何者かが我々にはわかりません」

「シンジャールにいる父の友達に電話しなくては」。兵士が立ち去ったあと、ナーシルが私に言った。「その人には人脈があるし、ぼくたちは通すべきだと言ってくれるはずだ。彼らもその人の話なら耳を貸すだろう」

「いいわ」。私は言った。「その人が、私がヤズィディ教徒で、私が逃げるのをあなたが助けているということさえ言わなければ」

ナーシルがその人に電話をかけ、そのまま携帯電話を兵士に手渡し直接話してもらうことにした。すぐに話は終わり、見ると兵士は驚きの表情を浮かべ、少し気まずそうにこう言った。「最初から電話してもらえばよかったのに」。そして、ナーシルに携帯電話を返し、「行ってください」と言った。

検問所を通過したところで、私はすぐにニカブをはずした。顔に当たる夜風が心地よく、笑みがこぼれた。「おや、きみはそれが嫌いだったの?」ナーシルが笑い返しながらからかった。

—6—

私たちが乗ったタクシーの運転手は、四十代くらいの陽気なクルド人だった。乗ってすぐ行き先を訊かれたのだが、ナーシルも私もぼんやりしたまま顔を見合わせた。「クルディスタンまでお願いします」。ナーシルが言うと、ドライバーは笑った。「お客さん、ここはクルディスタンですよ！」そう言って、もう一度訊いてきた。「どこの町まで行きますか？ エルビル？ それとも、スライマーニーヤ？」

私たちも笑った。ふたりともクルディスタンの地理はよくわかっていないのだった。「近いのはどちらですか？」ナーシルが尋ねた。

「スライマーニーヤです」。運転手が答えた。

「では、スライマーニーヤまでお願いします」。私たちは答えた。ふたりとも車に乗ったとたん、疲れと安心感で、甥のサバーフに電話するようへズニから言われていたのをすっかり忘れていた。

外は暗くなりはじめていた。環状道路から眺めるキルクークの景色は、街の灯りが遠くに見えるだけだった。子供のころ、〝ネウロズ〟と呼ばれるクルドの人々の新年のお祝いをテレビで見たことがある。たくさんの人が焚火のまわりに集まって踊り、緑の上で、積みあげた肉を焼く。私は苦々しい気持ちでこんなことを言ったものだ。「クルディスタンのあのいい生活を見て。私たちはこんな貧しい村に住んでいるというのに」と。すると母はこんなふうに私を叱った。「あの人たちは、あの人たちにふさわしい、いい暮らしをしているのですよ、ナディア。あの人たちは、サダムの時代にジェノサイドをくぐり抜けてきたんですからね」と。

クルディスタンで、私はよそものだった。町の名前も知らなければ、そこに住む人々がどんな人たちなのかも知らなかった。キルクークにもスライマーニーヤにも友達はいなかったし、それにエルビルのホテルで甥のサバーフが働いていて、ドホークの建設現場に兄のサウードがいるとはいっても、彼ら自身がバングラデシュやインドから来た労働者と同じようなもので、まだ落ち着いた暮らしをしているわけではなかった。もしかしたら私は、イラクのどこへ行ってもよそ者なのかもしれなかった。あんな拷問を受け続けたモースルへは二度と戻れないし、バグダッドへも、ティクリートへも、ナジャフへも行ったことがなかった。イラクにある、素晴らしい博物館や古代の遺跡を見たこともない。イラクのなかで、私がほんとうに知っているのはコーチョの村だけで、その村がいまはＩＳＩＳのものになってしまった。

運転手は、郷土愛の強いクルド人で、行く道の途中であれやこれやと指さし、楽しげにクルド語とアラビア語を交ぜながら、モースルでの暮らしはどうかとナーシルに話しかけていた。「街全体がダーイシュに占領されてしまったのですか？」運転手は首を振りながら訊いた。

「ええ」。ナーシルが答えた。「街を出たがっている人はたくさんいますが、なかなか難しくて」

「いまにペシュメルガがあいつらをイラクから追い出しますよ！」運転手が言ったが、ナーシルは黙っていた。

タクシーのなかで、私は比較的落ち着いていたが、ナーシルはそうではなかった。次の検問所はクルドの自治領と認められている地域と係争地との境目にあり、シンジャールに住むヒシャームの友達が味方についてくれるとはいえ、彼はそこで尋問を受ける可能性があったのだ。そのヒシャームの友達という人は、たしかに権威を持っているようではあった。それで、少なくとも私はもう、肩越しにうしろを見て、イスラム国の車がいないかたしかめたり、まわりにいる人たちが本当はテロリストではないかと心配したりする必要はなくなった。

「見てください、山のほうに建物があるでしょう？」運転手が、ナーシルの右側の窓の外を細い指でさしながら訊いてきた。見るとイラク東部の山の陰に沿って、巨大な宅地開発が進んでいるのが見えた。道路には完成予想図が描かれた大きな広告の看板が誇らしげに立っている。「完成したら、アメリカみたいな住宅地になるんですよ」と、運転手は言った。「とてもあたらしいし、とても美しい。クルディスタンでは素晴らしいことが起こっているんです」

「奥さんの名前は？」運転手がバックミラーで私を見ながら訊いてきた。

「スーザンです」。ナーシルが答えた。身分証の名前だ。

「スーザン！ なんと美しい名前だ。スースーと呼ばせてください」。そう言って、運転手は私に笑いかけた。そしてそれからあとはずっと、何かを指さすたびに、私の注意を求めた。「スースー！ あそこの湖が見えますか？ 春はとても美しいんですよ」とか、「スースー、いま通り過ぎた町があったでしょ？ あそこで売ってるアイスクリームはきっと食べたことのないほどおいしいですよ」とかいうふうに。

このときのドライブを思い出すと、はたしてシンジャールもクルディスタンのように、大虐殺から復興を果たし、それまで以上に発展できるのだろうかと思うのだった。そうなってほしいと願ってはいるが、一方で、そうなるとは思えないことも認めなくてはならない。クルディスタンは、人口のほとんどがクルド人で、敵、つまりサダム・フセインの軍は外から攻めてきたわけだが、シンジャールはちがう。シンジャールでは、ヤズィディ教徒とアラブ人はみんな一緒に住んでいる。私たちは商売の相手としても信頼し合い、おたがいの町を通って行き来していた。

そのように友人であり続けようとしていたが、敵はシンジャールの内部で、触れるものすべてを殺そうとねらっている病気のように大きくなっていった。たとえアメリカやほかの国が、サダム・フセインが攻撃したあとのクルディスタンに対してしたのと同じやり方で、私たちに手をさしのべたとしても（ヤズィディ教徒にはお返しできるものはあまりないし、だからたぶんそういうことはないのだろうけど）、どうやって、以前のような暮らしに戻って、またアラブ人に混ざって暮らすことなどできるだろうか？

「スースー！」運転手がまた私の注意を引こうと呼びかけた。「ピクニックはお好きですか？」私はうなずいた。「そうですか！　それなら、ここへ来るといいですよ。スライマーニーヤ郊外の山はピクニックにちょうどいい。春は信じられないくらいの美しさです」。私はまたうなずいた。

＊　＊　＊

スライマーニーヤに着いたときは、もう明け方の四時に近く、エルビル行きのタクシー乗り場も周辺の店もみんなどこも閉まっていた。検問所が近づいてくると、運転手が心配しないでいいと言ってくれた。「知ってるやつらです」。そう言って、もちろんクルド語で二、三、言葉を交わすと、番兵らは手を振って通してくれた。

「どちらまで行きましょうか？」と、運転手が訊いてきたが、私たちは首を横に振った。「タクシー乗り場の近くまで行ってもらえれば」と、ナーシルが言った。

「閉まってますよ」と、運転手が返した。この運転手は親切な人で、私たちのことを心配してくれていたのだ。

「大丈夫です。待ちますから」。ナーシルが言った。

運転手が車を停め、ナーシルが料金を払った。「スースー、お元気で！」運転手はそう言って、走り去った。タクシーを降りたあとで、運転手が私を呼んでいた呼び方を思い出すとおかしくて、ふたりで笑った。「ぼくらだってきみをダーイシュに渡しはしないけど」。ナーシルが言った。「でも、あの人ともっと長くいたら、あの人がきみを離さなかっただろうね」

私たちはタクシー乗り場に近いスーパーマーケットの外で、壁にもたれてすわっていた。通りには人がおらず、街全体が静かだった。建ちならぶ高層ビルの窓は暗く、頭上に覆いかぶさるようにそびえていた。そうした高層ビルのひとつは、船のマストのような形をしていて、青く光り輝いていた。あとで知ったのだが、それはドバイのビルを模したものだそうだ。肌にふれるそよ風と、スライマーニーヤをネックレスのように囲む山々の景色は、どこか懐かしく、気持ちが落ち着いた。トイレに行きたかったが、はずかしくて言えず、そのままそこにすわったまま、疲れ切った体を休め、何か食べ物が買える店があくのを待った。

「ここへは一度も来たことないの？」ナーシルが訊いた。

「ないよ」。私は答えた。「でも、きれいなところだっていうことは知ってる」。私はテレビで見た〝ネウロズ〟のお祝いのことを話した。でも、サダム・フセインと〝アンファール作戦〟のことは言わないでおいた。「このあたりは水に恵まれていて、遠くまで緑が続くの。子供向けのゲームや乗り物のある公園もあって。公園を歩くためだけにイランからも国境を越えて人がやってくる。それに、この山々を見ていると、住んでいた場所を思い出すわ」

「それで明日はどこへ行くの?」私はナーシルに訊いた。

「タクシーでエルビルまで行こう」。ナーシルが言った。「それで、きみの甥にホテルで会おう。それからきみはザーホーへ行ってヘズニに会うんだ」

「あなたは行かないの?」尋ねると、ナーシルはうなずいた。申し訳ない気持ちになった。「あなたの家族もクルディスタンに来ることができたらいいのに。あなたたちがダーイシュの圧政下で暮らさなくてよければいいのに」

「どうすればそれができるかわからないんだ。でも、たぶんいつかは」。そう言った彼は、とても悲しげだった。

長時間のドライブで体が痛く、それに最初のクルディスタンの検問所までは歩いたので、足も痛かった。ふたりともいつの間にか眠りに落ちていたが、それほど長くは眠れなかった。ほんの一時間か、二時間ほど眠って、朝の交通と、やわらかな朝陽の光で目が覚めたのだ。ナーシルがこっちを向いて、私が眠れてよかったと言った。「今朝は、日が昇っても怖がらなくてもいいんだ」。

「怖がらなくてもいい朝」。私は言った。「きれいなところだね」

ふたりともお腹がぺこぺこだった。「何か食べるものを買おう」。ナーシルがそう言い、少し歩いたところで見つけた店で、卵と炒めなすのサンドイッチを買った。すごく美味しいものではなかったが、とてもお腹が減っていたので、私は自分の分をすぐに食べてしまった。もう吐くかも、などとは思わなかった。

その店のトイレで、私はアバヤと、汗でひどいにおいのしていたカスリーンのワンピースを脱ぎ、タオルを絞って腋の下と首のまわりを拭いた。それから、バッグに入れてきた自分のズボンとシャツに着替えた。鏡は見ないようにしていた。ハムダーニーヤの朝から一度も鏡を見ていなくて、鏡に映る自分の姿を見るのが怖かったのだ。カスリーンのワンピースをたたむと、丁寧にバッグのなかへ入れた。**カスリーンが自由になるまで大事に持っておいて返そう。**私は、そう思った。アバヤはゴミ箱に捨てるつもりだったが、一歩手前でとどまった。ISISが私にしたことの証拠として取っておくことにしたのだ。

外の通りは、通勤や通学の人通りが増えてきた。車も増えてクラクションが鳴り響き、商店はシャッターを上げて、店をあけはじめていた。陽の光が帆の形の高層ビルに反射し、夜には気づかなかったが、ビルの側面は青みがかったガラス張りで、てっぺんには円形の展望台がついているのがわかった。暮らしのすべての部分が、街を一層美しく見せていた。私たちは誰にも見られていないし、それに私は誰も怖いと思わなくなっていた。

サバーフに電話すると、「スライマーニーヤまで迎えにいくよ」と申し出てくれたが断った。「その必要はないわ。自分たちでそこまで行くから」と言って。

ナーシルは最初、エルビルへは私ひとりで行かせるつもりでいた。「もうぼくは必要ない」と言って。でも、私が譲らず、説得して一緒に行ってもらうことにしたのだ。昔から頑固だった私の性格がまた出てきたみたいで、それにまだナーシルとお別れする心の準備もできていなかった。「ふたりでエルビルまで行きます。私の脱出を手助けしてくれた人に、あなたも会ってほしいの」。私はサバーフに言った。

＊　＊　＊

その朝、スライマーニーヤのタクシー乗り場は混んでいて、私たちはエルビルまで乗せて行ってくれるタクシーを探していた。すでに四台に断られていた。断る理由は言わなかったが、おそらくは私たちがモースルから来ており、それにナーシルがアラブ人だからというのが理由ではないかと私は思っている。どの運転手も、まず身分証を求め、さしだすと、それを眺めて、それから私たちを見て、また身分証を見て、そして私たちを見て、こう言うのだった。「エルビルへ行きたいのかい?」そう訊かれ、私はうなずく。

すると今度は「どうして?」と、運転手は理由を知りたがる。

「家族に会いにいくんです」。そう答えるのだが、そうすると彼らはただため息をつき、身分証を返しながら、「悪いね」という。「予約があるんだ。ほかを当たってくれ」と。

「怖いんだよ。モースルから来たわけだから」。ナーシルが言った。

「誰があの人たちを責められる?」私は言った。「あの人たちはダーイシュが怖いんだよ」

「まだクルド語を話す気にはなれないのか?」ナーシルが訊いてきたので、私はノーと首を振った。まだ自分が何者であるかを知られることに対する心の準備ができていなかったのだ。まだ、ほんとうに困ったことにもなっていなかったから。

私たちは何も言わずにすわっていた。日差しがだんだんと強くなり、エルビルまで乗せていってくれるタクシーが見つかるのかどうかが心配になってきた。ようやくひとりの運転手が乗せると言ってくれたが、私たちが最初の客だったため、ガソリンを満タンにするのを待たなければならなかった。「向こうですわっててください」。運転手は歩道を指さして言った。そこには小さな日陰があって、すでに大勢の人が集まっていて、それぞれ運転手の準備ができるのを待っていた。

私はまわりに集まってきた人々を見渡した。こっちを見ている人はひとりもいない。それでも、もう恐怖は感じていないとはいえ、思っていたほどの安堵は感じられずにいた。頭の中では、ザーホーへたどり着くことができたら、どんな暮らしをするのだろうかということばかりを考えていた。私の家族はほとんどが、もう死んでしまったか、行方がわからないかで、だから私が帰ろうとしている場所は家ではない。私が帰ろうとしている場所には、私が失った人々が残していった穴ばかりがあるだけなのだ。幸せと虚しさを同時に感じながら、私はナーシルがそばにいて、話せることをありがたく思った。

「もしダーイシュがいまこのタクシー乗り場へ入ってきたらどうなると思う?」私はナーシルに訊いてみた。「何が起こると思う?」

「みんな怖いだろうね」。ナーシルが答えた。黒ずくめの戦闘員がひとり、オートマチック・ライフルを手に、この油断している忙しい人々のなかへ入ってくるところを思い浮かべた。

「でももし来たら、最初に誰をつかまえにいくと思う?」私はさらに尋ねた。「どちらのほうが価値があるんだろう——私のような脱走したサビーヤか、それともあなたのようなモースルを離れたスンニ派で、私が逃げるのを手助けしている人と?」

ナーシルは笑った。「なぞなぞみたいだな」。彼は言った。

「そうね、でも私は答えを知ってる」。私は言った。「私たちふたりともだよ。ふたりとも死ぬの」。そう言って、ほんの一瞬だけ私たちは笑った。

—— 7 ——

クルディスタンは、厳密にはいくつもの行政区域が集まった地域だ。最近までその行政区域は、ドホーク、エルビル、スライマーニーヤの三つしかなかったが、二〇一四年にクルド自治政府があらたな行政区域としてハラブジャを加えた。アンファール作戦の最大のターゲットになった場所だ。クルディスタンの独立があれほど話題になり、クルドのアイデンティティがあれほどまでに強調されているにもかかわらず、それぞれの区域で人々が感じていることは大きく異なり、たがいの断絶は大きい。主要政党である、バルザニのクルド民主党(KDP)、タラバニのクルド愛国同盟(PUK)、それにもっとあたらしいゴラン党に、イスラム主義三党の連立のそれぞれが、支持を分断していて、そしてそのなかでも、KDPとPUKの断絶がとりわけ目立つものになっている。一九九〇年代のなかごろ、これらふたつの政党の支持者とペシュメルガが戦い、内戦が起こった。

クルド人はこの話題に触れたがらない。なぜなら、イラクから独立したいという希望がいくらかでもあるなら、一致団結している必要があったからで、しかし、戦いはひどいものになり、いくつもの傷跡を残した。ＩＳＩＳとの戦いがクルド人をひとつにするという希望を持ったものもいたが、クルディスタンを通ってみれば、まだやはりちがう国から国へと移動している気がする。どちらの党も、自分たちのペシュメルガと、自分たちの安全保障および情報部隊であるアサーイシュ（クルド人地域内治安部隊）を持っている。

スライマーニーヤはイランとの境界近くにあり、ＰＵＫとタラバニの一族の故郷でもある。エルビルよりはリベラルだと言われてもいる。ＰＵＫ支持の地域はイランの影響下にあるのに対して、ＫＤＰのテリトリーはトルコと同盟関係にある。クルドの政治はとても複雑だ。私は自由になり、人権活動を始めてから、シンジャールの失敗がどんなふうに起こりえたのかがわかりかけてきた。

エルビルへ向かう私たちが通らなければならない、最初の検問所には、ＰＵＫのペシュメルガとアサーイシュが詰めていた。彼らは私たちの身分証を見ると、タクシーの運転手に車を脇へ寄せて待つよう指示した。私たちの乗っていたタクシーは相乗りで、夫婦のように見える男女が同乗していた。女性のほうは、ナーシルと私がアラビア語で話しているのを聞いて驚いていた。「クルド語も話すのですか？」彼女は私に訊いてきた。そして、私がクルド語を話すと聞くと、満足したようで、くつろいで見えた。

私はそのふたりと後部座席に乗っていて、ナーシルはひとり助手席にいた。ふたりともクルディスタンから来たとのことで、私たちが止められたのはナーシルと私がクルディスタンの外の身分証を持っていたからだということは明らかだった。

検問所の係官がドライバーに待つよう言ったとき、その女性がいらだたしげにため息をつき、自分の身分証を手のなかでぱたぱたしながら、何が起こっているのかをたしかめようと窓の外を見ていた。私は彼女をにらみつけた。

ペシュメルガの兵士が私とナーシルを指さした。「そこのふたりは、こちらへ」。そう指示した。「あなたは行っていい」と、運転手には言い、それで私たちは荷物を持って車を降り、車は行ってしまった。兵士のあとについて事務所まで行くと、なんだか急にまた怖くなってきた。クルディスタンへ入ってさえしまえば、それほどトラブルは起こらないだろうと予想していたのだが、私がキルクーク出身のスーザンを名乗っている以上は、クルディスタンのなかを進むのも簡単ではないことは明らかだった。もし私たちがイスラム国のシンパとみなされたり、あるいは単純にエルビルとのつながりが疑わしいと思われたりすれば、簡単に追い返されてしまう。

検問所のオフィスに入ると、係官が質問を始めた。「あなたは誰ですか？　こちらの身分証はモースルですし、こちらはキルクークと書いてあるのに、どうしてエルビルに行くのですか？」

実際のところ、疑われているのはナーシルのほうだった。年齢からしてちょうどイスラム国の戦闘員になってもおかしくないからだ。

私たちは疲れきっていた。私の望みはただエルビルまでたどり着き、サバーフに会うことだけだったというのに。それを可能にするには、私がスーザンと偽るのをやめて、ほんとうは誰であるかを認めるしかないことに私は気づいた。「もういいよ」。私はナーシルに言った。「ほんとうのことを言う」

そう言って、私はクルド人の兵士に向けて話した。

「私はナディアです。コーチョに住んでいたヤズィディ教徒です。その身分証は偽物です。それはモースルで手に入れました。モースルでダーイシュにつかまっていたんです」。そしてナーシルを指さし、こう言った。「この人は、私が逃げるのを助けてくれました」

兵士は驚いていた。私とナーシルの顔を見て、そして、落ち着きを取り戻すと、こう言った。

「あなたの身に起きたことはアサーイシュに話す必要があります。来てください」

兵士はどこかに電話をかけて、それから、近くにある別の建物へ私たちを案内した。そこはアサーイシュのセキュリティ本部として使われている建物で、入っていくと、大きな会議室で数人の係官が待っていた。大きな会議テーブルの端に私たちふたりの椅子が用意されていて、それらの椅子のほうに向けて、ビデオカメラがテーブルにセットされていた。そのカメラを目にして、ナーシルはすぐに首を振った。そして「だめだ」とアラビア語で言った。「ぼくは映ることはできない。ぼくの顔を誰にも知らせるわけにはいかない」

私は係官らのほうを向いて言った。「ナーシルは私に付き添ってここまで来るのに、とても大きな危険を冒してきたんです。それに、彼の家族は全員、いまもモースルにいます。もしこの人が誰であるかが知られたら、この人か、あるいは彼の家族が傷つけられる可能性があります。それに、録画の理由は何ですか？　誰が見るのですか？」私自身もＰＵＫのアサーイシュがインタビューを録画しようとしていることに気持ちが掻き乱されていた。誰かが見ている前で、モースルで起きたことを思い出す心の準備など、まだできていなかったのだから。

「我々内部の記録用に撮るだけです。それに、どちらにしてもナーシルの顔にはぼかしを入れましょう」。係官らはそう言った。「コーランに誓って、この録画は我々と、我々の上官以外は誰も見ません」

話をするまでは検問所を通してもらえないことがはっきりしてきたので、私たちは話すことに同意した。「ほんとうに誰にもナーシルが特定できないようにして、それからペシュメルガとアサーイシュ以外には誰にも見せないと約束してくれるなら」と私は言った。「もちろんです。もちろんですよ」と彼らは言ったので、私たちは話しはじめた。インタビューは何時間も続いた。

位の高そうな係官が質問を始めた。「あなたはコーチョから来たヤズィディ教徒ですか？」

「はい」。私は答えた。「シンジャールのコーチョの村から来たヤズィディ教徒です。村にいたときに、ペシュメルガが去ってしまいました。ダーイシュが私たちの学校にこんなことを書きました――「この村はイスラム国に属する」と」。そして、どんなふうに私たちが学校へ行かされ、女性たちがソラーへ、そしてモースルへ連れていかれたかを話した。

「モースルにはどのくらいの期間いましたか？」

「はっきりとしたことはわかりません。暗い部屋に閉じこめられていて、それぞれの場所でどれくらいの時間が過ぎたのかよくわかりませんでした」。アサーイシュはシンジャールで何が起こったかを知っていた。ヤズィディ教徒の男たちが殺され、女たちがモースルへ連れ去られ、そのあとイラクじゅうに分配されたことを。でも、彼らは私の話の細部まで知りたがった——なかでも、連れ去られて囚われているあいだ、正確に何があったのか、そしてナーシルがどんなふうに逃げるのを手助けしたのかについて、こと細かに知りたがった。ナーシルが、どちらの話題も充分気をつけて話すようにと、アラビア語でささやいた。そして家族のこととなると、「きみがうちへ来たときは夕方で、ぼくたちが外にすわってたとは言わないで。真夜中だったたって言うんだ。それでないと、ぼくたちが外へ出てすわってたということは、庭でくつろいでいたっていうことで、ダーイシュの仲間だと思われてしまう」。私は心配しないでいい、とナーシルに言った。話題がレイプのことに及ぶと、もちろんPUKの係官らは詳細を知りたがったけれども、私はそれが起こったと認めるのを拒否した。私は家族に愛されていたけれど、でもほんとうにまた会えるまで、彼らが、あるいはヤズィディ教徒のコミュニティ一般が、私がもう処女でなくなったことを知った状態で帰ったときに、どんな反応をするのかが正直わからなかったのだ。

ハッジ・サルマーンが、私をレイプした直後にささやくように言った言葉が思い出された。もし逃げたとしても、家族は私を見つけたとたんに私を殺す、と。「おまえはもう落ちぶれてしまったんだよ」。あの男は言った。「誰もおまえとなど結婚しないし、誰もおまえのことなど愛さない。おまえの家族だって、おまえのことなどもういらないのだ」と。

ナーシルでさえ、私を家族のもとに送り届けてよいものかと心配していたし、私がレイプされていたと知ったら、彼らがどんな反応をするかを心配していた。「ナディア。あいつらは録画している――ぼくは信用しない」。PUKのオフィスでナーシルは小声で言った。「きみは家族がきみのことをどう扱うか、しばらく様子を見るべきだ。知られたら、殺されることだってあるんだ」

自分を育ててくれた人たちをそんなふうに疑うのはつらかった。けれど、ヤズィディ教徒は保守的で婚前交渉は認められないし、それにこんなことがあんな多くのヤズィディ教徒の女性たちにいっぺんに起こるとは誰も予想していなかったのだ。このような状況が起きると、どんなコミュニティもためされる。どんなに愛情深く、どんなに強いコミュニティであっても。

係官のひとりが水と食べ物を持ってきた。私はもうここを立ち去りたくてしかたがなくて、こう言った。「ザーホーで家族と会うことになっているんです。もう出ないと遅くなってしまいます」

しかし、彼らの返答はこうだった。「これは非常に重要なケースなんですよ。PUKは、あなたがどんなふうに連れ去られ、どんなふうに脱出したのかを詳しく知りたいのです」

彼らはとくに、どんなふうにKDPのペシュメルガが私たちを置き去りにしたかを聞きたがった。私はそれについての話もしたし、戦闘員らが奴隷市場にやってきて、きれいな娘から連れていったことも話した。でも、連れ去られたのちに自分の身に起きたことについては嘘をついた。

「誰があなたを連れていったのですか?」係官が質問した。

「ものすごい大きな男が私を選んで、おまえはおれのものになるって言いました」。私は言った。サルワーンのことを思い出し、身震いしながら。「私は嫌だと言いました。それでそのまま施設にいて、ある日、見張りがいないときを見計らって、逃げ出しました」

そのつぎはナーシルが話した。

「夜中の十二時半か、一時くらいです。誰かがドアをノックする音が聞こえたんです」。ナーシルが言った。少し前かがみにすわり、ストライプのTシャツを着ているせいか、年齢よりも若く見えた。「ダーイシュが来たのかと思って怖くなりました。武装しているでしょうから」。彼は私のことを、怯えた少女が来たと説明し、それから、どんなふうに偽造の身分証を用意して、私の夫のふりをしてモースルを出たかを話した。

PUKのペシュメルガとアサーイシュはナーシルの話に満足していた。彼に礼を言い、まるでヒーローのように扱いながら、ISIS支配下でどんな暮らしをしてきたかを尋ねた。そして、「我々のペシュメルガは、テロリストがイラクからひとりもいなくなるまで戦う」と、断言さえした。彼らはクルディスタンがモースルから逃げてきた人々にとって安全な場所になっていることを誇りにしていると言い、それから、シンジャールを見捨てたペシュメルガは彼らPUKの部隊ではないことを強調した。

「ナディアのような女性がモースルに何千人もいます。ナディアはそのひとりで、私がここへ連れてきました」と、ナーシルが言い、そして、午後四時近くまで続いた聴取がようやく終わった。

「このあとはどちらへ？」係官が訊いた。

「ドホークの近くにあるキャンプです。でも先に甥に会いに、エルビルに行きます」

「ドホークには誰が？　我々はあなたがたを危険な状況に追いやりたくはありません」

私は、腹違いの兄弟のひとり、ワリードの電話番号を係官に教えた。ワリードは、あの大虐殺のあと、多くのヤズィディ教徒の男たちとともに、戦う意志と、収入を得る必要性から、ペシュメルガに加わったのだ。きっと仲間の兵士なら彼らも信用するだろうと思ったのだが、しかしそれはＰＵＫの係官をさらに警戒させただけだった。「ワリードはＫＤＰのペシュメルガですか？」電話を切ったあと、係官は尋ねた。「もしそうなら、一緒に行くのはよくない。いいですか、あいつらは、無防備なあなたたちを置き去りにしたのですよ」と、彼は言った。

私は何も言わなかった。クルドの政治についてはそれほど知らなくても、どちらか片方の味方をするのは賢明ではないとすでに感じ取っていた。「インタビューでもう少し話してもらうべきでした」。係官は言った。「ＫＤＰのペシュメルガがあなたがたを見殺しにしたことは、世界が知るべきです」

「もしここにとどまるなら手助けできます」と、彼は続けた。「故郷まで帰るお金だって持っているのですか？」

係官は私はＰＵＫのテリトリーにいたほうが安全だと言い、私は行かなければならないのだと譲らず、しばらく押し問答が続いた。結局、私を説得するのは無理だと向こうが諦めた。「ＫＤＰであってもなくても、私は家族に会いたいのです」。私は言った。「もう何週間も会っていないんです」

「わかりました」。係官がやっと言った。そして、ナーシルに一枚の紙を渡した。「ここから先はこれを持っていってください。身分証は見せないでこれを使ってください。それで検問所は通れますから」

彼らは長時間とどめたことの礼を言い、エルビルまでのタクシーを呼び、運賃を前払いして送り出してくれた。ナーシルも私も黙ったままタクシーに乗ったが、検問所で止められる心配がなくなり、ナーシルも私と同じくらい安心しているのがよくわかった。

そこから先の検問所では、そのときもらった書類を見せるだけですぐに通してもらうことができた。エルビルでサバーフに会う前に、少し眠っておきたいと思い、私は座席で少し前のめりになって休んだ。外の景色は、それまで以上に緑が濃く、畑や牧草地がきれいに保たれていることから、人がきちんと手入れしているのがわかった。日干しレンガの家々やトラクターの置かれた、コーチョに似た小さな農村の風景が、やがて、大きな町に変わり、さらに市街地に入ると、シンジャールで見たよりもずっと大きな建物やモスクも見えてきた。タクシーのなかでは安心できた。窓を開けると、流れこむ空気さえも涼しくさわやかに感じられた。

しばらくしてナーシルの携帯電話が鳴った。「サバーフからだ」。ナーシルはそう言い、語気を荒げて続けた。「さっきのインタビューを見たんだ！　流されているんじゃないか」

電話はサバーフからで、ナーシルは電話機を私に手渡した。サバーフは怒っていた。「どうしてこんなインタビューに出たんだよ？　待つべきだったのに」

「誰にも見せないっていったのに」。私は言った。「約束したのよ」。怒りで気分が悪くなった。

このことで、ナーシルと家族のしたことがＩＳＩＳに知られてしまい、いまこの瞬間にもヒシャームやミナまでが罰せられることになったらどうしようと心配になった。ナーシルはイスラム国の戦闘員の多くを知っているし、逆もまた同じだ。たとえ、顔にぼかしが入っていたとしても（少なくともＰＵＫのアサーイシュがその部分は約束を守って）、ナーシルだと特定されてしまうかもしれない。その瞬間まで私が信頼している数人しか知らなかったあんなプライベートな話が、すでにニュースになっていることが信じられなかった。とても怖ろしかった。

「これはナーシルの家族の暮らし、うちの家族の暮らしなんだ！」サバーフは続けた。「あいつらなんでこんなことを！」

タクシーの座席にすわったまま、私は凍りついた。泣きそうだった。それに何と言っていいかわからなかった。その動画は、ナーシルに対する究極の裏切りに思えたし、それをニュースに流してしまうＰＵＫのアサーイシュに嫌悪感を抱いた。ヤズィディ教徒を見捨てたと彼らが主張するＫＤＰより自分たちをよく見せるためにやっているのだから。「動画を公開されてここにいるくらいなら、モースルで死んだほうがよかった」と、私はサバーフに言った。ほんとうにそう思っていた。ＰＵＫは私たちを利用したのだ。

それから長いあいだ、その動画のことが頭から離れなかった。兄たちは、私が顔を出し、家族が特定されてしまったことに怒っていたし、ナーシルは身の危険を感じていた。ヘズニはこんなふうに言った。「もし、おまえを助けたために息子が死んだとヒシャームに電話することになったら、それはどんなにひどいことか」と。彼らは、私がＫＤＰのペシュメルガをカメラの前で非難したことに対して怒っていた。なんだかんだ言っても、ヤズィディ教徒のための難民キャンプはKDPのテリトリーにつくられているのだ。結局また世話になっているのだ。

私の話は、もちろんいまも私個人の悲劇だと思ってはいるけれども、ほかの誰かの政治の道具にもなりうるのだと、このことがあってすぐに学んだ。とくにイラクのような場所ではそうなのだ。自分の発言にはもっと慎重になるべきだった。なぜなら言葉は受け取る相手によってはちがう意味にとられ、あなたの発言はいとも簡単にあなた自身に向けられる武器になってしまうことがあるからだ。

― 8 ―

エルビルの外にある検問所では、PUKのくれた書類は役に立たなかった。そこは大きな検問所で、車の列のあいだは、自爆テロにそなえてコンクリートの防壁で仕切られていて、そこにはマスード・バルザニの写真が飾られていた。今度は、ペシュメルガの兵士に止められ、タクシーから降りるように言われても驚かず、兵士の上官が待つオフィスまでついていった。

そこは一室のみの小さなオフィスだった。その部屋の奥に置かれた木の机の向こうに、司令官がすわっていた。カメラも、集まってきた人もいなかったが、話をするまえに、なんでそんなに時間がかかっているのかとメールをしてきたサバーフに電話をかけ、検問所の場所を教えた。今度のインタビューがどのくらいかかるのかはわからなかった。

その司令官はPUKのアサーイシュと同じ質問をしてきたので、私はまた、レイプのこととナーシルの家族についての詳細を除いて全部話した。今度は、KDPのペシュメルガを絶対に悪く言わないよう気をつけた。司令官は私の言ったことを全部書きとめていて、話し終わると、にっこり笑って立ちあがった。

「あなたのしたことは忘れられることはないでしょう」。彼はナーシルの両頬にキスしてそう言った。「アッラーはあなたのしたことを愛します」

ナーシルは表情を変えることなく言った。「私がひとりでしたのではありません。家族全員が命がけで私たちをクルディスタンへ行かせてくれました。人間としての親切心を少しでも持っている人なら、誰でも同じことをしたでしょう」

彼らは私の偽物のモースルの身分証を没収したが、ナーシルはそのまま持っていた。そしてドアが開き、サバーフが入ってきた。

家族の男たちの多くは戦士だった。父は死んだあとにも英雄譚を残していったし、ジャロはタル・アファルでアメリカ軍とともに戦い、サイードは、小さいころから自分の勇敢さを証明しようとしていて、あの大虐殺が起きたときには、両腕両脚に銃弾を受けながらも自力で這いあがった。だが、サバーフは学生で、私より二歳上でしかなかった。エルビルのホテルで働いていたのは、学費を稼いでいつか大学へ行き、農民や羊飼いをするよりもいい暮らしができるよう、いい仕事に就くためだった。それが彼の戦い方だった。

大虐殺がすべてを変えた。ＩＳＩＳがシンジャールに来る以前は、ヘズニは、サビーヤを助ける活動をする密入国業者の支援に力を注いでいる。サイードは、悪夢のような日々を生きのび、いまは戦うことに取りつかれている。サウードは難民キャンプで単調な日々を送りながら、生存者が抱く罪悪感《サバイバーズギルト》と闘っていた。マーリクは――かわいそうなマーリクは――大虐殺が始まったときはまだほんの子供で、それがいまはテロリストとなり、人生のすべてを、そして母親への愛さえもISISに捧げてしまった。

サバーフは、兵士にも警察官にもなりたいと思ったことは一度もなかったけれども、エルビルのホテルからも学校からも離れ、シンジャール山へ行って戦った。いつもおとなしくて、なかなか感情を表さない子だったが、そこに以前はなかった男らしさが加わった感じがした。検問所でハグをして、私が泣き出したとき、サバーフは落ち着けと私に言った。「人が見てる、ナディア。人前で泣くもんじゃない。あまりにたくさんのものを見たんだ。でももう安全だ。泣くんじゃないよ」と、この数週間のあいだに、サバーフはぐんと大人になっていた。みんなそうだったのだろうと思った。

私は何とか気持ちを落ち着けようとした。「ナーシルはどの人?」サバーフが尋ねた。私が指差すと、ふたりは握手をした。「ホテルへ行きましょう」。サバーフが言った。「ほかにも何人かヤズィディ教徒が泊まっています。ナーシル、あなたも一緒に来てください。それから、ナディア、何人か女性がいる部屋があるからそこに泊まるといい」

検問所を車で出て、少し走ると街の中心部に着いた。エルビルは、円をゆがめたような形の大きな街で、世界で最初に人類が定住した場所ともいわれる古代の砦を中心に、道路と住宅地が外側へ広がっている。その砦を囲む砂色の高い壁は、街のだいたいどこからでも見えていて、あたらしく近代的な街の風景と際立ったコントラストをなしている。道路には、速度を緩めることなく走る白いSUV車があふれ、道の両サイドにはショッピングモールやホテルが建ちならび、あたらしいものが次々と建設されている。

私たちが着いたとき、そうした建設途中のショッピングモールやホテルが、一時的な難民キャンプとして使用され、そのあいだにクルド自治政府が、この地域へイランやシリアから大量に流れこんでくる人々にどう対処するか対策を練っていた。

私たちが泊まるホテルは、これといった特徴のない小さな建物で、入っていくと暗い色のソファがいくつか置かれていた。窓には薄いカーテンが引かれ、床は光沢のあるグレーのタイルが敷かれていた。ロビーには、ヤズィディ教徒の男性が数人いて、声をかけてきたが、私は眠りたかったので、サバーフに案内してもらい、部屋へ行った。

部屋には一組の家族がいた。年配の女性と息子らしき男性と、その妻で、男性はそのホテルで働いているとのことだった。三人は小さなテーブルを囲んで、ホテルのレストランから運んできたスープとライスと野菜の食事をとっていた。女性が私に気づき、すぐに手招きして、「いらっしゃい、一緒に食べましょう」と言ってくれた。

彼女は私の母と同じくらいの年齢で、母と同じように、ふんわりとした白いワンピースを着て、白いヘッドスカーフをしていた。その人を見た瞬間、モースルのイスラム国の家を出てからずっと持ち続けてきた自制心が、いっぺんにどこかへ吹き飛んでしまった。自分を抑えることがどうしてもできず、全身で叫び声をあげ、ほとんど立つこともできない状態になってしまったのだ。私はどこでどうしているかわからない母に会いたいと泣いた。殺されるために車で連れ去られていった兄たちに会いたいと泣き、そして、死を免れても、残りの人生をばらばらになった家族をつなぎ合わせながら生きていかねばならない家族のために泣き、いまだ連れ去られたままのカスリーンとワラー、それから姉たちのために泣いた。泣いたのは、それが全部理解できていたからで、私ひとりがこれほどの幸運に恵まれる価値はないと思っていたからだが、そもそも私がいくらかでも幸運なのかはよくわからなかった。

女性が近づいてきて、私を抱き寄せた。母のように柔らかかった。少し落ち着いて、気がつくと、彼女も泣いていた。その息子と妻も泣いていた。「辛抱するんですよ」。彼女は言った。「あなたの大事な人にはみんな帰ってきてほしいもの。自分を責めてはいけませんよ」と。

私もテーブルにつき、彼らの輪に加わった。自分の体が無からできているような、いまこの瞬間にも浮き上がってどこかへいってしまいそうな感覚に襲われていたが、強く勧められて、なんとかスープを少しだけ口に入れた。女性はおそらく実際の年齢よりもずっと年を取って見え、まるで老人のような顔をしていた。それに白くなった髪はほとんど抜けてなくなりかけていた。薄くなった髪の下には、茶色いしみの目立つピンク色の地肌が透けて見えていた。

女性はタル・エゼル出身で、ここ数年の人生は悲劇の連続だった。「息子が三人いて、みんな独身のままで、二〇〇七年の爆撃で亡くなりました」。彼女はこんなふうに話しはじめた。「その子たちが死んだとき、私は自分にこう言ったんですよ。遺体が見つかるまでは、風呂に入らないってね。顔は洗うし、手もきれいにするけれど、でも風呂には入ってないんですよ。私は自分の子供たちの体をきれいにして、埋葬してやるまで、自分をきれいにしたくないんですよ」

女性は私があまりに疲れているのを見て言った。「お嬢さん、休んでおいで」。私は彼女のベッドで横になり、目を閉じた。でも眠ることはできなかった。頭のなかは、彼女の三人の息子たちのことでいっぱいになっていた。見つからないままの遺体のことと、そして、私の母のことで。「私はソラーに母を置いてきてしまいました」。私は言った。「そのあとどうなったかはわかりません」。また涙があふれてきた。その夜は一晩じゅう、その女性と添い寝して、ふたりで泣き続けた。そして、朝になり、目覚めた私は彼女の両頬にキスをした。

「以前は、うちの息子たちに起こったこと以上に、母親にとって耐えがたいことなんてないと思っていました」と、彼女は言った。「あの子たちが生きていれば、といつも思っていました。でもいまは、シンジャールで私たちに起こったことを見ないですんだのだから、生きていなくてよかったと思います」。彼女はわずかに残った髪にかぶった白いスカーフを正して言った。「神の思し召しがあれば、あなたのお母さんは、いつかきっとあなたのもとへ帰ってきますよ。すべて神にまかせなさい。私たちヤズィディ教徒には神のほかに誰もいないし、何も持っていないのです」

*　*　*

一階のホテルのロビーに下りていくと、見覚えのある男の子がいた。コーチョの友達の弟だ。「姉に何があったかご存じではありませんか?」彼は訊いた。

最後にこの子の姉を見たのは、私が最初にハッジ・サルマーンに連れていかれたモースルの奴隷市場だった。ロジアンと私がその家を出るとき、その子はまだ誰にも目をつけられていなかったが、きっとそのあとすぐに連れていかれたのだと思う。「いつかきっと、彼女も安全なところへ行けると思います」と、私は言った。じきにわかってきたことだが、クルディスタンにいる多くのヤズィディ教徒にとっては、私は悪い知らせを運ぶメッセンジャーになってしまうのだ。

「姉は電話さえしてきません」。彼は言った。

「簡単に電話はかけられないのです」と、私は言った。「あの人たちは、私たちが電話を持つのも、誰かに電話するのも嫌います。私も逃げ出すまでヘズニに電話できませんでした」

サバーフがロビーに入ってきて、そろそろザーホーへ出発する時間だと告げた。「ナーシルはあの部屋にいる」と、廊下の先にあるドアのあいた部屋を指さしてサバーフが言った。「お別れをしてきてくるといい」

私はその部屋へ行き、ドアを押しあけてなかに入った。ナーシルは部屋の真ん中に立っていた。その姿を目にした瞬間、涙があふれた。ナーシルが気の毒でならなかったのだ。彼の家族のところにいたときは、自分が他人の人生を通り過ぎていくみたいな気がしていた。そこで私の未来への希望が始まり、最後には脱出につながり、そしていまエルビルまで来て、甥とほかのヤズィディ教徒と合流することができた。でも、ナーシルは、いま通ってきた恐怖の道筋をもう一度たどり、イスラム国の支配地域へ戻らねばならない。彼のことを心配して恐れるのは私の番だ。

ナーシルも泣きはじめた。サバーフは戸口に立って私たちを見ていた。ナーシルが尋ねた。

「サバーフ、二分だけナディアとふたりで話してもいいかな。それがすんだら、行かなければならない」。サバーフはうなずいて立ち去った。

ナーシルは神妙な面持ちでこちらを向いて言った。「ナディア、きみはもうサバーフと一緒だ。それに、もうすぐほかの家族とも会える。ぼくがついていく必要はない。でも、訊いておきたい。きみは安心できているか？　サビーヤにされていたことが理由で、きみに何かが起こるとか、誰かに何かをされるとか、心配があるのなら、ぼくはそばにいるよ」

「ううん、ナーシル」。私は言った。「サバーフがどんなふうに私に接してくれるか、見たでしょう？　私は大丈夫」。本当のところは、大丈夫かどうか自信がなかったけれど、ナーシルには自分の道を見つけてほしいと思っていた。ＰＵＫの動画のことで、私はまだひどい罪悪感を抱えていたし、それに彼がそこに映っていることに誰かが気づくまでに、どれくらいかかるかも定かではなかった。「ヤズィディ教徒のことをダーイシュが何と言っても信じないで」。私はナーシルに言った。「私はあなたのために泣きます。だって、あなたはこんなことまでしてくれた。あなたは命の恩人です」

「すべきことをしただけだ」。ナーシルは言った。「それだけだ」

私たちは一緒に部屋を出た。ナーシルに助けてもらってどれほど感謝しているか、伝える言葉が見つからなかった。この二日間、恐怖の瞬間も、悲しみのときも、みんなふたりで分かち合ってきたのだ。不安げな目線も、恐ろしい尋問も。私の気分が悪くなれば、介抱してくれるのもナーシルだったし、検問所に着くたび、恐怖で崩れ落ちてしまわずにすんだのも彼の落ち着きのおかげだ。彼とその家族がしてくれたことを、私は決して忘れない。

それにしても、ナーシルのような善人がいる一方で、モースルにはあれほど多くのひどい人間がいるのはなぜなのか、私にはわからない。たぶんだが、もしも根っからの善人であるならば、たとえISISの本拠地で生まれ育ったとしても、その人はやはり善人のままなのではないだろうか。自分が信じていない宗教に無理やり改宗させられても、ヤズィディ教徒であることに変わりがないのと同じように。きっと中身の問題なのだ。

「気をつけて」。私はナーシルに言った。「体に気をつけて。それからあの犯罪者たちからはなるべく離れていて。これは、ヘズニの連絡先、渡しておきます」。私はヘズニの電話番号を書いた紙と、彼の家族が払ってくれたタクシー代を手渡した。「ヘズニにはいつでも電話して。あなたがしてくれたことは忘れない。あなたは命の恩人です」

「幸せに暮らすんだ、ナディア」。ナーシルは言った。「これからはいい暮らしを。これからずっとだ。ぼくの家族はこれからもきみのような人々を助ける。もしも、モースルに逃げたがっている女性がいるなら、電話してくれたらいい。そうすれば、できるだけのことをしてみるつもりだ」

「いつかきっと、連れ去られた女性たちが全員自由になり、ダーイシュがイラクからいなくなったら、また会って、このことを話すことができるだろう」と、ナーシルは言った。

そうして、ナーシルは静かに笑いだした。「困ったことはないかい、ナディア?」ナーシルが言った。

「暑いです」。私も少し笑いを浮かべて言った。

「忘れないよ」。ナーシルは、からかい気味にそう言った。「とても暑いです。ナーシル、とても暑い」

そしてまた真顔に戻ってこう言った。「神様がいてくださる。ナディア」

「神はあなたと共に。ナーシル」。私は返した。そして彼が向きを変え、出口のほうへ歩いていくあいだ、私はタウセ・メレクに祈った。彼と彼の家族が、どこか安全な場所へ行けますようにと。そして、お祈りが終わるまでに、彼はいなくなっていた。

― 9 ―

ナーシルがエルビルを去ったあと、彼とその家族の消息を知ろうと試みた。PUKの動画のことを思い出すと、恥じいる気持ちで胸が悪くなり、また心のなかでは、あの動画のせいで彼らが危険な目に遭いませんようにと祈るばかりだった。彼は貧しい地区に暮らす青年のひとりに過ぎないが、テロリストたちとかかわりをもつのは時間の問題ではないかと、ヘズニも私も心配していた。もう何年も前から、ＩＳＩＳはあの街に根を張り、不満を抱えるスンニ派住民と国の不安定な状況につけこんでいた。そこに住む人々はテロリストたちがバアス党のようなもので、彼らに力を取り戻してくれるものだと期待していた。たとえもうＩＳＩＳに幻滅しはじめていたとしても、ナーシルがクルディスタンから戻るころには、すでに、少年たちは大きくなって兵士になり、もっと悪ければ、ＩＳＩＳを心の底から信奉してしまっていた。ミナの息子たちは戦闘に巻きこまれずにすんだだろうか？　私はいまも知らない。

ヘズニは彼らに何かが起こったのではないかと本気で心配していた。「おまえを助けてくれた人たちだ。そのせいで罰を受けるなんてことになったら、どうしたらいいのか」。ヘズニは一家の長としての責任を、とても真剣に受け止めていた。もちろん、ザーホーにいる兄に何ができるというわけでもなかった。それにのちに難民キャンプに移ったあとも、ヘズニは数回、ヒシャームとナーシルと話をしたが、ある日の午後、電話をかけてみると、その番号は使われていないという音声案内が流れて、それっきり連絡が取れなくなってしまった。その後は、ヘズニも人づてに噂を聞くしかなくなってしまった。あるとき聞いた話では、ＩＳＩＳは実際に、ナーシルが私を助けたことを突きとめ、バシールとヒシャームを逮捕したが、ふたりはナーシルが単独でやったことにしたということだった。

一家は、二〇一七年、イラク軍によるモースル解放が始まったとき、まだ街にいた。そして、そのころには消息をつかむのがいっそう難しくなっていた。ヘズニが誰かから聞いた話によれば、その年、モースル中心部とワーディー・ハジャル地区を結ぶ道路をめぐって起きた、ＩＳＩＳとイラク軍との衝突で、ナーシルの兄弟のひとりが亡くなったということだった。だが、これも、詳細もわからなければ、ほんとうかどうかもわからなかった。家族の住居はモースル東部にあり、その年市内で最初に解放された地区に含まれていた。だから、モースルを脱出した可能性もあるし、戦闘に巻きこまれて死んでしまった可能性もある。イラク軍が突入したとき、ＩＳＩＳはアメリカによる爆撃のターゲットとなりそうな建物に、住民を盾にして立てこもったのだ。モースルから逃げた人たちは、それは生き地獄だったと話していた。私たちには、ただ彼らの無事を祈ることくらいしかできることはなかった。

ＩＳＩＳがシンジャール入りして以降、ヘズニが身を寄せていたザーホーのおばの家へ行くまえに、私たちはドホークの病院に立ち寄った。そこに、傷を負ったサイードとハーリドが入院していたのだ。難民キャンプはまだ完成していなくて、イラクのクルディスタンへ逃げこんだヤズィディ教徒たちは、それぞれに眠れる場所を見つけて寝ていた。街の周辺部では、建設途中の集合住宅に支援機関から提供されたテントを張り、コンクリートの床の上で人々は寝起きしていた。何階建てにもなった建物の、まだ壁もきちんとついていないようなところで寝泊まりしていて危なくないのかと、そばを通りながら心配になった。実際に、落ちてしまった子供がいるという話も聞いた。

でも彼らには、ほかに行くところがなかった。シンジャール全体がこうしたむき出しの建物に詰めこまれた状態で、しかも人々は着の身着のままで、財産は何ひとつ持っていなかった。支援機関が食料を持ってやってきたとき、人々はわれ先にと駆け寄って、人ごみをかきわけて支援品の袋を手にしようとした。母親たちは一缶のミルクを手に入れるためだけに、全力で走った。

病院に着くと、ヘズニ、サウード、ワリード、そして私のおばが待っていた。おたがいの顔を見たとき、私たちはみんなあふれる涙を流し、抱き合い、やがて興奮が収まり、相手の話が聞こえるようになるまでたがいに質問を続けた。私は自分の身に起きたことを手短に話したが、やはりレイプのところは話さなかった。おばは嘆き悲しみ、弔いのチャンツを唱えはじめた。ヤズィディの慣習で、故人のまわりを輪になって唱えるものだ。唱えながら自分の胸を叩いて苦悩を表現し、ときに何時間も、声がかれ、脚も胸も何も感じなくなるまで続けられる。おばはじっとその場でチャンツを唱えていたが、その叫び声は部屋だけでなく、ドホークじゅうに聞こえそうなくらい大きかった。

ヘズニはもっと落ち着いていた。いつもは感情的になりやすいこの兄は、家族の誰かが病気になればそれだけで泣き、ジーラーンにプロポーズしたときには愛の詩の主人公になりそうなくらいの熱がこもっていたが、その兄はいま自分が生きのびたことの不思議さにとらわれていた。「どうして神様が自分を助けてくださったのかわからない。でも、この命は善きことのために使わなくてはならないことはわかっている」と言って。ヘズニの幅の広い、よく日に焼けた親しみのある顔と小さな口ひげを見た瞬間、私は涙を流した。「泣くんじゃない」。ヘズニは私を抱きしめて言った。「これがぼくたちの運命なんだ」

私は入院中のサイードのベッドまで行った。怪我はもちろん彼を苦しめていたが、でもそれ以上に彼を苦しめていたのは、大虐殺の記憶と生存者が抱く罪悪感だった。あまりにたくさんの人が死んだのだ。そして、ＩＳＩＳが殺し損ねた人々でさえ人生を失った——兄たちや私のような、一世代まるごとの失われたヤズィディ教徒たちが、心には家族の思い出以外の何も持たず、頭にはＩＳＩＳに正義の裁きを受けさせること以外の何も持たずに世界中をさまよっている。サイードはペシュメルガのヤズィディ分隊に入り、いますぐにでも戦いたい気持ちでいた。

「お母さんはどこ？」泣きながら、私はサイードに抱きつき、訊いた。「誰も知らないんだ、ナディア」。彼は言った。「できるときがきたらすぐに、ぼくたちはソラーをダーイシュの手から解放して、母さんを助けだす」と。

ハーリドは、受けた銃弾はサイードより少なかったものの、怪我はひどかった。弾丸を二発受けて、肘が壊れ、人工関節が必要だったのだが、ドホークの病院ではそのような治療は受けられなかった。硬くなったその腕はいまもただ、死んだ木の枝のようにただ体にくっついてぶら下がっているだけだ。

＊　＊　＊

ザーホーに着いたとき、ヘズニはまだ、おばの家の近くにある、山から逃げてきたときから住んでいた建設中の家で暮らしていた。おばとおじは息子とその妻のために、自分たちの敷地に小さな家を建てている途中だったのだが、裕福ではなかったので、少し余裕があるときに、今度はこちら、次はあちらと継ぎ足しながら、少しずつ建てていた。ＩＳＩＳとの戦争で、それが続けられなくなり、私が訪ねていったときも、まだコンクリート打ちっぱなしの寝室がふたつだけしかできておらず、窓にも覆いがなく、コンクリートスラブのあいだから、すきま風と埃が吹きこんできていた。そこへ行くときはいつも母と一緒だったから、母がいないと自分の手足が欠けているみたいな気持ちになった。

私は兄のヘズニとサウード、そして、腹違いの兄弟、ワリードとナワーフと一緒にその建設途中の家に住むことになった。サイードとハーリドも退院後そこに加わった。そして、できるだけくつろげるように暮らしを整えていった。支援団体からビニールシートが届けられたときは、それを窓にかけ、食べ物が支給されれば、よく考えて分け合い、日持ちのするものはキッチンとして使うことにした小さい部屋にストックしていった。ヘズニが母屋から延長コードを引いて、天井から電球をぶら下げてくれたので、明るい部屋で過ごすこともできた。コーキング材が手に入ると、壁の隙間をそれで埋めた。みんなとはいつも戦争の話をしていたけれど、そこにいる誰かの気持ちを乱すようなことは誰もめったに言わなかった。

サイードとナワーフは独身で、だから既婚の兄たちとくらべると、ふたりの寂しさは外からはわかりにくかった。ヘズニはまだジーラーンと連絡が取れずにいた。わかっているのはニスリーンと一緒にハムダーニーヤにいることだけだった。サウードの妻のシーリーンの消息もまだつかめていなかった。私はＩＳＩＳについて自分が知っていること、それからモースルとハムダーニーヤで見たことを話した。

けれどやっぱり、囚われているあいだに自分の身に起こったことについては、ぼやかして話すことしかできなかった。ＩＳＩＳがヤズィディ教徒の女性たちに何をしたのかについて、兄たちが見ている悪夢が現実だと知らせるようなことを言って、これ以上彼らを苦しめたくはなかった。それに私も、サイードとハーリドに、自分たちがくぐり抜けてきた恐怖を追体験させるようなことはしたくなかったから、コーチョで起きた大虐殺のことはあえて訊かなかった。人の絶望を増幅させるようなことは、誰だってしたくない。

生きのびたものたちが住んでいるにもかかわらず、その家はみじめさのただよう場所だった。私の兄たちは、以前はみんな生きる気力がみなぎっていたが、もはや空っぽの体だけになったみたいで、昼間目をあけているのは、ただいつも眠っているわけにはいかないのでそうしているだけでしかなかった。

女性は私ひとりだったので、掃除や料理はみんな私がするように期待されたけれども、でもやり方がわからないことがあまりにも多すぎた。家にいたころは、姉たちや義姉たちが家事をしているあいだ、私は勉強をしていた。それで、何だか自分が役立たずみたいに思いながら、仮のキッチンの中をうろうろしたり、だらだらと洗濯をしたりした。兄たちはやさしくしてくれたし、私が家事を知らないのを知っていたので、手伝ってもくれた。でもやり方さえ覚えたら、これが全部私の仕事になるのは目に見えていた。おばは私がパンのつくり方を知らないのを知っていたので、余分に焼いて持ってきてくれていたが、でもそのつくり方も、そのうちに私が覚えるものとみんなが思っていた。学校はとても遠い思い出になってしまった。

ＩＳＩＳから逃げのびて家族と会えはしたけれど、幸運にもこの先長生きできたとして、あとで振り返ってみれば、私の人生はただ鎖のように長く続くみじめな出来事の連続なのではないだろうかという気がしてきた。みじめな出来事のひとつは、ＩＳＩＳに連れ去られたことで、そのつぎは私がまったくの貧困のなかで人生を生きているということ。自分のものと言えるものも、場所もなく、人に頼って何とか食べ物だけを得る。土地も羊もなく、学校もなく、そばにいるのはもとの大家族のほんの一部だけで、そしてただ、難民キャンプができるのを待って、それから、そのキャンプ内のテントがコンテナ住居に取り換えられるのを待っているだけ。それがかなえば今度は、コーチョが解放されるのを待つわけだが、それはいつまでたっても起こらないかもしれない。そして、私の姉たちが自由になり、ソラーの母が救出されるのを待つのだ。

私は毎日泣いていた。おばや兄たちと一緒に泣くこともあったし、ひとりベッドで泣くこともあった。夢を見るときは、ＩＳＩＳのもとに戻り、また逃げなければならないという夢ばかりだった。

私たちは支援団体が提供してくれるものを最大限に利用する方法を覚えた。週に一回、米やレンズ豆やパスタの袋、食用油やトマト缶を積んだトラックがやってきた。食料庫《パントリー》も冷蔵庫もなかったから、せっかくの食料をだめにしてしまうことや、ネズミに食べられてしまうこともあって、空になったオイル缶を見つけてきれいにして食料の保存に使うようになるまでは、砂糖や小麦を蒸してひき割りにしたブルグルを袋ごと捨ててしまわないといけないこともあった。食べ物を捨てるのは心苦しかった。あたらしく買い足すお金がなかったから、ザーホーから物資を積んだトラックがつぎに来てくれるまで、食べる量を減らして、なんとかもたせなくてはいけなかったのだ。寒い日は、おばが暖かい服を着せてくれたが、下着や靴下の替えはなく、でもほしいとも言えないので、あるもので間に合わせるしかなかった。

ヘズニの携帯電話はひっきりなしに鳴っていた。そしてそのたびに外へ出て話していた。どんな情報が入ってきているのか、私は知りたくてしょうがなかったけれど、ほんの一部のことしか教えてもらえなかった。おそらくは、私が心を乱さないようにとの気遣いからだったのだろう。

ある日、そのヘズニの携帯電話に、姉のアドキーから電話がかかってきた。庭へ出てしばらく話していたヘズニは、目を真っ赤にして戻ってきた。「アドキーはシリアにいる」と、ヘズニは言った。ソラーで自分の息子だと主張した甥とは一緒にいるが、いつ何どき、ISISに嘘を見破られ、引き離されてしまうのではないかと気が気でないのだという。「シリアにいる密入国業者を探してみるよ」と、ヘズニは言ったが、「でも、あの国から連れ出すのは、イラク国内とちがって難しいし、それにアドキーは自分だけ逃げるわけにはいかないと思ってる」。さらに困ったことに、シリアの密入国業者のネットワークは、イラク国内とは別個に発展しているため、救出はいっそう難しそうに思われた。

私は自分の身に起きたことの全部を、おばにはじめて打ち明けた。レイプのことも含めて、全部のことを話したのはそれがはじめてだった。おばは私のために泣き、抱き寄せてくれた。誰かに話して、やっと気持ちが楽になり、それで、もしかしたら自分の身に起きた出来事のせいで、ヤズィディ教徒のコミュニティから拒絶されたり、責められたりするんじゃないかと心配するのをやめることができた。あまりに多くのヤズィディ教徒が、ISISによって殺され、あるいは連れ去られてしまったので、私たち生きのびたものは、たとえ自分たちに何があったとしても、力を合わせて、残されたものを修復すべく、がんばっていかねばならなかった。それでも、サビーヤにされ、逃げてきたもののたちのほとんどは、ISISに囚われていた期間に起きたことについては、私もそうだったように固く口を閉ざした。その理由は理解できた。あれは彼女たちの身に起きた悲劇であり、話さないのは彼女たちの権利なのだ。

私のつぎに逃げてきたのはロジアンだった。おばの家にたどり着いたのは夜中の二時で、ＩＳＩＳから与えられたアバヤを着たままだった。そして、こちらが質問するまえに、開口いちばんこう訊いてきた。「みんなはどうなったの？」それで、ヘズニが詳しい話をしないわけにはいかなくなった。話すのは重荷だ。村とうちの家族に何が起こったかを聞いて、ロジアンの顔がゆがんでいくのを見るのはつらいどころではなかった。村の男の人たちは死亡が確認され、年配の女の人たちはどうなったかもわからない。そして、娘たちはほとんど全員がサビーヤとして連れ去られ、いまもＩＳＩＳに囚われたままだ。

その話を聞いたあと、ロジアンは悲しみの淵に沈みこんでしまったので、そのままおばの家で自殺しようとしたりしないかと心配した。数カ月前、コーチョの大虐殺を知ったあとのヘズニがそうだったように。だが、ロジアンは、私たちみんながそうしなくては仕方がないのと同じように、なんとか悲しみを乗り越えた。そして、夜が明けてその日のうちに、私たちは難民キャンプに移った。

―10―

難民キャンプまでの道は狭く、舗装もされていなかった。それは舗装される前のコーチョの村へ入っていく道路と似ていて、だから、その朝キャンプに着いたとき、ほんとうに村へ帰ってきたのだと思おうとした。でも、見慣れた風景と似ているだけに、以前の暮らしの遠さがよりはっきりと感じられ、悲しみが増すだけだった。

イラク北部のなだらかな山の斜面につくられたキャンプには、何百ものコンテナハウスが広範囲に建ちならび、遠くからもよく見えた。壁のレンガのように、ひとつひとつが細い未舗装の道で区切られていて、だいたいいつも、雨か、シャワーか、仮設のキッチンからの排水で水浸しになっていた。キャンプの周囲はフェンスで囲まれていた。安全のため、とのことだったが、金属のフェンスが地面と接するあたりに、すでに子供たちが穴をあけていて、外の広い場所でサッカーをするのにそこから出入りしていた。キャンプの入口付近の大きめのコンテナは、支援団体と政府職員のオフィスとして使われていて、診療所や学校もそこにあった。

私たちがキャンプに移ったのは十二月のことだった。イラク北部はそろそろ寒くなりはじめていて、建てかけではあってもザーホーの家にいるほうが暖かいだろうことはわかっていたが、それでも自分のものと呼べるスペースが手に入ることが楽しみでならなかった。コンテナハウスは充分な広さがあり、隣接するいくつかも使えたので、ひとつは寝室、ひとつは居間に、そして別のひとつはキッチンとして使うことになった。

その難民キャンプは、イラク北部の気候に合ったものではなかった。冬が来ると、コンテナハウスのあいだの歩道は泥だらけになり、住居のなかへ入ってこないようにするのが大変だった。水が使えるのは一日一時間だけで、コンテナを暖める暖房は、ヒーターひとつしかなかった。暖房がないときには、結露した壁からベッドに水滴が落ちてくるので、湿った枕で眠り、鼻をつくカビのにおいで目を覚ますのだった。

キャンプでは、人々が奪われた生活を組み立て直そうと必死でがんばっていた。たとえ同じことの繰り返しであっても、自分の家でしていたのと同じことをするのは慰めになった。ドホークのキャンプでの日課は、シンジャールでのそれと同じだった。女たちはとりつかれたように炊事洗濯をした。まるでそれをうまくこなせたら、故郷の村へ戻ることができ、集団墓地から男たちを呼び起こして生き返らせることができるかのように。毎日同じ部屋の隅にモップが戻され、パンが焼けるが、実際には家もなく、帰ってくる夫もいない現実があらたになるたび、彼女たちは泣き、その泣きわめく声がコンテナハウスの壁をゆらすのだった。

コーチョにいたころ、私たちの家では、つねに誰かの声が聞こえ、子供たちは遊んでいたが、それにくらべるとキャンプは静かだった。あまりに静かで、家族の口喧嘩さえなつかしく思え、頭のなかでよみがえる言い争いの声が、この上なく美しい音楽のように感じられた。仕事を見つけたり、学校を探したりしたくても方法がわからず、だから、死者を悼み、行方不明者の安否を気遣うのが日々の仕事になった。

難民キャンプでの生活は、男たちにとってのほうが過酷だった。キャンプに仕事はなかったし、職探しをしようにも、街まで行くための車もなかった。妻や姉や妹、それに母親は連れ去られたままで、兄や弟や父親は殺されてしまっている。兄たちがペシュメルガや警察に入るまでは、イラク政府と、大虐殺の直後にできたヤズダと呼ばれるヤズィディの権利保護団体をはじめ、いくつかの支援団体から届けられる給付金以外に、うちに入ってくるお金はなかった。

ヤズダは、世界中で暮らすヤズィディ教徒のグループが取るものもとりあえず集まり、大虐殺の犠牲者を助けるためにつくった（そして私自身ものちに人生を捧げることになる）団体で、彼らはすぐに、各地に散らばるヤズィディ教徒の希望の源になった。このころ私たちはまだ、彼らが物資を運んでくる車が来れば走ったが、それでもトラックを逃してしまうこともあった。やってきたトラックの停まる場所が一定でなく、あるときはキャンプのこちら側、別のときはあちら側という具合だったからだ。ときどき、運ばれてきた食品が腐っていて、調理した米がゴミみたいにおうことがあった。

夏が来たとき、自分の面倒は自分で見られるようになろうと私は決心した。そこで、まずは近くの畑で働くことにした。クルド人の農家が、メロンの収穫のために避難民を雇い入れていたのだ。「一日働いてくれたら、夕食はごちそうするよ」と、ちょっとした給金の上に、まかないを約束してくれたので、私は日没近くまで重たいメロンを蔓《つる》から切り離して集める作業をした。だが、出された食事を見て、私は言葉を失った。キャンプと同じ、傷んでにおうあの米が皿に盛られていたのだ。泣きたくなった。農家の主人はそんな目で私たちを見ていたのだ。貧しくて難民キャンプに住んでいるから、食べさせるものなんて何でもいい、私たちは喜ぶはずだ、と思われていたのだ。

私たちは人間だ！　そう言ってやりたかった。**私たちには家があり、ちゃんとした人生がある。私たちは価値のないものではない、と。**だが、私は黙って、その胸の悪くなるような米を食べた。

けれど、そのあと畑に戻ってから、怒りがこみ上げてきた。**自分の仕事は今日のうちに終えて**

しまおう、と私は思った。でも、こんな人のために明日もまた働くなんてごめんだ。働きにきている人たちのなかにはＩＳＩＳのことを話している人もいた。あのテロリストたちがやってくる前に村から出て避難した人たちにとっては、強奪の対象となった私たちは好奇心からの興味の対象であり、ＩＳＩＳ支配下の生活はどんなふうなのかと、まるでアクション映画の話でもするかのように尋ねてくることがよくあった。

農家の主人も、私たちのそばに来て訊いてきた。「ダーイシュから来たのはどっちかね？」それで、そばにいたもうひとりが私を指さした。私は仕事の手を止めた。あんなふうに扱って申し訳なかったとでも言いにきたのだろうとそのときは思った。あのキャンプに、イスラム国の襲撃を生きのびた人がいると知っていたなら、きっともう少し親切にしていたのだろうと思ったからだ。ところが彼が話したかったのは、ペシュメルガがいかにすごいか、ということだけだった。「ダーイシュはもう終わりだ。ペシュメルガがどうやったか、知っているだろう。素晴らしい活躍をした。それにイラクの多くの人々を助けるために、我々は大勢のペシュメルガを失ったんだ」

「私たちのどれだけ多くが命を落としたと？」こらえきれず、私は言い返してしまった。「何千人も死んだのですよ。ペシュメルガが撤退したから、死んだのですよ」と私が言うと、農家の主人は、黙って立ち去った。若いヤズィディ教徒の男がこちらを向き、怒ってこう言った。「そういうことは言わないでもらえるかな。仕事だけしてればいいんだ」。その日の終わり、ヤズィディ教徒のまとめ役のところへ行って、この農家ではもう働きたくないと伝えると、彼は怒った顔でこう言った。「もう全員来てくれるなと言われたよ」

私の言ったことで、みんなが仕事を失ってしまい、とても申し訳なく思った。でもすぐに、それは笑い話としてキャンプじゅうに広がった。のちに私がここを去り、イラクの外で自分の経験を語りはじめたころ、友人のひとりがその難民キャンプを訪ねたことがあった。彼は私がペシュメルガに対して甘すぎる、と私を知る人たちに文句を言ったのだそうだ。「ナディアは、ペシュメルガが私たちにしたことを、全世界に話すべきだ！」と。すると、そこにいたヤズィディ教徒のひとりが笑い出してこう言ったという。「あの子は最初から言っていたし、それにそのせいで我々は全員失業したんだよ！」

＊　＊　＊

いちばん上の姉のディーマールは、二〇一五年一月一日の朝、四時にキャンプへ着いた。彼女が着いたとき私は寝ていたので、いまでもそのことを持ちだしてはからかわれている。「私が命がけで逃げているときに、眠っていられるなんて信じられない！」なんて言うのだ。そして、私は返事の代わりにハグをする。「朝の四時まで起きて待っていたんだよ。遅いんだもの！」と、私は言った。ほんとうに起きていられるかぎりは起きて待っていたのだが、やがて明け方になり、眠気に負けてしまった。そしてつぎに気がついたときには、姉がベッドのそばに立って私を見おろしていたというわけだ。

ディーマールは何時間も、トルコとシリアとの境界線に沿って走ってきたので、フェンスの鉄条網にひっかけて脚が傷だらけになり、血が出ていた。でも、もっと悪いことだって起きる可能性はあったのだ。悪ければ国境警備隊に見つかって銃殺されていたかもしれないし、地雷を踏んで吹き飛ばされていた可能性だってあったのだから。

ディーマールと再会できたことで、大きな傷が癒えたような気がした。でも、だからといって幸せだとはいえなかった。私たち姉妹は抱き合い、朝の十時までずっと泣き続け、そのあとも、次々と彼女を訪ねてやってくる人々と一緒に泣き続けた。だから、ほかのみんなに起きた出来事を話すことができたのは、つぎの朝になってからのことだった。帰ってきたばかりのディーマールを迎えて、いちばんつらかったのはそのときだった。朝、となり同士で寝ていたマットレスの上で目を覚ますと、ディーマールが泣きからした声で尋ねてきたのだ。「ナディア、ほかの家族のみんなはどこにいるの?」

後日、同じ月のうちに、もうひとりの姉のアドキーも何とか逃げてきた。彼女のことはみんな気が変になるほど心配でたまらなかった。どこでどうしているのか、入ってくる情報があまりに少なかったのだ。その何週間かまえに、シリアから逃げ出してきた女性がひとりキャンプまでやってきた。その女の人が、シリアでアドキーと一緒だったと話してくれたのだ。詳しいことが知りたくて、私たちはその人に頼み、知っていることを話してもらった。「あそこでは、アドキーは母親だと思われています。だから、まだ彼女には手を触れずに待っているんです」と、その人は言った。とにかくアドキーは甥のミランの安全を第一に考えているとのことだった。「私がミランの面倒を見ることを約束するなら、自分はもう死ぬなんて言って。辛抱してって言いました。私たち、いつかここを出られるからって。でも、彼女はひどく動揺してしまっていて」

その話を聞いてからは、アドキーに最悪のことが起こらないかと怖くて仕方がなくなった。私たちは彼女を思って嘆いた。女に車の運転などできるものかと言った男たちに言い返した血気盛んな姉と、私たちのかわいい甥っ子のことが気がかりで仕方なかった。そんなある日、突然、アドキーがヘズニの携帯電話に連絡をしてきたのだ。「アフリーンにいるそうだ!」兄は、うれしそうにそう言った。アフリーンはシリアのクルディスタンにあり、ＩＳＩＳには占領されていない。その地域はシリアのクルド人が守っていて、その兵士たちが山からヤズィディ教徒たちを救出したと思っていたから、彼らならきっと姉を助けてくれると思ったのだ。

アドキーとミランは、ラッカを脱出して、アラブ人の羊飼いとその家族にかくまわれていた。一カ月と二日そこにとどまり、そのあいだに、イスラム国の支配地域からいちばん安全に出られる方法を探していたのだという。羊飼いの娘の婚約者がアフリーンにいたので、家族全員で北へ移動しても怪しまれない結婚式の日を待って、みんなで動いたのだそうだ。ヘズニからあとから聞いた話によると、ヘズニだけはアドキーがその羊飼いのところにいることを知っていたけれども、私たちが期待しすぎるといけないと思って黙っていたのだそうだ。

アフリーンからの電話から二日後、アドキーがミランを連れて難民キャンプに現れた。今度は私もディーマールと一緒に午前六時まで起きて待っていた。私はほかのみんなのこと、つまり、知っているどの人が亡くなり、どの人が行方不明かをアドキーに話さなくてはならないと思うと怖くなったのだが、話すまでもなかった。アドキーは、どこで聞いたかもう知っていて、そしてこの姉もすぐに、私たちと同じ悲しみに沈む小さな世界の住人になった。

姉たちが脱出できたのは奇跡だった。ＩＳＩＳがシンジャールにはじめてやって来てから三年のあいだに、奴隷状態を抜け出したヤズィディ教徒たちはいたが、みなその方法は普通ではなかった。私と同じように、同情的な地元民に助けられたものもいる一方で、高額の身代金を密入国業者や、場合によっては家族や政府からイスラム国に直接払ってもらい、買い戻すようにして救出されたものもいた。その場合、ひとり助けるのに五千ドル程度支払わなければならず、そのうちのかなりの金額――ヘズニによれば〝新車一台分〟――が、アラブとイラクのクルディスタンのさまざまな場所で人脈を生かして救出をコーディネートする、組織のリーダーの手に渡るのだという。そしてさらに、女性の救出にかかわっている数多くの仲介者、たとえば、運転手や密入国を手配するもの、書類を偽造するものなどに分配されるという。

脱出の話はどれも信じがたいものばかりだった。コーチョ出身のある女性は、シリアにおけるイスラム国の首都ラッカに連れていかれ、そこで、結婚式場に集められた女性のグループに入れられ、分配されるのを待ったという。絶望を感じた彼女は、プロパンガスのボンベにライターで火をつけ、式場を燃やしてしまおうと考えたが、実行に移す前に見つかってしまった。そのあと、無理やりに嘔吐し、イスラム国の戦闘員に外へ出ろと言われたときに、ほかの女性数人と式場を囲む暗い野原に逃げこんだのだそうだ。結局、通りすがりの農民に見つかって連れ戻されたが、でも彼女はラッキーだった。数週間後、彼女を買った男の妻が、シリアから脱出する手はずを整えるのを手伝ってくれたのだ。その後ほどなくして、その妻は虫垂炎で亡くなったという。

イスラム国には彼女を助けることのできる外科医がいないようだった。

ジーラーンは、二年以上も囚われの身で、その後ヘズニが何とか助け出したのだが、その方法は私が聞いたなかでも、いちばん手が込んでいて、かつリスクの大きいものだった。最初に、ジーラーンの所有者の妻が、ヤズィディ教徒の女性たちに対するひどい扱いにうんざりしはじめ、手助けを申し出てきたという状況があった。彼女の夫は地位の高いイスラム国メンバーで、有志連合がマークしている人物だった。「あなたの夫には死んでもらわなくてはなりません。それしか方法はありません」と、ヘズニが言うと、彼女は同意したという。

ヘズニは、アメリカと組んで、ターゲットの爆撃をおこなっているクルド人の司令官を彼女に紹介した。「あなたの夫が家をいつ出るかをこの人に伝えてください」。ヘズニは彼女に指示した。その翌日、その戦闘員の車は、空爆の対象になった。最初、彼女は夫が死んだというヘズニの言葉を信じなかった。「では、どうして誰もそのことを言わないの？」彼女は、じつは夫は生きのびていて、彼女のしたことがばれるのではないかと恐れていた。彼女は夫の遺体を見たがった。「あまりに損傷がひどすぎて見せられません」。ヘズニは言った。「車はほとんど溶けてなくなりましたから」

それで、女性はさらなる指示を待たなくてはならなくなったのだが、時間的にもジーラーンを安全に助けるチャンスはわずかしかなかった。二、三日後、その戦闘員の死亡が確認されるとイスラム国のメンバーらがジーラーンをあたらしいオーナーのところへ連れていくためにやってきた。彼らがドアをノックすると、妻がこう言って応対した。「うちのサビーヤは夫といっしょに車に乗っていました」。そして声が震えないように必死にこらえながら、「彼女も死にました」と。戦闘員たちは納得して、そのまま帰っていった。

ジーラーンとこの妻は、共に密入国業者の手でイラク軍の前哨基地まで逃げ、その後クルディスタンに入った。ふたりが家を出て数時間後、さっきまでいた家も、爆撃された。「ダーイシュとのかかわりにおいては、彼らはみんな死んだことになっている」と、ヘズニは話してくれた。

それほどの幸運に恵まれなかったものもいた。二〇一五年の十二月に、ソラーで集団墓地が発見されたことを知った。ISISに奴隷として扱われたヤズィディ教徒を支援する、ドイツ政府のプログラムの一環で、ディーマールと共に難民キャンプを出て、ドイツへ移って数カ月後のことだった。朝早く、私は携帯電話をチェックしていた。アドキーとヘズニからメッセージがいくつも届いていた。ふたりはしょっちゅう電話してきて、キャンプに残っている家族のことを教えてくれていた。とくに、サイードは、念願かなって、新設されたKDPのペシュメルガのヤズィディ分隊に入り、シンジャールで戦うようになったので、そのことは頻繁に伝えられた。「サイードはソラーの近くにいるんだって」。私が電話したとき、アドキーが教えてくれた。「あそこがどうなったのかもうすぐわかるわ」

その日、私とディーマールは、ドイツ語の授業に出る予定だったが、動くことができなくなってしまった。一日中私たちはアパートの自分たちの部屋で、知らせを待っていた。私はソラー奪還のための戦いを報道しているクルド人のジャーナリストと連絡を取っていて、その人と、サイード、アドキーのあいだで、ほとんど携帯電話を置くことなく連絡を取り続けていた。携帯電話を見ていないときは、ディーマールも私も、母の無事を祈り続けていた。

午後になり、そのジャーナリストから電話があった。浮かない声から、すぐに悪いニュースであることはわかった。「集団墓地が見つかりました」。彼は言った。「場所は学校の近くです。そこで約八十人の女性の遺体が見つかっています」と。私は彼の話を聞き、電話を置いた。けれど、自分が最初にディーマールやアドキーやヘズニに母が死んだと伝えるのは耐えがたいことだった。あんなに長い年月を生き抜いてきた母が。私の手は震えていた。そうしているうちに、ディーマールの携帯電話が鳴った。家族の誰かからメールの着信があったのだ。みんなが叫び声をあげていた。

私は動くことができなかった。サイードに電話すると、私の声を聞いたとたん、泣き出した。「ぼくがしてきたことは何だったんだ」。サイードは言った。「一年戦い続けてきたけれど、何も、誰も見つからない」。私は、お葬式のためにキャンプへ帰らせてほしいとヘズニに頼んだが、答えはノーだった。「遺体がないんだ。軍隊はまだソラーにいる。おまえが帰ってきたとしても、墓の近くには近づけない。安全な場所じゃないんだ」。ヘズニは言った。私はすでに活動家としての仕事を始めていた。そして、毎日、ＩＳＩＳから脅しを受けていた。

母の死亡が確認されたあと、私は、姪でいちばんの友達であるカスリーンの救出に望みをかけた。とてもやさしくて、みんなから愛されるあの子が、無事脱出でき、そして再会できるようにと。私がこの先も、母なしで生きのびるのだとしたら、彼女にそばにいてほしかった。兄の娘である彼女を、わが娘のようにかわいがっていたヘズニは、もう何カ月もカスリーンを安全な場所へ脱出させる道を探り続けては、失敗を繰り返していた。カスリーンは、ハムダーニーヤでもモースルでも何度も脱出を試みていたが、成功には至っていなかった。

ヘズニの携帯電話には、カスリーンからのボイスメールが残されていた。そこには彼女が、「今度は、お願い助けて。あの人たちから逃がして、助けて、今度こそ」と懇願する声が入っていた。ヘズニは何度もそれを再生しては泣き、つぎこそはと誓うのだった。

二〇一五年、突破口となる出来事が起きた。ヘズニの携帯電話に、キルクーク近郊の小さな町に住む、ゴミ収集業者から連絡があった。そこは、戦争の初期からイスラム国の支配下にあった地域だ。「ドクター・イスラムの家のゴミを回収していたんです」。その人は兄に話した。「カスリーンという名の娘さんが出てきました。それで、あなたに電話をして、自分が生きていると伝えてほしいと頼まれまして」。その人は、ヘズニに連絡したことがISISにばれることを恐れて、ヘズニからはもう連絡してこないようにと言ったのだそうだ。「私はあの家には戻りません」。彼は言った。

脱出はとても大変なことだ。その町には、十万人以上のスンニ派アラブ人が住んでいて、それにドクター・イスラムはISISで高い地位にいる。だが、ヘズニは、その町にも連絡できる知り合いがおり、〈テレグラム〉アプリを使って、カスリーンにメッセージを届けることに成功した。その知り合いは、カスリーンに病院へ行くよう伝えた。「薬局が近くにある」と、彼は言った。「私は黄色いファイルを手に持ってなかにいる。見つけても話しかけずに、いまつかまっている家に戻れ。私はあとを追いかけて場所を確認する」。カスリーンは同意した。だが、病院のすぐそばまで行ったとき、病院が爆撃されたので、怖くなって、すぐに家に引き返した。それでヘズニの知り合いには会えなかった。

つぎにヘズニは、ISISを支持していないが、町から出られないでいるアラブ人らを通して、連絡を試みた。彼らは近くの村に家を持っていて、大きな検問所で呼び止められることがないので、カスリーンをそこへかくまうことに同意してくれた。彼らを通して、ヘズニはカスリーンとメッセージのやり取りが可能になった。それでわかったのは、病院の空爆後、別の家に移されていたということだった。カスリーンからそのことを聞いた別の連絡員が、今度は妻を伴い、その近所を一軒一軒ドアをノックして尋ね、この近くに貸家はないかと訊いてまわった。

カスリーンのいる家に行き当たると、別のサビーヤがドアをあけた。それはコーチョから連れて来られたアルマスという九歳の少女だった。そのうしろに、私の姪カスリーンと、ワラーの姉妹のラーミヤがいるのが見えたという。三人ともドクター・イスラムの家に囲われていた。「明日の朝、もし家の中に戦闘員がいなければ、窓に毛布を掛けておくように」と、連絡員がカスリーンにささやいた。「午前九時半を過ぎて、毛布がかかっていたら、ここへ私が戻ってきても安全だと判断する」。カスリーンは怯えていたが同意した。

その朝、連絡員が家の前をゆっくりと車で通った。毛布が一枚窓にかかっていたので、車を降り、ドアをノックした。三人のヤズィディ教徒のサビーヤ——カスリーン、ラーミヤ、そしてアルマス——が、駆け出してきて、車に乗った。そして三人を近くの村まで安全に連れ出したところで、連絡員はヘズニに電話をかけ、送金を受け取った。

三日後、ヘズニは一万ドルで三人を安全な場所まで運んでくれる密入国業者と、救出を手伝ってくれるアラブ人の家族を見つけた。だが、適切な書類がなければ、三人は夜のあいだにクルディスタンの国境を徒歩で越えなければならない。「川まで連れていきます」。密入国業者がヘズニに言った。「そこからは、別の男があなたのところまで三人を連れていきます」。そして真夜中、一人目の密入国業者がヘズニに電話をかけ、引継ぎが終わったと伝えた。うちでは家族がカスリーンをキャンプに迎える準備を始めていた。

ヘズニは、カスリーンがクルディスタンに入ったという知らせがいつ来るかと、一晩じゅう電話を待っていた。早くカスリーンに会いたくて仕方がなかったのだ。だが、その晩のうちには電話は鳴らなかった。電話が鳴ったのは、翌日の午後、一時半ごろのことだった。クルド人の男性から電話があり、カスリーン、ラーミヤ、アルマスはうちの家族かと訊いてきたのだ。「いまどこにいるのですか?」ヘズニが訊いた。

「ラーミヤ、あの子はひどい怪我をしている」。男がヘズニに言った。クルディスタンの境界を越えるとき、IEDを踏んでしまい、三人の足元で爆発したのだという。ラーミヤは体の大部分にいちばん重傷であるⅢ度の火傷を負っていた。「ほかのふたりは亡くなりました。魂が救われんことを」。そう言って電話は切れた。

ヘズニは持っていた携帯電話を落とした。まるで撃たれたような衝撃だった。

このとき、私はすでにイラクを離れていた。ヘズニからは、彼女たちが最初の密入国業者の家に着いたときに電話があり、カスリーンは無事だと聞いていた。それで、また姪に会えるのだと有頂天になっていたが、その晩ひどい夢を見たのだった。その夢の中では、いとこのスライマーンがコーチョに電力を供給している発電機のとなりに立っていた。そして、私は兄と母とならんで歩いていて、スライマーンに近づいていくと、彼は死んでいて、動物がその体を食べていた。私は汗をかいて起きあがり、朝になってからヘズニに電話をした。「何があったの?」そう訊くと、今度は私もお葬式のためにイラクへ帰ってくるようにと言ったのだった。

エルビルの空港に着いたのは午前四時で、私は真っ先にラーミヤに会うため病院へ行った。ラーミヤは話すことができず、顔もひどい火傷を負っていた。それからつぎはカスリーンたちの脱出を手伝ってくれたアラブ人の家族に会いに、キルクークへ向かった。私たちはカスリーンの遺体を見つけて、ヤズィディ教の伝統に則り、きちんと埋葬してあげたかったけれども、それはできなかった。「爆弾を踏んで、カスリーンとアルマスは即死でした」。彼らはそう話した。「我々はラーミヤを病院に運ぶことはしましたけれど、ふたりの遺体を引き取りにいくことはできませんでした。いまはISISのもとにあります」

ヘズニは慰めることもできない状態だった。自分のせいで姪を死なせてしまったように感じているのだ。彼はいまでもカスリーンからのボイスメールの声を聞き、自分を苦しめている。「助けて、今度こそ」と、彼女の声が言う。それを聞くたび、希望を託すカスリーンの顔と、そして涙で濡れたヘズニの顔が思い浮かぶ。

私たちは車で難民キャンプへ向かった。二年近くまえ、兄たちとそこに住みはじめたころと何も変わっていないように見えた。ただ、人々はコンテナを前より自分の家のようにして、シートを家の外にかぶせて日陰をつくったり、部屋のなかに家族の写真を飾ったりしていた。一部の人は仕事をしていて、コンテナハウスのあいだに停まっている車も増えていた。

近づいていくと、アドキーと、腹違いの姉妹たち、それにおばたちが外に出てきて立っているのが見えてきた。みんな、髪を梳き上げるように両手を空に向けて上げ、祈り、泣いていた。カスリーンの母、アスマルは、あまりに激しく泣いていたので、目が見えなくなってしまわないかと医師までが心配した。

キャンプのゲートを通る前にすでに弔いのチャンツが聞こえてきて、家族のコンテナハウスに着くとすぐに私も加わった。姉たちと一緒に輪になって歩き、胸を叩き、泣きわめいた。連れ去りと脱出で受けた傷が全部、また口を開いたみたいに感じられた。カスリーンにも母にも、もう二度と会えないなんて信じられなかった。私の家族は本当に破壊されてしまったのだと、身に染みてわかったのはこのときだった。

—11—

ヤズィディ教では、タウセ・メレクはラーリシュと呼ばれるイラク北部の美しい谷で、はじめて地上に降りて、人間を神と結びつけたといわれている。私たちは、できるかぎり多くの機会をつくり、その地を訪れ、神と神の天使と再度のつながりを求めて祈る。ラーリシュは、人里離れた静かな場所だ。そこへ行くには、緑の谷を通る狭い道を車で行き、小さな霊廟《れいびょう》と寺院の円錐形の屋根の近くをいくつも通り過ぎていく。すると、やがて道路は巡礼をおこなうヤズィディ教徒でいっぱいになり、その中心にはお祭りのような光景が見えてくる。一年のある時期以外は、ここは静かで、お参りにくるヤズィディ教徒の数もまばらで、薄暗く明かりのともった寺院があるだけだ。

ラーリシュは昔ながらの姿を保たなくてはならない。訪問者は、通りを歩くときさえも、靴を脱ぎ、裸足で歩かねばならず、また毎日、ボランティアのグループがやってきて、寺院とその敷地の維持を手伝っている。中庭を掃き、聖木を剪定し、歩道を洗い、そして、一日に数回、薄暗い石の寺院に、ラーリシュのオリーブの木からとった甘い香りのオイルを満たしたランプに火をともしてまわるのだ。

寺院に入るときには、入口の戸枠にキスをして、敷居を踏まないように気をつけながら、その敷居にもキスをし、なかに入ったら、色とりどりのシルクに願いと祈りを表す結び目をつくる。宗教上の重要な節目には、バッバ・シャイフがラーリシュを訪れ、寺院で巡礼者たちを待ち、そして彼らと一緒に祈り、彼らを祝福する。その寺院は、十二世紀にヤズィディ教を広めた人物であり、ヤズィディ教の聖人のひとりとされるシャイフ・アディの霊廟のある場所だ。ラーリシュには〝白い泉〟と呼ばれる泉があり、泉の水はラーリシュじゅうを流れている。私たちは、戸外に出て泉の水が大理石の受け皿に流れる場所で洗礼を受ける。そして、シャイフ・アディの霊廟の下、粗い壁から露がしたたり落ちる湿った暗い洞穴のなか、水の流れが分かれて止まるその場所で、水を浴びながら祈りを捧げるのだ。

そこを訪れるのにいちばんいい時期は四月、ヤズィディ教の新年の前後で、ちょうど季節が変わり、あたらしい雨が聖なる白い泉を満たすころでもある。四月には、石は冷たく、裸足で歩く私たちを止まらせないのにちょうどよく、そして水は目を覚ましておくのにちょうどよいくらいに冷たい。谷は新鮮で美しく、ふたたびあたらしくなるのだ。

ラーリシュは、コーチョから車で四時間ほどのところにある。そこまで行くには、ガソリン代と食費に加えて、仕事や畑を休まねばならず、それに家畜を供物に捧げることなども含め、多くの家族にとっては負担が大きく、そうしょっちゅうできることではなかったが、私はよくここを訪れる夢を見た。私の家にはラーリシュの写真がたくさんあり、そして、テレビでも、谷とそこに住むシャイフのことや巡礼者たちが一緒に躍っている姿を見ることができた。コーチョとはちがって、ラーリシュは水に恵まれていて、その水が木々や谷を彩る花々を潤していた。寺院は、古代の石で建てられ、私たちの神話からとったシンボルで装飾されている。そして何よりも大切なのが、ラーリシュは、タウセ・メレクが最初に世界と接し、そして人類に目的と神とのつながりを与えた場所だということだ。もちろん私たちはどこでも祈ることはできるけれども、ラーリシュの寺院のなかでの祈りは、もっとも意味がある。

私は、十六歳のときに、ラーリシュへ行って洗礼を受けた。その日が来るのが待ち遠しく、何週間もまえから、母が口にする言葉を一言も聞き漏らさないように聞いていた。母が言うには、ほかの巡礼者たちを敬い、谷にあるすべてのものに敬意を払うこと。そして、そこでは絶対に靴を履いたり、汚したりしてはいけないということだった。「唾を吐いたり、汚い言葉を使ったり、お行儀の悪いことをしてはいけませんよ」。母は、私たちに注意した。「敷居を踏まないように気をつけて。そこにキスをするのですよ」

いたずら好きのサイードでさえも、母の指示を熱心に聞いていた。「ここがおまえたちが洗礼を受ける場所だよ」と、リボンのように流れ出る水が道に伝い落ちている、地面に埋めこまれた受け皿の写真を指さし、母は言った。「それから、ここが家族のために祈る場所だよ」と。

私は十六歳になるまで洗礼を受けていなかったが、だから何か間違っているとは思ったことがない。そのせいで私が本物のヤズィディ教徒ではないということにはならないのだから。私たちは貧しかった。だから神は、聖地を訪れるのが遅かったからといって、それだけで何も判断しない。でもやはり、ついにその場所へ行けるとわかったときはうれしかった。

白い泉での洗礼は、兄弟姉妹何人かと一緒に受けた。ラーリシュの守護者のひとりである女性が、小さなアルミのボウルを流れる水につけて、すくった冷たい水を私の頭に注いだ。そしてそのあと彼女は、自分で水を顔に浴びながら、祈るように促した。それが終わると、私の頭に白い布を巻きつけた。私は少しのお金を、献金として近くの石の上に置いた。カスリーンも一緒に洗礼を受けた。「あなたをがっかりさせることはしません」。私は神にささやいた。「あと戻りはしません。この道を前に進んでゆきます」と。

ＩＳＩＳがシンジャールへやってきたとき、私たちはみんなラーリシュがどうなるのかと心配した。よそと同じようにここの寺院も破壊されてしまうのではないかと思ったのだ。ＩＳＩＳから逃げてきたヤズィディ教徒たちは、この聖なる谷に避難していた。寺院の使用人たちと、バッバ・シャイフとバッバ・チャウィシュの祈りによって守られている、この聖なる街に。彼らは、あの大虐殺で精神が壊され肉体的にも疲れ切ってしまい、ぎりぎりの状態になっていた。いますぐにでもISISがここの寺院を襲撃するかもしれないことを知っていたからだ。

ある日、そうしたヤズィディ教徒の避難民のひとりで、若い父親が息子を連れて、寺院の中庭の入口にすわっていた。彼は眠れずにいた。死んだ人たちと連れ去られた女性たちのことばかりが頭に浮かび、ほかのことを考えることができなかったというのだ。その記憶の重さは計り知れないものだった。その父親は、ベルトから銃を抜き、そして、誰かが止める間もなく、自分に向けて発砲した。寺院の入口で、息子が横にいるその場所で。

その銃声を聞いて、そこに住むヤズィディ教徒たちはISISが来たと思い、クルディスタンへと逃げはじめた。あとには、寺院の使用人たちとバッバ・チャウィシュだけが残され、その父親の血の痕をきれいにし、亡骸を埋葬して、そして何であれつぎにくることを待った。もしもISISが来たときには、彼らは死ぬ覚悟だったのだ。「この場所が破壊されたら、私には何があるというのか?」と、バッバ・チャウィシュは言った。だが、テロリストが谷までやってくることはなかった。神がお守りくださったのだ。

大虐殺のあと、イスラム国から脱出してくる女性たちも少しずつ現れ、つぎのラーリシュへの旅はどんな感じになるのだろうと思っていた。私たちには、寺院とそれらが与えてくれる慰めが必要だけれども、サビーヤにされて逃げてきた女性たちは、そこに住む聖職者たちにどう扱われるのかを不安に思っていた。私たちはイスラム教に改宗しているし、それに私たちの多くは処女を失っていた。おそらくは、そのどちらも、私たちの意志に反して強要されたことであるから、問題にはならなかっただろう。でも、ヤズィディ教徒のコミュニティで育った私たちは、それらがコミュニティから排除されても仕方のないほどの罪であることを知っていた。八月の終わり、大虐殺の衝撃を受けてからまだ日も浅いころ、ラーリシュの聖職者たちは、今後の対応について話し合いを持った。

結論はすぐに出た。彼らはこんな声明を出したのだ。元サビーヤは、コミュニティに戻ることを歓迎され、その身に起こったことで批判されることはない、と。改宗は無理やりにさせられたことであるから、私たちはムスリムとはみなされないし、レイプされたのだから、私たちは被害者であり、汚れた女ではない、と。バッバ・シャイフは、生還者たちと個人的に面談し、導きを与え、そして私たちはこれからもヤズィディ教徒でいられると念を押してくれた。そして九月、ヤズィディ教の指導者は、すべてのヤズィディ教徒に向けて、私たちに起こったことは私たちの責任でなく、篤い信仰心を持っているならば、サビーヤにされた女性たちを、両手を広げて温かくコミュニティに迎え入れるべきだと断言した。これほどまでに慈悲深い瞬間に出会い、私は自分の属するコミュニティに、それまで感じたことのないほどの愛を感じた。

でも、バッバ・シャイフが何を言い、何をしたところで、私たちが完全に〝普通〟になったとは感じられなかった。私たちはみんな自分が壊れてしまったと感じていた。女性たちは何としても自分の身を清めようとした。生還者のなかには、レイプの記憶とスティグマを消し去りたくて、〝処女膜再生〟手術を受けるものも少なくなかった。そうした手術を私たちに提供する医師が数人、難民キャンプのなかにいて、たんなる健康診断のことでも言うみたいに、「診てあげるから来なさい」と気軽に声をかけてくるのだった。「ほんの二十分ほどですむ」。彼らはそう言った。

私も興味があったので、何人かの女性たちと連れだって診療所を訪ねた。「処女に戻りたいのなら、簡単な手術でできる」と言われ、一緒にいた何人かは受けることにしたが、私はやめておいた。どうして〝簡単な手術〟ひとつで、ハッジ・サルマーンが私をレイプした時間や、あるいは逃げようとした罰として、見張りの男たちにまでも私を襲わせた時間を消し去ることができるというのか？　それらの攻撃によって負った傷は、体の一部だけに負ったものではないし、体だけに負ったものでもない。だから、外科手術で修復することなどできはしない。

それでも、手術を受けようと思う理由も理解できる。私たちはどんな慰めでも求めずにはいられなかったし、その手術を受けることで、いつか結婚して家族を持つという普通の将来を思い描く手助けになるのだとしたら、それでいいのだと思う。私自身、自分の将来を思うと苦しくなるときがあった。コーチョで過ごした子供のころ、私の世界はとても小さく、愛にあふれていた。心配事といえば家族のことだけで、ものごとは良くなるものだとだけ聞かされていた。

いま、こんなふうに生還した私たち女性がみんな、立ち直ろうとがんばってみたところで、私たちと結婚したいと思うヤズィディ教徒の男性がどこにいるというのだろう？　彼らがいるのは、シンジャールの集団墓地のなかだ。私たちのコミュニティはほとんどまるごと破壊されてしまった。だから、ヤズィディ教徒の女性たちは子供のときに想像していたのとはあまりにちがう人生を送らなければならない。私たちはもはや幸せを求めているともいえなかった。ただ、生きのび、もしできるなら、たまたま許されたかのように持ち続けている命で、何か意味のあることをしたいと思っているだけだ。

難民キャンプでの生活を始めて数カ月が過ぎたころ、活動家を名乗る人たちが私のもとへやってくるようになった。そのなかに、アバヤの提供を求めてきた人がいた。「ジェノサイドの証拠を集めています。いつか博物館を開きたいと思っています」と彼女は言った。また別の人は、私の話を聞いたあとで、もし嫌でなければ、イギリスへ来て、政府の関係者にその話をしてみないかと言った。その一度の旅で、その後の人生がどう変わるかもよくわからないままに、私はイエスと答えた。

キャンプでの最後の数カ月は、ドイツへ渡る準備をして過ごした。ディーマールと私はどちらも移住を決めていたが、アドキーは拒否していた。「私はイラクを離れたりしない」と言って。この姉はいつも頑固で、そういうところがうらやましくもあった。ドイツは、安全と、学校と、あたらしい生活を約束してくれた。でも、イラクが故郷であることはこれからも変わらない。

移住のために必要なたくさんの書類を準備し、パスポートをつくるためにバグダッドへも行った。私がイラクの首都を訪れたのははじめてのことで、飛行機に乗ったのもそれがはじめてだった。バグダッドには十二日間滞在し、毎日、いろいろな役所に行った。指紋を登録しに、写真を撮りに、いろいろな病気の予防接種を受けに。それは終わりのない手続きに思われたが、九月のある日、そろそろ出発だと告げられた。

彼らはディーマールと私をエルビルへ連れていき、服を買うためのお金をいくらかずつ持たせてくれた。私たちは涙を流しながらキャンプのみんなとお別れをした。とくにアドキーとは。何年も前に、ヨーロッパでちゃんとしたお金を稼いでくれれば、ジーラーンの両親も結婚を認めざるをえないだろうと考えて、ドイツに密航しようとしたヘズニのことが思い出された。結局彼は送り返されたが、いま私は政府が代金を払ったチケットを持っている。そして、みんなとの別れは私にとっては何よりもつらいことだった。

ドイツ行きを前に、私たちはラーリシュを訪れた。聖なる谷の通りには、何十人もの元サビーヤがあふれ、喪の色である黒い服を着て、泣きながら祈っていた。ディーマールと私は、シャイフ・アディの霊廟の入口の戸枠にキスをして、色とりどりのシルクに結び目をつくった。そのひとつひとつに願いを込めて——みんなが生きて帰れますように、母のように死んでしまった人たちは、来世で幸せになれますように、コーチョが解放されますように、そしてＩＳＩＳが私たちにしたことに対して報いがありますようにと。白い泉の冷たい水を顔に浴び、いままでしたことのないくらい懸命に、タウセ・メレクに祈った。

その日のラーリシュは穏やかで、私たちの滞在中、バッバ・チャウィシュが元サビーヤのグループを出迎えていた。聖職者である彼は、長身の細身で、あごひげを長くのばし、親切そうで好奇心に満ちた目をしていて、この人の前では人々は心を開く。シャイフ・アディの霊廟の中庭で、足を組んですわるバッバ・チャウィシュの白いローブがそよ風にはためき、そして木のパイプにつめた緑の煙草からのぼる煙が、彼に会いに来た女性たちの上に浮かんでいた。

私たちがひざまずくと、彼は私たちの頭に口づけ、質問をした。「おまえたちに何があった?」そう問われたので、私たちはISISに連れ去られたが、脱出し、これからドイツへ行くのだと伝えた。「よろしい」。彼はやさしく、悲しい声で言った。バッバ・チャウィシュにとっては、多くのヤズィディ教徒がイラクの故郷を離れていくのを見るのはつらいことだ。彼が見ている前でコミュニティが小さくなっていくが、でも進み続けるほかなかった。

私たちへの質問は続いた。どこから来たのか。ISISにはどのくらいの期間、囚われていたのか。難民キャンプはどんな様子か。そして、最後に、パイプがほとんど空になり、陽も沈みかけたころ、バッバ・チャウィシュは私たちのほうを向き、短くこう尋ねた。「誰を亡くした?」

そして、また腰を据え、女性ひとりひとりの話を熱心に聞いた。それまで恥ずかしがって話そうとしなかったものも、彼女らの家族や友達、隣人や子供たち、そして親たち、亡くなった人々と行方の知れない人々の名前を口にした。彼らの答えは、何時間も続いたように思われた。あたりは涼しくなり、寺院の壁の石が暗くかげっていくなか、延々と唱えられるヤズィディ教徒たちの名前はコーラスのように響き、その声は神の耳にも届く空にのぼっていった。

順番がまわってきたとき、私は、ジャロ、ピセ、マスウード、ハイリー、そして、エリアスと、兄たちの名前を呼んだ。マーリクとハーニー、私の甥たち。ムナー、ジーラーン、そしてスマヘル、私の義姉たち。カスリーン、ニスリーン、私の姪たち。ハッジ、腹違いの兄たち。連れ去られ、逃げてきた、多くの人々。私の父、もうこの世にはいなくて、私たちを助けることができない。そして、私の母、シャーミー。たとえどこにいようとも。

エピローグ

二〇一五年十一月、ＩＳＩＳがコーチョへやって来てから一年と三カ月後、国連少数者問題に関するフォーラムで話をするため、ドイツからスイスへと向かった。たくさんの人が聞いている場所で、自分の体験を話すのはこれがはじめてだった。出発の前夜、この訪問をアレンジしてくれた活動家のニスリーンと一緒に、ほとんど寝ずに、話す内容について考えた。

私は全部のことを話したかった。つまり、ＩＳＩＳから逃げるあいだに脱水症状で死んだ子供たちのことや、いまも山から降りられずにいる人々のこと、いまも連れ去られたままになっている何千人もの女性や子供たちのこと、そして大虐殺の現場で私の兄たちが見たことを。私は犠牲になった何十万人ものヤズィディ教徒たちのひとりにすぎない。私のコミュニティは散り散りになり、人々はイラク国内外で避難民として暮らし、コーチョはいまもＩＳＩＳに占領されたままだ。ヤズィディ教徒たちに起こったことで、世界に聞いてもらう必要のあることはたくさんあった。

旅は暗いドイツの森を抜ける列車での移動から始まった。ぼんやりと見える木々が窓の外をかすめていく。私は森が怖かった。シンジャールの谷や野原とはあまりにもちがう風景だったので、森のなかを歩いていくのではなく、電車に乗っていられたのはよかった。とはいえ、その景色は美しく、私はこのあたらしい自分の居場所が好きになってきていた。

ドイツの人々は私たちを温かく国に迎え入れてくれた。シリアやイラクから逃げてきた人々を乗せた列車や飛行機に、一般の人たちが声をかけていたという話も聞いた。ドイツでは、私たちは社会の片隅で生きるだけではなく、社会の一員になれるという希望が持てた。それはヤズィディ教徒にとっては、ほかの国ではもっと難しいことだ。難民として移住する先によっては、どんな恐ろしいことから逃れてきたかにかかわらず、着いたとたんに自分たちが歓迎されていないことがはっきりわかることがあるという。いまもイラクで動けなくなっているヤズィディ教徒たちは、どうしてもそこから出たくて待っているが、待つというのもある種の苦しみだ。難民を一切受け入れない決断をした国もあり、それに対して私は憤りを感じている。罪のない人々が安全に暮らせる場所へ行くことを否定していいわけがない。私はこれらのこと全部をその日、国連で話したいと思っていた。

私は、なされるべきことがまだまだたくさんあると、伝えたいと思っていた。私たちはイラクにおける宗教マイノリティにとっての安全地帯をつくること。ISISを、ジェノサイドと人道に反する犯罪の罪で告発すること――組織の指導者から、彼らの残虐行為を支持した一般の住民まで全員を。そして、シンジャール全域を解放すること。ISISから逃げてきた女性たちが、社会に戻り、社会を立て直すのに手助けが必要であること。そして、そうした女性たちが受けた虐待を、イスラム国の戦争犯罪のリストに加えること。コミュニティがどれほど小さくとも、古くからある宗教を保存することの価値を理解し、それを信仰する人々を保護する必要があることを人々が理解できるように、イラクでもアメリカでも、ヤズィディ教は学校で教えられるべきだということ。ヤズィディ教も、その他の宗教マイノリティも民族マイノリティも、かつてイラクを素晴らしい国にしてきた人々なのだから。

ただ、私が与えられた時間は三分だけで、話をもっとシンプルにするようにとニスリーンから言われた。「自分の話をするのよ」と、私のアパートの部屋で、お茶を飲みながらニスリーンは言った。それは考えてみただけで恐ろしかった。私の体験を話せば何らかのインパクトがあることはわかっていたので、話すなら正直に話さなくてはなるまい。みんなが聞いている前で、ハッジ・サルマーンのことやあの男が何回私をレイプしたかも話さなくてはならないだろうし、あのモースルの検問所での恐ろしい夜のことや、この目で見た虐待のすべてを話さなくてはならなくなる。正直になるという決断は、私がそれまでにしたいちばん難しい決断であり、そしていちばん重要な決断でもあった。

私は震えながらスピーチを始めた。できるだけ落ち着いて、コーチョの村がどんなふうに占領され、私のような娘たちがサビーヤとして連れ去られたかを話した。それから、自分がどんなふうにレイプされ、繰り返し暴力を受けたか、そして最終的にどんなふうにして逃げたかを話した。殺されてしまった兄たちのことも話した。そこにいた人たちは静かに耳を傾けていた。

スピーチのあと、ひとりのトルコ人女性が近づいてきた。そして泣きながら、こう言った。「私の兄、アリーは殺されました。そのせいで、家族全員がショックを受けました。一度に六人も兄さんを亡くされて、やっていける人がいるなんて知りません」と。

「とてもつらいことです。でももっと多くの人を亡くした家族もあります」。私は言った。

ドイツへ戻ってから、もし彼らが私を必要とするときがあれば、私はどこへでも行って、できることなら何でもするとニスリーンに話した。そして、思いがけず早い時期に、ヤズダを運営するヤズィディの活動家たちとの連携が始まり、あたらしい生活が始まった。私は自分に向けられた犯罪を真正面で受け止める運命だったのだと、いまはそう思っている。

＊　＊　＊

最初、ドイツでのあたらしい暮らしは、戦争のなかで暮らすイラクの人々のそれとくらべて持つ意味が少ないように思えた。ディーマールと私は、いとこふたりと共に寝室がふたつある小さなアパートの部屋に入居した。部屋には亡くした人たちや残してきた人たちの写真を飾った。夜は、母とカスリーンの大きなカラー写真の下で眠った。死んだ人たちの名前を刻んだネックレスを身につけ、そして、毎日集まってはその人たちのために泣き、行方のわからない人たちが無事帰ることをタウセ・メレクに祈った。毎晩、コーチョの夢を見て、毎朝、目を覚ましては、私の知っているコーチョはもう存在しないのだと思い出した。それは奇妙でうつろな感覚だった。失われた場所を思っていると、自分自身も消えてしまったような気がしてくる。いまでは活動家としてたくさんの美しい国を訪れるようにはなったけれど、イラクよりも住みたいと思う場所はほかにない。

ドイツ語のレッスンのあと、私たちは健康診断を受けた。提供されているセラピーを受けたものもいたが、そういうのは私には無理だと思った。アパートでは自炊し、子供のころからしてきたように、家を片づけ、パンを焼いた。パン焼きには、ディーマールが見つけてきた小型で持ち運びできる金属製の窯をリビングに置いて使った。けれど、羊の乳しぼりや、農作業や、人間関係の密な小さい村や学校につきものの人づきあいなど、ほんとうに時間のかかることがここにはなかったので、ぽっかりと何もない時間ができてしまうのだった。

ドイツへ来て間もないころ、私は何度も帰らせてほしいとヘズニに頼んだ。けれど、チャンスだと思ってドイツに賭けてみたらいい、というのがヘズニの答えだった。私はドイツにとどまるべきであり、そうすれば、最終的にはそこでの生活が手に入るというのだが、でもそんな言葉を信じていいものかどうかもわからなかった。

ムラード・イスマーイールと出会ったのは、それからほどなくしてのことだ。世界各地に住んでいるヤズィディ教徒たち――ハーディー・ピア、アフマド・クディーダ、アービド・シャムディーン、それから、もと米軍の通訳で、兄のジャロが亡くなる直前までよく電話で話していたハイダル・イリヤースらとともに、ヤズィディ教徒のために終わりなき戦いを続ける団体、ヤズダを設立した人物だ。はじめて会ったとき、彼は私のあたらしい生活がどんなものかまだよくつかめていなかったようだった。私は力になりたかったし、それに役に立っていると感じたかったのだが、どうすればいいかがわからなかったのだ。

だが、ムラードが私に、ヤズダと彼らの取り組みについて話してくれたのを聞いたとき、とくに、ＩＳＩＳによって奴隷にされた女性たちの解放を助け、彼女たちのために唱道活動を続けているという話を聞いたときには、私は自分の将来が明確になった気がした。

このヤズィディ教徒たちは、ＩＳＩＳによるシンジャール襲撃を聞くとすぐに、普段の生活を投げうってイラクに帰ってきたのだ。ジェノサイドが始まったとき、ムラードはヒューストンで地球物理学を勉強する学生だった。教師やソーシャルワーカーをしていたほかのメンバーたちも、何もかも置いて、私たちを助けにきてくれた。ワシントンＤＣのホテルで、小さな部屋にこもって過ごした眠れない二週間のことをムラードは話してくれた。そのホテルの部屋で、ハイダルとハーディーのグループとともに、彼はイラクにいるヤズィディ教徒たちからの電話に応じ、彼らが安全な場所へ行けるよう手助けをしようとしていた。

その活動はうまくいったときもあったが、そうもいかないときもあった。彼らはコーチョを救おうとはしたのだと、ムラードは言った。エルビルとバグダッドにいる、思いつく人すべてに電話をしたのだと。ムラードとハーディーも占領期間のあいだ、通訳者として働いていたので、アメリカ軍と仕事をしていたときの経験にもとづき、提案をし、すべての道路と村にわたってＩＳＩＳを追跡していた。私たちを助けることができなかったとき、生き残った人々を助け、私たちに正義をもたらすためなら何でもしようと誓ったのだという。

彼らは悲しみを体にまとっていた――ハイダルは慢性的な背中の痛みがあり、ムラードの顔は疲れで皺が増えていた。だが、それでも、私はただ、彼らのようになりたかった。ムラードとの出会いを経て、私はいまの私になっていった。悲しみに終わりはないけれど、ドイツでのあたらしい人生が、ふたたび意義あるものに変わりはじめたのだ。

ＩＳＩＳに囚えられていたとき、私は無力さを感じていた。母が私から引き離されていったとき、もし少しでも私に力があったなら、母を守れたのに。もし、テロリストが私を売ったりレイプしたりするのを止めることができたなら、きっとそうしていたのに。鍵のかかっていなかったドア、ひとけのない庭、イスラム国のシンパだらけの地区でのナーシルとその家族との出会いと、自分自身の脱出を振り返ってみたとき、一歩間違えば、ちがう方向に転んだ可能性はいくらでもあったことに気づき、体が震えた。

きっと神には私を助ける理由があり、ヤズダの活動家と出会わせる理由もあったのだと思う。だから私はこの自由を当然のものと受け止めはしない。テロリストたちは、ヤズィディ教徒の女性たちが彼らの手を逃れられるとか、あるいは彼らがしたことの詳細までをも、私たちが世界に向けて明らかにする勇気があるとは思っていない。私たちは、彼らの犯罪に対して、報いのないままにさせておかないことで、彼らに挑んでいく。私が自分の体験をどこかで話すたび、テロリストからいくらかでも力を奪っているように感じている。

はじめてジュネーブを訪れたあの日以来、私は自分の体験を何千人もの人々に話してきた。政治家や外交官、映画監督、ジャーナリスト、そしてＩＳＩＳ占領後のイラクに興味のある普通の人々に。スンニ派の指導者たちには、公にもっと強くＩＳＩＳを非難してほしいと頼んだ。彼らにはこの暴力を止めるための力がたくさんあるのだから。私は男女問わずヤズダのすべての人々と共に、さまざまな活動に取り組んでいる。私のように経験したことを抱えて日々生きていかねばならない生還者を手助けするだけでなく、ヤズィディ教徒たちに起こったことがジェノサイドであると世界に認識してもらい、ＩＳＩＳに正義の裁きを受けさせるためだ。

ほかのヤズィディ教徒たちも同じ使命をもって、同じことをしている——私たちの苦しみを和らげ、私たちのコミュニティに残されたものを守り生かしていくために。私たちの体験談は、聞く人もつらいものだが、実際、変化をもたらしている。この数年のあいだに、カナダはヤズィディ教徒の難民の受け入れを増やす決断をした。また、国連はＩＳＩＳがヤズィディ教徒に対してしたことはジェノサイドであると公式に認めた。各国政府は、イラクにおいて、宗教マイノリティのための安全地帯を設立すべきかどうかについて話し合いを始めている。そして、何よりも大事なのが、私たちを助けようと心に決めた弁護士たちが現れたことだ。正義は、すべてのヤズィディ教徒がいま手にしたものであり、そして、ヤズィディ教徒のひとりひとりがいまその闘いの中にいる。

イラクでは、アドキー、ヘズニ、サウード、そしてサイードがそれぞれのやり方で闘っている。彼らはいまも難民キャンプにいて——アドキーは私たちほかの女性たちと一緒にドイツへ渡ることを拒んだ——彼らと話すときは、とても耐えられないくらいに会いたくて仕方がない。難民キャンプのヤズィディ教徒たちにとっては、毎日が闘いであり、それでも彼らは、コミュニティの助けになることがあれば何でもしようとがんばっている。反ＩＳＩＳのデモをおこなったり、クルド自治政府とバグダッドにさらなる取り組みを求めて嘆願をおこなったりしている。脱出を試みた女性たちの集団墓地が見つかったときには、最初にその知らせを受け、葬儀を手配したのは難民キャンプの人々だった。ひとつひとつのコンテナハウスは、愛する人の帰還を願い、祈る人々であふれている。

　難民となったヤズィディ教徒はひとりひとりが、くぐり抜けてきたことから受けた精神的、肉体的トラウマと向き合いながら、自分たちのコミュニティを維持するべく取り組んでいる。ほんの数年前までは、農民であり、学生であり、商人であり、主婦だった人々が、ヤズィディ教の知っていることを広めようと決めた宗教学者となり、コンテナハウスを教室にして教える教師となり、そして私のような人権活動家となった。私たちが求めているのは、私たちの文化と宗教を生きたかたちで維持し、そしてＩＳＩＳに犯した罪の報いを受けさせることだけだ。コミュニティとして抵抗するために、自分たちがしてきたことすべてに誇りを持っている。いつだってヤズィディ教徒であることに誇りを持っているのだ。

　ドイツで安全に暮らせる私は幸運ではあるけれど、ほんとうのところは、イラクに残った人たちがうらやましいと思うことはある。キャンプに残った兄や姉たちのいる場所は、故郷に近く、私が食べたくて仕方のないイラクの食べ物を食べているし、それに見知らぬ他人でなく、よく知った人たちがそばにいる。町へ行けば、お店の人やミニバンのドライバーとクルド語で話すことができる。ペシュメルガがソラーに入るのを認めれば、母の墓を訪ねることもできる。

　私たちはおたがいに電話をかけ合い、一日中メッセージを残し合っている。ヘズニは、女性たちを助ける自分の仕事を話してくれるし、アドキーはキャンプでの暮らしのことを教えてくれる。それらの話のほとんどは、苦く悲しいものではあるが、でもときどき元気いっぱいのこの姉が、笑い過ぎてソファから転げ落ちるくらい笑わせてくれることもある。イラクが恋しくてたまらない。

二〇一七年五月の終わりに、コーチョがＩＳＩＳから解放されたとの知らせが届けられた。サイードは突入したイラクの武装組織ハシュド・シャアビーのヤズィディ部隊に参加していた。私は、彼が希望どおり、戦士になれてよかったと思った。コーチョはまだ安全ではなかった。イスラム国の戦闘員がいて戦いが起こっていたし、すでに村を離れた戦闘員たちも、出ていくまえに村のあちこちにＩＥＤを仕込んでいった。でも、私は帰ろうと決めた。ヘズニは賛成してくれた。それで私はドイツからエルビルへ飛び、そこから難民キャンプへと向かった。

私たち家族が引き裂かれ、兄たちが殺されたコーチョを見て、実際どんな気がするのかは見当もつかなかった。私は何人かの家族、つまりディーマールとムラード（いまでは、彼を含めヤズィディ教徒のみんなは家族と変わらない）と一緒に、安全なときを見計らって、戦闘地域を避けて遠回りして向かった。村は空っぽだった。学校の窓は割れ、なかには遺体の残骸が残されていた。

私の家は略奪の跡があり、屋根の板さえはがし取られ、残っていたものはみんな焼かれていた。花嫁のアルバムも山と積もった灰のなかだった。私たちはその場で泣き崩れた。でも、破壊されていたとしても、玄関を通り、なかへ足を踏みいれた瞬間、それがわが家だと感じられた。ＩＳＩＳが来る以前の感覚に浸っていた私は、そろそろ出発の時間だと告げられたとき、あと一時間だけここにいたいと頼んだ。私は、どんなことがあっても、私たちにこの人生のすべてを授けてくださった神とタウセ・メレクに近づくためのヤズィディ教の断食の時期、十二月になったら、コーチョに戻ってくると心に誓った。

＊　＊　＊

ジュネーブでの最初のスピーチからまだ一年足らず、コーチョへの里帰りの約一年前に、私はヤズダのメンバーである、アービド、ムラード、アフマド、ハイダル、ハーディー、マーヒル・ガーニムらとニューヨークへ渡った。国連が私を、人身売買被害者の尊厳を訴える親善大使に任命したのだ。

再び私は、たくさんの人を前にして、自分の体験を話すことが期待されていた。何度話したからと言って、自分の体験を話すのが楽になることはない。話をするとそのたびに、その出来事を追体験することになるのだから。検問所で男たちにレイプされたことや、ハッジ・サルマーンに毛布の上から鞭打たれたときのこと、あるいは暗くなっていくモースルの空の下で、助けを求めてさまよったときのことを誰かに話すたび、私はその瞬間に引き戻され、恐怖が戻ってきてしまうのだ。私以外のヤズィディ教徒たちも、これらの記憶に引き戻されてしまう。私の話をもう数えきれないほど聞いたはずのヤズダのメンバーでさえ、私が話をすると、泣き出してしまうこともあった。これは彼らの物語でもあるのだ。

それでも、私自身はスピーチをするのにも慣れてきたし、それに聴衆がたくさんいるからといって、怖気づくこともなくなった。正直に、淡々と伝える私の話は、テロリストに対して私が持っている最良の武器だ。だから、私はあのテロリストたちが法の裁きを受けるまで、この武器を使い続けるつもりでいる。まだなされるべきことはあまりにたくさん残っている。世界の指導者たち、そしてとくにイスラム教の指導者たちは、立ちあがり、抑圧された人々を守る必要がある。

私は短いスピーチをした。私は人前で話をするようには育てられていない。けれどこの日、自分の体験を語り、それが終わったあとも話し続けた。どのヤズィディ教徒も、ジェノサイドの罪によるＩＳＩＳの告発を望んでいるのだと、世界中にいる弱い立場の人々を守れるかどうかは、あなたがた次第なのだと、それから、私は、私をレイプした男たちの目を見据えて、彼らが法の裁きを受けるのを見届けたいのだと、この場で伝えるために。

そして、ほかの何よりも、この世界でこのような体験をする女性は、私を最後《ラスト・ガール》にするために。

著者紹介

ナディア・ムラド　Nadia Murad

人権活動家。ヴァーツラフ・ハヴェル人権賞、サハロフ賞を受賞し、人身売買の被害者らの尊厳を訴える国連親善大使に就任した。現在は、ヤズィディの権利擁護団体ヤズダとともに、イスラム国を大量虐殺と人道に反する罪で国際刑事裁判所の法廷に立たせるべく活動している。
2018年、「戦争および紛争下において、武器としての性暴力を根絶するために尽力したこと」によりノーベル平和賞受賞。

ジェナ・クラジェスキ　Jenna Krajeski

ジャーナリスト。ニューヨークを拠点に活動し、トルコ、エジプト、イラク、シリア関連の記事を、ニューヨーカー、スレート、ネイション、ヴァージニア・クウォータリー・レビューなどのメディアで執筆している。2016年度ミシガン大学ナイト・ウォレス・フェロー。

序文

アマル・クルーニー　Amal Clooney

英ロンドン、ドウティー・ストリート・チェンバース所属の国際法と人権問題を専門とする法廷弁護士。米コロンビア大学ロースクール客員教授。ナディア・ムラドとイラク、シリアでイスラム国によって性奴隷にされたヤズィディの女性たちの弁護士として、国内および国際法廷でイスラム国が犯した犯罪に対する説明責任を確保すべく、活動を続けている。

訳者

吉井智津　Chizu Yoshii

翻訳家。神戸市外国語大学英米学科卒業。訳書に『小さなモネ——アイリス・グレース——自閉症の少女と子猫の奇跡』(辰巳出版)、『インビジブル・インフルエンス　決断させる力』『こじれた仲の処方箋』(ともに東洋館出版社)ほか多数。

THE LAST GIRL

イスラム国に囚われ、闘い続ける女性の物語

2018(平成30)年11月30日　初版第1刷発行

著　者　　ナディア・ムラド
　　　　　ジェナ・クラジェスキ
訳　者　　吉井智津
発行者　　錦織圭之介
発行所　　株式会社東洋館出版社
　　　　　〒113-0021　東京都文京区本駒込5丁目16番7号
　　　　　営業部　電話 03-3823-9206 ／ FAX 03-3823-9208
　　　　　編集部　電話 03-3823-9207 ／ FAX 03-3823-9209
　　　　　振　替　00180-7-96823
　　　　　URL　http://www.toyokan.co.jp

ブックデザイン　小口翔平＋喜來詩織(tobufune)
翻訳協力　　公益財団法人 中東調査会
印　刷　　藤原印刷株式会社
製　本　　牧製本印刷株式会社

ISBN 978-4-491-03617-5　Printed in Japan